Le Val de l'espoir

Marie-Bernadette Dupuy

Le Val de l'espoir

Roman

ÉDITIONS FRANCE LOISIRS

Édition du Club France Loisirs,
avec l'autorisation des Éditions JCL.

Éditions France Loisirs,
123, boulevard de Grenelle, Paris.
www.franceloisirs.com

Le Code de la propriété intellectuelle n'autorisant, aux termes des paragraphes 2 et 3 de l'article L. 122-5, d'une part, que les « copies ou reproductions strictement réservées à l'usage privé du copiste et non destinées à une utilisation collective » et, d'autre part, sous réserve du nom de l'auteur et de la source, que les « analyses et les courtes citations justifiées par le caractère critique, polémique, pédagogique, scientifique ou d'information », toute représentation ou reproduction intégrale ou partielle, faite sans le consentement de l'auteur ou de ses ayants droit ou ayants cause, est illicite (article L. 122-4). Cette représentation ou reproduction, par quelque procédé que ce soit, constituerait donc une contrefaçon sanctionnée par les articles L. 335-2 et suivants du Code de la propriété intellectuelle.

© L'éditions JCL. 2007.
ISBN : 978-2-298-00557-8

*Je dédie ce roman à mon cher papa qui,
peu de temps avant de me quitter,
avait mis au point la trame et la teneur de cette histoire...
C'était un de ses loisirs :
concevoir un scénario et me le soumettre.
Cela entraînait pour notre joie
commune de longues discussions,
car il était un passionné du septième art,
toujours profondément intéressé
par l'actualité et les faits de société.
Nous avons travaillé ensemble et j'espère
qu'il sera heureux que cet ouvrage existe enfin.*

Je tiens à remercier mes amis :

Marinette et Joseph, et toute l'équipe
de l'Institut Marc-Signac, qui font un travail admirable.
Également, je leur offre ces pages,
où ils se retrouveront
dans un cadre qui leur est cher.

1

Victor Bourtin attendait. Sa mobylette tournait au ralenti. Il la maintenait en équilibre, un pied posé au sol. Il hésitait toujours avant de traverser cette portion de nationale, une voie rapide dont le trafic l'impressionnait. Les voitures lui faisaient peur. Il s'en méfiait. Il n'avait jamais voulu apprendre à conduire ces véhicules puissants, trop rapides à son goût. Pour lui, ce n'était rien d'autre que des machines infernales et bruyantes.

À la retraite depuis un an, il savourait pleinement sa liberté retrouvée. Il pouvait enfin s'adonner à sa passion : la pêche. Un deux-roues lui suffisait amplement pour aller de son domicile au canal du Midi.

La campagne environnante resplendissait sous le soleil laiteux du matin. Malgré le bruit de la circulation, des chants d'oiseaux résonnaient dans un bois proche. Victor les écoutait avec plaisir, mais il n'en oubliait pas pour autant son coin favori au bord du canal. Les poissons devaient déjà se réjouir de son absence. Il n'allait quand même pas s'éterniser sur le bord de cette route ! Il fronça les sourcils et s'exclama :

« Quelle poisse ! Je ne vais pas avoir à attendre le déluge, j'espère ! »

Il commençait à s'engager lorsqu'une voiture blanche, un break, arriva sur sa gauche. Vite, il recula son engin. Au même instant, un coupé sport d'un rouge flamboyant doubla le break.

Victor, contrarié, guettait le moment où l'asphalte serait enfin libéré. Soudain, du virage tout proche jaillit une berline gris métallisé. Le retraité comprit ce qui allait se passer. Il hurla :

« Bon sang ! Y a pas la place ! »

Il retint son souffle et ferma les yeux. Il ne voulait pas voir ce qui allait se produire. Mais rien ne l'empêcha d'entendre le crissement aigu des pneus soumis à un freinage brutal, le choc violent des carrosseries, des pare-brise qui volaient en éclats. On aurait dit des gémissements d'agonie de monstres abattus par une force mystérieuse et inéluctable. Victor en était tout retourné. Il avait peur de ce qu'il allait découvrir, mais il était l'unique témoin de l'accident, le seul présent sur les lieux. Des personnes devaient être blessées, peut-être pire… Il devait aller voir. Il ouvrit un œil effrayé.

« Mon Dieu ! »

Réduits à un monstrueux enchevêtrement de ferraille, les trois véhicules composaient un tableau aussi incroyable qu'hallucinant. Le retraité, blême, fut saisi de tremblements nerveux. Son cœur battait la chamade et ses jambes le soutenaient avec peine. Il n'osait pas approcher.

« Ils doivent être tous morts là-dedans ! Faut appeler les secours... »

Le pauvre homme, au comble de l'effroi, coupa le moteur de sa mobylette et la cala sur la béquille. Il hésitait encore sur ce qu'il fallait faire en premier, lorsqu'une voiture se gara sur le bas-côté. Un couple en descendit. Il agita les bras pour attirer leur attention et courut vers eux, en hurlant :

« Vite ! Si vous avez un portable, prévenez les pompiers ou le SAMU... Vous parlez d'un accident... Un sacré choc ! Moi, j'peux pas aller y voir de plus près, ça non ! »

Le couple avait l'air d'avoir plus d'aplomb que Victor, encore sous le coup de l'émotion. La jeune femme téléphona aussitôt tandis que son compagnon mettait ses feux de détresse pour prévenir les automobilistes qui risquaient d'arriver à toute vitesse sur les lieux, provoquant à leur tour un carambolage. En effet, d'autres voitures se présentèrent bientôt et s'arrêtèrent.

Victor resta à l'écart. Il raconta à ceux qui l'interrogeaient les circonstances de l'accident. De l'avis général, il n'y avait sans doute pas de survivants, mais personne n'eut le courage d'aller s'en assurer. À peine cinq minutes plus tard, la sirène d'un véhicule d'urgence retentit. Les secours arrivaient, suivis de la gendarmerie.

Dans la berline métallisée, une femme d'environ quarante cinq ans luttait encore contre la mort. Son esprit toujours lucide savait déjà l'issue de ce combat inégal. Seule la mort l'attendait. Mais elle devait faire quelque chose auparavant. En tâtonnant, elle réussit à trouver la main inerte de son époux. Ses doigts sentirent un liquide épais et chaud, du sang... Ils auraient pu être tellement heureux pendant encore quelques années... Mais le destin en avait décidé autrement. Ainsi, leur vie s'arrêterait là, sur cette route... Dans un dernier éclair de conscience, avant de glisser dans un brouillard doux et cotonneux, elle pensa à ses filles, Rose et Anne.

« Mes petites chéries ! »

*

« Je vais t'offrir un week-end exceptionnel pour notre anniversaire de mariage, ma chérie ! avait promis Pierre. Pour célébrer un quart de siècle de vie commune, nous allons marquer le coup. Quelques jours dans un relais château, ça te plairait ? »

Pour toute réponse, Céline avait souri à son mari. Il avait tenu parole et avait fait les réservations pour une petite semaine.

Il avait fait une pause pendant quelques jours. Son poste d'ingénieur en informatique chez IBM lui permettait d'organiser son emploi du temps à sa guise ; quant à Céline, qui ne travaillait pas, son seul tracas avait été de remplir le frigo au cas où... En fait, leurs jumelles de vingt ans, Anne et Rose, étaient capables de vivre seules quelques jours même si elles n'en avaient pas l'habitude.

Céline avait quand même demandé à sa sœur Sonia de venir déjeuner une fois ou deux avec les jeunes filles, sans se douter que ce serait une corvée pour tout le monde. Les deux sœurs se sentaient obligées de cuisiner un peu, ce dont elles se seraient bien passées.

Sonia était une femme grande et mince. Un visage étroit et régulier, des yeux gris légèrement obliques lui donnaient un charme particulier qui ne laissait pas les hommes insensibles. Elle s'habillait de façon assez ambiguë, jouant la carte des tailleurs stricts dont la veste, profondément échancrée, laissait apercevoir des dentelles noires. Elle avait commencé à tromper son mari, Gérald, par vengeance, pour lui faire payer ses infidélités, puis elle avait pris goût à cette double vie assez excitante et n'y aurait renoncé pour rien au monde.

Ce qui était sûr, c'est que Sonia n'était pas la respectable épouse d'un professeur de mathématiques, à la vie sociale bien lisse.

Parfois, elle regrettait de ne pas avoir eu d'enfant, mais il lui suffisait de se remettre en mémoire quelques épisodes de sa vie, ou plutôt de celle de son mari, pour savoir qu'elle avait fait le bon choix.

Le matin du départ, les préparatifs n'en finissaient pas, ce qui semblait exaspérer Rose. Sa sœur Anne souriait calmement, attentive aux recommandations de ses parents.

Leur mère s'éternisait en leur donnant les dernières consignes puis elle avait rejoint son époux dans la voiture, une acquisition toute récente. Pierre aimait les belles automobiles et les choisissait assez voyantes. C'était un aspect de sa personnalité que Céline n'approuvait pas, mais, dans ce domaine comme dans beaucoup d'autres, elle ne s'opposait pas à son mari.

Anne avait ajouté :

« Ne vous inquiétez pas ! Tout se passera bien. Et profitez de votre escapade ! Nous allons réviser nos cours... »

Les jumelles étaient inscrites à la fac de sciences économiques sans trop savoir où cela les mènerait.

Pierre, déjà assis au volant, avait contemplé d'un regard attendri ses deux filles. Pressentait-il déjà que le destin allait les séparer pour toujours ? Qu'il ne les reverrait plus en ce monde ? Nul ne le saurait jamais.

2

Anne s'était installée devant la télévision. Aucune émission ne l'intéressait vraiment, mais l'écran lumineux et le son en sourdine lui tenaient compagnie. La jeune fille avait le cœur lourd. Poussant un soupir, elle s'enfonça dans le canapé et allongea ses longues jambes sur les coussins.

Leur chat blanc, lové sur l'arrondi du dossier, ouvrit un œil bleu. Voyant sa maîtresse étendue juste à côté, il se leva tranquillement, descendit lentement de son perchoir et s'installa confortablement sur le ventre de la jeune fille. Anne adorait ces moments de douceur avec son chat. Elle se sentait plus proche de lui que de sa sœur si excentrique. Elle commença à le caresser, déclenchant aussitôt des ronronnements sonores. Elle était bien ainsi, dans le calme et le silence, mais elle se sentait triste et en colère contre sa sœur.

« Rose exagère, confia-t-elle à l'animal. Depuis que nos parents sont partis, elle ne met plus les pieds à la maison... C'est tout juste si je la croise ! Les rares fois où elle rentre, elle ne fait rien ! C'est toujours moi qui me tape la vaisselle ! Elle est sortie tous les soirs. Évidemment, aujourd'hui elle est là, avec son copain Arthur. Et nos parents qui ne vont pas tarder à arriver ! On dirait qu'elle le fait exprès ! »

Anne ferma les yeux un instant, revoyant précisément le visage d'Arthur. Il n'était pas très beau, mais cela ne semblait pas gêner Rose. Elle devait probablement apprécier autre chose chez le jeune homme que la finesse de ses traits ! Anne retint difficilement une grimace d'envie.

« Ma sœur est mieux que moi, alors personne ne me voit jamais. Voilà tout ! »

Le chat perçut l'agacement de la jeune fille. Il n'aimait pas être dérangé pendant sa sieste. Il sauta d'un bond léger sur le tapis du salon, s'étira de tout son long, bâilla longuement et, d'une allure majestueuse et impassible, se dirigea vers la cuisine en poussant un léger miaulement.

« Tu as faim, Minou ? » dit Anne en se levant.

Au même instant, un éclat de rire résonna à l'étage. Puis quelqu'un dévala l'escalier à toute allure. Une jeune fille apparut. C'était la réplique d'Anne, mais simplement vêtue d'un mini-slip noir. Les deux sœurs se trouvèrent nez à nez, l'une en jogging gris, l'autre presque nue, exhibant sa peau dorée et un corps svelte. Elles étaient de vraies jumelles, issues d'un même œuf. Toutefois, on ne les confondait pas.

De la même taille, elles avaient pris la blondeur et les yeux bleus de leur père, mais Anne avait une morphologie plus massive que celle de Rose. Personne ne savait d'où leur venait ce petit nez retroussé charmant. Leurs bouches n'étaient pas exactement semblables : celle d'Anne était plus charnue, plus gourmande que celle de sa sœur.

Rose, une cigarette au coin des lèvres, demanda :
« Anne, tu as racheté de la bière ?

— Non, parce que papa et maman vont rentrer, au cas où tu l'aurais oublié. D'ailleurs, il faudrait que ton copain s'en aille. Tu es folle ou quoi de te balader toute nue ? En plus, tu fumes... Maman sentira l'odeur du tabac en rentrant...

— Mais non, les fenêtres sont ouvertes ! Calme-toi ! Tu te prends pour qui à me sermonner comme ça ? Pour notre chère tante Sonia ? Toi et ta morale de petite fille modèle, il serait temps que tu évolues ! Alors, ferme-la, d'accord ?

— Je... je disais ça pour t'éviter des ennuis, Rose, rien de plus... De toute façon, tu n'en feras qu'à ta tête... »

Le ton résigné de sa sœur finit d'exaspérer Rose. Anne était vraiment coincée ; il fallait toujours qu'elle lui gâche son plaisir ! Rose s'exclama :
« Tu me fatigues ! Je ne suis pas toute nue, sainte nitouche ! J'ai un slip, au cas où tu ne l'aurais pas remarqué ! L'honneur est sauf, je cache l'essentiel ! »

Anne détourna les yeux. L'impudeur de sa jumelle la gênait. Ce n'était pas nouveau. Jamais elle n'aurait osé se promener vêtue de la sorte hors de sa chambre ! Embarrassée, elle préféra changer de sujet :
« Qu'est-ce que tu fabriques là-haut avec Arthur ? »

Rose mit les mains sur ses hanches et ondula d'un mouvement lascif en regardant sa sœur droit dans les yeux et, lorsque celle-ci devint écarlate, lui demanda, avec un sourire ironique :

« À ton avis, ma chérie, qu'est-ce qu'on pouvait faire ? On s'amuse bien, je te passe les détails. D'ailleurs, que sais-tu des détails en question ? Tu es tellement sage, toi ! Une vraie bonne sœur ! Il y a cent ans, tu serais entrée au couvent, je t'imagine, ah, ah… »

Sur ces mots, Rose fila vers le bar en chantonnant et sortit une bouteille de vodka, son alcool préféré. Elle en avala une rasade directement au goulot. Elle ne lâchait pas sa sœur du regard et semblait s'amuser de son air horrifié. Elle faisait durer le plaisir, attendant une réaction. Anne savait que Rose n'aurait jamais agi ainsi devant leurs parents.

« À quoi tu joues, Rose ?

— Je profite de mes dernières heures de tranquillité. Nos parents sont adorables, je te l'accorde… mais ils nous ont un peu trop couvées ! Anne, tu sembles oublier que nous avons vingt ans toutes les deux puisque, hélas, nous sommes jumelles ! C'est l'âge où nous sommes censées en profiter. Si tu es incapable de t'amuser maintenant, tu ne le feras jamais, tu comprends ? Je m'amuse comme une fille de mon âge au lieu de singer les adultes comme tu le fais ! Et puis, je te signale que toutes mes copines sortent dix fois plus que moi ! »

Anne haussa les épaules. L'impertinence de sa sœur la désolait. Elle ne comprenait pas la rage de vivre qui l'habitait. Elle n'en avait jamais assez ! Mais elle admirait son éloquence. Rose savait toujours ce qu'elle voulait, mais en plus elle l'exprimait avec force et impatience. Les mots semblaient couler comme si elle les avait toujours portés, mûris... et ils explosaient en bouquets rageurs dès que des obstacles contrariaient ses envies.

Anne était incapable d'une telle facilité d'élocution. Elle craignait de dire des sottises, car les mots lui semblaient dangereux, prêts à la trahir à chaque instant. Sa nature paisible la poussait à peser chaque terme avant de parler, suscitant toujours les mêmes réactions de son entourage. Aux yeux de tous, elle présentait une certaine lenteur d'esprit. Elle-même n'aurait pu expliquer ses difficultés, mais elle en souffrait. Alors, elle usait souvent de phrases toutes faites, glanées au fil de ses lectures. Elle allait cependant répondre à Rose lorsque la sonnerie du téléphone retentit dans le salon. Anne, soulagée de couper court à la discussion, s'écria :

« J'y vais ! C'est sûrement papa ! Va t'habiller, Rose, et dis à ton copain de partir... »

Rose soupira, agacée :

« Oh, pas de panique ! Il n'est que cinq heures. À tous les coups, c'est Sonia qui prend de nos nouvelles ! Comme si on était en péril, livrées à nous-mêmes... »

Sur ces mots, Rose écrasa son mégot dans l'évier après l'avoir aspergé d'eau, puis l'enfouit dans la poubelle. Son père l'autorisait à fumer, mais pas dans le cadre familial. La jeune fille faisait mine de respecter cette convention. Si elle appréciait encore certains aspects du cocon familial, son âme rebelle rêvait d'aventure… de quelque chose d'indéfinissable, de violent et sans entraves…

Preuve en était, ce jour-là, son attitude provocante vis-à-vis d'Anne. Au nom de sa sacro-sainte liberté, elle ne voulait pas s'abaisser à effectuer un minimum de tâches ménagères que sa sœur avait donc exécutées seule, cette semaine.

Anne venait de décrocher. Prendre les appels était un vrai plaisir pour elle. Comme une enfant qui aime faire montre de sa bonne éducation, elle prenait alors une voix posée pour s'adresser à l'interlocuteur. Rose en profitait pour se moquer d'elle chaque fois qu'elle assistait à son numéro.

« Oui, c'est Anne, j'écoute ! »

Rose rit méchamment, mais ce fut de courte durée. L'expression joyeuse d'Anne venait de s'effacer comme par magie, cédant la place à une grimace inaccoutumée. Rose comprit aussitôt qu'il se passait quelque chose d'anormal.

« Eh bien, qu'est-ce qu'il y a ? Anne ? Réponds ! »

Mais sa jumelle restait immobile, comme pétrifiée. Elle ouvrait et refermait la bouche comme pour articuler un son, mais aucun mot ne franchit le bord de ses lèvres. Puis elle s'affaissa lentement et atterrit sur le tapis, sans connaissance.

« Anne ! Anne ! hurla Rose. Arrête ça ! »

Prise de panique, elle s'agenouilla près du corps inerte de sa sœur qu'elle secoua de toutes ses forces.

« Relève-toi ! Je t'en prie… Anne ! Mais, que se passe-t-il donc ! »

L'écho affaibli d'une voix attira son attention. Elle venait du téléphone. Rose prit l'appareil avec crainte.

« Oui, qui est au bout du fil ? Ma sœur s'est trouvée mal ! »

Rose reconnut le timbre grave de son oncle Gérald, le mari de Sonia. Tout de suite, la jeune fille se crispa.

« Gérald ? Qu'est-ce que tu as raconté à ma sœur ? Elle ne va pas bien du tout !

— Rose, sois courageuse… Il s'agit de vos parents…

— Quoi, nos parents ? s'exclama-t-elle, tandis que son cœur battait à grands coups affolés.

— Ils ont eu un accident, à quelques kilomètres de la ville. Je suis sur les lieux. »

Rose eut un pressentiment. D'une voix terrifiée, elle balbutia :

« Ils sont morts, c'est ça ?

— Oui, ma petite Rose ! Ils n'ont pas souffert… Ne bougez pas de la maison. J'ai prévenu Sonia, elle va vous rejoindre. Votre pauvre tante est aussi sous le choc. C'est une horrible tragédie. Je suis désolé… »

La jeune fille fut incapable de répondre. Elle raccrocha avec l'écho, au fond de son cœur, de ce « ma petite Rose » qui lui donnait une vague nausée. Elle n'était plus une enfant et le ton compatissant de son oncle la hérissait. Cette bouffée de révolte ne servait qu'à repousser l'atroce évidence : ses parents venaient de mourir. Elle ne les reverrait plus. Elle ne pouvait accepter ça.

Anne, revenue à elle, gémissait en tentant de s'asseoir. Rose se jeta à son cou. Les deux sœurs s'étreignirent, toute querelle oubliée. De gros sanglots les secouaient, des mots familiers, pleins de douceur, leur échappaient, nés de leur infinie souffrance à laquelle rien ne les avait préparées.

« Maman !... bégayait Anne. Ma petite maman, papa, ce n'est pas possible... non, ce n'est pas vrai... »

Rose se dégagea. Elle venait d'apercevoir près du canapé la corbeille à tricoter de sa mère. Des pelotes de laine bleue en dépassaient. Elle revit Céline comptant ses mailles, heureuse du modèle choisi.

« Oh ! Anne, c'est affreux ! Je ne peux pas le croire, je ne veux pas... Et papa, qu'est-ce que je vais devenir sans lui ? C'était le seul qui... »

Elle ne put terminer sa phrase. Arthur déboula en bas de l'escalier.

« Mais qu'est-ce que tu fous, Rose ? Tu devais monter de la bière... »

Le jeune homme regarda le visage ravagé des deux sœurs. Il se sentit brusquement mal à l'aise, debout en caleçon fleuri, au milieu du salon.

« Dégage ! Tu entends, dégage ! hurla Rose. Barre-toi, nos parents sont morts... Tu comprends ça ? Allez, casse-toi ! »

Arthur sembla ne pas comprendre. Il remonta dans la chambre comme on s'enfuit. Rose lui jeta un regard méprisant et se serra plus fort contre sa jumelle. En cet instant de pure douleur, Anne devenait un refuge, une présence vivante à laquelle il fallait s'accrocher. La perte de leurs parents les replongeait dans le même état d'enfance, celui des cauchemars où l'abandon menace. Elles pleurèrent de plus belle, se tenant par la main.

Leur tante Sonia arriva peu de temps après.

C'était une habituée de la maison, elle avait même un double des clefs. Elle entra d'un pas rapide, le visage gonflé par les larmes. Elle trouva ses nièces assises toutes les deux par terre. Elle s'agenouilla près d'elles et éclata en sanglots.

« Mes pauvres chéries, vous voilà toutes seules. Ce n'est pas possible, c'est une vraie catastrophe ! J'ai perdu ma sœur, mon unique sœur. Céline va me manquer atrocement, et à vous encore plus, je sais bien... Mais n'ayez pas peur, votre oncle et moi, nous sommes là, près de vous ! »

Anne, éperdue de gratitude, se blottit contre sa tante, mais Rose se leva. Elle avait besoin de bouger. Les paroles de Sonia, dont la jeune fille ne s'était jamais sentie très proche, avaient ravivé des images rebutantes. Elle aurait pu hurler sa rancœur, la haine qui brûlait encore dans ses veines.

Discrètement, elle monta dans sa chambre s'habiller, puis elle sortit dans le jardin et alluma une cigarette. Cela lui procura un peu d'apaisement. Cependant, les arbustes d'ornement, la pelouse d'un vert vif, les fleurs des parterres lui parurent absurdement radieux sous le soleil d'avril. Cette vision familière, pleine de couleurs et de lumière, donna à Rose une impression d'irréalité. C'était le printemps, rien n'avait changé autour d'elle, et pourtant ses parents étaient morts. Ce décor leur appartenait, ils y avaient ri, s'étaient promenés, guettant le premier bouton de jonquille. Il lui parut impossible de ne jamais les revoir, là, se tenant par le bras.

Dans le même temps, une angoisse irrépressible

la prit, car elle se voyait condamnée à subir la tutelle de son oncle Gérald et de Sonia.

« Ce n'est pas juste ! pensa-t-elle. C'est un cauchemar… ils vont revenir ! Et puis dès que je me sentirai prête, je partirai… Si Gérald veut faire la loi, il trouvera à qui parler ! »

Malgré la douceur de l'air, la jeune fille grelottait. Il lui semblait tout à coup qu'elle ne serait plus jamais en sécurité.

« Comment des choses pareilles arrivent-elles ? se dit-elle en prenant une autre cigarette. Ce n'est pas possible… Et moi qui les trouvais ringards, hyper protecteurs. Jeudi dernier, j'ai encore reproché à papa de surveiller de trop près mes copains, mon travail à la fac… Je leur en voulais, sans doute, à cause de ce salaud… »

Rose descendit le perron et marcha à grands pas vers le fond, du jardin. Des sanglots l'étouffaient.

Dans le salon, lovée contre sa tante qui tentait de la calmer, Anne continuait de pleurer. Son esprit refusait d'admettre les faits. Elle bredouilla, en reniflant :

« Mais qu'est-ce que nous allons devenir, Rose et moi ? »

Sonia lui caressa les cheveux avec tendresse.

« Ton père a sûrement pris depuis longtemps ses dispositions. C'était un homme tellement sérieux. Ne te tracasse pas, ma petite Anne. Nous n'allons pas vous abandonner… Vous n'avez plus que nous. Notre famille n'est pas bien grande, n'est-ce pas ? Quand je pense que nos parents, à Céline et moi, sont morts il y a déjà dix ans… L'un après l'autre. Tu te souviens, ma puce ? Votre papi est parti le premier d'un cancer, et votre mamie s'est laissée emporter par la grippe, son problème de diabète n'ayant rien arrangé. Elle n'avait plus le courage de se battre. Du côté de Pierre, ton papa, et cela me donne des frissons, c'est aussi un accident de voiture qui a coûté la vie à ses parents et à son jeune frère. Une hécatombe... Rose et toi, cela vous a manqué, la présence de vos grands-parents ! Nous sommes bien peu de chose face au destin ! »

Sonia était sincère. Elle n'aurait sans doute pas eu le temps de faire cette homélie funèbre si Rose était restée dans le salon. Anne étouffa un sanglot.

« C'est vrai ce que tu dis, tata !

— Allons, du courage ! reprit Sonia. Quand le premier choc sera passé, nous trouverons un arrangement. En attendant, n'aie pas peur, je suis là, ma chérie. »

Rassurée malgré sa douleur profonde, Anne embrassa sa tante comme une fillette avide d'affection. Pour l'instant, l'avenir ne l'intéressait pas. Un grand nuage noir la rendait aveugle, ce deuil impitoyable qui la terrassait.

Il y eut ensuite les heures les plus pénibles. Les corps de Céline et de Pierre furent transférés à la morgue de l'hôpital Purpan, en banlieue de Toulouse. Sonia avait jugé cela préférable, car elle pensait qu'il valait mieux éviter à ses nièces la vision de leurs parents. Gérald s'était chargé de l'identification et il lui avait confié que c'était un spectacle difficilement supportable.

« Ce serait affreux pour vous, expliqua-t-elle à Anne le lendemain matin. Ton oncle se charge des formalités et des obsèques. Cependant, si Rose et toi souhaitez quand même revoir une dernière fois vos parents, nous vous emmènerons.

— Oh non, tata ! s'écria la jeune fille. Je veux me souvenir d'eux comme ils étaient le matin du départ : tellement heureux !»

Rose écoutait la conversation. Sa sœur l'exaspérait à donner du « tata » à Sonia, une manie qui remontait à la petite enfance. Et elle percevait sous l'affliction de leur tante une sorte de détachement étrange. Elle ne put s'empêcher de murmurer :

« Le plus important pour toi, Sonia, c'est que tout soit fait dans les règles, n'est-ce pas ? Beaucoup de fleurs, de musique, des cercueils de qualité, pour prouver aux voisins que nous sommes des gens bien. Moi, j'en ai assez, ils ne font que défiler chez nous depuis hier soir. Sans compter les coups de fil ! »

Sonia dévisagea Rose d'un air affligé.

« Ma pauvre petite ! J'espère que tu auras la correction de remercier ces gens… Ton père était très apprécié dans le quartier, ta maman encore plus.

— C'est de l'hypocrisie ! tempêta Rose. Et ton mari est aussi sournois que toi ! »

Sonia voulut protester, mais Anne se mit à pleurer en gémissant.

« Arrêtez ! Tata, Rose ! Vous vous disputez tout le temps… Je n'en peux plus, je n'en peux vraiment plus. »

Rose se leva, indécise. Sa jumelle était au bord de la crise de nerfs. Elle tapait le canapé de ses poings fermés et roulait des yeux hagards.

« Désolée ! Je ne voulais pas te rendre malade, Anne. Je sors... »

Rose attrapa son sac sur la commode du vestibule ainsi qu'un poncho bariolé qu'elle affectionnait. Une fois le portail du jardin franchi, elle sentit un vent frais lui caresser les joues. Le soleil de la veille avait cédé la place à un temps gris et humide.

« Jour de deuil ! songea-t-elle en s'éloignant. Au moins, je respire à mon aise. »

Ses longs cheveux blonds nattés en une seule tresse dans le dos, Rose se dirigea vers le premier arrêt de bus.

« Je vais aller voir Arthur. Il a intérêt à être chez lui. »

Cet étudiant aux boucles brunes et au regard vert en avait séduit plus d'une. Il procurait à Rose de petites doses de cannabis, qu'elle payait avec son argent de poche. Torturée par la mort brusque de ses parents, la jeune fille cédait à un besoin instinctif d'oubli et de divertissement.

« Maman disait toujours que j'étais plus en avance que ma sœur, pensa-t-elle en cherchant son paquet de cigarettes au fond de ses poches. C'est sûrement vrai, mais elle ne saura jamais à quel point... »

Vingt minutes plus tard, Arthur lui ouvrait sa porte, la mine contrariée. Il n'était pas seul dans le studio enfumé. Rose lança un regard glacial aux deux filles étendues sur le divan.

Arthur avait un faible pour Rose et ses excès d'autorité. Il fit signe à ses visiteuses de partir.

« Comment tu vas ? demanda-t-il dès qu'ils furent seuls. C'est nul, ce qui t'arrive...

— Oui ! dit-elle en haussant les épaules. Dis, tu roules un pétard ?... »

Rose ôta son poncho, puis tous ses vêtements. Elle déambula nue de la fenêtre au coin cuisine. Un instant, le sourire de son père traversa son esprit, puis le regard doux de sa mère.

« Oh zut ! Je les vois sans arrêt ! » gémit-elle.

Arthur lui tendit un joint préparé par ses soins, puis il l'attira vers le lit.

*

Sonia avait investi la maison où ses nièces, la plupart du temps silencieuses et moroses, erraient d'une pièce à l'autre. Rose s'enfermait souvent dans sa chambre, où elle fumait cigarette sur cigarette ; Anne ne quittait pas sa tante qui se calmait les nerfs en faisant le ménage du matin au soir.

Quant à Gérald, promu chef de famille, il passait une vingtaine de minutes à l'heure du déjeuner, se partageant entre son travail et l'organisation des funérailles. Ce jour que les deux sœurs redoutaient tant arriva pourtant. C'était un mercredi pluvieux.

« Ma petite Anne, tu devrais te mettre en noir, déclara Sonia dès le petit-déjeuner. Les collègues de ton papa seront présents, il faudra être courageuse.

— Oui, tata ! balbutia la jeune fille en retenant un flux de larmes.

— Moi, je ne veux pas porter le deuil ! annonça Rose d'un air de défi. Je mets ma robe rouge. C'est bien connu, j'adore cette couleur. »

Sonia la fixa durement en répliquant, d'un ton ironique :

« Le rouge ne va pas aux rousses, sais-tu ! Et tu as une mine de papier mâché... Si tu veux te faire remarquer, porte du bleu ou du vert, cela t'avantagera.

— Je ne suis pas rousse ! Anne et moi, nous sommes blondes, ce doré vénitien dont parlait papa si souvent. Et puis je me fiche de ton opinion, Sonia.

— Si tu tiens à faire ton deuil à la chinoise et à t'habiller en rouge, continue, tu seras ridicule. Quelle honte ! Tu pourrais faire un effort pour tes parents. »

Rose quitta le salon en claquant la porte. Elle aurait pleuré autant que sa sœur, mais son orgueil la dominait. Elle répugnait à l'idée de montrer son chagrin à sa tante, comme cela l'exaspérait de revoir de lointains membres de sa famille et quelques cousins de Toulouse. Elle tourna le verrou, posé par son père un an plus tôt, sous prétexte de ne pas être dérangée par les visites de sa sœur qui ne frappait jamais.

« Enfin seule ! »

Dans moins d'une heure, ils seraient tous à l'église, puis il faudrait suivre le corbillard jusqu'au caveau familial. Rose serra les mâchoires, puis elle prit une énième cigarette.

*

Les jumelles marchaient en tête du cortège, suivies de Gérald et de Sonia. Rose avait mis sa robe rouge, mais un grand imperméable blanc écru la cachait des regards. Néanmoins, cette tenue contrastait avec les couleurs sombres ou carrément noires portées par les personnes présentes aux obsèques. Rose en éprouvait une fierté malsaine, se disant qu'au moins elle différait de cette masse obscure, de tous ces gens qu'elle méprisait sans bien savoir pourquoi.

Les deux orphelines, si cruellement éprouvées, attiraient tous les regards. Le blond lumineux de leurs cheveux et leurs grands yeux bleus faisaient contraste avec la grisaille de ce jour de deuil.

Anne, attristée par la tenue peu conventionnelle de Rose, la tenait cependant par le bras. Elle avançait d'un pas saccadé, comme si elle allait s'effondrer à chaque instant. Les funérailles venaient d'être célébrées ; il ne restait plus que la cérémonie de la mise en terre.

« Céline était ma sœur ! avait dit Sonia. Je sais qu'elle voulait être inhumée à Muret, là où repose notre famille. Je connais le prêtre... Je veux des fleurs blanches, beaucoup de fleurs blanches ! »

À la fin de la messe, Rose devait réciter un poème de Victor Hugo et Anne, un texte écrit par Sonia. Mais au dernier moment, Rose avait refusé de s'exécuter. Au fond de son cœur montait une fureur froide qui ne faisait que grandir à présent qu'elle marchait près de sa sœur.

« Moi, je quitterai Toulouse le plus vite possible ! murmura-t-elle à l'oreille d'Anne. Je ne veux pas vivre sous la férule de Sonia.

— Mais tais-toi donc ! implora sa sœur, ruisselante de larmes. J'ai trop de chagrin, Rose. Ce n'est pas le moment de parler de ça. »

Anne ne comprenait pas la réaction de sa jumelle. Sa nature soumise la poussait à obéir à sa tante. Ainsi, toute vêtue de noir, parmi les senteurs d'encens, avait-elle lu d'une voix tremblante, sous la voûte de l'église, le texte de Sonia. En revenant à sa place, elle avait eu droit au regard plein de reproches de sa sœur.

« C'était ridicule ! avait protesté Rose. J'ai honte pour toi. En plus, je suis sûre que notre tante n'en pensait pas un mot, mais bon, elle se met à l'honneur, comme toujours !

— Mais non, c'était joli, si joli… » avait bredouillé Anne.

Un fossé se creusait entre elles deux, à cause du deuil qui les accablait, de l'attitude protectrice et sévère de leur tante. Si cela rassurait Anne, Rose avait de bonnes raisons pour vibrer de haine…

Une pluie fine tombait sur le cortège funèbre composé de nombreuses silhouettes sombres aux gestes mesurés et discrets.

Rose préférait ce temps frais et maussade au radieux soleil des jours précédents. Le ciel bas, lourd de nuages gris, lui semblait en accord total avec sa détresse. L'allée suivait un tracé rectiligne, entre deux rangées de caveaux. Anne sanglotait :

« Quelle horreur, Rose ! Nos parents chéris… Ils me manquent tant ! Nous allons leur dire adieu pour de bon… »

Rose ne put prononcer aucun mot de réconfort. Les lèvres serrées, elle observait tous ces individus vêtus de noir qui marchaient en silence, hormis quelques chuchotis. Anne trébucha. Rose l'aida à se relever et lui intima, d'un ton dur :

« Sois courageuse, ne te donne pas en spectacle ! La moitié de ceux qui sont ici se moquent bien de notre peine. Ils viennent par politesse, par curiosité, pour se montrer. Je les déteste !

— Chut ! fit Anne, rouge de confusion. Ne parle pas si fort… »

Sonia les suivait, soutenue par Gérald qui, en époux attentionné, la couvait d'un sourire attristé. Le fourgon noir et gris s'arrêta devant un monument de style ancien en marbre rose. Des gerbes de fleurs fraîches étaient déjà disposées de part et d'autre du caveau.

Anne se mit à trembler. Elle ferma les yeux pour ne pas voir les deux cercueils de chêne sortir du corbillard. Il ne fallait pas penser aux corps brisés enfermés à l'intérieur, froids et raides, que l'on ne pourrait plus toucher, embrasser, tels qu'ils étaient quelques jours plus tôt, pleins de vie et d'amour.

Son père Pierre, si fort, si rieur, l'avait-elle bien connu, au fond ? Lorsqu'il rentrait tard le soir, Anne voyait bien que sa mère se forçait à sourire. Était-il infidèle ? Anne se reprocha d'avoir de telles idées à un moment pareil. Aujourd'hui, ils étaient réunis pour l'éternité et ça n'avait plus aucune importance.

Rose trouva le courage de regarder fixement les cercueils sans verser une larme. Ses idées l'emmenaient au-delà du caractère irréversible de la mort, obsédée qu'elle était par un besoin de fuir ces lieux, ces gens.

Le prêtre invita les personnes assemblées à bénir

une dernière fois les défunts. Le moment des condoléances approchait, où les membres de la famille devraient répondre aux mots de sympathie. Soudain, Anne se fit lourde au bras de Rose. Celle-ci, qui redoutait l'effondrement de sa sœur, lui pinça violemment le bras.

« Tiens-toi, Anne, ne te fais pas remarquer ! » maugréa-t-elle.

Sonia se précipita sur sa nièce :

« Allons, ma chérie... Je suis là ! »

Anne poussait de petites plaintes atroces, la bouche ouverte comme si elle suffoquait. Gérald aida sa femme à la soutenir.

« Elle va s'évanouir ! Il faudrait l'allonger ! » conseilla-t-il.

Rose se jeta sur sa sœur et la saisit brutalement par l'épaule. Une femme très élégante, au chignon argenté, s'exclama choquée :

« Ces pauvres enfants perdent la tête !

— Pas du tout ! rétorqua Rose en la dévisageant avec mépris. Ma sœur est une vraie loque, vous comprenez ? Elle n'a jamais eu de dignité... Mon père dirait la même chose ! Tu entends, Anne ? Tu as l'air de quoi dans les bras de ta chère tata ! »

Anne releva une face blême, marquée de plaques roses.

« Tais-toi, Rose, bredouilla-t-elle. Tu n'as pas de cœur ! Tu es un monstre ! »

Le prêtre, désemparé, se décida à interrompre la scène, fort pénible à son goût.

« Mesdemoiselles, respectez au moins ce lieu ! Ceux qui reposent ici ont droit au silence.

— Oh ! Vous ! »

Rose était remontée comme un ressort. Son agressivité était sa façon de manifester sa peine et sa colère. En haussant les épaules, elle répondit :

« Je suis sûre que vous ne pensez pas la moitié de ce que vous avez dit à l'église ! Tout le monde s'en fout, ici, de ma sœur et de moi... Et aussi de mes parents. Dans dix minutes, ils bavarderont autour d'un verre ! »

Sonia entraîna Anne à l'écart. Gérald prit Rose par la main et ordonna, tout bas :

« Maintenant, tiens-toi tranquille ! Nous réglerons ça à la maison. Insulter le prêtre, faire un tel affront à ta tante... Si je m'écoutais, je te ficherais une claque ! »

Gérald était un homme dans la force de l'âge. À peine plus grand que sa nièce, les épaules carrées, il portait ses premiers cheveux gris avec élégance, mais son visage sanguin, sa bouche épaisse trahissaient une nature violente et sensuelle.

Rose se dégagea avec une brusquerie farouche. Elle cria, d'un ton hystérique :

« Oh, toi ! Laisse-moi tranquille ! Occupez-vous de ma sœur, toi et ta femme. Vous en ferez ce que vous voudrez un jour ou l'autre. Mais pas moi ! Pas moi ! Plus jamais... »

Sans un regard en arrière, Rose s'éloigna à grands pas. Passé l'enceinte du cimetière, la jeune fille s'appuya contre le mur extérieur et s'empressa d'allumer une cigarette.

Les jours à venir, les semaines, les mois lui paraissaient chargés de sombres dangers. Comment supporterait-elle une existence étroite, ponctuée des jérémiades stupides de sa sœur, de la surveillance soi-disant bienveillante de Sonia et de Gérald ? Leur oncle avait déjà décrété qu'elles devaient toutes les deux poursuivre leurs études. Il prévoyait également de les héberger pendant un an et, pour cette raison, il comptait mettre en vente la maison où elles avaient grandi...

« Moi, je resterai chez nous tant qu'il n'y aura pas d'acheteur, promit Rose. Je n'irai jamais habiter chez Sonia. Avec cette ordure de Gérald qui joue les bons tontons paternalistes... Tant pis pour Anne ! Ma sœur n'est qu'une imbécile. Je la déteste quand elle se laisse aller comme ça... »

Rose étouffa un sanglot d'angoisse. Jamais elle ne s'était sentie aussi seule.

Quinze jours s'écoulèrent. Les jumelles occupaient toujours leur maison. Cette situation s'était instaurée sans mise au point précise, Sonia jugeant que ses nièces ne devaient pas quitter trop vite le cadre familial. Elle s'était installée dans la chambre d'amis. À tout ce que disaient les deux jeunes filles, l'une en pleurant, l'autre en se plaignant froidement de sa présence, elle répondait par un éternel :

« Bien sûr, vous êtes tellement choquées. »

Ainsi, quand Rose avait exigé de rentrer chez elle aussitôt après les obsèques, Sonia avait accepté en hochant la tête, pleine de compassion.

« C'est normal que tu aies envie de te retrouver chez toi. Si vous êtes d'accord, je viendrai vivre avec vous quelque temps. Je vous déchargerai de toutes les corvées de la maison. »

De même, lorsque Anne avait supplié sa tante de dormir près d'elle sur un lit pliant les premières nuits, Sonia avait répliqué :

« Cela ne pose pas de problème ! Vous savez, mes chéries, Gérald et moi, devant le drame qui vous touche, sommes prêts à tous les sacrifices. »

Cette réponse avait fait grimacer Rose, mais elle n'avait pas fait de commentaires. Sonia et Gérald, se sacrifier ! C'était nouveau ! Une colère froide semblait la maintenir dans un état de lutte qui l'empêchait de prendre vraiment conscience de son deuil. Cette rage la grisait, lui ôtant presque la sensation de chagrin.

Il leur fallut apprendre à vivre dans une maison qui paraissait bien plus grande sans la présence de leurs parents. Chaque objet, chaque détail leur rappelait le temps heureux où ils vivaient là, tous les quatre.

Gérald venait dîner, en montrant bien qu'il regrettait d'être privé de son épouse, ce qui exaspérait Rose au plus haut point. Sonia répondait qu'elle ne voulait pas abandonner ses nièces, selon son expression, et toute cette comédie semblait réglée au détail près. Bien entendu, Anne ne voyait rien et semblait se complaire dans son chagrin, dans ce rôle de victime qu'elle avait toujours aimé. D'ailleurs, se disait Rose, n'en rajoutait-elle pas un peu ?

Afin d'éviter sa tante et son oncle, Rose s'enfermait souvent dans sa chambre, où elle pouvait lire en paix, et surtout fumer. Personne ne se doutait qu'elle avait également caché sous son lit une bouteille de whisky. L'alcool lui faisait du bien, il l'aidait à oublier, croyait-elle, le présent et l'avenir qui l'effrayaient.

Aucune des jumelles n'avait parlé de retourner à

la fac et de passer les partiels de fin d'année. L'une comme l'autre savait qu'elle n'aurait pas réussi l'examen, et la comédie d'assiduité aux cours destinée à leurs parents n'avait plus sa raison d'être. Anne n'y était allée que pour faire comme Rose, et cette dernière, pour goûter enfin aux joies de la vie d'étudiante. Aucune des deux n'avait vraiment pensé à faire sérieusement des études. Aujourd'hui, c'était une évidence.

Curieusement, ni Gérald ni Sonia n'avaient fait la moindre remarque à ce sujet. Sans doute cherchaient-ils à les amadouer, se disait Rose, mais cette attitude l'arrangeait bien.

En attendant, les deux sœurs devaient supporter leur oncle et leur tante dans leur rôle de bons Samaritains. Gérald leur remettait une somme d'argent raisonnable en début de mois et s'occupait des démarches administratives. Rose et Anne avaient bien conscience qu'elles auraient été incapables de s'en sortir seules.

Il y eut cependant, pendant ces deux semaines, une soirée placée sous le signe de la douceur et des souvenirs. Sonia avait commencé à évoquer l'enfance de ses nièces. Anne l'écoutait bouche bée et Rose, malgré son envie de s'éclipser, était restée sur place. Leur tante avait une façon agréable de parler du passé et par moments certaines de ses intonations rappelaient celles de leur mère.

Petites filles, elles n'étaient jamais séparées bien longtemps. Le jardin était leur domaine merveilleux grâce à la cabane que leur père avait construite sous un lilas. Ce lieu était vite devenu un havre contre le monde extérieur. À l'école, les enseignants, d'abord partisans de les éloigner un peu l'une de l'autre en leur assignant des classes différentes, avaient fini par les laisser ensemble. Rose refusait de travailler sans Anne à ses côtés, et vice-versa. Les choses s'étaient gâtées au moment de l'adolescence.

« Eh oui, mes chéries ! disait Sonia. Vous avez toujours suivi le même chemin alors que vous êtes bien différentes de caractère ! Physiquement, vous êtes aussi jolies l'une que l'autre mais pas parfaitement identiques, heureusement d'ailleurs ! »

Anne s'était alors écriée, presque souriante :

« Moi, j'étais moins jolie que Rose, tata ! J'ai eu des boutons et des kilos en trop. Remarque, j'ai encore tendance à prendre du poids... Ma sœur, elle, plaisait à tous les garçons ; moi, ils ne me voyaient pas !

— Normal, avait répliqué sa jumelle, tu n'as jamais voulu t'habiller à la mode, ni suivre mes conseils... »

Sonia avait baissé la tête en soupirant. Rose avait ajouté, d'un ton dur :

« Et puis je n'ai pas envie de parler de ça ! Je m'en serais bien passée, de plaire à tout le monde... Cela n'a pas que des avantages, crois-moi... »

Anne avait cru percevoir un sanglot dans la voix de sa sœur, mais elle n'avait pas eu le temps de l'interroger. Rose s'était déjà levée pour aller se claquemurer dans sa chambre.

Sonia, plus nerveuse que d'ordinaire, avait allumé la télévision et avait regardé d'un air boudeur une émission sur les oiseaux migrateurs.

Ce soir-là, le seizième jour après l'accident fatal, Gérald téléphona vers dix-huit heures et discuta longuement avec son épouse. Sonia raccrocha enfin avec une mine embarrassée. Anne, qui l'observait, demanda gentiment :

« Qu'est-ce que tu as, tata ? »

Rose crispa les mâchoires. Elle ne supportait plus d'entendre sa sœur appeler ainsi Sonia, une femme de quarante-trois ans, coquette et active. Ce terme affectueux de « tata » sonnait faux. Mais Rose avait renoncé à donner son avis. Anne n'en tenait aucun compte et se mettait à pleurnicher.

« Ne t'inquiète pas, ma petite Anne ! murmura Sonia dans un souffle. Ton oncle vient de me proposer une sortie. Obligatoire, je vous préviens toutes les deux !

— Tu serais gentille de ne pas décider pour moi ! protesta immédiatement Rose, sur le qui-vive.

— Ne t'emballe pas ! répliqua sa tante. Il ne s'agit que d'aller dîner chez le notaire et ami de votre père, maître Vindel. Il n'a pas pu assister aux obsèques, mais son épouse a envoyé une gerbe hors de prix ! Il veut vous parler.

— Quel beau geste ! ironisa la jeune fille. Tu as bien écouté, Anne ? Il faudra être aimable avec ce bon notaire... Il faut toujours être obéissante quand les hommes sont riches et puissants. Tu n'oublieras pas ça, petite sœur ! »

Anne jeta un regard affolé à Sonia avant de bredouiller, les joues rouges d'émotion :

« Ce ne serait pas poli de refuser, n'est-ce pas ? Si tu crois que nous devons y aller... moi, je veux bien, mais je ne les connais pas, ces gens. »

Sonia se leva, sans oublier de tapoter le canapé, une de ses manies. Les bras croisés sur sa poitrine, elle expliqua posément :

« Maître Vindel ne nous invite pas sans raison sérieuse, mes chéries. Votre père lui a laissé des instructions à votre sujet. Bien sûr, il pourrait vous convoquer à son étude, mais c'est par amitié pour vos parents qu'il donne à ce rendez-vous un côté amical. Il veut vous entretenir également de la vente de la maison pour laquelle il a un acquéreur sérieux. Votre oncle ne m'a pas donné plus de détails. »

Rose ferma le livre qu'elle feuilletait.

« Après tout, ce sera sans doute cocasse, ce dîner. Je reste telle quelle, je vous préviens. »

Sa tante l'examina d'un œil navré. Elle portait un jean usé et un pull gris, assez délavé. Ses cheveux se répandaient, mal brossés, sur ses épaules.

« Tu pourrais faire au moins l'effort de te coiffer, Rose. En souvenir de ma pauvre sœur, qui aimait tant te voir bien tenue… Tu devrais agir comme si elle était encore là ! Pour respecter sa mémoire…

— La ferme ! hurla subitement Rose, les yeux fous. Tais-toi, je n'en peux plus de tes réflexions, et cesse de me parler comme si j'avais douze ans ! Garde ce ton pour ma sœur ! Maman m'aimait, habillée ou coiffée telle que j'étais ! Je ne suis pas sûre que ce soit ton cas ! »

La jeune fille grimpa l'escalier en proférant des récriminations. Anne se précipita au cou de Sonia :

« Ne lui en veux pas, tata ! Rose souffre autant que nous, tu sais, mais elle est fière. Dis-moi comment m'habiller, je n'ai pas beaucoup de noir dans ma garde-robe.

— Viens, je vais te conseiller ! Ma petite Anne, toi, tu es raisonnable ! Allons dans ta chambre, je veux que tu sois très jolie. Cela fera peut-être réfléchir ta sœur. »

Anne posa sa joue contre l'épaule de sa tante.

« Tu es si gentille pour nous ! gémit-elle, au bord des larmes. Je voudrais tant que ma sœur le comprenne… »

Sonia la serra bien fort dans ses bras et enfin les mots qu'elle n'avait pas encore osé prononcer sortirent de sa bouche :

« C'est ce que je veux être pour toi, ma chérie ! Si seulement Rose te ressemblait ! Elle me désespère, sais-tu ! Sa présence m'est parfois insupportable… On dirait qu'elle me déteste, alors que je fais tout pour vous aider !

— Mais tu l'aimes quand même ? demanda Anne.

— Bien sûr, ma puce, bien sûr… »

Blottie dans le giron de sa tante, la jeune fille ne vit pas le regard dur de Sonia, ni son sourire excédé.

Sonia commençait à en avoir par-dessus la tête de supporter ces jeunes femmes. L'une passait son temps à se lamenter et semblait retombée en enfance, l'autre l'agressait en permanence. Elle avait de plus en plus de mal à trouver des prétextes pour rejoindre Jimmy l'après-midi. Les seuls points positifs, se disait-elle, c'est qu'elle n'était pas obligée de vivre avec Gérald et que la finalité de tout ça devrait être gratifiante…

La séance d'habillage était terminée. Sonia fit tourner Anne sur elle-même en l'admirant d'un œil satisfait. Sa nièce lui semblait à la fois embellie et d'une élégance discrète.

« Ma chérie, tu es ravissante ! Et c'est très important ! Malgré ton deuil, il faut prendre soin de toi. Quand votre grand-père est mort, il y a dix ans, j'étais brisée par le chagrin, mais j'ai tenu à rester digne, comprends-tu ? Ce soir, je suis sûre que tu feras une bonne impression à maître Vindel… »

Anne s'empourpra de plaisir. On la complimentait rarement sur son apparence. Suivie de sa tante, elle sortit de sa chambre.

Pour la première fois depuis le décès de ses parents, un peu de joie se glissait dans son cœur. L'image que lui avait renvoyée son miroir n'y était pas étrangère. Ses cheveux mi-longs étaient relevés en chignon, ce qui donnait de la distinction à son visage. Sa tante avait choisi comme toilette une robe noire toute simple, agrémentée d'une ceinture dorée. Une légère touche de maquillage achevait de la métamorphoser.

Rose apparut au même instant sur le palier. Anne, qui s'élançait vers elle, s'arrêta net avec un cri de stupeur :

« Oh non ! Qu'as-tu fait à tes cheveux ? »

Sonia poussa une exclamation de colère :

« Quel gâchis ! Regardez-moi ça… un vrai polichinelle ! »

Rose les toisa du regard. Toujours habillée de son jean élimé, elle avait troqué son pull gris pour un gilet rouge vif. Une écharpe aux motifs bariolés ornait son cou mince, mais ce n'était pas ces audaces vestimentaires qui avaient choqué sa tante et sa sœur. Rose venait de se couper les cheveux seule, à la diable, sans respect d'une quelconque harmonie, et cela lui donnait une allure farouche et un peu bizarre.

« J'en rêvais ! déclara-t-elle. Mais papa me préférait les cheveux longs. Maintenant, ça ne choquera plus personne... À part Gérald, peut-être, qui apprécie les femmes aux longs cheveux, pour mieux les rabaisser à un rôle d'esclave... »

Sonia se raidit tout entière.

« Je t'interdis de critiquer ton oncle ! hurla-t-elle. Il se démène pour vous depuis des jours. Et je te signale, petite imbécile, qu'il adore mes cheveux courts. »

Un sanglot sec l'empêcha de poursuivre. Elle s'appuya au mur et sembla manquer d'air.

« Comment peux-tu dire une chose pareille ? s'écria Anne, les yeux pleins de larmes. Tu n'as pas honte de t'en prendre à tata comme ça ! Et à oncle Gérald ! Tu deviens vraiment méchante. Je ne comprends pas pourquoi ! »

Les deux sœurs se dévisagèrent. Rose, brusquement attendrie par le visage ravagé de sa jumelle, eut un mouvement vers elle, comme pour l'embrasser, cependant la présence de leur tante l'en empêcha.

Gérald entra au même instant. Apercevant Anne en haut de l'escalier, il monta les marches à toute vitesse. À peine essoufflé, il découvrit sa femme le visage déformé par la colère et Rose sous son nouvel aspect. Il leva les bras au ciel.

« Quelle mascarade ! gronda-t-il. Tu ne vas quand

même pas aller chez maître Vindel déguisée ainsi ? Tu veux nous faire honte ! Et qu'as-tu fait à tes cheveux ? C'est ridicule ! Va te changer immédiatement ! »

La jeune fille serra les poings. Son oncle lui inspirait un sentiment proche de la haine et ce n'était pas nouveau. Elle rétorqua, d'une voix méconnaissable :

« Tu n'as pas d'ordre à me donner ! Tu n'es pas mon père, Gérald. Tu n'es rien pour moi ! Et puis je suis majeure ! Alors j'irai à ce repas dans la tenue de mon choix. Et si cela vous rend malade à ce point, je reste ici !

— On se passerait bien de ta présence, mais tu dois nous accompagner, ma pauvre fille ! soupira son oncle. Puisque tu as décidé de jouer les fortes têtes, allons-y ! Et si tu n'as aucun respect pour la mémoire de tes malheureux parents, tant pis ! Cela te regarde… »

Gérald tourna les talons et, agitant ses clefs de voiture, il se dirigea vers la porte, suivi de Sonia qui tenait Anne par le bras. Rose haussa les épaules et dit, entre ses dents :

« J'ai sûrement plus de respect pour eux que toi et ma tante. Bande d'hypocrites… »

Georges Vindel habitait une luxueuse maison, à la sortie de Toulouse, sur la route d'Espagne. Le notaire, âgé d'une cinquantaine d'années, attendait ses invités en relisant rapidement une pile de documents. Son épouse Véronique s'affairait dans le salon. Leur fils unique, Paul, se chargeait de disposer sur la table basse des ramequins garnis d'olives et de fruits secs. Le bruit d'un moteur lui fit lever la tête.

« Nos invités arrivent ! annonça le jeune homme avec un petit sourire gêné. J'ai tout préparé pour l'apéritif ! »

Paul avait vingt-six ans. Bâti en athlète, grand amateur de jardinage, il étudiait le droit afin de reprendre l'étude de son père. Il avait déjà redoublé deux années de fac. Né dans un autre milieu, il aurait sûrement appris un métier manuel, plus approprié à ses capacités. Depuis son enfance, il aimait bricoler, mais, chez les Vindel, on est notaire de père en fils. On le poussait donc à embrasser une profession plus conforme à la tradition familiale. Au prix de gros efforts, il ne tarderait pas à toucher au but.

Paul avait beaucoup entendu parler, ces derniers jours, des jumelles nommées Rose et Anne. Il savait que leurs parents avaient trouvé la mort dans un accident de voiture. Il savait qu'elles étaient provisoirement sous la responsabilité de leur tante. Il était impatient de faire leur connaissance. Mais il ne savait pas comment se comporter avec deux jeunes filles frappées par un deuil aussi récent que pénible... Perdre ses parents de façon brutale, ce devait être un choc énorme.

Sa mère lui glissa à l'oreille quelques recommandations :

« Et surtout, Paul, évite les sujets à risque pendant les discussions. Je veux dire, avec Rose et sa sœur.

— Quels sujets à risque ? » s'étonna le garçon.

La lenteur d'esprit de leur unique rejeton

exaspérait autant Georges Vindel que son épouse, qui répondit avec une vive irritation :

« Par exemple, Paul, évite de parler des accidents de la route. Ça me paraît évident, si l'on a deux sous de cervelle ! »

Le jeune homme baissa le nez. Sa mère lui faisait comprendre dix fois par jour qu'elle le trouvait idiot. Il était habitué… Véronique ajouta aussitôt :

« N'oublie pas que leur maison nous intéresse. Une affaire en or. Et sois au mieux de ta forme si nous voulons voir aboutir les projets de ton père. Ne commets pas de gaffe, tu as compris ? »

Paul eut un moment d'affolement. Le petit jeu qu'on lui imposait ne l'enchantait pas, mais alors vraiment pas…

Un coup de sonnette retentit. Véronique se précipita vers la porte d'entrée. Ce dîner lui semblait d'une grande importance, car elle en espérait beaucoup, même si recevoir celles que son notaire de mari surnommait les « deux orphelines » n'était pas spécialement plaisant.

Sonia entra la première, suivie de Gérald. Maître Vindel s'avança, la main tendue.

« Bonsoir, chers amis ! Sonia, vous êtes ravissante, comme toujours. Gérald, comment allez-vous ? Ma femme et moi sommes navrés de n'avoir pas pu assister aux obsèques. Nous étions au ski, comme chaque année… Vous comprenez… »

Gérald et Sonia firent signe qu'ils comprenaient et qu'il valait mieux ne plus en parler. Le notaire se tourna ensuite vers Anne, qui se présenta dans un murmure. Elle lui parut charmante, avec juste ce qu'il fallait d'appréhension, d'inquiétude dans ses beaux yeux bleus.

« Chère enfant ! Comme vous avez changé, votre sœur et vous. Notre dernière rencontre remonte à une dizaine d'années, au Musée de Saint-Augustin ! Vous ne vous en souvenez sûrement pas ! J'avais discuté un moment avec votre père. »

Anne baissa la tête, rougissante.

« Désolée, je n'en ai aucun souvenir ! » balbutia-t-elle.

Véronique Vindel, pendant ce temps, observait Rose d'un œil étonné. Sonia, à qui cet examen n'avait pas échappé, l'entraîna à l'écart.

« Je suis navrée, Véronique, mais ma nièce se comporte de façon bizarre. Elle réagit à la mort de ses parents par une révolte insensée. Ses vêtements, cette coupe de cheveux, c'est de la provocation pure et simple. Elle me fait pitié, cette pauvre chérie, alors je ne la contrarie pas. Ne faites pas attention. Anne, au contraire, malgré son chagrin, se montre d'une douceur touchante. »

L'épouse du notaire approuva en silence. De prime abord, Anne lui paraissait bien plus intéressante. Georges Vindel venait de serrer la main de Rose en cachant mal l'étonnement qu'il éprouvait à la découvrir si différente de sa jumelle.

« Voici donc Rose ! Un peu plus grande que votre sœur, je crois… »

Depuis leur petite enfance, les jumelles avaient dû supporter le jeu des comparaisons chaque fois que leurs parents rencontraient des amis ou des parents éloignés. La jeune fille, excédée par l'attitude enjouée du notaire, lui adressa un regard hautain et se dirigea vers le salon.

Paul la vit approcher et bégaya un vague bonsoir. Il était resté à l'écart afin d'observer les deux sœurs de loin. Lui aussi, dérouté par sa démarche désinvolte et le rouge vif de son pull, chercha vite des yeux la seconde jumelle... Rassuré en la découvrant vêtue de noir, il s'avança pour la saluer.

« Voici notre fils, Paul ! » Véronique faisait comme si elle annonçait l'entrée en scène d'une célébrité.

Anne regarda, perplexe, ce grand jeune homme aux cheveux blonds, aux yeux sombres. Il avait des traits fins, et quelque chose dans son expression bienveillante la réconforta. Ils se sourirent.

Le notaire servit l'apéritif. Il en profita pour étudier tranquillement les jeunes filles. Anne retint toute son attention. Il pressentit en elle une future femme d'intérieur, une honnête mère de famille. Quant à Rose, qui venait de boire un verre de scotch sans sourciller, il la classa vite dans la catégorie des rebelles.

Georges Vindel, sachant ce qu'il allait annoncer à ces orphelines, se demanda un instant comment une éducation identique, au sein du même foyer, avait donné deux caractères aussi opposés, du moins en apparence.

« Après tout ! conclut-il en son for intérieur, cela m'arrange. »

À voix haute, il déclara :

« Avant de passer à table, j'aimerais m'entretenir

avec vous, mesdemoiselles. Si vous voulez bien me suivre dans mon bureau. Ce ne sera pas long. »

Anne prit la main de sa sœur qui la serra d'une petite pression affectueuse. Elles se retrouvèrent bientôt assises en face de maître Vindel, qui arborait la mine grave et compassée de l'homme de loi dans l'exercice de sa fonction.

« Mes chères petites ! commença-t-il. J'étais un ami de votre père, même si nos relations restaient peu régulières ces dernières années. Mais il m'avait confié la gestion de ses biens, au cas où il nous quitterait prématurément... Hélas, c'est ce qui s'est passé... Je le regrette, croyez-moi. »

Anne, que ces mots bouleversaient, eut du mal à ne pas éclater en sanglots. Rose lui mit la main sur le genou.

« Avant toute chose, je dois vous lire la lettre que votre père m'a confiée à votre intention. »

À mes filles chéries,

J'espère que cette lettre vous sera lue le plus tard possible. Je n'ai jamais voulu vous inquiéter avec mes problèmes de santé, cependant j'ai appris il y a environ deux ans que je présentais des troubles cardiaques. Cela m'a poussé à prendre mes précautions.

Voici donc mon souhait. Si je venais à disparaître ainsi que votre mère avant que vous n'ayez vingt et un ans et bien que légalement vous soyez majeures, je désire que vous accordiez la gestion des biens qui seront les vôtres à votre oncle Gérald jusqu'à cette date anniversaire. Je crains en effet que vous n'ayez pas la compétence et la maturité nécessaires pour les faire fructifier judicieusement.

Maître Vindel sera également de très bon conseil et je vous invite à l'écouter.

Vous pouvez passer outre mes recommandations, mais je pense sincèrement qu'il y va de votre intérêt…

Je souhaite également que vous meniez vos études à terme afin d'avoir un diplôme en poche pour affronter la vie.

Soyez courageuses, mes petites filles.
Je vous embrasse tendrement.
Votre père,
Pierre

Anne gardait le visage caché dans ses mains. Elle n'aspirait qu'à s'en remettre aux autres pour ces problèmes financiers auxquels elle n'entendait rien. Rose, au contraire, gardait un visage fermé et hostile.

Le notaire leva la main dans un geste apaisant.

« J'ai maintenant une autre nouvelle à vous annoncer. Vos parents, outre la maison, vous laissent le capital d'une assurance-vie qu'ils avaient contractée sur leurs deux têtes. Vous allez donc toucher une somme très conséquente, l'une et l'autre. »

Le notaire s'éclairait la gorge. Il paraissait sincèrement ému. Anne se mit à sangloter, en tenant serrée la main de sa sœur. Rose osait à peine respirer. La lecture de la lettre et ce qu'elle signifiait la plongeaient dans un abîme de perplexité. Ses yeux brillaient pourtant de larmes contenues, car elle imaginait son père écrivant ces lignes, sur la petite table de leur salon où il avait coutume de faire ses comptes et son courrier. Elle avait l'impression qu'il était vivant, tout proche, qu'il suffirait de fermer les yeux, puis de les rouvrir, pour simplement le revoir devant elle...

« Voilà ! déclara maître Vindel d'un air bienveillant. Je tiens à votre disposition les documents relatifs à l'assurance-vie. Je me chargerai, évidemment, de toutes les démarches. Dans deux semaines environ, l'argent sera en parts égales sur vos comptes, dès que vous m'aurez fourni un relevé d'identité bancaire. En ce qui concerne le souhait de votre père, voulez-vous y réfléchir ou êtes-vous décidées, d'ores et déjà, à l'accepter ? Si c'est le cas, il suffit d'une signature, les documents sont prêts... Avez-vous des questions ?

— Non, non, aucune..., répondit Anne en se mouchant le plus discrètement possible. J'obéirai au désir de mon père... »

Rose observait les mains élégantes du notaire. Elle demanda enfin, d'une voix hargneuse :

« Dites-moi, monsieur, mon oncle nous a parlé de la nécessité de vendre la maison qui est une lourde charge... Mais puisque nous allons toucher le montant de l'assurance-vie, le problème ne se pose plus. À moins que les souhaits de notre chère tante ne priment sur les nôtres...

— En principe, on me dit «maître», ma chère demoiselle !

— Pardon ? répondit Rose, d'un ton ironique. Désolée, le mot ne me plaît pas ! »

Georges Vindel nota le mépris, le regard glacé et méfiant. Cette fille lui semblait très intelligente... Elle avait compris immédiatement qu'il essayait de satisfaire leur tante Sonia, dont les plans passaient par l'installation de ses nièces sous son toit et par la gestion de leurs biens.

« En effet ! fit-il. Vous pourriez sans doute assumer quelque temps ces charges, mais est-ce bon, pour des jeunes filles comme vous, de rester dans ces murs pleins de souvenirs douloureux ? Ailleurs, l'oubli viendra plus vite, vous irez de l'avant en sortant du cocon de l'enfance. Il serait stupide d'utiliser les fonds que vous allez toucher pour entretenir une maison que vous devrez vendre de toute façon. Vous n'avez de revenus ni l'une ni l'autre. Je comprends que vous ayez besoin d'un peu de temps pour vous faire à cette idée... Rien ne presse ! Analysez calmement la situation et vous verrez que la vente est la meilleure des solutions. Je pense que votre oncle partage mon analyse, mais vous pouvez en décider autrement... »

Anne, d'un imperceptible signe de tête, approuva de nouveau.

« Nous y réfléchirons en effet..., répondit Rose. Mais je suis d'accord avec ma sœur pour accéder à la volonté de notre père. Nous pouvons signer tout de suite, n'est-ce pas, Anne ?

— Oui, bien sûr... »

À tour de rôle, elles appliquèrent leurs initiales puis leur signature, Anne sans même penser à ce qu'elle faisait, Rose avec le sentiment d'être tombée dans un piège. Mais comment ne pas faire confiance à leur père et ne pas souscrire à ses dernières volontés ? Au pire, ça ne durerait qu'un an...

En voyant le trio réapparaître, Véronique et Sonia poussèrent une exclamation joyeuse, un peu forcée. Gérald tapotait d'un doigt l'accoudoir de son fauteuil.

« Eh bien, nous pouvons passer à table ! » intervint Paul, qui trouvait l'atmosphère un peu lourde.

Véronique, d'un geste étudié, désigna à ses invités la salle à manger. Quand elle vit la longue table ovale parfaitement décorée, Rose eut envie de s'enfuir. Elle se raisonna pourtant.

« Je ne peux pas laisser Anne toute seule ! se dit-elle en s'asseyant à la droite du notaire. Et puis, je n'ai plus longtemps à patienter. Bientôt je m'envolerai, je serai libre... car je suis riche, riche ! »

Le dîner se déroula dans une ambiance empreinte de fausse sympathie. Le notaire et son épouse conversaient à mi-voix avec Sonia et Gérald, quand ils ne lançaient pas des regards attendris à Anne. Rose gardait un silence boudeur, sans oublier de jeter des coups d'œil ennuyé à sa montre.

Paul faisait le service. Sa bonne humeur, son regard brillant de gourmandise en présentant les plats finirent par égayer Anne.

« Est-ce vous qui cuisinez ? lui demanda-t-elle en souriant.

— Je me débrouille pas mal à mes heures ! répondit le jeune homme, rouge d'émotion. Mais ce soir, j'ai juste préparé le dessert. Ces plats-là viennent de chez un traiteur. »

Véronique fronça les sourcils. Décidément, son fils avait le don de faire des gaffes.

« Mon chéri ! Cela ne se dit pas ! plaisanta-t-elle.

— Il n'y a pas de mal ! protesta Sonia. Puisque c'est exquis ! Vous n'avez sans doute pas le temps de vous mettre aux fourneaux, Véronique, avec votre galerie d'art ! »

Le notaire prit la main de son épouse :

« Ma femme est admirable ! J'espère que Paul aura autant de chance que moi... s'il se marie ! Et nous avons hâte que cet événement arrive, pour son bonheur et le nôtre, bien sûr... »

Paul eut un sourire gêné. Il avait eu quelques petites amies, mais pas de relation sérieuse. Rose choisit ce moment pour sortir son paquet de cigarettes et en porter une à sa bouche. Elle se fit la réflexion que les Vindel voulaient surtout se débarrasser de ce grand dadais dont ils avaient honte. Cela sautait aux yeux, du moins à ceux d'une personne lucide.

« J'espère que ça ne dérange pas si je fume ? » demanda-t-elle.

Véronique prit un air dur. Les manières de cette fille lui déplaisaient au plus haut point. Néanmoins, elle se contrôla et dit, d'une voix aimable :

« Je suis vraiment désolée, mais je préfère que l'on ne fume pas chez moi ! Vous pouvez sortir sur la terrasse, il fait très doux ce soir... »

Rose recula bruyamment sa chaise, se leva en étouffant un juron. Puis elle sortit par la porte-fenêtre. Sonia expliqua aussitôt :

« Son père la laissait fumer ! Je n'ai jamais compris pourquoi il était si souple avec Rose. Il prétendait qu'on entraîne certaines natures sur une mauvaise pente en les bridant ! De beaux discours. Vous voyez le résultat ! Par chance, Anne n'imite pas sa sœur. N'est-ce pas, ma chérie ?

— Je n'ai aucun mérite, je n'aime pas ça ! répliqua la jeune fille, qui n'appréciait pas que l'on attaque sa sœur jumelle. Elle arrêtera bientôt, j'en suis sûre... »

Paul hocha la tête d'un air entendu avant de jeter un regard à son père, qui l'encouragea d'un sourire.

« Anne ! dit le jeune homme. J'ai moi aussi une chose à vous annoncer. Vous en parlerez plus tard à votre sœur, ce sera mieux. Elle m'intimide un peu avec ses manières hardies. Ne vous vexez pas, mais je vous trouve différente, enfin dans le bon sens... »

Anne parut d'abord anxieuse, mais son expression changea dès les premiers mots de Paul.

« Voilà ! murmura-t-il. Je serais intéressé par votre maison et, sur les conseils de mon père, je peux vous faire une offre convenable. Si nous en parlions dans le salon, je vous expliquerais mieux...

— Je n'y vois pas d'inconvénient ! répondit Anne, malgré sa surprise. Dites-moi l'essentiel, moi j'en discuterai plus tard avec ma sœur. »

Les deux jeunes gens se levèrent et s'éloignèrent vers la pièce voisine. Ils ne virent pas les sourires ravis qu'échangeait le couple Vindel.

3

À minuit, les deux sœurs étaient de retour chez elles. Pour la première fois depuis la mort de leurs parents, Sonia, sur les conseils de son mari, les avait laissées seules. Gérald estimait qu'elles devaient discuter toutes les deux de la proposition du notaire, et de la fortune qui leur échoyait.

« Ouf, trois fois ouf ! scanda Rose en se jetant sur le canapé du salon. Quel plaisir extrême d'être débarrassées de Sonia ! Si ce n'était pas la sœur de maman, je ne sais pas ce que je lui ferais ! En tout cas, je lui interdirais d'entrer ici ! »

Anne ôta ses chaussures qui l'avaient fait souffrir toute la soirée et se lova, l'air songeur, dans le fauteuil voisin. Contrairement à son habitude, elle ne fit aucun commentaire sur la déclaration bourrue de sa sœur. Ses yeux bleus, où s'attardait la naïveté de l'enfance, se posèrent enfin sur Rose après un examen attentif de la pièce.

« Dis-moi, demanda-t-elle. Est-ce qu'on vend une maison avec tout ce qu'il y a dedans ou vide ?...

— Je n'en sais rien ! Si vraiment nous vendons

un jour, il faudra reprendre nos affaires personnelles, nos souvenirs aussi... Mais les meubles, autant les céder à l'acquéreur ! Je ne les aime pas tellement. Nous sommes riches, il faut en profiter... voyager, changer de décor, de vie ! Si nous vendons, bien sûr ! Mais j'ai réfléchi, je crois que c'est la meilleure solution. Ici, j'ai le cafard, et toi aussi. De toute façon, puisque les parents ne sont plus là... C'était surtout chez eux... »

Anne sembla soulagée. Elle ouvrait la bouche pour continuer la discussion, quand sa sœur se redressa, soudain enthousiaste :

« Autant te le dire tout de suite ! Moi, je vais partir pour Paris très prochainement. Je louerai un studio à Saint-Germain-des-Prés et je chercherai du travail là-bas... La vie d'artiste ! La liberté ! Ce sera génial ! Mon rêve, Anne, qui se réalisera. Paris, et sans souci d'argent... »

Jamais Anne n'aurait pu imaginer que sa sœur l'abandonnerait aussi vite. Et le simple nom de Paris lui suggérait les images troubles d'une immense cité grouillante de dangers. Elle eut beau réfléchir, elle n'imaginait pas Rose si loin de Toulouse.

« Tu ne parles pas sérieusement ? supplia-t-elle. Je commençais à reprendre espoir et tu me dis ça ! Je n'ai pas envie, moi, que tu ailles à Paris ! On ne se quitte presque jamais... Et quel travail feras-tu, là-bas ?

— Erreur ! répliqua Rose. Toi, tu ne me quittes jamais ! Quand j'ai des amies, même si elles te déplaisent, tu nous suis partout. Le genre pot de colle, gentil, mais un pot de colle quand même !

— Mais qu'est-ce que je vais devenir sans toi ? » gémit Anne.

Sa sœur alla s'agenouiller près du fauteuil. Elle lui caressa la joue.

« Je croyais que tu étais ravie d'habiter chez Sonia, murmura-t-elle. Si je te sais couvée par ta chère tata, je partirai tranquille. Toi, tu ne risques rien chez eux, j'en suis sûre… et puis je reviendrai souvent, ne t'inquiète pas. Et même, tu pourras me rendre visite ! »

Anne fondit en larmes, avec la moue affolée qu'elle avait quand elle était petite fille. Rose, apitoyée, la cajola. À cet instant, elle se sentit infiniment plus âgée que sa sœur jumelle.

« Tu dis toujours des choses étranges ! Tu me fais peur… Pourquoi moi je ne risque rien ? Tonton et tata ne t'ont jamais rien fait ?

— Ne fais pas attention à mes histoires ! coupa Rose. Allez, ne pleure pas ! D'abord, je ne suis pas encore partie. Et je ne peux pas t'emmener. Tu seras mieux ici, à Toulouse. Tu comprends, notre cercle de famille est brisé. Nous ne pouvons pas continuer notre vie d'avant. Tu n'as pas un rêve à réaliser, Anne ? Voyons, tu n'aimes pas les études, ça, je le sais. Mais tu pourrais acheter un commerce… Vendre des fringues ou des bibelots ! Autant accepter le changement, et nous assumer pour prouver à tout le monde que nous en sommes capables !

— Ce qui me plairait, coupa soudain Anne entre deux sanglots, ce serait de tenir un magasin de fleurs ! Chaque fois que j'accompagnais maman au jardin de la Garonne, je m'imaginais dans une boutique aussi belle, avec toutes ces couleurs, toutes ces odeurs autour de moi. »

Rose eut alors un de ces sourires attendris qui la rendaient irrésistible.

« Ce serait super ! Oh ! Anne, ma petite sœur chérie, c'est exactement ce qui te conviendrait. Et ça plairait à nos parents s'ils pouvaient te voir fleuriste... Quelle bonne idée ! »

Les deux sœurs se mirent à évoquer leur avenir, ce qui les aidait à effacer un passé tout proche et trop douloureux. L'une mit de la musique, l'autre prépara du thé à l'orange.

« Au fait ! intervint Anne en apportant les tasses, je sais qui veut acheter notre maison !

— Cachottière ! répliqua sa sœur. Et par quel miracle ?

— Il me l'a dit en personne, il n'y a pas très longtemps ! Allez, devine ! »

Rose dévisagea sa jumelle d'un air surpris. Excepté Gérald et Sonia, elles avaient vu très peu de personnes ces derniers jours. Brusquement, elle pensa aux Vindel et se souvint de l'insistance du notaire à leur faire vendre la maison.

« Ce n'est pas cet abruti de notaire, quand même ?

— Non ! rétorqua Anne. Enfin, tu brûles, il s'agit de son fils, Paul... Il veut déménager, c'est normal. À vingt-six ans, on n'habite plus chez ses parents ; et puis il avait envie d'un grand jardin... »

Rose attendait la suite en regardant sa sœur si intensément que celle-ci ajouta, très vite :

« Il vient la visiter demain matin ! Voilà, ne te

fâche pas ! J'ai accepté, parce que toi, tu fumais dehors, et que j'étais très gênée... En plus, ce garçon, je le trouve gentil. Pas à la mode comme tes copains, mais tellement prévenant, attentif. »

Rose resta muette un petit moment. Elle avait rarement vu Anne aussi déterminée. Elle protesta, bouleversée :

« Enfin, Anne ! Ne me dis pas que Paul, ce type ringard et empoté, te plaît ? En plus, ses parents l'ont manipulé, à mon avis. Ils lui ont conseillé d'acheter notre maison, sans doute parce qu'ils pensent que c'est une bonne affaire ! Vu le prix très avantageux qu'a fixé notre cher oncle... »

Anne buvait son thé à petites gorgées avec un air mélancolique. Elle posa sa tasse et haussa les épaules. Rose fut interloquée de l'entendre dire tout bas :

« Eh bien, je ne sais pas comment t'expliquer ça. Je ne suis pas forte pour m'exprimer... Je n'y croyais pas, maintenant si... oui, je crois au coup de foudre. Ne fais pas cette tête, ça existe, j'en ai la preuve ! Dès que Paul m'a regardée, j'ai eu moins peur... Peur de la vie, je veux dire... Et il adore le jardinage. Je lui ai parlé des rosiers de papa. Il m'a promis de ne jamais les couper s'il habitait ici. »

Rose alluma une cigarette. Un signal d'alarme résonnait au fond de son esprit. Sonia et Gérald tenaient tant à ce dîner... Après tout, maître Vindel aurait pu leur envoyer une lettre ou les convoquer à son étude. Non, il fallait présenter la pauvre Anne, si candide et si faible, au fils unique d'un notaire. Et ce fils était en fait l'acheteur de leur maison, qui de surcroît savait la bonne fortune qui rendait Anne fort riche. Elle revit même sa tante très fière d'avoir maquillé sa nièce préférée à l'occasion de ce dîner... Sonia aurait sûrement une petite enveloppe pour la remercier de ses services...

« Anne ! s'écria-t-elle, au comble de l'indignation. Ils ont tout fait pour te piéger. Oui, Sonia et le notaire, ils sont de connivence ! Tant pis, dans ce cas je n'irai pas à Paris avant l'année prochaine. Nous allons rester chez nous, toutes les deux. Demain, je m'expliquerai avec Paul. Il n'a pas l'air méchant, j'avoue, mais bien du genre à obéir sagement à ses parents... »

Anne était désemparée. Pourquoi Rose aimait-elle autant compliquer les situations les plus simples ? Certes, on lui avait tellement répété que sa sœur jouissait d'une grande intelligence, d'un jugement sûr. On lui avait dit et répété qu'elle avait trop tendance à la croire sur parole, mais, dans ce cas précis, elle n'était pas d'accord.

« Écoute ! commença-t-elle d'une petite voix. Je sais que je ne suis pas très maligne, mais je pense que tu exagères un peu ! D'abord, Sonia, tu la critiques continuellement et souvent à tort ! Elle a la gentillesse de s'occuper de nous et de laisser de côté sa propre vie ! C'est quand même sa sœur qu'elle a perdue. Quant à Paul, pourquoi ne serait-il pas vraiment intéressé par la maison sans vouloir nous voler quoi que ce soit ? Il s'est montré courtois et honnête. Demain matin, tu n'as qu'à rester au lit, je le recevrai toute seule. Je vais te prouver que je peux me débrouiller aussi bien que toi ! »

Rose regarda sa sœur avec sa petite mine très

digne. Son chignon blond, à demi défait, lui donnait une allure nouvelle, entre romantisme et fantaisie.

« Je me trompe peut-être, Anne ! Puisque tu veux t'occuper de Paul Vindel, je disparaîtrai ! Tiens, je pourrai aller voir Arthur. Le tirer du lit. Je ne l'ai pas vu depuis l'enterrement… »

Ce mot résonna dans le salon, levant aussitôt un cortège d'images noires. Un silence chargé de regrets et de souffrance pesa sur les deux sœurs. Anne vint se blottir contre Rose.

« Comme ils nous manquent ! chuchota-t-elle. Parfois on oublie cinq minutes, puis on y repense.

— Oui, ils nous manquent, répéta Rose en écho, mais nous devons être fortes pour eux, juste pour eux… »

*

Rose tint parole. Elle partit très tôt le lendemain matin afin de réveiller Arthur avec des croissants. Anne se prépara à l'arrivée de Paul. Si quelqu'un l'avait observée alors qu'elle se coiffait et se maquillait un peu gauchement, il aurait cédé à sa fraîcheur pleine d'innocence. La jeune fille se sentait adulte et elle ne cessait de se répéter :

« Je suis seule dans la maison et j'assume ! C'est la première fois pourtant ou presque. »

Elle se lança même dans un ménage expéditif, dont l'agréable demeure n'avait aucun besoin : Sonia y veillait depuis quelques semaines. Puis elle alla au fond du jardin et regarda la maison d'un œil nouveau, comme Paul allait la voir.

C'était une construction datant du début du siècle, sans grande prétention architecturale mais pleine de charme. Un petit perron amenait à la porte d'entrée flanquée de deux grandes fenêtres ; l'une éclairait le salon allant jusqu'à l'arrière de la maison, l'autre la salle à manger qui précédait la cuisine. L'entrée, de bonnes proportions, menait à l'étage qui comprenait trois chambres et une salle de bain. Un petit escalier continuait jusqu'au grenier. En somme, une maison parfaitement classique mais qui tirait sa beauté de son environnement. Pierre aimait jardiner et il avait su faire un écrin de verdure et de fleurs à cette bâtisse sans grand caractère. Un seringat, des lilas, une glycine, beaucoup de rosiers, des massifs de pivoines et de gueules-de-loup agrémentaient le jardin et lui donnaient un petit air vieillot très séduisant. C'était l'impression de tous ceux qui y venaient pour la première fois.

Quand son visiteur sonna, Anne éprouva une joie neuve à traverser le jardin pour l'accueillir à la grille. Elle se demandait si elle éprouverait la même sensation que lors du dîner pour ce grand jeune homme qui avait, à ses yeux, le mérite d'être aussi timide qu'elle.

Paul Vindel fut ébloui par Anne. Elle était auréolée de sa chevelure d'un blond roux, et ses prunelles bleues lui firent aussitôt oublier les recommandations de sa mère.

« Bonjour, Anne ! bégaya-t-il. Dites donc, qu'est-ce qu'il est joli, votre parc ! »

Cette entrée en matière acheva de séduire Anne. Elle était fière de ce jardin comme s'il était son œuvre et elle continuait à l'entretenir avec soin.

« Je vous attendais, dit-elle d'une voix qui ne tremblait pas trop. Venez.

— Je ne vous dérange pas, au moins ? s'enquit Paul, déjà inquiet d'être congédié.

— Mais non, puisque c'était prévu. »

Anne guida son hôte vers le perron, puis lui fit visiter chaque pièce, le débarras attenant, le garage. Elle évoquait d'un ton mélancolique les années de bonheur qu'elle avait vécues ici.

« Voilà ! dit-elle une demi-heure plus tard. Est-ce que cela vous plaît ? »

Gêné, Paul fit oui de la tête. La présence de la jeune fille le troublait tant qu'il avait à peine fait attention à la disposition des pièces. Ils se retrouvèrent attablés devant un café très noir, qui les fit grimacer au même moment. Ils rirent comme deux adolescents.

« Je serais heureux d'acheter votre maison ! déclara-t-il lorsqu'elle le raccompagna jusqu'au portail. Mais cela me fait de la peine pour vous... J'ai l'impression de voler une part de votre enfance. »

Cette remarque toucha beaucoup Anne. Elle jugea le fils du notaire sensible et délicat, ce qu'il était réellement. Lui, au moment de la saluer, s'attardait. Il ne pouvait détacher ses yeux de ce visage féminin qui l'obsédait depuis la veille. La jeune fille se contentait d'apprécier la caresse du soleil et le chant des oiseaux assez nombreux dans ce quartier résidentiel.

« Eh bien ! fit-elle aimablement. Je vais rentrer...

— Oui, oui, bien sûr. En plus, je dois passer en ville. Une course à faire pour mon père ! Merci beaucoup, Anne, de m'avoir reçu si gentiment. Dites à votre sœur que la maison me plaît beaucoup. J'ai vraiment aimé le salon. Il est si chaleureux et bien décoré. Ah ! J'oubliais le jardin, rien que pour lui, je ferais des folies... Oui, j'ai envie de vivre ici. J'espère que vous ne serez pas trop triste de la quitter ! Mais vous pourrez venir souvent si nous devenons amis... »

Anne haussa les épaules, résignée.

« Peut-être ! Seulement, je dois travailler. Si je déniche un magasin qui me convient, un appartement à proximité me suffira. Nous devons apprendre à nous débrouiller seules, maintenant... Vous imaginez, Rose veut aller vivre à Paris...

— Votre sœur a un sacré caractère et une forte personnalité ! Peut-être un peu farfelue, mais sympathique... »

Ils avaient eu la même conversation dans le salon, devant le fameux café trop fort, mais Paul se répétait souvent de peur de ne pas être compris.

« Vous savez, je n'ai qu'une parole ! ajouta-t-il. Je ne toucherai pas au jardin, sauf pour l'embellir... Votre cabane, sous les lilas, je l'entretiendrai avec soin. Eh ! Qui sait, si j'ai des enfants un jour, ils seront contents de la découvrir et d'en profiter ! »

La jeune fille sourit tristement à cette idée. Malgré tout, elle se réjouissait de bon cœur de voir sa maison entre les mains d'un homme aussi accommodant.

Paul jeta à sa voiture un œil désolé. Il devait partir à présent, sous peine d'être ridicule. Mais les moments qu'il venait de passer, seul en compagnie d'Anne, lui avaient semblé tellement agréables qu'il souhaitait les prolonger. Maladroit et un peu gêné, il s'attardait.

« Anne, bredouilla-t-il, nous nous reverrons pour les actes de vente, si votre sœur est d'accord bien sûr, mais est-ce que je pourrais revenir vous rendre visite... Si cela ne vous dérange pas ! Je n'ai pas beaucoup d'amis, et vous êtes si gentille ! »

Anne, les joues rouges, répondit, tout bas :

« D'accord, mais téléphonez-moi avant, Paul. Je suis plus à mon aise quand ma sœur n'est pas là ! Rose se fait des idées à votre sujet, des choses bizarres... Si je vous les racontais, vous seriez bien surpris ! »

Le jeune homme fit signe qu'il comprenait. Avec un enthousiasme évident :

« À bientôt alors, Anne ! Tenez, je peux revenir demain. Je réparerai la poignée de porte à la cave !

— Pourquoi pas ! » dit-elle en évitant son regard.

Ils échangèrent une longue poignée de main chaleureuse, qui ressemblait à une promesse.

*

Lorsque Rose fut de retour, en début d'après-midi, elle trouva Anne dans la cuisine, occupée à faire un gâteau. Les mains blanches de farine, un tablier de leur mère autour de la taille, la jeune fille chantonnait.

« Qu'est-ce qui t'arrive, Anne ? lui demanda-t-elle en volant un quartier de pomme dans le plat.

— J'avais envie de cuisiner... J'ai ouvert le livre de recettes de maman et j'ai choisi la tatin. Je me suis dit que je devais arrêter de pleurer tout le temps. Nos parents n'aimeraient pas ça. Alors, je pense à eux très fort, mais en refusant le chagrin. Je dois me prouver à moi-même que je peux prendre ma vie en main !

— Tu en as de la chance ! » Rose se sentit soudain envahie d'une onde de pitié et de tendresse. Elle eut envie d'embrasser sa sœur, de la défendre contre le monde entier, peut-être pour conjurer ses propres angoisses.

« Au fait ! dit-elle. As-tu vu Paul Vindel ?

— Oui ! La réponse avait été immédiate. Il est arrivé à dix heures et à midi il était encore là. Il adore la maison, de la cave au grenier. Ah ! surtout le salon. Et le jardin. Il soignera les rosiers, le jasmin et les lilas. Et notre cabane, il la gardera telle quelle ! Pour ses futurs enfants. Je lui ai offert un café... avec des biscuits. Tu sais, il était plus à l'aise ici que chez lui. J'ai l'impression qu'il ne s'entend pas très bien avec son père... Il a adoré les boiseries peintes en beige, dans la cuisine. Tu te souviens, c'était ton idée... Tu vois, il est vraiment accommodant, toujours en train de sourire. Il m'a félicitée pour le café, alors que je l'avais fait trop fort... »

Complètement étonnée par ce long discours, Rose fronça les sourcils.

« Anne ! Tu n'as pas oublié ce que je t'ai dit hier soir... Ce fils de notaire me paraît gentil, d'accord, mais stupide. Toi aussi, remarque. Alors je te préviens, ne baisse pas le prix de la maison. Je suis sûre que Gérald a fait une mise à prix ridicule, par complaisance pour ses amis Vindel. Tu vois, ça ne me plaît pas de savoir que ces gens habiteront ici, chez nous. Maintenant que je les connais, ils me dégoûtent un peu. Dans le style bourgeois hypocrite, on ne fait pas mieux. Tu saisis, si ton Paul achète la maison, ses parents viendront souvent quand il aura trouvé une femme aussi niaise que lui ! »

Anne s'accrocha au bras de sa sœur en lui adressant un regard suppliant.

« Arrête, Rose, tu es méchante exprès, juste pour me faire de la peine. Je te dis que Paul adore la maison, qu'il n'est pas comme ses parents. Fais-moi confiance pour une fois ! Et si ce garçon me plaît, à moi ! »

Rose repoussa sa sœur. Elle se servit un verre de vin et le but d'un trait.

« Enfin, parlons d'autre chose. Je m'en fous, en fait, puisque je pars bientôt. À ce sujet, moi, aujourd'hui, j'ai plaqué Arthur ! Cet imbécile boudait ! Figure-toi qu'il n'approuve pas mes projets ! Il ne veut pas que je parte à Paris, rien que ça ! Personne ne m'en empêchera ! »

Anne écoutait avec intérêt en étalant sa pâte sablée. Rose alluma une cigarette et ajouta, d'un ton exalté :

« Ma copine Sandra m'a donné l'adresse d'un ami de son frère, à Paris, qui recrute des filles pour une agence de mannequins ! Génial, non ? Il paraît que j'ai le look qu'on recherche... »

Vêtue d'un pantalon noir moulant et d'un corsage violet à la dernière mode, Rose ondula d'une démarche souple, virevoltant comme sur un podium. Anne rit puis, redevenant sérieuse, déclara :

« Tu es superbe ! Ta coupe de cheveux te va très bien ! Tu es encore plus belle, je t'assure. Ah, un autre avantage de ta nouvelle coiffure, on ne peut plus nous confondre du tout ! À la réflexion, ça me fait plaisir. Chacune son style. »

Anne se jeta au cou de sa sœur malgré ses mains farineuses. Rose se laissa cajoler, partagée entre le rire et les larmes.

Sonia les découvrit ainsi, enlacées et frémissantes d'une gaieté nerveuse.

« On ne s'ennuie pas ici ! lança-t-elle d'une voix où perçait un peu de désapprobation. Enfin, je préfère vous voir rire que pleurer. Vous avez de la chance… »

Rose s'échappa aussitôt des bras de sa sœur. Sonia avait les clefs de la maison et entrait sans même sonner. Ceci déplaisait à la jeune fille. Après un bref bonjour, elle s'esquiva vers sa chambre. Anne se précipita vers sa tante :

« Oh ! tata, j'espère que tu dînes avec nous. J'ai préparé de bonnes choses !

— Tout dépendra de ta sœur ! rétorqua-t-elle. Ce n'est pas très agréable de dîner en sa compagnie. Mais je me sens obligée de vous surveiller un peu… Je ne suis pas aveugle, ma petite Anne, je sais que Rose boit de l'alcool et qu'elle fume beaucoup trop. Quant à ses fréquentations, je ne les apprécie guère. Si jamais elle invite certains de ses amis, préviens-moi ! Elle ne demande qu'à t'entraîner sur une mauvaise pente… On l'a vue, figure-toi, place du Capitole, en ville, qui parlait à un drôle de type !

— Ne t'inquiète pas, murmura Anne. Les copains de ma sœur sont tous des étudiants. Certains un peu farfelus, mais sérieux au fond… »

Mais Anne se mit à penser à Paul, qui devait revenir le lendemain. Si Sonia dînait et dormait à la maison ce soir, elle serait encore là le matin et leurs retrouvailles perdraient de leur charme.

La jeune fille se revit, avenante et timide, guidant le fils du notaire de pièce en pièce. Dans sa chambre, Paul s'était extasié sur les photos qui la montraient costumée en fée. Le salon avait été témoin d'une longue discussion, car Anne avait expliqué comment sa mère, pour obtenir de belles lumières, choisissait les rideaux selon l'orientation des fenêtres. Mais c'était surtout au fond du jardin, près de la cabane et du lilas, qu'ils s'étaient sentis complices et radieux comme des gamins.

Anne, silencieuse, chercha en vain une solution. Elle ne voulait pas contrarier sa tante.

« Je vais ranger tout ça ! promit-elle. Après je te ferai du thé. Nous bavarderons… Rose doit prendre une douche, elle va nous rejoindre. »

Au grand soulagement de ses nièces, Sonia décida de rentrer chez elle avant le dîner.

« Je suis fatiguée, avoua-t-elle. J'ai besoin de repos pendant un jour ou deux. Ensuite, je reviendrai. Il faut trier les effets personnels de vos parents, ranger le garage et le grenier. Si vous avez le moindre problème, appelez-moi. »

Anne promit en embrassant sa tante. Rose restait sur la défensive, mais sans éclats d'humeur. Elle s'était tournée vers l'avenir qu'elle teintait des couleurs lumineuses de l'aventure parisienne et des rêves les plus fous.

*

« Déjà deux mois ! » remarqua Rose en regardant le calendrier accroché au-dessus du congélateur.

Anne, qui dépoussiérait une étagère, fit une petite grimace d'amertume.

« Déjà deux mois... tu as raison. J'y ai pensé ce matin quand je me suis levée. »

Les deux sœurs avaient entrepris de ranger le garage. Sandra, l'amie de Rose, était venue leur rendre visite. Perchée sur un vieux tabouret de bar, elle n'avait manifesté aucune intention de les aider. Les cheveux noirs très frisés, coupés court, les lèvres fardées d'un brun sombre, la jeune fille, très mince, portait une tenue décontractée qui s'accordait avec son caractère audacieux et sa liberté de manières.

« Alors, cette fois, la baraque est vendue pour de bon ? demanda-t-elle soudain en allumant une cigarette. À votre place je ne me casserais pas la tête à faire le ménage.

— C'est quand même normal ! protesta Anne, qui n'aimait pas les manières de Sandra. Et puis Paul aura la surprise quand il verra comme c'est propre. Il compte garder l'établi de papa. »

Rose jeta le balai un peu brusquement. Les mains aux hanches, elle déclara :

« Eh oui, ce cher Paul ! L'amoureux de ma sœur, je crois bien. Figure-toi, Sandra, qu'ils se rencontrent tous les jours ou presque, ces deux-là ! »

Anne haussa les épaules. Elle se sentait aussi gênée que contente car, au moins, on ne parlait plus d'elle comme d'une future vieille fille. Sandra la jaugea d'un air inquisiteur. Avec ses cheveux sagement coiffés d'une queue-de-cheval, son jogging gris et son tablier, elle lui paraissait peu attrayante.

« Et il est comment, ce Paul ? renchérit-elle en riant. Du genre bellâtre plein de fric ou mec coincé avec les cheveux plaqués en arrière ? »

Rose lança une bourrade à Sandra. Elle n'appréciait pas que l'on blesse Anne. Elle seule avait le droit de faire des remarques ou des reproches à sa sœur.

« Tais-toi, imbécile ! Paul est très sympa. Et moi je suis bien soulagée, car, grâce à lui, nous avons pu rester ici pendant deux mois. Et ma petite Anne ne s'est pas installée chez notre tante. En fait, tout baigne ! En plus, Sonia nous a laissées tranquilles, une ou deux visites par semaine seulement. Génial, non ? »

Sandra se mordit les lèvres. Si elle déplorait la mort de leurs parents, elle ne pouvait pas s'empêcher d'envier le gros capital dont héritaient les jumelles.

« Et à Paris, dit-elle d'un air détaché, comment ça s'est passé ? Tu as trouvé un studio ? Tu as vu Boris ? Tu sais, je suis venue te voir pour que tu me racontes, et on stagne dans ce garage depuis une heure ! Vous pourriez m'offrir un café… »

Anne fit semblant de ne pas comprendre. Elle ne pensait qu'à Paul, tout occupée par le souvenir du jeune homme. En attendant le jour de son emménagement, il avait souvent sonné par surprise à la porte, sous prétexte de bricoler, de jardiner… Elle l'accueillait avec une joie ingénue. Pour lui, elle avait toujours une part de gâteau ou un café léger. Très vite, le vouvoiement trop solennel avait cédé la place à un tutoiement qui les rapprochait. Depuis une semaine, l'amitié prenait des allures plus tendres.

« Ça date, en fait, du séjour de Rose à Paris ! se dit Anne en elle-même. Il m'a emmenée visiter Carcassonne et nous avons dîné au restaurant. C'était merveilleux, comme dans les romans. Et il m'a embrassée, au retour, dans la voiture... je crois que je l'aime, oui, pour de bon. La preuve, il me manque, et dès qu'on dit son prénom, je deviens rouge comme une tomate. »

« Hé ! Anne ! Tu rêves ? commença Rose, qui observait sa sœur et lui découvrait les joues colorées et un air absent. Je parie que tu penses à ton Paul adoré ! Allez, laisse tomber le nettoyage, on va boire un café avec Sandra...

— Je reste ici ! trancha Anne. Moi, quand je commence un travail, je le termine ; je ne veux pas tout laisser en plan... Tu sais bien que je me débrouille mieux avec le ménage qu'avec les études... »

Rose, qui avait pris Sandra par la taille, manifesta une certaine contrariété.

« Arrête un peu de dire ça ! Je t'ai déjà dit qu'à Paris, je me sentais idiote et totalement hors jeu. Je n'ai même pas osé téléphoner à Boris, le copain de Sandra, celui qui connaît le truc pour être mannequin.

— Tu rigoles ? intervint Sandra. Toi, Rose ! Mais tu n'es pas timide, d'habitude. »

Anne eut un sourire complice. Elle savait tout du séjour de sa sœur à Paris. En reprenant son chiffon, elle ajouta, d'un ton ennuyé :

« Moi, je n'ai pas trouvé de magasin de fleurs en gérance. Le problème, c'est que je n'ai pas de diplôme, alors je dois engager une employée qualifiée, et il y a les charges à payer, Paul m'a expliqué.

— Mais tu as plein d'argent d'avance ! protesta Sandra. Tu peux prendre des risques. Les fleurs, ça se vend super bien.

— N'insiste pas, dit Rose en entraînant son amie vers la porte qui communiquait avec la cuisine. Ma sœur est sérieuse comme tout et très prudente.

— Une vraie empotée, oui ! » ricana Sandra assez bas.

Anne devina le dernier mot et baissa la tête. Elle n'était pas vraiment surprise, puisqu'on la considérait toujours ainsi.

« Je m'en moque ! fit-elle, les yeux perdus dans le vague. Paul m'aime, j'en suis sûre. Et lui, il me traite comme une princesse... »

La jeune fille resta immobile, reprise par cet amour très doux qui emplissait son cœur. Paul lui offrait des fleurs, des chocolats. Il téléphonait tous les soirs et la regardait avec tellement de gentillesse. Pour lui, elle se sentait exister.

« Paul aurait plu à maman et à papa ! se dit-elle. C'est la seule chose qui compte pour moi. »

Dans la cuisine, Rose préparait un café bien noir. Elle sortit aussi une bouteille de cognac.

« À onze heures du matin ? ironisa Sandra. Tu ne perds pas de temps, toi !

— Oh, ça va ! Je suis trop stressée, ça me calme. Tu comprends, Anne n'a pas cherché d'appartement, puisqu'elle n'a pas trouvé de boutique de fleuriste, et moi, j'ai versé des arrhes pour un super-studio dans l'île Saint-Louis. C'est un secret. Mais je suis angoissée à l'idée de laisser ma sœur.

— Elle a son copain ! tempéra Sandra. Au fait, ils couchent ensemble ? Parce que ta sœur, on a l'impression qu'elle est restée au XIXe siècle, parfois. »

Rose retint un sourire ironique. L'image lui parut assez juste.

« Si tu voyais le fameux Paul, tu tomberais des nues. Un type ringard, vieille France... Le pantalon à pinces, la chemisette ! À part ça, il est bon comme le pain. »

Sandra ouvrit de grands yeux, puis éclata de rire. Rose avala une gorgée d'alcool. Elle se sentit tout de suite mieux et ajouta la mine réjouie :

« Tu sais, j'ai envie de m'éclater, ce soir. Arthur, n'en parlons plus, mais on pourrait sortir toutes les deux. Je manque d'affection... D'accord ?

— D'accord ! À dix-huit heures, place du Capitole ?

— Super ! Bon, je vais aller consoler ma petite sœur et lui dire qu'elle peut recevoir son Paul sans crainte d'être dérangée... Elle sera aux anges ! »

4

Anne ne put cacher sa satisfaction lorsque sa sœur lui annonça qu'elle avait rendez-vous le soir même avec Sandra. Elle abandonna immédiatement le rangement du garage pour prendre une douche et mettre de l'ordre dans la maison.

« Tu as vu l'état de la cuisine ? cria-t-elle à Rose, qui regardait la télévision. Les tasses à café ne sont pas rincées et tu peux m'expliquer, pour le cognac… C'est Sandra qui en a bu avoue ? »

Rose sauta sur l'occasion et acquiesça bruyamment. Elle n'avait aucune envie de révéler à sa sœur tous les excès qui lui apportaient un certain apaisement et une bonne humeur factice. Malgré la violence qui couvait en elle et sa nature portée à la rébellion, elle n'avait pas envie que sa jumelle la vit sous ce jour-là. C'était nouveau. Avant la mort de leurs parents, c'était plutôt un jeu pour elle de provoquer sa sœur, si prude et si sage.

« Anne est d'une telle naïveté, se dit-elle. Si elle savait que je fume de l'herbe, que je ne peux pas dormir sans ma dose de vodka, elle serait horrifiée.

Elle préviendrait Sonia, et alors, là, ce serait le drame ! »

Rose se reprocha d'avoir pensé à leur tante. Celle-ci ne s'était pas montrée depuis plus de trois jours et il y avait fort à parier qu'elle ne tarderait pas à débarquer, sans prévenir, ses lèvres rouges tendues pour des baisers de convenance. Du coup, elle bondit du fauteuil et rejoignit Anne qui faisait la vaisselle.

« Tu viens essuyer les verres ? fit sa sœur avec malice.

— Non, pas du tout. Je me demandais si par hasard Sonia ne passait pas aujourd'hui…

— Si, rétorqua Anne. Vers quatorze heures, donc dans une vingtaine de minutes. Mais elle part avant le thé ; ça me laissera le temps de me préparer pour recevoir Paul. Quand je l'ai appelé pour l'inviter à dîner, il était trop content.

— Génial ! s'exclama Rose. Moi, je m'en vais. J'en profiterai pour aller faire les boutiques : je ne veux pas avoir l'air d'une provinciale en débarquant à Paris. Excuse-moi, Nanou, je ne tiens pas à voir Sonia. Elle me rend malade. Je ne peux pas t'expliquer, c'est physique. »

Anne eut un sourire indulgent :

« Fais comme tu veux. Tu sais, j'aime bien quand tu m'appelles Nanou. J'ai dit à Paul que c'était mon surnom, petite fille. Il a trouvé ça adorable. »

Rose céda à un élan d'affection et enlaça sa sœur. Anne et ses airs romantiques brisaient parfois la carapace qu'elle se forgeait depuis des années.

« Ah ! Ma Nanou ! Attention ce soir, pas de bêtises avec Paul. Vous serez seuls dans la maison…

Il y a des préservatifs dans le tiroir de mon bureau, au cas où...

— Mais qu'est-ce que tu vas chercher ? s'indigna Anne en se dégageant. Il vient juste dîner...

— Dîner ? Mouais, mouais...

— Oh ! Arrête avec tes *mouais mouais* ! Je n'ai jamais compris ce que ça voulait dire et tu ne peux pas savoir comme ça m'énerve...

— Pas possible ? ironisa Rose. Tu es bien sûre que c'est ça qui t'énerve ? Moi, je pense plutôt que... Je plaisante, remarqua-t-elle brusquement en voyant le visage affolé de sa sœur. Tu fais bien ce que tu veux, mais pourquoi ne pas sauter le pas ?

— Arrête, je n'aime pas parler de ça. Pour moi, l'amour, c'est autre chose. Évidemment, toi, tu n'as peur de rien... Tu as déjà couché avec Arthur ! »

Rose parut touchée par ces mots. Elle rejeta ses mèches blondes en arrière, le visage altéré. Anne, qui la fixait, demanda soudain :

« Qu'est-ce que tu as ? Qu'est-ce que j'ai dit ?

— Rien... rien de grave. Juste que tu te trompes : j'ai déjà eu peur, Anne. Si tu savais, très peur même. Bon, je file. À demain. »

Anne eut l'impression qu'elle devait retenir sa sœur, l'obliger à parler, mais sa nonchalance naturelle la poussa à considérer l'incident comme sans importance.

« De toute façon, Rose adore les mystères et les cachotteries. Tant pis. Une autre fois... »

Lorsque Sonia entra d'un pas décidé, Anne avait oublié la réaction étrange de sa sœur. Assise sur le canapé, la jeune fille étudiait avec intérêt un livre de recettes.

« Bonjour, ma chérie ! claironna sa tante. Toujours passionnée par la cuisine ?

— Oui, tata ! Que tu es chic aujourd'hui... »

Sonia était en effet extrêmement séduisante : elle portait un pantalon noir qui moulait ses formes appétissantes et un petit blouson écru qui lui donnait un air juvénile. Sa dernière conquête affichait une bonne dizaine d'années de moins qu'elle, ce qui la poussait à s'habiller de façon moins stricte.

Anne se leva et embrassa Sonia. Son idylle naissante avec Paul l'avait un peu mûrie, si bien qu'elle se comportait moins comme une fillette en présence de son oncle ou de sa tante.

« Je te sers un café ou un thé ? proposa-t-elle.

— Non, merci, rien du tout ! Excuse-moi, Anne, mais ton café n'est jamais fameux et le thé me donne la nausée. Mais dis-moi, tu es en beauté, toi aussi. C'est une nouvelle robe ?

— Oui, je l'ai achetée par correspondance. Tu me connais, je panique vite dans les grands magasins. Il me faut du temps pour choisir. Je préfère étudier un catalogue, tranquillement, chez moi... »

Sonia approuva distraitement. Elle se mit ensuite à examiner le salon d'un air suspicieux.

« Anne, ça sent le tabac... Et les rideaux sont ternes. Quand est-ce que Paul s'installe ? Tu viens de dire *chez moi* mais ça ne va pas durer ! Tu ne l'oublies pas au moins ? »

La jeune fille se sentit rougir. Entendre ce prénom suffisait à la troubler. Sa tante ne fut pas dupe.

« Et alors ? Tu ne serais pas amoureuse, ma

chérie ? Je suis bien renseignée par Véronique Vindel. Il paraît que tu vois beaucoup son fils. Ne t'inquiète pas, ce jeune homme est sérieux. Ton oncle m'a assurée qu'il ferait un excellent mari. Et puis, tu es plus fine mouche qu'il n'y paraît. Si tu épouses ce garçon, tu resteras en partie propriétaire, n'est-ce pas ? »

Anne n'avait pas envie de précipiter sa romance, ni de la voir étalée au grand jour. Il lui plaisait de vivre en secret ses premières agitations amoureuses. De plus, elle ne voulait pas être considérée comme une calculatrice.

« Tata, nous n'en sommes pas là. Paul est un ami, pas plus. D'abord, ce n'est pas mon genre de monter des plans, et tout et tout. Si Paul me plaisait, ce ne serait pas pour récupérer cette maison !

— Peut-être, mais ce ne serait pas si bête. De toute façon, il faudra bien qu'il emménage avant l'été. »

Sonia arrangea une boucle sur son front et observa Anne avec gravité.

« Ma petite chérie, j'espère que ta sœur ne te mène pas la vie dure. Et que tu ne suis pas son exemple. Enfin, voilà, Rose a eu des expériences sexuelles très jeune et je trouve cela lamentable. Je tenais à en discuter avec toi, puisque tu fréquentes Paul. Inutile de te jeter à son cou ou de coucher avec lui. Les hommes n'apprécient pas les filles faciles. Plus tu le feras languir, plus il tiendra à toi. »

Anne fit la grimace, car elle détestait ce terme de « fréquenter », très utilisé par la génération précédente. Malgré son attachement à Sonia, elle jugeait ses propos démodés et déplaisants. Et, soucieuse de défendre sa sœur, elle s'empressa de dire :

« Tu exagères pour Rose, tata ! Je crois, moi, qu'elle n'a eu qu'un petit ami sérieux, et c'est Arthur. Ils sont restés ensemble un an. Maman savait qu'ils... qu'ils dormaient ensemble, mais elle trouvait cela normal. Et Rose prenait la pilule. Il n'y a pas de quoi fouetter un chat, à notre époque ! »

Sonia leva les yeux au ciel d'un air consterné. Ses mains aux ongles rouges se posèrent sur les genoux de sa nièce.

« Céline n'a jamais rien vu, ni su, ma pauvre Anne. Si je te disais que ta sœur a eu des problèmes, de grosses complications parce qu'elle a brûlé les étapes. »

La jeune fille éprouva un pincement au cœur. Elle n'avait pas envie d'en savoir plus, et le visage de Sonia, tendu par une sorte de rancune, l'oppressait, il était trop proche du sien. Mais sa tante était lancée et semblait savourer à l'avance ce qu'elle allait révéler à sa nièce.

« Qui Rose est-elle venue voir en pleurant quand elle a fait une fausse couche ? Sa tante Sonia... Va comprendre pourquoi... Elle avait honte de se confier à votre mère, encore plus à votre père. Et ta sœur avait quinze ans, oui, quinze ans. Elle perdait beaucoup de sang. J'ai pris les choses en main et l'ai conduite immédiatement à l'hôpital. Lorsque j'ai voulu téléphoner pour expliquer la situation à Céline, Rose a menacé de se suicider. Elle hurlait et pleurait comme une folle. Enfin, ils l'ont admise aux urgences. Elle était enceinte de quatre mois. Ah, ça, elle a souffert, la malheureuse. Mais aussi, quelle idée de coucher avec un garçon sans se protéger, et si jeune ! J'ai accepté de garder le silence afin d'épargner vos parents. Tu imagines ce que cela m'a coûté. Mentir à ma propre sœur ! Tu as l'âge de le savoir, alors cela me fait du bien de t'en parler. »

Anne était livide, à présent. Apprendre que Rose avait vécu une telle catastrophe la pétrifiait. Et elle n'avait rien vu, rien su.

« Tata, balbutia-t-elle. Tu l'as dit à Gérald ?
— Bien sûr que non ! Lui, il aurait immédiatement averti Pierre et Céline. J'ai couvert ta sœur jusqu'au bout. Elle est restée trois jours à l'hôpital. J'ai inventé une histoire de week-end chez vos cousines, à Bayonne ! Et le pire, ma chérie, c'est que Rose n'a jamais voulu me dire le nom de ce sale type qui l'a mise enceinte. Bref, je pense qu'elle m'en veut encore parce que je suis la seule à savoir ce qui s'est passé. Et c'est quand même un monde, non ? Après ce que j'ai fait pour elle, me traiter ainsi ! »

Il y eut un silence gêné. Sonia venait de trahir le secret de Rose, et Anne se remettait lentement du choc que lui causait cette nouvelle. Elle fouillait aussi ses souvenirs pour retrouver ces quelques jours de leur quinzième année, durant lesquels sa sœur avait disparu.

« Je m'en souviens. Maman m'a appris que Rose était à Bayonne. J'ai pleuré de déception, je voulais même la rejoindre là-bas. Je me sentais abandonnée… C'est horrible. Elle aurait dû m'en parler. Pas tout de suite, mais plus tard.
— Il n'y avait pas de quoi se vanter ! persifla

Sonia. Et pas un mot à Rose. Elle m'en voudrait davantage. Moi, je t'ai raconté tout ça pour te mettre en garde. Et puis vos parents ne sont plus là, ils ne sauront jamais. Allons, ne fais pas cette tête. Ce sont des choses qui arrivent. Va donc boire un verre d'eau. »

Anne se précipita dans la cuisine. Elle avait la bouche sèche et une vague envie de pleurer. Pour la première fois, sa tante lui avait paru hargneuse et froide.

« Toute cette histoire me dégoûte ! pensa-t-elle. Et si ce n'était que des mensonges... Rose n'a pas pu cacher quelque chose d'aussi grave à papa et maman. Moi, j'étais si heureuse de voir Paul ce soir... Sonia a tout gâché. »

Sa tante la rejoignit de sa démarche rapide, ses talons claquant sur le carrelage :

« Tu ne vas pas vomir quand même, Anne ? Tu es pâle à faire peur.

— Non, ça va. J'ai bu du jus d'orange. Écoute, tata, ne m'en veux pas, mais je vais dormir un peu. Ce n'est pas de ta faute, je t'assure. Et je ne dirai rien à Rose. Seulement, je suis épuisée et toute triste. J'ai horreur de ce genre de choses.

— Oh, je suis désolée, ma chérie. J'aurais dû tenir ma langue, aussi. Remarque, cela me pesait de garder ça pour moi. Bon, n'y pensons plus, c'est du passé. »

Elles s'embrassèrent. Anne referma la porte derrière sa tante, poussant le second verrou dont personne n'avait la clef. Une fois seule, la jeune fille regarda autour d'elle d'un air perdu. Sonia, qu'elle aimait tant, avait eu une expression cruelle lorsqu'elle racontait les malheurs de sa sœur. En tout cas, aucune trace de compassion pour un tel malheur n'avait transparu dans sa voix. Quant à Rose, elle lui faisait soudain l'effet d'une inconnue qui aurait vécu un tas de drames obscurs. Elle tenta d'évoquer le souvenir de ses parents, mais elle eut alors l'impression qu'ils avaient disparu des siècles auparavant...

« Paul, viens vite ! gémit-elle. Je n'ai plus que toi. »

Quelques heures plus tard, lorsque Paul se présenta à la grille du portail, Anne avait repris une apparence tranquille. Elle lui ouvrit avec un large sourire. Les cheveux défaits, toute fraîche et parfumée dans sa robe bleue, il la trouva ravissante.

« Tiens, elles m'ont fait penser à toi ! prononça-t-il en tendant un bouquet de freesias bleu nuit.

— Oh, merci, Paul. Comme elles sentent bon. Viens vite. »

Anne lui prit la main pour remonter l'allée du jardin. Ce geste familier bouleversa Paul. Ils passèrent une excellente soirée à bavarder et à savourer leur intimité. Ils échangeaient de temps en temps un regard complice, comme s'ils vivaient ensemble depuis toujours.

« Ton dîner était exquis, Nanou ! Dis, je peux t'appeler Nanou ? Ça me rapproche de toi.

— Oui, ça me plaît. Et puis tu es tellement mignon... Et maintenant passons au dessert ! fit Anne en prenant une expression sérieuse. De la mousse au chocolat maison.

— Attends un peu, Anne ! déclara hâtivement le jeune homme. Je dois te dire quelque chose. Après je n'aurai plus le courage ! Ne te moque pas de moi si je cherche mes mots, je suis tellement gêné… Et puis ce n'est pas facile ! Mes parents me traitent de grand niais ; je le suis un peu, surtout devant toi…

— On peut quand même manger la mousse au chocolat. Tu n'es pas pressé ?

— Si, Anne, il est urgent que je te parle, tant que je suis décidé. C'est très important pour moi. Ça me noue la gorge. »

La jeune fille lui adressa un sourire rassurant.

« Bien, dans ce cas, je t'écoute. N'aie pas peur, Paul, je ne suis pas moqueuse ! »

Ils s'étaient installés dans le jardin afin de profiter de la tiédeur de la nuit, du parfum des roses et de la beauté du ciel de juin. Paul, l'air anxieux, commença, à voix basse :

« Tu l'as peut-être compris, Anne, je suis vraiment heureux avec toi. Je ne peux plus passer un jour sans te voir, alors j'ai pensé… Oh, zut ! Je n'ose pas. »

Anne croyait rêver. Paul lui faisait une déclaration d'amour. Le lieu, l'atmosphère, la clarté d'une bougie, le moindre détail semblait participer à l'harmonie magique de l'instant.

« Tu dois oser ! dit-elle en riant. Moi aussi je suis timide, mais pas avec toi. Vas-y, je t'en prie.

— J'ai peur que tu sois fâchée, Anne, si je te dis la vérité.

— Promis, je ne me fâcherai pas…, répondit-elle doucement.

— Eh bien, reprit Paul, je voudrais que tu deviennes ma femme ! Mais c'est ma décision, ça, je veux que tu le saches, ma décision et pas celle de mes parents… et je voudrais que tu le dises à Rose. Si je te raconte tout ça, c'est parce que, vois-tu, au début, mon père avait un plan, et moi, bête comme je suis, j'avais accepté. »

La jeune fille sentit son cœur se serrer. Rose avait donc raison une fois de plus. Elle se sentit la fille la plus stupide de la terre de n'avoir rien compris.

« N'aie pas peur, Anne ! la rassura Paul, qui avait perçu son mouvement de recul. Je t'aime, ça tu peux en être sûre ! Je te dis tout, ensuite on verra ce que tu en penses… La vérité, c'est que j'ai déçu mes parents. Ils voulaient un fils brillant, un étudiant capable d'obtenir tous les diplômes, et puis ils se sont aperçus que je n'étais pas doué ! J'ai toujours préféré les travaux manuels. Mon père m'a souvent humilié. Sous prétexte de me motiver, il n'a réussi qu'à me faire du mal. J'ai quand même réussi mes examens, mais je l'ai fait sans goût, juste pour satisfaire mes parents. Aujourd'hui, je dois avouer que ce métier n'est pas inintéressant et que j'ai la chance inouïe de pouvoir reprendre l'étude de mon père. Au moins, je pourrai donner une vie très décente à ma femme. À l'époque, je m'en moquais, mais aujourd'hui, maintenant que je te connais, je dois avouer que mes parents n'ont peut-être pas eu tort de me pousser.

« Quand mon père a appris la mort de tes parents, il a tout de suite pensé à l'achat de votre maison puis à un éventuel mariage avec l'une de vous. Je n'ai jamais su m'opposer à ses décisions, et il m'avait bien précisé : "Anne, tu m'as compris, pas l'autre, qui est une tête brûlée !" J'étais paniqué quand vous êtes arrivées. Mais tu m'as plu dès le premier soir et les conseils de mon père n'y sont pour rien, crois-moi, je t'en prie. »

Anne tremblait de déception. Paul en fut désespéré. Il alla s'asseoir près d'elle et lui prit la main.

« Nanou, ne sois pas triste. Laisse-moi finir ! Mon père, m'avait fait la leçon ! Je devais te faire croire que je voulais acheter la maison, et arriver au mariage avant la vente officielle. J'aurais été logé sans dépenser un sou. Si tu l'avais entendu : "Tu te maries, cela te permet de disposer des lieux et de gérer le capital de ta femme. Rose sera obligée de partir !" Il se croyait malin !

— Il a vraiment dit ça ? demanda Anne, révoltée. Ton père est un vrai monstre !

— Oui, mais j'ai été plus rusé que lui ! Je leur ai caché, à mes parents, que tu me plaisais en vrai, et j'ai réussi à acheter la maison sans leur aide ! Je ne peux pas tout te raconter, mais je me suis débrouillé comme un chef. J'avais un capital que mon grand-père tenait à ma disposition. J'ai fait ça pour toi, Anne ! Pour te prouver mon amour ! Car maintenant, en m'épousant, tu peux rester chez toi pour la vie... Je te rendrai heureuse, j'en fais serment, même si je ne suis pas une lumière, selon ma chère mère ! Et je ne toucherai pas à ton argent, j'ai de quoi te faire vivre... Si tu veux, nous trouverons un commerce de fleurs, rien que pour toi. Oh, dis que tu ne m'en veux pas, ma petite chérie... Ça me briserait le cœur de te perdre ! »

Anne contempla le visage loyal et séduisant du jeune homme. Aucune méchanceté ne s'y lisait.

Peu à peu, elle comprenait, malgré son émotion et son amertume, ce que Paul lui offrait.

« Tu veux dire que nous habiterons ici, toi et moi ! s'étonna-t-elle. J'étais si triste de quitter ma maison. Oh ! Paul, tu es sûr que c'est possible ? Que vont dire tes parents ?

— Cela ne les regarde pas. Je suis chez moi, et je t'aime de tout mon cœur. Tu es tellement jolie, Anne, et plus que ça, charmante et réfléchie. Et puis, grosso modo, c'est ce qu'ils voulaient. Alors ils nous ficheront la paix, sinon… »

Anne eut un élan vers Paul. Sa générosité, son besoin d'un bonheur simple la poussaient à pardonner tout de suite. Comment pourrait-elle renoncer, aussi, à cet homme qu'elle aimait ? Il la reçut contre lui, transporté de joie.

« Ma chérie ! On ne se quittera plus jamais ! Je te protégerai ! Nous irons en vacances à la montagne, sur le plateau de Beille, je connais de belles randonnées… Et puis on aura des enfants, si tu en as envie ! Pas tout de suite, hein, plus tard ! »

La jeune femme écoutait ces promesses dans un état proche de l'émerveillement. Elle n'avait guère eu de chance auprès des garçons durant son adolescence. À présent, un homme droit et désintéressé, tout à fait à son goût, la serrait dans ses bras et souhaitait devenir son mari. Elle ferma les yeux.

« Oui, Paul, je veux bien être ta femme, chuchota-t-elle. Mon Dieu, que tu me rends heureuse ! Je ferai de mon mieux, de mon côté, pour être une bonne épouse ! Je veux te donner du bonheur et des enfants, car je compte avoir des enfants. »

Paul la serra contre lui. Il dit, à voix basse :
« Tu ne me fais aucun reproche en plus ! Oh, ma chère petite Anne, merci, merci… »

*

Rose rentra le lendemain matin, surexcitée et joyeuse. Elle avait ramené des croissants tièdes à sa sœur et n'avait qu'une hâte : les partager avec elle devant un bon café. Anne, de son côté s'était levée tôt afin de se lancer dans un grand ménage et des tentatives de décoration.

« Oh ! dit Rose. J'arrive trop tard, moi qui voulais te surprendre au lit !

— Oui, dommage, je suis debout depuis l'aube. »

Elles se dévisagèrent. Rose cherchait sur les traits de sa sœur les signes d'une nuit amoureuse, tout en doutant de la chose. Anne se remémorait soudain la confession de Sonia, que sa soirée avec Paul lui avait permis d'oublier. Elle décida de considérer la mesquine histoire de sa tante comme une calomnie, pour se livrer tout entière à son nouveau bonheur.

« Patiente un peu et je vais dévorer un bon petit-déjeuner. Je finis d'enlever les rideaux. Je vais en acheter des neufs, couleur safran. Ça fera plus gai ! »

Rose regarda attentivement sa sœur : quelque chose avait changé en elle. On aurait dit qu'une inhabituelle détermination l'habitait, une forme d'indépendance nouvelle. « Est-ce la mort de nos parents ou bien Paul qui l'a changée ainsi ? » se demanda Rose. De toute façon, cette évolution chez sa sœur la satisfaisait et la rassurait : peut-être serait-elle moins malléable entre les mains de Sonia ?

« Mais, Anne, c'est idiot, puisque nous devons vider la maison ! Tu ne vas pas faire des frais pour un mois ! Ou alors Paul retarde encore son installation… »

Anne eut un sourire malicieux. Elle termina sa tâche et alla ensuite réchauffer du café. Rose s'attabla, pressée de raconter sa soirée.

« Je n'ai qu'un mot, s'écria-t-elle, c'est trop cool ! D'abord, j'avoue. J'ai un studio réservé à Paris. Oui, j'ai versé des arrhes à une agence. Sur l'île Saint-Louis, avec la Seine en perspective. De mes fenêtres, je verrai la rive droite, les ponts, les bateaux-mouches ! Si je te dis ça, c'est qu'hier soir, avec Sandra, j'ai fait la connaissance de Boris, son copain parisien. Il était de passage à Toulouse. Il a craqué pour moi. Il m'a promis du travail dès septembre ! Et en plus, il me draguait comme un malade. J'ai passé la nuit avec lui, je suis presque amoureuse… Génial, non ? »

Anne en resta muette de stupeur. Rose amenait dans la maison si paisible un souffle de désordre, qui contrastait étrangement avec ses propres projets de mariage. Et puis sa sœur semblait métamorphosée.

« Oui, oui…, murmura Anne en réfléchissant. C'est génial, mais tu es sûre de toi ? Vis-à-vis de Boris ? Et puis tu as retenu un appartement sur l'île Saint-Louis. Ce n'est pas trop cher, au moins ? Tu vas te ruiner à ce rythme !

— Oh, par pitié, ne parle pas comme Sonia. Je

fais ce que je veux de mon argent ! Et toi, tout s'est bien passé avec Paul ?

— Pas mal du tout ! répondit Anne, les joues brûlantes. Et ce n'est pas fini... Je veux dire que je vais encore le revoir, très souvent ! Pendant des années, à mon avis ! »

Rose, qui allumait une cigarette, suspendit son geste. Les mots de sa sœur l'intriguaient.

« Qu'est-ce que tu veux dire ? Je crains le pire avec la famille Vindel ! »

Anne prit sa respiration et jeta, très vite :

« Nous avons décidé de nous marier dans les mois à venir ! Je compte sur toi comme demoiselle d'honneur... Voilà, je l'ai dit ! »

Un temps de silence s'installa. Rose gardait les yeux baissés sur sa tasse de café, la bouche pincée, comme si elle retenait des paroles désagréables. Anne, pleine d'appréhension, attendait. Elle craignait la réaction de sa sœur, puisque celle-ci l'avait mise en garde à plusieurs reprises contre Paul et ses parents. Pourtant, de tout son cœur attendri par l'amour, elle espérait que rien ne viendrait ternir sa joie.

« Tu vas te marier avec ce mec ! laissa enfin tomber Rose. Tu ne crois pas que c'est un peu précipité ? Toi qui me reproches mes engouements ! Tu le connais à peine ! Commence par vivre quelque temps avec lui pour voir si ça colle entre vous... Pourquoi le mariage si vite ? Je ne te connaîtrais pas, je penserais que tu es enceinte ! Mais je sais bien que non ! D'abord, il n'est pas terrible, ce Paul ! Tu n'as même pas d'élément de comparaison !

— Et alors ! répliqua Anne un peu sèchement.

Nous serons bien assortis. Tu crois que je suis sourde, Rose ! Combien de fois j'ai entendu papa se plaindre de ma lenteur d'esprit, et maman de ma maladresse et de ma naïveté. Toi, c'était le contraire : ils t'admiraient. Je n'ai pas eu de vrais copains, juste les tiens, qui se moquaient de moi quand je te suivais. Je ne suis pas canon, n'est-ce pas, et je n'ai pas inventé la poudre, alors disons que les idiots s'assemblent ! »

Rose tapa du pied.

« Ne joue pas les martyrs, Anne ! cria-t-elle. Tu étais trop paresseuse pour chercher ailleurs des amis qui te conviendraient… Et tu es mon reflet, paraît-il. Si je suis belle, toi aussi ! Logique, non ! Tu mérites mieux que ce Paul. J'en suis sûre ; il suffirait que tu sortes dans certains milieux branchés, au lieu de te cacher ici ! Quant à ton intelligence, je me répète, ce n'est qu'une histoire de volonté. Tu n'aimais pas étudier, mais tu te défends assez bien pour les réparties quand tu veux…

— Peut-être ! coupa Anne. Mais mon choix est fait. J'ai rencontré un homme bon et simple, qui a les mêmes goûts que moi, donc je le garde ! Je ne plais pas aux garçons de mon âge. Tu le sais bien d'ailleurs. Quand tu m'emmenais à une fête, on ne me voyait même pas. Et puis j'étais trop sérieuse. Je ne voulais pas coucher, ni boire ni fumer ! »

Rose ne sut que répondre à cette tirade. Décidément, Anne avait bien changé. Elle se tut quelques minutes avant de protester :

« Tu exagères, tu as plu à Kévin, le frère de Sandra. Tu te rappelles, l'année dernière ? Il t'a draguée, mais tu as refusé de l'embrasser. Ne te vexe pas, Anne, mais tu n'as même pas fait l'effort de changer de look ! »

Anne se leva et tourna autour de la table avec nervosité. Peu lui importait de déterminer pourquoi sa nature la poussait à mener une existence régulière et sage. Elle préférait le tricot devant la télé aux sorties en boîte de nuit, elle dévorait des romans à l'eau de rose et fuyait les gros ouvrages philosophiques que lisait sa sœur depuis deux ans.

« Écoute-moi, Rose, je suis amoureuse de Paul. Il m'a prouvé sa sincérité. Grâce à lui, je vais continuer à habiter cette maison. Je ne perds rien de mes souvenirs. Mes enfants joueront dans le jardin, comme nous deux avant. Ils iront à notre école une rue plus loin. Tu dois me trouver bébête, fleur bleue ou je ne sais quoi, mais je n'ai pas envie d'autre chose ! »

Sa sœur haussa les épaules.

« Tu me donnes des frissons, Anne ! Tu vas t'enfermer dans une vie de couple à vingt ans ! Moi qui pensais t'inviter à Paris, te sortir, te présenter à mes futurs amis... »

Anne revint s'asseoir.

« Cela ne m'empêchera pas d'aller te déranger à Paris ! Allez, félicite-moi et aide-moi plutôt à chercher une robe de mariée ! Attention, une vraie robe de princesse avec plein de dentelles, une couronne de fleurs, et tout et tout ! J'ai les moyens... Je veux éblouir Paul, et toi ! »

Rose fit semblant de s'évanouir, puis elle se redressa en riant. Elle capitulait.

« O.K. ! miss ! Si tu veux, ce soir, invite Paul, que je torture un peu mon futur beau-frère ! »

Anne ouvrit des yeux ronds. Décidément, sa sœur était d'excellente humeur. Cela ne dura pas. Rose se passa une main sur le front.

« Au fait, à propos de ce mariage si rapide, Anne, as-tu pensé à nos parents ? Tu vas faire une fête ici, partir en voyage de noces, trois mois seulement après leur mort ! »

Anne se troubla. Ce problème la tourmentait aussi. Elle n'avait pas osé en parler à Paul la veille. Dans la joie et l'enthousiasme d'un clair de lune idéal, leur décision était si fraîche que ce genre de questions ne s'était pas encore posé. Elle se reprocha d'avoir occulté le décès de ses parents, fâchée que ce soit sa sœur, si peu conventionnelle, qui lui en ait fait la remarque.

« Nous verrons ! coupa-t-elle. Moi, je crois que papa et maman se seraient réjouis de me savoir casée. Ils s'inquiétaient tant pour mon avenir… Et ce n'est pas parce que je me marie que je n'ai pas de chagrin. J'aurais voulu qu'ils soient là, que papa me conduise à l'autel ! Maman aurait acheté une jolie toilette, nous aurions couru les boutiques ensemble… Déjà, je vais annoncer la nouvelle à Sonia. Elle a le souci des convenances, elle me dira ce qu'il faut faire. Si vraiment nous devons attendre septembre, nous attendrons, voilà ! »

Rose enlaça sa sœur qui, prête au renoncement, à la patience, l'attendrissait toujours.

« Moi, cela ne me choque pas, Anne ! Je suis juste étonnée que tu n'y aies pas pensé, toi ! Tu sais, je joue les filles gaies, je dépense de l'argent et je m'amuse à fond, mais là, dans mon cœur, il y a un grand vide, et ce vide me terrifie. Je refuse d'y penser, je m'étourdis, je fais semblant... J'aurais tellement besoin de maman, de sa tendresse, de sa sévérité aussi. Elle me remettait sur les rails d'un regard. Et papa... Tu sais comme j'adorais papa, on s'entendait si bien. C'était mon refuge. Au moindre petit chagrin. Il m'écoutait, il me cajolait. Je ne les oublie pas ; ils me manquent, mais je veux vivre, c'est tout... Au fond, c'est un miracle que tu sois tombée amoureuse en ce moment. Paul t'aidera à oublier et à redevenir heureuse. Je suis contente pour toi, crois-moi ! »

Un jour, Anne se souviendrait avec désespoir de cette fin d'après-midi où Rose lui avait confié son désarroi et ce vide en elle. Le beau visage émacié de sa sœur jumelle, son regard bleu pétillant d'intelligence, lui apparaîtraient. Alors, elle trouverait la force de se battre...

Pour l'instant, elle admirait les traits harmonieux de Rose, qui la câlinait, comme si elle avait peur de la perdre ou de l'abandonner.

« Tout ira bien ! décida Anne. Paul sera un mari formidable, je t'assure. Depuis qu'il m'a demandé de l'épouser, je me sens tellement mieux. Nous allons rénover la cuisine et planter une vigne vierge le long du garage. Quand tu viendras à Toulouse, tu auras ta chambre chez nous, et toutes tes habitudes. »

Rose approuva en silence. Elle songea que sa sœur tentait de reconstruire bien vite le cocon familial brisé trois mois auparavant... en remplaçant la présence rassurante de leurs parents par le brave Paul Vindel. Mais ce raisonnement aurait sans doute désemparé Anne, qui n'aimait pas s'interroger sur la cause réelle de ses actes.

« Sois heureuse, ma petite sœur ! Je t'écrirai souvent quand je vivrai à Paris. Je ne te laisserai jamais, tu sais, car je t'aime, je t'aime si fort et je n'ai que toi. »

Anne, bouleversée par cette déclaration, se mit à pleurer sur l'épaule de Rose qui protesta :

« Dis donc, pas de larmes ! J'ai très faim. Ce soir, on se fait un festin. Pizzas et île flottante ! File au supermarché dévaliser mes rayons préférés.

— D'accord, j'y cours, j'ai un bus dans cinq minutes. »

Elles se firent un clin d'œil, l'une et l'autre avides de joie, de réconfort.

5

De retour pour quelques jours à Toulouse, Rose sortit de la douche en chantonnant *Sous le ciel de Paris*, qu'elle fredonnait souvent depuis sa seconde escapade dans la capitale. Ce voyage avait été décidé rapidement, dès que sa sœur lui avait annoncé ses projets de mariage.

« Je monte voir Boris, une semaine environ ! avait annoncé Rose. Ça te laissera un peu seule avec Paul. Vous avez sûrement des tas de choses à mettre au point. »

Anne avait approuvé à sa façon calme et pondérée. Il lui arrivait désormais, depuis le récit de Sonia concernant la fausse couche de Rose, de regarder longuement sa sœur, comme si elle cherchait sur son visage des traces de ce dramatique incident. Elle aurait voulu en parler à Paul, et surtout à la principale intéressée, mais une barrière de pudeur et de gêne la retenait. Pour toutes ces raisons, elle avait presque été soulagée de voir repartir sa sœur vers Paris. Elle avait l'impression de prendre sa vie en main, sans troubles ni doutes. Elle s'étonnait elle-même de sa nouvelle façon d'agir. Depuis qu'elle connaissait Paul et que Sonia était retournée chez elle, elle avait pris la maison en main avec une grande aisance et même beaucoup de plaisir.

Rose avait raison de dire que Paul n'était pas un homme de grand caractère, Anne le savait, et curieusement ce constat avait développé chez elle une force, une détermination qu'elle ne soupçonnait pas. Il s'en remettait à elle pour bien des décisions, comme il avait dû s'en remettre à sa mère. Anne avait pris le relais de sa future belle-mère tout naturellement. D'une manière douce et sans autorité apparente, elle organisait, gérait, décidait et s'en trouvait bien. Ainsi, tous les préparatifs du mariage étaient terminés.

« Bientôt, je serai libre comme l'air sur l'île Saint-Louis ! se dit Rose en se séchant vigoureusement. Et ma sœur aura échappé pour toujours aux griffes de Sonia… »

Cette certitude l'apaisait. Selon elle, Paul était mille fois préférable, pour Anne, à une cohabitation avec sa tante et Gérald.

« Quelle poisse ! dit-elle dans un souffle. Je ne peux pas m'empêcher de penser à eux, le couple infernal… Et zut ! J'ai oublié mes cigarettes en bas… »

Nue jusqu'aux reins, une serviette de bain entourant sa taille, Rose dévala l'escalier. Elle ne craignait pas de choquer quelqu'un, Paul, Anne et Sonia étant en ville pour rencontrer le traiteur. Cependant, avant même d'atteindre le rez-de-chaussée, elle se heurta à son oncle.

« Gérald ! » balbutia-t-elle.

Prestement, la jeune fille remonta le linge afin de

cacher ses seins, mais cela dévoila le haut de ses cuisses.

« Qu'est-ce que tu fais là ? ajouta-t-elle en perdant toute couleur. Tu pourrais sonner ! Ce n'est pas chez toi, ici. Il faut rendre tous les jeux de clefs à Paul. »

Vaguement embarrassé, son oncle lui barrait le passage et la fixait d'un air froid. Sans paraître tenir compte de sa tenue plus que légère, il rétorqua, à voix basse :

« Je suis venu dans l'espoir de limiter les dégâts. Je surveille vos comptes bancaires. Celui de ta sœur n'a pas bougé ; par contre, le tien a subi une sérieuse encoche. J'ai téléphoné au directeur. Il m'a dit que tu avais signé un gros chèque pour un appartement sur l'île Saint-Louis. Ce n'est pas raisonnable, Rose. Et j'ai appris autre chose, ce qui m'a mis hors de moi… »

Ni Anne ni Sonia n'auraient reconnu en cet instant celle qui savait si bien se rebeller et rager. Rose était incapable de bouger, de crier. Paralysée, les yeux fixes, elle dévisageait Gérald comme le lapin regarde le loup qui va le happer dans ses crocs. Ce qui terrifiait la jeune fille, c'était cette lueur cruelle qu'elle voyait pétiller dans les prunelles vertes de son oncle.

« Va-t'en tout de suite ! réussit-elle à murmurer. Ne me regarde pas comme ça ! Cette fois, si tu me touches, je parlerai. À Sonia, à tout le monde. Aux Vindel… Je préviendrai la police. »

La parole avait brisé le lourd malaise qui la tétanisait. Reprenant des forces, elle voulut remonter vers le palier, mais Gérald l'attrapa aux épaules.

Les ongles de l'homme s'enfoncèrent dans la chair tendre du dos.

« Petite imbécile ! Tu n'es qu'une sale gamine qui aime toujours se balader à poil. Tu attendais un de tes copains, c'est ça ? Tu couches à droite et à gauche, je parie. D'ailleurs, tu n'es qu'une allumeuse, il y a longtemps que je le sais ! Tu t'es bien foutue de tout le monde ! »

Gérald l'obligeait à reculer. Rose trébucha et s'affala sur les marches.

« Je ne comprends rien à tes salades ! Sors d'ici ! hurla-t-elle. Si tu ne dégages pas, je porte plainte ! Saligaud ! Vieux salaud ! Tu finiras en taule, fumier ! »

La chute avait fait glisser la serviette et le corps long et musclé de Rose semblait fasciner son oncle.

« Ta tante est rentrée à la maison hier soir dans tous ses états. Elle pleurait. Je l'ai questionnée. Elle a tout lâché ; ta fausse couche, il y a cinq ans… Ce gros mensonge qui l'étouffait n'est-ce pas ? Alors, tu as bien joué la comédie, petite pute, à Collioure… Tu t'envoyais déjà en l'air, ça ne m'étonne pas, tiens ! »

Gérald leva la main comme pour la frapper. Pourtant, indécis, il suspendit son geste. Si par malheur ses doigts se posaient sur l'épaule ou la cuisse de sa nièce, il perdrait la tête. Il se souvenait trop bien du goût sucré de cette peau mate, surprenante chez une fille presque rousse. Il vivait depuis des années avec la peur d'être dénoncé par sa victime.

Ceci datait des vacances en famille au bord de la

Méditerranée, sur la plage de Collioure. Rose avait quinze ans, un maillot bleu turquoise, le bleu exact de la mer. Du matin au soir, il l'observait à l'abri de ses lunettes de soleil, et chacun des mouvements de l'adolescente l'échauffait, le rendait fou de désir. Anne elle aussi se promenait en deux-pièces jaunes, mais cette nièce-là ne l'intéressait pas, tellement puérile, ronde et peureuse.

Comment Gérald avait-il réussi à se retrouver seul avec Rose, un après-midi pluvieux ? Ce n'était pas un pur hasard. Pierre et Céline avaient dû accompagner Anne chez le dentiste, et Sonia suivait des cours de plongée. Lui avait prétexté une partie de bridge chez des voisins, mais il était revenu aussitôt. Rose lisait sur le divan du salon, près de la terrasse qui donnait sur la mer scintillante de soleil. Elle avait vu son oncle entrer et s'approcher avec au visage un air étrange, les yeux fixes, la bouche entrouverte. Il semblait sourire à quelqu'un d'invisible, mais ce sourire grimaçant l'avait horrifiée. Sans dire un mot, sans chercher à la tromper sur ses intentions, il s'était jeté sur elle. Ces baisers de brute, ces mains qui exploraient son jeune corps innocent, elle ne les avait jamais oubliés. Affolée, effrayée mais furieuse, elle s'était débattue avec violence. Dans la lutte, son soutien-gorge de maillot de bain s'était déchiré. Combien elle s'était sentie vulnérable, humiliée, salie… Ensuite, il l'avait frappée parce qu'elle criait trop fort.

*

« Va-t'en ! hurla Rose à nouveau. Je suis capable de te tuer si tu fais un pas de plus. »

La jeune fille parvint à s'envelopper de nouveau dans la serviette. Gérald descendit les marches à reculons, soudain très pâle :

« Bon, assez ! s'écria-t-il. Calme-toi, c'est de l'histoire ancienne tout ça... Inutile d'en reparler. À quoi cela pourrait servir aujourd'hui ? À perturber ta tante et ta sœur qui va se marier... Je voulais juste te mettre en garde : tu es une fille chaude et d'autres que moi le verront. Protège-toi, tu sais les ravages que fait le sida ! Si j'avais su que tu avais déjà fait l'amour, je me serais moins rendu malade... parce que j'ai eu honte, tu sais. Après. Le désir, ça fait faire des bêtises, tu dois le savoir, vu ton expérience. »

Rose détaillait avec horreur les traits de cet homme qu'elle haïssait.

« Qu'est-ce que tu bafouilles ? lui lança-t-elle d'un ton dur. Tes "bêtises"... ce n'est pas plus grave que ça, pour toi ! J'y ai pensé sans arrêt, pendant des mois. J'avais envie de mourir. Je n'ai pu en parler à personne, même pas à Anne, surtout pas à Anne. Elle t'aimait tant, je me souviens : « Son cher tonton Gérald » ! Sors d'ici, tu es chez Paul Vindel, le futur mari de ma sœur... Un juriste en plus. Alors, méfie-toi ! Et le sida, je te souhaite de l'avoir, car tu dois en faire, des saletés, dans le dos de Sonia. »

Gérald sembla manquer d'air. Il se retourna et s'enfuit. Rose entendit avec un infini soulagement la porte claquer. Restée seule, elle se recroquevilla sur la première marche du palier et se cacha le visage entre les mains.

« Je voudrais le voir mort ! hurla-t-elle. À la place de papa. C'est toujours les pires monstres qui vivent des années. »

La jeune fille, plongée dans les ténèbres de ces souvenirs si troubles, se revit pleine de confusion, luttant de son mieux contre les gestes obscènes de son oncle. Il lui avait fouillé le sexe d'un doigt brusque, il avait aspiré dans sa bouche, en les mordillant, ses seins menus. Puis il y avait un gouffre obscur, dont elle s'était éveillée, ahurie et dolente. Il y avait du sang entre ses cuisses, son ventre lui faisait très mal.

Céline était arrivée un quart d'heure après et s'était inquiétée de l'attitude de sa fille. Mais l'adolescente, qui s'était rhabillée de pied en cap, pantalon et sweater, n'avait pas pu dire la vérité à sa mère.

« Quelle idiote j'ai été ! se dit-elle. Maintenant, je sais que je n'avais rien fait de mal, que c'est lui le seul coupable, mais bon... Papa et maman n'ont jamais su, ni Sonia ! Je préfère ça. Ils auraient eu trop de peine. »

*

Un pas résonna dans la cuisine. Anne était déjà de retour. En l'entendant, Rose s'empressa de se refaire une contenance avant de descendre.

Là, face au miroir de son armoire, elle se contempla un court moment sans bien se reconnaître. Son reflet était celui d'une fillette terrorisée, les cheveux en pagaille. Elle éclata en sanglots devant cette image qui lui rappelait la Rose d'il y avait cinq ans, dans la salle de bain de la villa de Collioure, quand elle s'était lavée, affolée. Si sa sœur n'était pas rentrée si vite, elle aurait hurlé de rage et d'épouvante. Se retrouver seule avec Gérald, nue, l'avait replongée en plein cauchemar.

« Au secours ! murmura-t-elle. Sauvez-moi... papa, maman. Je vous en prie, revenez... »

Au même instant, du rez-de-chaussée monta une musique paisible. Anne chantonnait en suivant maladroitement la mélodie. Rose serra les poings et jura tout bas :

« Je dois oublier ce qui vient de se passer. Un ou deux verres de vodka, trois cigarettes et je serai en forme. Anne est tellement heureuse, pas question de lui gâcher sa soirée. Ma petite sœur si simple, qui vit son premier grand amour avec un abruti... Non, Paul a l'air gentil. Je dois être sympa aussi. On n'est pas forcément un abruti parce que l'on reste vieux jeu... »

La jeune fille s'adressa un sourire tremblant, puis tourna le dos à son image. Elle devait regarder en avant, uniquement en avant afin de ne pas désespérer d'elle-même. Son avenir, c'était Paris, Boris, une chance de devenir mannequin, peut-être en poursuivant ses études.

« Rose ! Qu'est-ce que tu fais ? demanda Anne qui tambourinait à la porte de la chambre. J'ai appelé Paul, il est fou de joie. Il sera là vers dix-huit heures...

— Alors je me fais belle, tiens, pour éblouir mon

futur beau-frère ! » répondit sa sœur d'une voix qu'elle réussit à rendre presque gaie.

*

La soirée fut très agréable. Rose avait bu mais sans excès, juste de quoi se montrer détendue et aimable. Paul ne s'aperçut de rien, d'autant plus qu'il avait pris lui aussi deux verres d'apéritif dans l'espoir de ne pas être trop intimidé par la sœur de sa fiancée. C'est ainsi qu'il nommait Anne lorsqu'il pensait à elle. Après le dessert, les trois jeunes gens s'installèrent dans le salon.

« On regarde une vidéo, un film…, proposa Anne en se lovant contre Paul.

— Si tu veux, ma Nanou ! » répliqua celui-ci d'un air ravi.

Rose les observait amusée. Elle pressentait qu'ils passeraient de nombreuses heures ainsi, sur le canapé, dans les bras l'un de l'autre, sans espérer d'autre bonheur qu'une bonne émission de télévision et l'idée d'aller se coucher ensemble. C'était attendrissant pour l'instant, mais dans dix ou vingt ans, rien n'aurait changé. Cette certitude lui donnait le vertige. Elle ne supporterait pas une existence aussi monotone.

« Faites ce que vous voulez ! Je sors.
– À cette heure-ci ! s'étonna Anne.
– Je vais passer voir Sandra. Vous serez plus tranquilles sans moi. Vous pourrez faire des bêtises ! » ajouta Rose en riant.

Paul ne se permit aucune remarque et se réjouit de rester en tête-à-tête avec Anne.

« Rose ! fit celle-ci. Comment rentreras-tu ? Il n'y a plus de bus après minuit ? »

Sa sœur balaya l'objection d'un grand geste agacé. Elle s'empressa de mentir :

« J'ai mon portable et le numéro des taxis. Je peux me permettre ça. Ne t'en fais pas, je ne risque rien. »

Rose marchait vite, dans l'air tiède de la nuit. Sportive accomplie, elle ne craignait pas les longues balades. Ses pas la conduisirent jusqu'au pont Saint-Michel, sur la Garonne. Une de ses amies de la fac, Zoé, logeait là, dans un immeuble vétuste. Rose était certaine de trouver chez elle de l'herbe de bonne qualité, capable de lui faire oublier son face-à-face avec Gérald qui la troublait encore malgré tous ses efforts pour rayer la scène de sa mémoire.

*

C'était le grand jour. Plus d'un mois s'était écoulé depuis que les deux sœurs avaient discuté de cette décision. Les dés étaient jetés : Anne se mariait et la maison retentissait de musique et d'une joyeuse agitation. Rose se regarda une dernière fois dans le miroir de sa chambre. Elle s'adressa un sourire moqueur, en murmurant :

« J'ai l'air d'une bourgeoise, déguisée comme ça ! Bon, si Anne est contente, tant mieux ! »

La jeune fille, demoiselle d'honneur au mariage de sa sœur, portait une longue robe d'un rose nacré.

Son front s'ornait d'une guirlande de fleurs en tissu.

« Eh bien, allons-y ! Mais demain, je pars pour Paris et je ne reviens pas de sitôt ! Là-bas, je commence une nouvelle vie ! Adieu Toulouse, adieu la routine ! »

Elle s'amusa à faire tourner la jupe de sa toilette, puis elle alla frapper à la porte de sa sœur. Anne cria un oui tremblant.

« C'est moi ! » répondit Rose en imitant l'intonation de Paul.

Anne se laissait maquiller par sa tante. Sonia, très élégante, prit un ton excédé :

« Ne viens pas l'agacer ! La pauvre chérie est déjà sur les nerfs... Aussi, se marier en plein mois de juillet, quelle idée ! Septembre aurait mieux convenu, dans tous les sens du terme !

— Et c'est moi qui vais agacer Anne ! persifla Rose. Sonia, vas-tu la laisser tranquille avec cette histoire de date ! Les gens penseront ce qu'ils voudront ! Si l'on t'écoutait, on porterait encore le deuil. Anne a le droit d'être heureuse ! Nos parents diraient la même chose ! »

Dès qu'elle avait appris les projets de mariage de sa nièce avec Paul Vindel, leur tante s'était exclamée, d'un ton tragique :

« Je suis ravie, Anne ! Ce garçon semble sérieux et sa famille est honorablement connue à Toulouse, mais vous devriez attendre au moins six mois ! Que vont dire nos amis, nos relations ? Une noce juste après les obsèques... »

Georges Vindel et son épouse Véronique avaient tenu le même discours à leur fils, mais Paul n'avait pas cédé, opposant aux arguments de ses parents un entêtement inhabituel. Rose avait été la seule à soutenir les deux tourtereaux, qui s'étaient contentés de sa bénédiction.

Paul avait appris à apprécier Rose qui, de son côté, en découvrant le jeune homme réellement très amoureux de sa sœur, lui témoignait de l'amitié à défaut d'affection. Paul lui apparaissait de plus en plus comme le mari idéal pour Anne.

« Paul et Anne ont les mêmes aspirations à une vie paisible ! avait-elle expliqué à Zoé un soir où elles avaient bu plus que de coutume. Dodo, bébé, jardinage et bons petits repas. D'accord, ils n'ont pas envie de changer le monde, mais ils sont mignons tous les deux, à roucouler. Ma sœur ne demandait que ça, un mari-papa-grand-frère... »

La cérémonie avait lieu sous les voûtes séculaires de l'église Saint-Sernin, non loin de la place du Capitole, au cœur de Toulouse. Anne, qui avait gardé la foi de son enfance, prenait l'engagement du mariage très au sérieux et tenait à une cérémonie religieuse.

Ravissante sous son voile de tulle, Anne marcha enfin vers l'autel au bras de son oncle Gérald, ce qui fit grimacer Rose de dégoût... Paul, malgré l'immense bonheur qu'il éprouvait, avait hâte que tout soit terminé. Il n'aspirait qu'à se retrouver seul avec sa femme dans l'avion qui les emporterait jusqu'à Venise. Le jeune homme, fidèle aux traditions, avait proposé cette destination pour leur lune de miel, et Anne en avait été enchantée, car cela correspondait à ses rêves de jeune fille. Rose, gentiment moqueuse, avait dit à sa sœur :

« Tu m'enverras une carte postale ou une photo, Paul et toi sur une gondole, sur l'eau glauque des canaux…

— Vilaine ! avait répondu Anne, il n'y a pas de mal à être romantique ! Paul a bien choisi… »

Anne prononça le « oui » rituel et versa une larme. Elle vivait son jour de gloire, en jeune épousée vêtue d'une robe de satin immaculé, rehaussée de dentelles fines. Paul lui fit un clin d'œil en lui passant l'anneau au doigt et elle se dit avec délice :

« Comme nous serons bien, dans quinze jours, de retour à la maison ! »

Rose, dont le cavalier était un ancien ami de lycée, lui glissa à l'oreille :

« Regarde ma sœur, on la croit émue, prête à vivre le grand amour. Je parie qu'elle rêve de repassage et de tarte aux pommes pendant que son Paul regardera la télé. »

Ce en quoi elle ne se trompait pas beaucoup…

À la fin du cocktail offert dans le jardin de Paul et Anne Vindel, Rose chercha à parler seule à seule avec sa sœur. Le soleil du soir, encore chaud, dorait les arbres et les fleurs des parterres. Les rosiers embaumaient.

Anne abandonna ses invités pour suivre sa jumelle sous le lilas, près de leur cabane.

« Anne, tu sais que je pars demain pour Paris. Tu as mon adresse. Viens me voir si tu en as envie, mais pas tout de suite. Je pense que nous devons voler de nos propres ailes, chacune suivant ses rêves. Je suis rassurée de te savoir avec Paul. C'est un gentil garçon. Alors, tu vas t'envoler pour l'Italie ! À quelle heure est votre avion ?

— À dix-neuf heures... Tu sais, je suis inquiète, pas pour le voyage, mais pour... enfin... tu vois ce que je veux dire. »

Rose sourit gentiment en comprenant la préoccupation de sa sœur.

« Ce n'est pas ta nuit de noces, quand même ? Tu sais comment cela se passe... Tu ne vas pas me dire que tu n'as jamais couché avec Paul ! Vous avez dû essayer au moins... Il a passé plusieurs nuits à la maison !

— Mais non ! confia Anne en se tordant les mains. Paul dormait sur le canapé, tu sais bien. Alors j'ai un trac horrible. Il paraît que j'aurai mal la première fois. Sonia me l'a dit. Moi qui suis douillette comme tout... »

Rose se détourna, apitoyée. Sa sœur lui faisait l'effet d'une jeune femme qui sort d'un autre temps.

« Enfin, Anne ! C'est nul.

— C'est moi qui n'ai pas voulu. Il m'en a parlé, un soir, j'ai refusé. Je préférais que nous soyons mariés pour de bon. Je souhaitais être vierge jusqu'à la lune de miel. C'est démodé, je sais, mais moi cela me semble plus beau ! Seulement, maintenant, j'ai peur, vraiment peur. »

Rose hocha la tête, stupéfaite. Elle chercha son paquet de cigarettes, ne le trouva pas. Avec désinvolture, elle prit une brindille d'herbe et la mordilla.

« Tu me fais halluciner, Anne. Je t'assure, tu es une vraie catastrophe ! Imagine que ça ne colle pas du tout entre Paul et toi, sexuellement... Il sera trop tard pour tout annuler. Comment feras-tu ? Un divorce au bout d'un mois ou la soumission sans plaisir pendant de longues années ? À notre époque, personne ne t'aurait mal jugée de passer à l'acte avant le mariage ! Et d'ailleurs qui l'aurait su ? Tu aurais dû m'en parler avant ! »

Anne paraissait affolée. Elle se reprochait sa maudite pudeur qui l'avait empêchée d'aborder ce sujet avec sa sœur. Les confidences de Sonia concernant la fausse couche de Rose lui avaient causé un malaise inexprimable.

« En tout cas, n'aie pas peur de "ça" ! confia celle-ci en insistant sur le mot "ça". Vous m'avez l'air amoureux, donc tout ira bien. C'est l'essentiel, s'aimer très fort. Un conseil, Anne, bois un peu d'alcool juste avant, tu seras plus détendue. Moi, la première fois, j'étais complètement ivre, sinon je n'aurais pas pu... C'était avec Fanor, un copain du lycée. Et je n'ai rien senti, ni douleur ni autre chose. Après, bien plus tard, quand j'ai connu Arthur, c'est devenu agréable ! »

Anne chuchota, en regardant autour d'elle :

« Et tu as beaucoup saigné ?

— Mais non... Je t'assure, si c'était une torture, la planète serait dépeuplée depuis longtemps. Que tu es sotte, une vraie gamine ! Allez, va retrouver ton Paul, fais-toi belle et file à Venise. Tu me téléphoneras demain soir, je parie que tu seras sur un petit nuage ! »

Les deux sœurs se dirigèrent vers les tables dressées en bas de la terrasse. Certains invités étaient déjà partis, il ne restait que la famille proche et quelques jeunes gens. Paul discutait avec son père. Il s'illumina en apercevant Anne.

Rose demeura à l'écart après s'être servi un verre de champagne. Elle s'assit sur un des bancs et se mit à regarder les nouveaux mariés. Ils se souriaient béatement, en écoutant d'un air sérieux les discussions dont ils étaient l'objet.

« Les pauvres ! pensa-t-elle. Elle se sentait très lucide et encline à des réflexions ironiques. Ma sœur s'est jetée dans la vie de couple sans aucune expérience ! Et Paul, quand on le voit, on dirait un gamin stupide... Je ne comprends pas Anne, mais lui, encore moins. Et le pire, c'est qu'ils se ressemblent ! J'ai eu de la chance de naître différente... »

Elle ferma les yeux, car Gérald entrait dans son champ de vision. Elle avait tellement hâte de quitter Toulouse, cette maison. À Paris, elle avait ressenti une impression de liberté grisante, et en moins d'une semaine bien des choses s'étaient passées. Avec Boris par exemple. Ils avaient fait l'amour toute la nuit, dans une atmosphère de folie totale. Rien de comparable avec la brève étreinte de chez Sandra.

« Si je disais à ma sœur que j'ai même pris de la cocaïne, elle tomberait des nues. Mais, c'est banal, là-bas, dans le milieu du spectacle, si banal... mais tellement super ! J'avais l'impression d'être une pile atomique. »

Rose se leva : Anne et Paul partaient pour l'aéroport de Blagnac. Sonia pleurait discrètement en embrassant sa nièce ; Gérald et Georges Vindel échangeaient les plaisanteries d'usage à voix basse. La scène présentait un caractère si traditionnel que Rose eut envie de vomir ou de hurler.

Anne lui tendit les bras.

« Sois prudente à Paris ! Écris-moi vite !

— Toi aussi, Nanou ! Amuse-toi bien à Venise ! Au revoir, Paul, je te confie ma sœur. Si tu ne la rends pas heureuse, gare à toi. »

Paul promit en souriant d'un air ébloui. Il partait en voyage de noces avec sa femme et rien d'autre ne comptait. Gérald les conduisait jusqu'à l'aéroport. Rose regarda la voiture disparaître au coin de la rue, puis elle rentra dans la maison de son enfance. Ses valises l'attendaient, posées en travers de son lit.

Elle les caressa d'un doigt, ouvrit la plus petite et y rangea son vieil ours en peluche. Ce serait le seul lien entre la petite fille qui vivait là naguère et la jeune femme déterminée dont l'âme rebelle se promenait déjà le long des quais de la Seine.

*

En foulant les pavés parisiens, vingt-quatre heures plus tard, Rose avait envie de danser de joie. Elle avait tant de projets : passer son permis de conduire, s'inscrire à un cours de danse moderne et bien sûr sortir dans les boîtes les plus branchées de la capitale. La fac n'était plus d'actualité.

De la gare Montparnasse, elle prit un taxi qui la conduisit devant son immeuble. Après avoir monté ses valises chez elle, la jeune fille s'accorda une petite balade sur le quai de Passy. Elle alla s'accouder au parapet pour admirer le sillage tranquille d'un bateau-mouche qui, chargé de passagers, remontait la Seine.

Certes, Toulouse était une grande ville, mais,

selon la jeune fille, elle ne pouvait se comparer à Paris. La vie lui parut à cet instant exaltante. Dans le train, elle avait consulté la messagerie de son téléphone portable. Boris avait laissé trois messages. Il l'attendait et elle se sentait flattée de plaire à un homme qui fréquentait des top models et des comédiennes. Grâce à lui, elle connaîtrait sans doute une foule de gens passionnants.

En faisant demi-tour, elle croisa un couple d'une cinquantaine d'années. Ils marchaient sans hâte, la femme tenant son compagnon par le bras. Cette image lui restitua intact le souvenir de ses parents, quand ils se promenaient ainsi dans les rues de Toulouse, et elle en fut bouleversée.

« Papa ! Maman…, murmura-t-elle. Vous me manquez tant. Vous n'aviez pas le droit de partir comme ça, si vite. Vous étiez heureux ensemble, avec plein de projets d'avenir. Et je me plaignais de vous, parfois… Je vous demande pardon, et je vous dis merci, oui, merci pour cet argent qui m'a permis d'être libre… »

Prise d'une pernicieuse mélancolie, elle n'éprouvait pas la gaieté qu'elle imaginait en se retrouvant seule chez elle. La vaste pièce donnant sur la Seine, qui lui avait tant plu, lui semblait soudain d'un vide affligeant, ainsi que la cuisine dépourvue de tout accessoire.

« Demain, je dévalise les magasins… Il me faut des lampes, des meubles, des tapis. »

Rose prit une douche et commença à tourner en rond. Elle regrettait d'être arrivée en fin de journée, car elle n'avait même pas acheté de matelas. Le soleil se couchait, répandant des voiles roses et dorés sur la vieille cité dont le monde entier célébrait le nom.

« Je ne peux pas dormir ici ! J'appelle Boris. »

Le jeune homme répondit tout de suite. Après un temps d'hésitation, il organisa l'emploi du temps de la soirée. Une heure plus tard, il emmenait Rose dîner dans le Quartier latin. Ce simple repas parvint à étourdir la jeune provinciale. L'atmosphère bruyante, les regards des hommes sur elle, les silences de Boris qui la fixait d'un œil coquin, tout cela lui donna l'impression d'exister vraiment, d'avoir tiré un trait sur la jeune fille de Toulouse, celle que ses parents avaient élevée dans un cocon d'amour et de sécurité.

« Je viens de repérer un de mes potes ! lui glissa soudain Boris. Si tu veux, pour cent euros, on s'offre un rail ou deux de coke. De la bonne. Mais faudrait faire vite, il va se barrer, et moi j'ai pas de liquide. »

Rose se sentit toute-puissante lorsqu'elle sortit une liasse de billets. Le jeune homme fila et revint rapidement.

« Si tu veux, on descend se faire une ligne dans les toilettes.

— D'accord ! » jeta-t-elle, étrangement excitée.

*

Le lendemain matin, Rose s'éveilla, la tête lourde, parmi un fouillis de draps. Boris dormait à ses côtés d'un profond sommeil. Elle n'eut pas un geste de tendresse pour lui. Grand, blond, mince, certes il lui plaisait, mais il multipliait les conquêtes et ne s'en cachait pas. Bien que peu jalouse, elle n'aimait pas partager.

« C'est étrange, se dit-elle, cette nuit j'avais l'impression de planer, d'être une femme passionnée et avide d'expériences nouvelles. Ce matin, je n'ai qu'une envie, m'en aller… »

Elle se leva, nue et gracieuse, avec l'intention de préparer du café. Son reflet dans un miroir l'arrêta en chemin. Ses yeux étaient cernés de mauve, sa bouche était décolorée, ses cheveux étaient ternes. La lumière crue que prodiguaient les baies vitrées donnait à son teint, à sa peau une pâleur maladive.

« Eh bien ! s'étonna-t-elle. Ce type, hier soir, qui m'assurait que je ferais un super-mannequin, il devait être aveugle. Je suis hideuse. »

Rose s'enveloppa d'une serviette de bain. Elle se sentait lasse, sans énergie, alors que la veille, grâce à la cocaïne que Boris lui avait fait sniffer, elle avait dansé comme une folle et fait l'amour dans un déchaînement de tous ses sens.

« Je n'aurai jamais le courage de faire les boutiques », se dit-elle en abandonnant même le projet immédiat d'un bon café noir.

À petits pas, elle retourna se coucher près de Boris. Il s'agita un peu, la caressa à tâtons.

« Alors, ma petite chatte, on en redemande ? susurra-t-il en s'allongeant sur elle.

— Non, j'ai juste sommeil, Boris. Et mal partout. Tu as fait de drôles de trucs, cette nuit. »

Le jeune homme eut un rire rauque, qui signifiait son désir de recommencer. Rose voulut le repousser, mais il se coula le long de son ventre, enfouit sa tête blonde entre les cuisses de la jeune femme. Elle céda à la vague excitation qu'il lui procurait. Dix minutes plus tard, tous deux épuisés par un acte rapide et presque bestial, ils se rendormaient.

Deux semaines s'écoulèrent. Il y eut d'autres nuits pétillantes de rires, au rythme d'une musique techno assourdissante. On buvait, on fumait, on prenait de l'ecstasy, parce que c'était la mode et une manière de s'exprimer. Rose s'adaptait à cette existence trépidante, se lançant dans un tourbillon de fêtes qui avait l'avantage de l'étourdir. L'entourage de Boris avait vite compris que la jeune fille disposait d'une petite fortune et cela devenait un jeu de lui apprendre à dépenser cet argent qui semblait inépuisable.

Boris posa bientôt des conditions.

« O.K., Puce, tu apprécies la poudre, mais ce serait mieux d'en acheter de quoi tenir plusieurs jours. File-moi du fric et je t'en rapporte ce soir... Je crois aussi que je vais m'installer chez toi. Ce studio appartient à un copain. Il revient de Londres vers le 15 août. Je dois libérer la place...

— Si tu veux, Boris. Ce sera cool... Combien il te faut pour la came ? »

Le prix annoncé la stupéfia, mais elle promit de retirer la somme en début d'après-midi.

« Tu es chou, ma petite Rose ! assura son amant. Ce soir, je débarque avec mes sacs. »

Elle embrassa Boris sur les lèvres, sans grande passion, et, une heure plus tard, elle retrouvait son appartement qui n'était toujours pas décoré comme elle l'avait projeté lors de son arrivée. Elle n'avait acheté qu'un excellent matelas, quelques lampes et de la vaisselle. Cela lui semblait suffisant. Boris s'en contenterait également.

Ils commencèrent une sorte de vie de couple. Rose s'attachait à cet amant fantaisiste qui lui promettait chaque matin un job de mannequin, une rencontre avec telle ou telle personnalité. Rien ne se passait, chaque rendez-vous était différé sous des prétextes divers. Elle s'en moquait un peu, assommée par des nuits de veille et des prises fréquentes de drogues diverses. L'essentiel, pour elle, était de s'éclater et elle y excellait.

Ce fut à cette période cependant qu'elle décida d'écrire à sa sœur jumelle, après avoir reçu des cartes postales de Venise et de Rome. Anne l'avait appelée deux ou trois fois sur son portable. Elle semblait très heureuse avec Paul et toujours pressée de couper la communication. La jeune mariée avait tenu néanmoins à rassurer sa sœur sur un point précis.

« Ma nuit de noces a été une révélation ! Paul s'est montré patient, tendre et câlin. Je l'adore et je ne me lasse pas de nos nuits d'amour. C'est si merveilleux ! »

Lorsque Rose avait raconté à Boris que sa sœur était vierge le jour de son mariage, celui-ci avait éclaté de rire.

« J'y crois pas ! Tes parents l'avaient mise au couvent pour obtenir ce miracle ? Remarque, ce doit être cool, une nana à qui tu apprends le sexe... Il a de la chance, son mec ! »

Rose n'avait pas répondu et les paroles de Boris lui avaient laissé un goût amer. Enfin, elle avait lancé, d'un ton méprisant :

« C'est bien une réflexion de macho, ce que tu viens de dire ! La malheureuse pucelle qui s'offre à un mâle dominant. Tiens, tu me dégoûtes. »

Boris avait haussé les épaules. Il envisageait de quitter Rose prochainement, dès qu'il aurait trouvé quelqu'un capable de l'héberger. La discussion s'était arrêtée net.

6

Rose eut conscience d'une présence. Elle leva le nez de la lettre qu'elle tentait désespérément de rédiger, pour Anne, et aperçut une silhouette. Ce n'était pas le serveur. Une voix grave lui demanda :

« Est-ce que je peux m'asseoir, mademoiselle ? Il n'y a plus une table de libre. »

Elle leva la tête : un homme lui souriait, légèrement penché vers elle.

« Ne me dites pas que vous attendez quelqu'un ou, pire encore, qu'on vous a posé un lapin ? Je ne vous croirai pas... Vous êtes beaucoup trop jolie ! »

Sa longue écharpe en cachemire blanc balaya le bloc de papier devant elle.

« Si c'est une lettre de rupture, enchaîna-t-il en regardant la feuille raturée devant Rose, je ne peux rien faire pour vous. Par contre, si elle est destinée à votre banquier, je suis votre homme... »

Il s'inclina en se présentant.

« David Blanchard, fondé de pouvoir de la banque du même nom... Je plaide innocent, la banque est inscrite dans mes gènes... »

Rose n'avait pas encore ouvert la bouche et le regardait, partagée entre l'envie de s'en débarrasser et l'envie de rire.

« Rose Léger, murmura-t-elle presque malgré elle.

— Et que fait Rose Léger dans la vie ?

— Pour l'instant, j'essaie de rédiger une lettre...

— Ça n'a pas l'air de vous inspirer, je me trompe ? »

Rose lui sourit. Le personnage lui paraissait sympathique, bien différent de la clique qui traînait autour de Boris. La trentaine, des cheveux châtains, le visage régulier et mobile, il était habillé avec une élégance désinvolte, mais toute son apparence dénotait un goût sûr. Il la regardait d'un air appuyé et interrogatif :

« Vraiment, je ne vous dérange pas ?

— Non, pas pour le moment... »

Ils commandèrent un café, puis, le temps passant, un scotch. Rose se sentait bien et écoutait attentivement David. Il paraissait tout connaître à Paris, les expositions d'art dont il semblait féru, les pièces de théâtre qu'il fallait voir, tout l'intéressait... C'était un Paris dont elle n'avait pas la moindre idée et qui semblait passionnant.

« Dites-moi si je vous ennuie !... » s'inquiéta-t-il soudain.

Il semblait percevoir ses moindres émotions.

« Oh, non ! Pas du tout ! Mais, vous savez, je suis à Paris depuis peu de temps, je n'ai encore rien vu... »

Et sans même s'en rendre compte, elle lui raconta l'essentiel de sa propre vie : la mort de ses parents, le mariage de sa sœur et son arrivée dans la capitale pour y trouver un travail sans beaucoup de conviction.

Il l'écouta sans l'interrompre et sans poser une seule question.

La nuit était tombée depuis longtemps. David regarda sa montre.

« Vous aimez la cuisine italienne ? Je vous emmène déguster un osso buco chez Paolo. C'est une pure merveille... Ne craignez rien, je n'ai pas envie de vous quitter ! »

Rose se sentit émue. Elle ne doutait pas de la sincérité de David et, bizarrement, elle avait l'impression de le connaître un peu.

La lettre destinée à Anne resta dans le cendrier, froissée en boule.

*

Au dîner, elle s'étonna de la facilité avec laquelle elle lui confiait ce qu'elle n'avait jamais dit à personne sur ses joies et ses peines. Il savait écouter, relancer d'un mot, d'un regard une phrase inachevée... Elle lui parla de Boris, des soirées échevelées où il l'entraînait et dont elle commençait à se lasser.

« Des soirées où circule pas mal de drogue, non ? lui demanda-t-il en la fixant. Et tu en prends pour faire comme les autres ! »

Le tutoiement s'était instauré tout seul. Elle baissa la tête, gênée.

« Oui mais, tu sais, je ne suis pas accro, je peux arrêter quand je veux...

— Eh bien, arrête tout de suite ! Tu n'as pas

besoin de ça pour être heureuse et tu te ruines la santé. Laisse tomber ces gens, ils se servent de toi et de ton argent ! Ce capital dont tu disposes, il ne faut pas le dilapider sottement. Nous en reparlerons plus tard, mais, pour l'instant, je vais te ramener chez toi. J'ai un conseil d'administration demain matin et je dois le préparer... »

Il se leva, atténuant sa tirade un peu sèche d'un sourire enjôleur.

David se gara devant chez Rose et arrêta le moteur :

« Je t'appelle demain ? demanda-t-il en se tournant vers elle.

— D'accord, je te donne mon numéro... »

Allait-il l'embrasser ? Son cœur battait très vite et elle en fut toute surprise. Il lui prit la main, la retourna et posa doucement ses lèvres sur son poignet.

« Bonne nuit, Rose, à bientôt... »

Elle resta longtemps sur le trottoir, immobile, à regarder s'éloigner les feux de la voiture. Une joie inexplicable l'envahit. À l'étage, une lumière brillait dans son appartement. Boris était là-haut qui l'attendait.

Elle avait raconté beaucoup de choses à David, mais elle en avait tu aussi beaucoup. Comme le fait qu'un homme vivait chez elle...

Animée d'une brusque énergie, elle décida d'en finir au plus vite avec lui. Cette soirée presque idéale lui donnait la force de rayer de son quotidien la facilité convenue de certaines relations.

Rose savait se montrer catégorique. Boris quitta l'appartement dès le lendemain, après une nuit passée sur le canapé. Il n'avait pas posé beaucoup de questions, comme indifférent aux raisons qui la poussaient à le mettre à la porte.

« Tu pourrais au moins me laisser quelques jours pour me retourner. Il faut que je trouve un pote pour m'héberger… » avait-il protesté.

Elle lui avait fait un chèque assez conséquent.

« Avec ça, tu as de quoi passer quelques jours à l'hôtel… »

Il avait mis le chèque dans sa poche sans même la remercier.

« Plus de Boris ! » avait soupiré Rose, satisfaite.

*

Les semaines qui suivirent passèrent en un éclair. Rose et David se voyaient tous les jours, parfois une heure ou deux, parfois le soir.

Leurs pas les menaient souvent au jardin du Luxembourg. Ils sillonnaient les allées, indifférents au reste du monde, uniquement attentifs à ce lien qu'ils sentaient croître entre eux de jour en jour. Ils s'asseyaient parfois sur un banc si le temps le leur permettait. David tenait Rose par les épaules d'un geste protecteur et possessif. Ils pouvaient rester ainsi des heures à s'embrasser et à se cajoler.

Comme tous les amoureux, ils semblaient isolés du reste du monde dans une forme d'éblouissement qu'ils étaient les seuls à éprouver.

Le silence entre eux n'était pas pesant, au contraire. C'était un silence de bien-être et d'harmonie. Mais ils parlaient aussi de mille choses, insignifiantes ou graves selon leur humeur.

C'est au cours d'une de ces promenades qu'il lui apprit qu'il était marié mais séparé de sa femme Sylvie. À mots hésitants, il lui dit qu'elle n'avait jamais voulu d'enfant, qu'au début il était d'accord mais, ensuite, l'incompréhension, la rancœur s'étaient installées... Sylvie n'avait pas changé en cinq ans de mariage, elle était restée elle-même. C'est lui qui n'avait pas su voir que ce mariage était voué à l'échec dès le départ.

« Dans ce cas, autant divorcer ! déclara Rose. Je ne suis pas à cheval sur les principes, mais j'ai horreur des vaudevilles, tu sais, le genre de situation ridicule, le trio infernal, mari, femme, maîtresse.

— Je voudrais bien mais Sylvie refuse. Elle me mène une vie infernale. C'est une jalouse pathologique... C'est pour ça que je ne voudrais pas qu'elle apprenne ton existence. Je ne veux pas t'effrayer, mais elle est vraiment dangereuse. Même mes amis ne doivent pas te connaître, du moins pour le moment. Ils pourraient lui parler de toi... Je sais qu'elle est à l'affût de tout ce que je fais et j'ai parfois l'impression d'être suivi... »

Comme il le lui avait déjà dit, David était d'une famille de banquiers, quatre générations en tout. Ses parents s'étaient retirés à Cannes et il n'avait qu'un frère cadet, Simon, qui gérait l'agence de Strasbourg. Lui non plus n'avait pas d'enfant. D'ailleurs, il n'était pas encore marié.

« Mes parents ont hâte d'avoir des petits-enfants, surtout un petit-fils qui reprendra le flambeau... Pas une réunion de famille où le sujet ne soit abordé ! Ils avaient beaucoup misé sur mon mariage avec Sylvie... Tu sais, je ne fais pas partie de ces hommes qui dénigrent leur femme dès qu'elle a cessé de leur plaire. Sylvie est très jolie, cultivée, beaucoup de classe… Mais je crois que nous nous sommes emballés l'un et l'autre et nous avons pris pour de l'amour ce qui n'était qu'une grande complicité. Je n'aurais jamais pensé qu'elle se braquerait à ce point sur le divorce. Elle en a fait un point d'honneur et je ne sais vraiment plus quoi faire. Elle retarde l'échéance en se servant de toutes les possibilités que lui donne la loi. C'est devenu sa guerre, une guerre qu'elle sait pourtant perdue d'avance. C'est pour ça qu'aujourd'hui elle me hait… Et je t'avoue que ça me fait peur… »

Il regarda Rose qui avait pris un air grave, méfiant.

« Ne t'inquiète pas, mon avocat m'a assuré qu'elle a épuisé tous les recours et que j'aurai divorcé officiellement d'ici peu ! Allez, souris-moi et embrasse-moi… Je devais t'en parler, c'est fait ! Je t'aime, cela va m'aider à avancer… »

Rose posa la tête sur son épaule. Elle se moquait bien en fait de ce mariage qui n'en était plus un. La seule chose qui comptait, c'était David, ce bien-être qu'elle ressentait blottie contre lui. Depuis qu'ils étaient ensemble, elle n'avait plus un besoin maladif de prendre de la poudre ou de se noyer dans l'alcool pour être heureuse. Une fois ou deux seulement, elle avait eu la tentation de prendre une dose, mais l'image de David, l'idée qu'elle allait le revoir l'avait freinée et elle n'avait pas vraiment souffert de manque.

« Je commence une nouvelle vie ! » se disait-elle.

Elle attendait leurs rendez-vous dans une fébrilité joyeuse et ne s'ennuyait pas un instant.

Les premiers jours, elle avait couru les boutiques et avait entièrement renouvelé sa garde-robe. Finies les tenues branchées : elle avait choisi des vêtements plus classiques tout en restant tendance. David apprécia le changement et lui fit comprendre d'un seul regard chaleureux qu'il la préférait ainsi. Elle s'était occupée de l'appartement qui était devenu accueillant et douillet. De jolis rideaux pêche aux fenêtres, des lampes orangées un peu partout créaient une ambiance cocooning qu'elle aimait.

« C'est toi qui as fait la déco ? s'était exclamé David la première fois qu'il était venu. Laisse tomber tes rêves de mannequin, deviens décoratrice d'intérieur ; tu as un réel talent et je pourrai te présenter des clients. »

Flattée, heureuse qu'il lui accorde des qualités autres que son physique, elle avait gardé cette idée dans un coin de sa tête, mais n'en avait plus reparlé. En réalité, elle n'avait absolument pas envie de travailler ni de se créer des obligations.

David avait fait transférer son capital dans sa banque et l'avait placé. Elle toucherait des intérêts mensuels confortables.

Ils se retrouvaient souvent *Chez l'Auvergnat*, le petit bistrot où ils s'étaient connus et qui était tout proche de la banque de David.

Elle acceptait son choix de ne la présenter à personne et ça ne la dérangeait pas. Elle avait l'impression étrange d'être seule au monde avec lui. Sa nature franche, toujours rebelle, s'accommodait de cette situation un peu particulière.

Parfois, il s'excusait au dernier moment de ne pouvoir venir la retrouver. Le travail, un rendez-vous ou un dossier à terminer. Elle admettait qu'il avait de grosses responsabilités et ne pouvait passer son temps à se balader avec elle dans Paris. Mais elle ressentait alors une vague impression d'illégitimité, un peu excitante, comme s'il vivait encore avec sa femme et annulait avec sa maîtresse. C'était si démodé, ce terme ; cela lui faisait songer aux vieux films des années soixante. Pourtant, une partie de la population fonctionnait encore avec ce genre de schéma.

« Je suis sa maîtresse... Ciel, que dirait tante Sonia ! »

Elle riait tout bas, une moue ironique aux lèvres. Ils n'avaient couché ensemble que dix jours après leur rencontre et Rose se demandait s'il n'avait pas fait exprès de la faire attendre.

« Les rôles sont inversés, pensait-elle. D'habitude, ce sont les femmes qui se font désirer. Mais ça marche aussi avec les hommes... »

Rose ignorait encore que David était tombé amoureux d'elle contre son gré et plus rapidement que prévu. Ses collègues de la banque, ses amis l'avaient deviné avant lui.

« Hé ! David, tu nous la présentes quand ? Pourquoi la caches-tu ? Tu as peur qu'on te la vole ? Elle est mariée ?

— Mais de quoi parlez-vous ? Vous délirez ou quoi ? » répondait-il en enchaînant sur un autre sujet.

Ses deux meilleurs copains, Alain et Guillaume, avaient compris pourquoi il annulait tous ses matches de squash avec eux, pourquoi il prétextait du travail le soir et les week-ends et surtout pourquoi il avait cet air absent et ravi à longueur de journée...

Ils connaissaient également les problèmes que David rencontrait pour son divorce et respectaient la convention de silence qu'il avait établie.

Il avait donc attendu que Rose l'invitât à prendre un verre chez elle. Il brûlait de désir pour elle et, paradoxalement savourait ces instants privilégiés faits d'envie et de passion qui le maintenaient dans un état d'excitation permanente.

Rose écrivit enfin une lettre à sa sœur. Le jour où David l'avait interrompue, elle avait eu un mal fou à coucher sur le papier les mensonges destinés à rassurer Anne. Aujourd'hui, les mots venaient tout seuls...

Ma petite Anne,
Ne me gronde pas ! Attends d'avoir lu ma lettre et tu comprendras pourquoi je ne t'ai pas répondu plus tôt.
Je crois bien que j'ai rencontré l'homme de ma vie. Il s'appelle David, il a trente-quatre ans, il est beau, il est banquier et surtout... il m'aime et je l'aime.
Rassure-toi, tu n'es pas en train de lire un roman de Barbara Cartland, c'est bien la vérité et j'ai moi-même du mal à croire qu'il s'agit de mon histoire ! Je l'ai rencontré il y a quelques semaines et nous ne nous quittons plus. Que te dire d'autre ? Je suis heureuse.
Que puis-je ajouter de plus ? Les gens heureux n'ont

pas d'histoire, a dit je ne sais plus qui. C'est vrai, en tout cas, aucune histoire à raconter aux autres.

Je ne fréquente plus tous ceux que je voyais à mon arrivée à Paris et, crois-moi, ils ne me manquent pas.

Quand montez-vous ? Je serais si heureuse de vous présenter David !

Réponds-moi vite !

Mille bisous, ma Nanou.

Rose

Rose relut sa lettre : tout ce qu'elle disait à Anne était vrai, mais il y avait quelques mensonges par omission.

Pourquoi inquiéter sa sœur en lui disant qu'elle ne cherchait pas de travail et surtout que David n'avait pas encore divorcé ?

D'un geste décidé, elle plia la feuille et la glissa dans l'enveloppe.

« Tu sais, lui avait-il dit, quand j'ai quitté Sylvie, je lui ai tout laissé. Dans l'état où elle se trouvait, il n'était pas question de faire un partage du mobilier. Je crois d'ailleurs qu'elle aurait préféré tout brûler... Parfois, je regrette quelques objets auxquels je tenais beaucoup, mais ça passera... J'ai dû tout racheter en m'installant dans mon nouvel appartement. C'est ce qu'on appelle repartir de zéro... »

La jeune femme dévala l'escalier et marcha de son pas léger et vif vers le bureau de poste. Une femme la croisa sur le trottoir et s'arrêta net pour la dévisager. Ça ne dura qu'un instant, mais la haine que Rose lut dans son regard était significative. Elle sut que c'était Sylvie. Chacune s'éloigna de son côté.

« On aurait dit une folle ! » conclut Rose une fois rentrée chez elle.

En apparence désinvolte, elle buvait du thé chaud à petites gorgées, mais son esprit était en effervescence. Son premier mouvement avait été de téléphoner à David, mais elle avait coupé à la première sonnerie.

Que lui dire ? Qu'une inconnue lui avait lancé un regard meurtrier sur le trottoir ? Qu'elle était sûre que c'était Sylvie alors qu'elle ne l'avait jamais vue ?

Elle se remémora le peu de chose que David lui avait dit de Sylvie : grande, mince, cultivée, de la classe...

« Il y a une foule de femmes qui correspondent à cette description dans Paris. Je deviens parano ! »

Toutefois, au fond d'elle-même, elle était certaine de ne pas se tromper.

Le soir, David la rejoignit chez elle et il mit moins de dix secondes pour voir qu'il s'était passé quelque chose et que Rose n'était pas vraiment sereine.

« Dis-moi ce qu'il y a ? Des mauvaises nouvelles de Toulouse ? Tu es malade ? Je vois bien que ça ne va pas...

— Non ! Pas du tout ! Tout le monde va bien et moi aussi... C'est juste que... Enfin, je me trompe sûrement... Mais cet après-midi, une femme m'a bousculée, enfin non, elle ne m'a pas bousculée... elle m'a regardée tellement méchamment que je me suis dit, enfin j'ai pensé... que peut-être c'était Sylvie...

— Décris-moi cette femme ! » dit-il.

Rose poussa un soupir.

« Je ne peux même pas te dire comment elle était habillée... De couleurs sombres en tout cas... Il me semble qu'elle avait les cheveux bruns, aux épaules... Je n'ai vu que ses yeux, très noirs, qui me fixaient... Il y avait tant de haine dans son regard... J'étais comme paralysée... Mais ça n'a duré que quelques secondes... »

David ne répondit pas. Il tournait machinalement sa cuillère dans sa tasse, le regard absent. Rose remarqua qu'il avait maigri et que de grands cernes ombraient ses yeux.

« Je n'aurais pas dû te le dire, ajouta-t-elle, ce peut être n'importe qui et je ne veux pas que tu te fasses du souci pour moi... »

David ne répondait toujours pas et Rose n'osait plus rompre le silence.

« Que dirais-tu de partir quelques jours dans le Midi ? déclara-t-il au bout d'un long moment. Il y a une éternité que je n'ai pas pris de vacances. Lorsqu'on était gosses, les parents louaient une maison à La Grande-Motte, près de Montpellier. J'ai gardé un bon souvenir de cette région... Qu'en penses-tu ? On s'arrêterait où on voudrait... »

Le visage de Rose s'illumina.

« Oh oui ! Quand partons-nous ? »

Son cœur bondissait de joie, toute angoisse disparue. Montpellier ou le désert de Gobi, peu importait l'endroit, du moment qu'ils étaient seuls, ensemble, le jour et la nuit.

« Nous sommes mercredi... Voyons... samedi matin ? Je pense que j'aurai le temps d'organiser mon absence d'ici là... Si nous avions eu un peu plus de temps, je t'aurais emmenée en Toscane... Nous irons la prochaine fois, promis ! Mais là, je ne vais pouvoir prendre que quelques jours, deux ou trois...

— C'est déjà magnifique ! » se réjouit-elle.

Ils discutèrent longtemps de leur escapade, Rose avec l'enthousiasme d'un enfant le dernier jour de classe, et David avec le soulagement de quitter Paris et de fuir tous les problèmes qui l'assaillaient.

Il avait caché à Rose les derniers exploits de Sylvie. Depuis que son avocat lui avait annoncé qu'il n'avait pas pu retarder une nouvelle fois la non-conciliation, elle ne décolérait pas. Elle harcelait David de coups de téléphone, tantôt pour l'attendrir, tantôt pour l'insulter. Avant-hier, elle avait fait une irruption à la banque qui avait laissé le personnel sans voix. Elle avait passé tous les barrages avec la détermination de ceux qui connaissent parfaitement les lieux. Personne n'aurait osé se mettre en travers de son chemin et elle avait déboulé dans le bureau de David en claquant violemment la porte derrière elle.

« Alors, tu crois vraiment que tu vas t'en tirer comme ça ? avait-elle hurlé. Ça serait un peu trop facile... Monsieur décide que le mariage ne lui convient plus, monsieur décide de s'envoyer en l'air avec une gamine et tout le monde doit trouver ça bien ! Tu ne me connais pas ! Je te préviens, ça ne se passera pas comme ça !

— Si, je te connais, Sylvie, justement je te connais, répondit-il d'une voix lasse. D'abord, je te demanderai de baisser le ton, tu n'es pas sur un champ de foire ! Nous avons déjà discuté du divorce une bonne centaine de fois ! Pourquoi ne veux-tu pas accepter l'inéluctable ? Je n'ai pas discuté le montant de la pension alimentaire que tu as demandée, je te laisse l'appartement et tous les meubles… Que veux-tu de plus ?

— Toi ! cria-t-elle d'une voix suraiguë. C'est toi que je veux ! Et je t'aurai, David, je t'aurai… Tu ne me quitteras pas ! À n'importe quel prix, je t'aurai. Tu es tout à moi. »

Sur ces mots prononcés d'un ton hystérique, elle était partie.

David avait surtout retenu de la conversation que Sylvie connaissait l'existence de Rose. Elle l'avait suivi. C'était une évidence. À moins qu'elle n'ait payé les services d'un détective privé… Peu importait, le résultat était le même, et le récit de Rose ne l'avait pas surpris. C'était bien Sylvie.

« Les choses prennent mauvaise tournure, se dit-il. Je n'ai pas le droit de mettre Rose en danger… Ce petit voyage nous fera du bien. À notre retour, j'aviserai… »

*

Ils prirent la route le samedi comme prévu. C'était une matinée de fin d'automne très fraîche, mais le ciel d'un bleu intense et la température clémente donnaient une gaieté inhabituelle aux feuilles dorées des arbres qui bordaient la route.

Ils avaient décidé de prendre le chemin des écoliers et d'éviter les autoroutes monotones. À Bourges, tentés par la terrasse d'un petit restaurant d'allure modeste, ils s'arrêtèrent pour déjeuner. Ils prirent le plat du jour, une blanquette de veau faite maison qui, arrosée d'un petit vin de Touraine, s'avéra digne d'un grand chef.

« On est bien ici, murmura Rose en contemplant le décor un peu démodé. Loin de tout ! Cela me rappelle certains dimanches avec les parents. On filait dans la campagne et papa décidait de déjeuner n'importe où, selon son inspiration. »

La tête appuyée sur le dossier, elle avait fermé les yeux pour mieux savourer son bien-être.

David la regarda et éprouva une brusque et violente envie d'elle.

« Drôlement bien, oui... Et si on restait ici ce soir ? répondit-il d'une voix légèrement altérée. Après tout, rien ne nous presse... Si on prenait une chambre tout de suite ? On pourrait faire une petite sieste... »

Rose perçut dans sa voix une note de sensualité qui lui fit entrouvrir les yeux.

« Une petite sieste ? Très bonne idée... »

Ils se regardèrent et se sourirent.

David se leva :

« Je vais réserver la chambre. »

Rose referma les yeux. Elle aussi avait envie de faire l'amour. Elle avait envie de lui. Une onde de joie la traversa à l'idée de ce qui allait suivre, leurs corps dénudés, la complicité des gestes, le bonheur d'être unis dans une extase encore timide.

David, son enthousiasme un peu refroidi, ouvrit le coffre de la voiture et empoigna une valise. Il la posa près de lui et jeta un regard sur le parking.

Cinq voitures en tout. Il nota machinalement dans son esprit leurs marques et leurs couleurs. Plusieurs fois pendant le trajet, il lui avait semblé être suivi par une Renault noire. Elle se tenait toujours à une certaine distance et il n'avait jamais pu voir le conducteur.

« Aucune Renault sur le parking, constata-t-il, mais justement... Si cette voiture nous suit, elle ne sera pas venue se garer à côté de nous. Attention à ne pas devenir paranoïaque, mon vieux... Quand je suis allé chercher Rose, personne ne me suivait, c'est sûr... »

Il n'avait rien dit à Rose, ravi de voir combien elle paraissait heureuse de ce voyage et semblait avoir oublié l'incident Sylvie.

Il prit le sac de voyage, le posa près de la valise et regarda à nouveau autour de lui. Il n'y avait personne.

La sieste les combla de délices. Jamais ils ne s'étaient sentis aussi libres, les volets clos sur leurs gémissements, sur leurs souffles précipités par le plaisir. En quelques heures, ils avaient franchi les derniers remparts de la pudeur et apprenaient à s'aimer. Le soir, ils dînèrent avec un appétit décuplé.

« Nous visiterons Bourges quand même ! » suggéra-t-il au dessert.

Rose disait oui à tout. Elle avait hâte de retrouver leur chambre, l'odeur surannée des lourds rideaux, le moelleux du grand lit.

*

« Comment as-tu trouvé la cathédrale de Bourges ? demanda David le lendemain après-midi, alors qu'ils reprenaient la route.
— Immense, épuisante ! s'esclaffa Rose.
— Mécréante ! répondit-il en riant à son tour. Tu es totalement imperméable aux beautés de l'art religieux...
— Tu sais, moi et les églises ! coupa-t-elle. Je les ai visitées pour te faire plaisir, mais je n'ai jamais aimé ça, elles me donnent le cafard... Je préfère les chambres closes, les draps défaits !
— Bon ! bon ! capitula David. Je te promets de ne plus te faire visiter d'église... Qu'est-ce que tu dirais d'une balade en mer ? »
Rose se tourna vivement vers lui.
« J'adorerais ! Dis-moi, ajouta-t-elle dans une association d'idées qui n'appartenait qu'à elle, il y a de jolies boutiques à Montpellier ?
— Tu es incorrigible, dit-il, mais je t'aime comme ça... »
Il tendit le visage vers elle et elle posa ses lèvres sur les siennes.
« Moi aussi, je t'aime », murmura-t-elle avec ferveur.

Rose avait hâte d'arriver. Elle avait posé sa main sur la cuisse de David et savourait le moment présent. Cette intimité permanente avec lui la comblait de bonheur et elle se refusait à penser au retour à Paris et aux longues heures de solitude à l'attendre.
« Où va-t-on coucher ce soir ? demanda-t-elle dans un bâillement.

— Tu as déjà sommeil ? Ou alors c'est la sieste traditionnelle qui te manque ?

— Obsédé, rétorqua-t-elle, je n'y pensais même pas ! »

Arrivés à Montpellier, ils prirent une chambre dans un hôtel près du jardin du Peyrou, se rafraîchirent rapidement et descendirent la rue de la Loge jusqu'au centre-ville. La place de la Comédie, malgré l'heure tardive et la fraîcheur de la soirée, était noire de monde et ils eurent la plus grande peine à trouver une table libre en terrasse.

« Qu'est-ce qu'elle est sympa, cette place ! » s'exclama Rose en mordant dans une olive.

Exclusivement piéton, « l'Œuf » comme les Montpelliérains l'appelaient, était le théâtre permanent de la ville. Orchestres, chanteurs, saltimbanques se donnaient en spectacle du matin au soir. Le Grand Théâtre et les cinémas aspiraient et refoulaient les spectateurs au rythme des représentations. C'était le lieu de tous les rendez-vous, et l'ensemble dégageait une impression de vie extrême.

« C'est le souvenir que j'en avais gardé, dit David, et je ne suis pas déçu comme on l'est si souvent après tant d'années... Rien n'a changé sinon qu'il y a encore plus de monde ! »

Il commençait à se détendre. Aucune voiture ne les avait suivis depuis Bourges, il en était certain. Demain, ils iraient se promener le long de la côte, pourquoi pas jusqu'à Sète, c'était si joli...

« Rose aussi est si jolie, se dit-il, en la regardant piquer une autre olive dans la soucoupe.

— Tu n'aurais pas un petit creux, mon amour ? Si on allait dîner ? »

Ils se levèrent. David entoura les épaules de Rose d'un geste protecteur. À cet instant précis, il ressentit une impression désagréable, comme si un regard lui vrillait la nuque.

Il se retourna, scruta les visages alentour. Mais comment savoir, dans cette foule ?

« Qu'y a-t-il ? interrogea Rose, surprise par son attitude.

— Rien, j'ai cru entendre quelqu'un m'appeler…

— Une ancienne petite copine peut-être ? dit-elle malicieusement.

— Ma pauvre chérie, tu rêves ! J'avais dix ou douze ans lorsque je suis venu ici ! J'étais précoce, mais quand même !

— Mouais, mouais, répondit-elle d'un air peu convaincu.

— Il faudra que tu m'expliques un jour ce que veut dire *mouais mouais*. Ça m'intéresserait… Je pourrais peut-être m'en servir avec mes clients à la banque… »

Ils éclatèrent de rire.

7

Lorsque Rose ouvrit les rideaux de la chambre, le soleil l'aveugla tant qu'elle se recula, surprise. Elle s'approcha du lit.

« Debout, fainéant ! dit-elle en arrachant le drap qui recouvrait David. Le monde appartient à ceux qui se lèvent tôt...

— Et toi, c'est à moi que tu appartiens, répondit-il, en l'attrapant par le poignet. Venez ici, mademoiselle, m'expliquer d'un peu plus près votre proverbe, je n'ai pas très bien compris ce qu'il veut dire... »

Elle se laissa tomber sur lui. La chaleur, la force que dégageait ce corps si masculin la troublaient toujours. Elle résista pour la forme, parfaitement consciente qu'il n'était pas dupe.

D'une main ferme, il lui baissa la tête jusqu'à ce que ses cheveux balayent son ventre. Elle entrouvrit ses lèvres et obéit à son ordre muet. Quand elle sentit le désir de David approcher du paroxysme, elle se releva et chevaucha son partenaire.

Penchée au-dessus de lui, elle regardait le visage aimé tendu par le désir. Son corps svelte se soulevait au rythme des coups de reins de David qui lui envoyaient des ondes de plaisir de plus en plus rapprochées.

Il avait posé ses mains sur ses seins, les malaxant, en pinçant les bouts avec une sorte de violence contenue.

Elle haletait de plus en plus vite au rythme accéléré de leur étreinte, inconsciente du gémissement sourd qui montait de sa gorge.

Le plaisir les submergea au même moment et elle s'effondra sur lui avant de basculer sur le côté.

Une heure plus tard, elle rouvrit les yeux. David s'était rendormi, une jambe pendant hors du lit. Elle s'attendrit de le voir si vulnérable dans son sommeil, se rapprocha de lui et posa son visage sur sa poitrine. Son souffle était lent, régulier, apaisant.

Elle ferma les paupières comme pour capturer son bonheur : elle l'aimait tant...

« Pourvu que ça dure toujours... » susurra-t-elle.

À midi, David proposa d'aller déjeuner à Sète, puis de faire un petit tour en mer et de revenir par la côte.

« Tu verras, s'exaltait-il, ces kilomètres de plage intacte, aucun immeuble, rien qui dénature le paysage... »

Rose l'écoutait d'une oreille, se demandant si elle avait fait le bon choix vestimentaire. Elle leva les yeux sur lui : il avait enfilé un polo noir, un pantalon beige, et finissait de boucler sa ceinture.

« Il est toujours élégant », songea-t-elle.

Baissant les yeux sur son jean, elle se demanda si elle ne devait pas se changer...

« Tu m'écoutes ? dit-il.

— Mais oui ! Je me demandais... Tu ne crois pas que je devrais mettre ma jupe noire ou bien... une robe ? »

Il l'interrompit :

« Je savais bien que je parlais dans le vide ! Mais non, tu es très bien comme ça, jolie comme un cœur... Allez viens, on s'en va ! »

La journée fut délicieuse. Ils déjeunèrent d'une douzaine d'huîtres et d'un verre de vin blanc au bord du canal de Sète.

« Je vais acheter une carte postale pour ma sœur, dit Rose en se levant. Attends-moi, je l'écrirai sur la table... »

David allait lui répondre lorsque son portable sonna. Il fit un petit signe à Rose qui s'éloignait déjà et répondit. C'était son frère Simon.

« Alors, c'est le grand amour, si je comprends bien ! se moqua-t-il gentiment quand David lui dit qu'il était à Sète avec Rose. Crois-tu que ce soit bien sérieux pour la banque de t'offrir des vacances en ce moment ? »

Le ton n'était pas sévère mais plutôt amusé.

David décida de tout lui dire : oui, il était amoureux de Rose, oui il pensait l'épouser dès qu'il serait divorcé, oui il était heureux comme jamais. Il lui parla aussi de Sylvie, de son harcèlement et de l'impression qu'il avait d'être suivi à Paris et même pendant son voyage.

« Fais attention, répondit Simon, j'ai toujours pensé que Sylvie était excessive, voire folle à lier.

Elle n'a jamais accepté l'idée de te perdre et, tu as raison, elle peut être dangereuse...

— Elle se calmera, le rassura David. En attendant, elle me pourrit la vie ! »

Ils parlèrent encore un peu de leurs banques respectives et de leurs parents.

« Ce serait bien qu'on se retrouve à Cannes tous ensemble. Tu pourrais présenter Rose aux parents. En attendant, embrasse pour moi ma future belle-sœur », dit en riant Simon avant de raccrocher.

Rose était revenue et noircissait une carte d'un air appliqué.

En déambulant le long des quais, ils choisirent un bateau parmi ceux qui proposaient une promenade en mer et montèrent à bord.

Appuyés au bastingage à la proue du bateau, ils offraient leur visage au vent froid et salé qui les fouettait. Sans doute parce qu'il n'y avait que très peu de passagers, le capitaine s'était dispensé de commenter le paysage comme il le faisait habituellement. Les mouettes entouraient le bateau, rasaient l'écume de la mer avant de plonger à la recherche d'un poisson en lançant leur cri éraillé.

Rose et David se taisaient, serrés l'un contre l'autre. Ils n'éprouvaient pas le besoin de parler, unis par leur amour comme ils ne l'avaient jamais été.

La soirée se termina par une longue balade le long de la plage de Sète. Ils tenaient leurs chaussures à la main et marchaient au bord de l'eau, là où les petites vagues venaient mourir.

« Tu vois, j'aurais dû mettre ma jupe noire, dit

Rose... J'aurais pu me tremper jusqu'aux genoux !
Le bas de mon jean est déjà tout mouillé...

— Et moi, j'aurais pu appeler le médecin demain pour te soigner ! L'eau est glacée ! Tu es charmante comme ça ! On dirait que tu pars à la pêche aux crevettes...

— Tu n'es pas beaucoup mieux », répondit Rose en regardant d'un air faussement dégoûté son pantalon tirebouchonné jusqu'aux genoux.

La nuit commençait à tomber et ils décidèrent de regagner la voiture. En faisant demi-tour, le regard de David balaya le paysage et son cœur manqua un battement : sur la dune qui séparait la route de la plage, une femme se tenait immobile, le visage tourné dans leur direction. Le vent plaquait sa jupe sur ses jambes et faisait voler ses cheveux sombres. Elle était trop loin pour qu'il distingue ses traits, mais il fut certain que c'était Sylvie. Une brusque panique l'envahit. Il devait fuir.

« Il n'est pas tard encore, dit David en reprenant le volant. Je te propose d'aller boire un verre au cap d'Agde. Ce n'est pas bien loin de Montpellier. »

Il se forçait à prendre un ton enjoué mais ressentait une sourde anxiété dont il ne voulait pas parler à Rose. Inutile de l'inquiéter. Mais que voulait Sylvie ? Leur empoisonner le voyage ? Si c'était le cas, elle avait atteint son but... Il fallait absolument la semer.

« O.K. pour le cap d'Agde », répondit Rose, à mille lieues des préoccupations de David.

Elle essayait désespérément de démêler ses cheveux.

« J'aurais bien besoin d'une douche, j'ai

l'impression d'être un bloc de sel et il faudrait peut-être que l'on trouve un hôtel pour ce soir.

— À vos ordres, mon colonel », répondit David.

Ils avaient mis leurs bagages dans la voiture, ne sachant pas où ils coucheraient le soir et décidés à n'avoir aucune contrainte.

Ce fut le blanc lumineux des bungalows plutôt que le bleu de l'enseigne signalant un motel qui attira l'attention de David.

« Un bungalow, ça te dirait ? demanda-t-il.

— Tu sais, répondit Rose, du moment que je suis avec toi et qu'il y a de l'eau chaude, tout me va... »

Avant de pénétrer dans le parking, David regarda une fois de plus dans le rétroviseur.

À l'accueil, le gérant, un gros homme vulgaire dont la chemise douteuse dépassait d'un pantalon froissé, leur remit les clefs d'un bungalow, le huit.

« C'est le plus isolé, vous y serez tranquilles », dit-il avec un clin d'œil entendu.

David tourna les talons sans répondre. Il détestait ce genre d'allusion grivoise.

Le bungalow se composait d'une vaste pièce avec un coin cuisine et d'une salle de bain. Entièrement décoré de blanc et de bleu, il faisait penser à un mas camarguais. Il leur plut d'emblée.

« Ouf ! soupira Rose en se jetant sur le lit les bras en croix. Ça doit être l'air marin ; j'ai l'impression d'être saoule ! »

David posa leurs bagages sur le trépied et la rejoignit sur le lit :

« Mon petit bloc de sel est fatigué ? dit-il en s'allongeant contre elle. Je vais te dessaler, moi, j'adore ça... »

Il ponctuait chaque mot d'un petit coup de langue sur son visage.

Rose avait fermé les yeux, noyée dans une vague de plénitude. Elle se secoua :

« Il faut que j'aille me doucher. Si je n'y vais pas tout de suite, je n'en aurai plus le courage. Je sens que je vais m'endormir, dit-elle en le repoussant. Donne-moi dix minutes, même pas, cinq... »

Elle se leva lestement et ouvrit sa valise. David alluma la télévision.

« Je vais prendre des nouvelles de la planète pendant ce temps, dit-il. Il me semble que j'ai quitté Paris depuis une éternité...

— Rassure-toi, lui répondit-elle en se dirigeant vers la salle de bain. La terre n'a pas arrêté de tourner en ton absence, et moi, en tout cas, je m'en moque éperdument, des informations... »

Elle virevolta et mima un baiser en arrondissant les lèvres, mais, l'œil fixé sur l'écran, il ne la regardait déjà plus.

Tout en disposant soigneusement ses objets de toilette sur l'étagère, elle se disait que ce petit bungalow ressemblait à une maison, une vraie maison où ils vivraient comme un couple normal.

« Avec David, je crois que ça me plairait, constata-t-elle. Si Anne lisait dans mes pensées en ce moment, elle se dirait que j'ai bien vite changé d'avis. Je n'y peux rien, cet homme-là me donne envie de jouer les ménagères parfaites, de guetter son retour... Imaginons une maison avec jardin, pour les enfants, c'est mieux ! »

Elle eut un petit rire ému. Oui, elle avait envie

d'avoir des enfants avec David. Deux au moins, ou trois peut-être... Mais pas tout de suite. Ils étaient tellement bien, tous les deux...

Elle se mit à chantonner, quitta ses vêtements et referma sur elle la porte vitrée de la douche. L'avenir lui semblait plein de promesses.

En Angleterre, le premier ministre vient de déclarer...
Le présentateur des actualités lisait son prompteur comme un automate.

« On dirait qu'il ne comprend rien à ce qu'il dit, pensa David. Une voix off serait bien mieux... »

Au même instant, on frappa. Épuisé par la journée en plein air et distrait par le récit d'un incendie de forêt, David lança un oui monocorde et se leva. Il avait commandé en cachette une bouteille de champagne. Il s'attendait à voir la face déplaisante du réceptionniste, mais ce fut Sylvie qui se rua dans la chambre.

Elle tenait un revolver braqué sur lui. Immobile, le visage presque crayeux, elle le fixait d'un regard totalement inexpressif.

David eut une montée d'adrénaline. Elle pouvait tirer dans moins d'une seconde. Il fallait parler, faire quelque chose pour rompre ce silence terrifiant.

« Je peux te demander ce que tu fais là ? »

À sa propre surprise, sa voix ne tremblait pas. La calmer, l'amadouer, se dit-il, il fallait parler, parler...

« Assieds-toi, dit-il en se levant. Nous allons...

— Ne bouge pas ! » intima-t-elle doucement.

Il reconnut à peine la voix de Sylvie. Basse, enrouée, elle semblait sortir d'un autre corps. Il obéit et se rassit sur le bord du lit.

Rose, pensa-t-il soudain, Rose ! Il entendait l'eau couler dans la salle de bain. Elle va sortir...

« Écoute, on pourrait s'expliquer entre adultes intelligents. Mais dehors, ce serait mieux ! D'accord, nous allons prendre l'air. Tu sais, je suis prêt à...

— Tu es surtout prêt à te remarier avec cette petite pute qui pourrait presque être ta fille. C'est pour elle que tu veux divorcer... Tu n'es qu'un salaud et je... »

David saisit la perche au vol.

« Tu te trompes, Sylvie, je ne vais pas me remarier. C'est une aventure sans avenir et, toi qui me connais bien, ça m'étonne que tu puisses penser que je vais épouser cette gamine ! Elle ne présente aucun intérêt, je vais la quitter en rentrant à Paris ! En fait, c'est un voyage de rupture, mais elle ne le sait pas... »

Il vit le regard de Sylvie vaciller. Il avait marqué un point et il fallait continuer...

« Tu devrais plutôt la remercier. Elle m'a fait prendre conscience d'un tas de choses. De la chance que j'avais de t'avoir rencontrée ! Tu sais, elle est inculte, superficielle, elle ne s'intéresse qu'aux fringues... Tu penses vraiment que je vais épouser une fille comme ça ? Non, Sylvie ! J'ai réalisé que notre séparation était une connerie et je voulais t'appeler dès mon retour à Paris. Je veux annuler notre divorce. Nous avons tant de choses en commun, et nous avons été heureux ensemble, non ? Tu sais, tous les couples traversent des crises... On n'est pas différents... Si tu veux, on rentre ensemble... tout de suite. Viens ! »

Sylvie avait légèrement baissé la main qui

tenait le revolver. Tout son corps accusait un relâchement.

Doucement, presque au ralenti, il se leva et se dirigea vers elle en continuant à parler.

« Dis-moi seulement que tu m'aimes : moi, je t'aime encore, tu sais… Dis-moi… »

Il approchait d'elle comme en glissant sur le sol, et sa voix avait pris le rythme lent d'une berceuse. Il ne savait même pas ce qu'il disait, obsédé par l'idée de lui arracher le revolver des mains.

Elle semblait hypnotisée, aucune émotion ne transparaissant sur son visage.

« Encore quelques pas, juste quelques pas, se dit David, et je suis sauvé. »

Le bruit de la porte qui s'ouvrait retentit comme un coup de tonnerre. Rose se tenait dans l'encadrement, entièrement nue.

Ce fut la dernière vision de David. Les deux balles l'atteignirent en pleine poitrine et il s'écroula sur le sol.

Sylvie disparut, se faufilant dans le vestibule.

« David ! David ! » hurla Rose.

*

Le commissaire qui interrogeait Rose se cala dans son fauteuil.

« Résumons-nous, dit-il d'une voix calme. Vous vous appelez Rose Léger, vous habitez à Paris, vous ne travaillez pas et vous étiez en voyage avec David Blanchard que vous ne connaissez que depuis quelques semaines. Tout allait bien entre vous et, hier soir, pendant que vous vous douchiez, une femme est venue et elle a tiré sur ce monsieur deux coups de revolver. Vous avez déclaré que cette femme n'est autre que l'ex-épouse de votre compagnon, bien qu'ils ne soient pas encore divorcés et que vous ne l'ayez jamais vue, pas même en photo. Elle est entrée dans votre bungalow et elle a abattu votre amant avant de s'enfuir. C'est bien cela ? Et personne ne l'a vue en plus... »

Rose ne répondit pas. Elle comprenait à peine ce que cet homme lui disait. Avait-elle raconté ça ? Elle ne se rappelait pas, elle ne se rappelait rien. Un leitmotiv tambourinait sans cesse dans sa tête, *David est mort*, *David est mort*, empêchant toute autre idée de pénétrer son cerveau.

Elle regarda autour d'elle : un bureau de chêne clair recouvert de tas de dossiers la séparait du commissaire.

« On dirait que j'ai un insecte enfermé dans ma tête qui se cogne partout et ne peut pas sortir ! » pensa-t-elle.

L'idée la fit sourire.

« Ai-je dit quelque chose de drôle, mademoiselle Léger ? interrogea d'une voix sèche le commissaire.

— Non, non pas du tout, balbutia-t-elle. Je suis un peu perdue, vous savez, parce que David est mort. Je l'aimais tant, David... »

Une vague pitié troubla le commissaire. Il regarda « la seule suspecte », comme l'avaient désignée les hommes de sa brigade.

D'une pâleur impressionnante, elle se tenait tassée sur sa chaise. De grands yeux bleus lui mangeaient le visage. Une jolie fille en état de choc. Elle avait répondu docilement à toutes les questions, mais d'un air absent. Il n'en tirait aucune conclusion, sachant par expérience que les comportements d'un coupable et d'un innocent pouvaient se ressembler. Le succès d'une enquête dépendait toujours du travail des policiers pendant les premières heures qui suivaient le crime : recherche des indices encore visibles et interrogatoire serré des présumés coupables. La plupart des aveux avaient lieu à ce moment-là.

Quand le gérant du motel les avait prévenus, le policier avait d'abord pensé à un crime crapuleux. Ces bungalows isolés étaient souvent dévalisés. Le retour inopiné des clients pouvait tourner au drame. Tout ça dépendait des nerfs des uns et des autres.

Dans le cas présent, rien n'avait été volé ni même fouillé. On était plutôt dans le registre du crime passionnel. Cette fille accusait l'ex de son petit ami, mais ce pouvait tout aussi bien être elle la responsable. Peut-être voulait-il rompre ? On n'avait pas encore retrouvé l'arme du crime, mais elle aurait eu le temps d'aller l'enterrer. Le terrain était sablonneux : rien de plus facile que de creuser un trou pour y cacher le revolver. Rien de plus difficile également que de le retrouver, le sable ne laissant aucune trace.

Elle n'avait pas le visage d'une criminelle, mais y avait-il un visage type ? Il avait vu, assises sur cette même chaise, des madones qui sanglotaient à fendre l'âme après avoir étranglé leur propre enfant. L'apparence physique n'était pas toujours le reflet d'une personnalité. Peut-être cette fille n'était-elle qu'une call-girl ? Avait-elle un ou une complice ? Il fallait faire toutes les vérifications... S'il était vrai que ses parents s'étaient tués en voiture au mois d'avril dernier comme elle l'avait dit et si elle n'était pour rien dans l'agression de son amant, c'était une tragédie épouvantable pour cette gosse. Il s'en voulut à nouveau d'être obligé de la torturer avec ses questions. Tout en réfléchissant, il n'avait cessé de regarder Rose.

Cette fille ne pleurait pas, elle n'avait jamais pleuré depuis le crime. On aurait dit qu'elle ne réalisait pas ce qui se passait. Absente. Ailleurs.

Rose jeta un coup d'œil sur l'horloge murale qui affichait une heure du matin. Elle se mit soudain à trembler sans pouvoir empêcher ses dents de s'entrechoquer.

« Voulez-vous un café ? Un sandwich ? lui demanda-t-il d'une voix brusquement adoucie.

— Je veux bien un thé », murmura-t-elle au bout d'un moment.

Il sortit du bureau et donna l'ordre à son lieutenant d'aller chercher du thé, du café, des sandwiches et une couverture.

Il était sur le point de passer à table quand il avait reçu l'appel du motel et il commençait à ressentir des tiraillements au niveau de l'estomac.

Le temps s'écoulait lentement. Le commissaire semblait attendre quelque chose. Rose n'avait rien voulu manger. Pujol avait posé la couverture sur ses épaules, elle avait bu son thé brûlant et ses tremblements avaient diminué. Elle avait répondu docilement à toutes ses interrogations de la même façon que la première fois. Récitait-elle une leçon apprise par cœur ? Était-ce la vérité ? Il avait pu joindre le frère de la victime grâce aux indications de la jeune femme.

« Son frère tient la banque Blanchard à Strasbourg, avait-elle dit, mais je ne le connais pas, ni ses parents ni ses amis. Je ne connais aucun de ses proches.

— Mademoiselle Léger, lui annonça-t-il, nous allons vous garder ici cette nuit en tant que témoin. Nous reprendrons l'interrogatoire demain, mais, pour l'instant, allez vous reposer. Nous cherchons aussi du côté de madame Sylvie Blanchard, qui effectivement n'est pas à son domicile parisien. Simon Blanchard arrivera par le premier vol demain matin à l'aéroport de Fréjorgues et nous en apprendrons un peu plus sur la vie et les amis de la victime, puisque vous semblez tout en ignorer. À part, bien sûr, la jalousie de son ex-femme... Vous pourrez aussi demander un avocat. »

Les mots arrivaient lentement et complètement dénués de sens dans le cerveau de Rose. Un avocat ? Pourquoi prendrait-elle un avocat ? Ce type ne l'avait pas écoutée : elle lui avait pourtant bien dit que c'était Sylvie qui avait tiré sur David. Et qu'elle avait tout vu : cette femme, David devant elle, la détonation et le corps qui s'affaissait lentement.

Elle avait couru à lui, l'avait pris dans ses bras en criant son nom.

Combien de temps était-elle restée ainsi à le bercer en murmurant son nom ? Peut-être une minute, peut-être trente... Quand enfin elle s'était relevée, elle avait réalisé qu'elle était nue et que la femme n'était plus là. Pourquoi ne les avait-elle pas tués tous les deux ? Pourquoi ? Elle ne voulait plus vivre sans David.

Après, il lui semblait qu'elle avait appelé la réception et qu'elle avait remis les vêtements laissés dans la salle de bain. Elle se souvenait des voitures de police, des sirènes de l'ambulance qui hurlaient, des claquements de portière. Mais c'était flou, comme un vieux film à moitié effacé.

Une main se posa sur son épaule et l'incita à se lever. Un homme en uniforme la tenait par le bras. Ils suivirent un long couloir. Il ouvrit une grille de fer et la fit entrer dans la cellule. La porte se referma derrière elle.

Le commissaire, lui, éteignit la lumière et quitta son bureau. Il traversa la grande cour à peine éclairée pour atteindre le bâtiment d'entrée. Il avait toujours été amusé de penser que cette immense bâtisse avait d'abord été une maternité et un centre d'obstétrique pendant des années avant de devenir le Commissariat de Montpellier. Provisoirement, promettait-on alors. Le provisoire s'éternisait… Aujourd'hui, les cris des nouveau-nés étaient parfois remplacés par des cris autrement moins heureux.

Dehors, il aspira longuement l'air frais de la nuit et s'engagea dans l'avenue du Professeur-Grasset. Il habitait à peine à deux cents mètres et connaissait si bien le chemin qu'il aurait pu le faire les yeux fermés.

Cette enquête lui déplaisait : la suspecte l'attendrissait et il craignait de perdre son objectivité.

Lorsqu'on vint chercher Rose, le lendemain matin, elle était allongée sur le banc, recroquevillée en position fœtale.

Elle écarquilla les yeux, ne sachant plus où elle était. D'un bloc, tout lui revint en mémoire et le leitmotiv lancinant reprit sa course folle. *David est mort, David est mort.*

Elle se leva, les membres raidis. Elle avait mal partout et une migraine lui martelait les tempes.

Un homme en uniforme – était-ce le même qu'hier ? – la conduisit dans le bureau du commissaire. En passant devant les toilettes, il marqua un arrêt en la dévisageant. Elle acquiesça d'un mouvement de tête. Tout en se passant de l'eau sur le visage, elle regarda le miroir au-dessus du lavabo, mais ne reconnut pas la fille qui s'y reflétait.

« Voulez-vous un café ? Ou un thé ? » proposa le commissaire.

Rose opina de la tête. Elle se sentait sale, malade. Son jean, raidi par le sel de mer, lui grattait la peau. Ah oui ! C'était la balade sur la plage avec David, mais quand était-ce ? Elle avait complètement perdu la notion du temps. Elle leva les yeux vers l'horloge et vit qu'il était neuf heures.

« Puis-je avoir une cigarette ? demanda-t-elle.

— Je vais vous en chercher. Moi, je ne fume pas. »

Il revint presque aussitôt avec un paquet de blondes, une boîte d'allumettes et un cendrier qu'il posa devant elle.

« Je vois avec plaisir que vous semblez mieux qu'hier. Nous allons donc pouvoir reprendre notre conversation. »

Doucement, les idées de Rose se remettaient en place. Elle répondit encore aux mêmes questions du commissaire, raconta leur voyage et la dernière journée dans les moindres détails.

David avait-il eu l'impression d'être suivi depuis qu'ils avaient quitté Paris ? Avait-il l'air inquiet ? Pensait-elle qu'il en avait parlé à quelqu'un d'autre ? Pourquoi n'était-elle jamais allée chez lui ?

S'étaient-ils disputés hier ? Et à quel sujet ? Quand et comment s'étaient-ils rencontrés ? Quelle fonction occupait-il exactement à la banque ?

À toutes ces interrogations, Rose se voyait obligée d'avouer l'ignorance qu'elle avait de la vie de David. Pourquoi ne lui avait-elle jamais posé de questions ? Il savait tout ou presque d'elle et elle s'apercevait qu'elle ne savait rien de lui.

Une vague de désespoir la submergea et ses yeux s'emplirent de larmes.

« Où est-il ? cria-t-elle soudain d'une voix suraiguë. Je veux le voir… »

Le commissaire pressentit la crise de nerfs. Il s'empressa de répondre, d'une voix douce :

« Je ne peux pas intervenir, désolé ! »

À cet instant précis, on frappa à la porte et Simon Blanchard entra dans la pièce. Rose le reconnut sur-le-champ sans jamais l'avoir vu. Plus qu'une véritable ressemblance entre les deux frères, c'était un air de famille, l'expression des yeux, l'allure dégingandée et très élégante qui faisaient qu'on ne pouvait pas douter de leur parenté.

Le commissaire fit les présentations. Simon se tourna vers Rose, se pencha vers elle et l'embrassa spontanément. Puis il serra la main du policier et s'assit sur la chaise près d'elle.

Le frère de David avait le visage de quelqu'un qui n'avait pas dormi de la nuit. Il lui avait fallu prévenir ses parents, pénible moment, et avertir aussi tous les amis, les responsables de la banque, avant de prendre un avion à l'aube.

« Monsieur Blanchard, dit le commissaire. Je dois vous poser quelques questions. Mademoiselle Léger, je vous reverrai plus tard. »

Un agent conduisit Rose dans une pièce voisine. Elle secoua la tête, hébétée.

« Ils croient que j'ai tué David, se dit-elle. Ils vont me mettre en prison... »

Elle réalisa soudain qu'à aucun moment elle n'avait pensé à prévenir sa sœur. D'ailleurs, Anne n'avait pas pu recevoir sa carte postale et elle ignorait encore qu'elle avait quitté Paris. Elle ne connaissait même pas David. Que pourrait-elle faire ? Elle n'avait pas envie de l'appeler, pas envie surtout de raconter l'horreur de la soirée d'hier. Non, elle ne pourrait pas.

Il s'écoula plus d'une heure. Enfin, le commissaire vint la chercher.

« Vous êtes libre, mademoiselle. Vous devez juste signer votre déposition. Le témoignage de Simon Blanchard vous a innocentée. »

Rose acquiesça à tout dans le même état de confusion mentale. Elle ne se souvenait pas d'avoir fait une déposition et signa la feuille dactylographiée sans même la relire.

« Je vous emmène, Rose ! » fit une voix.

C'était Simon. Il attrapa un petit sac de voyage

qu'elle n'avait pas vu, posé dans un coin de la pièce, empoigna fermement son bras et ils sortirent.

En voyant la voiture de David stationnée dans la cour du commissariat, Rose marqua un temps d'arrêt.

« Vos affaires sont dans le coffre et nous allons chercher un hôtel, expliqua Simon. Nous devons parler, nous deux. »

Il ouvrit la portière et l'installa comme on installe une malade. Rose ne bougeait pas.

« Ne vous inquiétez pas ! ajouta-t-il. Je m'occupe de tout. C'est fini, c'est fini… »

Sa voix était douce et Rose ressentit un immense soulagement. Elle tourna vers lui son visage défait et répondit doucement.

« Merci, merci… Je suis très malheureuse. David est mort, vous comprenez ? D'abord mes parents, ensuite lui.

— Je crois que vous avez besoin de repos ! Ce qui est arrivé vous a rendue malade. J'aurais voulu vous connaître dans d'autres circonstances… »

Simon n'ajouta rien. Il hésitait, devant l'air hagard de la jeune femme, sur la conduite à tenir.

*

Rose ouvrit les yeux. Une faible clarté venant de la fenêtre lui permit d'allumer la lampe posée sur la table de nuit.

La chambre était spacieuse et confortable. Rose se redressa sur le lit et repoussa la couverture qui la recouvrait. Elle portait toujours son jean et son pull, mais elle était pieds nus.

En un instant, elle se souvint du départ du commissariat, de son arrivée dans cet hôtel avec Simon, de s'être allongée et puis, plus rien...

Où était Simon ? Une peur panique la traversa. Était-il parti ?

Posé contre la lampe de chevet, un petit carton blanc attira son attention.

Je dois m'absenter quelques heures.
À tout à l'heure. Nous dînerons ensemble.
Simon

Elle se leva ; saisie de vertige elle dut se rasseoir au bord du lit. À cet instant, on frappa doucement à la porte qui s'entrouvrit. Le visage de Simon apparut dans l'entrebâillement.

« Comment ça va ? Puis-je entrer ?

— Oui, je vous en prie... Mais quelle heure est-il ? »

Simon referma la porte derrière lui et s'assit dans un fauteuil.

« Presque huit heures du soir. J'ai réservé une table. Je vais vous laisser vous rafraîchir... »

Rose reprenait doucement ses esprits. Le leitmotiv avait cessé de résonner dans sa tête et elle n'avait plus la migraine. Mais elle ne tenait plus sur ses jambes et se sentait dans un état de saleté indescriptible.

« Je vais prendre une douche tout de suite. Simon, je voulais vous dire, merci, merci pour... »

Il l'interrompit.

« Tout à l'heure, Rose, nous parlerons tout à l'heure, répondit-il. Préparez-vous, je vous attends dans ma chambre. Elle jouxte la vôtre, c'est la 204. Frappez dès que vous serez prête. »

Elle s'attarda sous la douche. L'eau brûlante ruisselant sur son visage et son corps lui apportait un bien-être infini.

Elle refoulait toute pensée étrangère à ce bien-être : ne pas penser à David, ne pas penser surtout qu'il était mort, ne plus penser au gouffre de désespoir qu'elle voyait se creuser sous elle.

En ouvrant sa valise pour y prendre des vêtements propres, elle constata que toutes ses affaires avaient été fouillées et remises n'importe comment. La police, bien sûr, conclut-elle.

Elle s'habilla rapidement et alla retrouver Simon. Ils entrèrent dans un restaurant à deux pas de l'hôtel et s'installèrent dans un angle, un peu à l'écart des autres clients.

Rose avait l'impression de sortir d'un brouillard opaque. Ses idées se faisaient plus claires. Elle avait pu raconter la terrible soirée de la veille à Simon. Il l'avait écoutée jusqu'au bout sans l'interrompre.

À son tour, il lui rapporta sa conversation téléphonique avec David :

« Il se doutait que Sylvie vous suivait ou vous faisait suivre et il commençait à s'angoisser sérieusement. À Paris déjà, le comportement de sa femme frisait la folie. Le commissaire a lancé un avis de recherche. Ce n'est qu'une question de jours ou même d'heures avant qu'elle ne soit interpellée. Vous devriez quitter Montpellier. Le plus tôt sera le mieux.

— C'est grâce à vous qu'il m'a relâchée. Merci, Simon, merci pour tout... Me prendre en charge, comme ça, alors que vous ne m'aviez jamais vue ! Et pourtant vous avez du chagrin, vous aussi. Perdre votre frère, quelle horreur ! »

Simon détourna la tête, visiblement bouleversé.

« Vous savez, Rose, mon frère vous aimait vraiment. Il voulait vous demander en mariage dès que son divorce serait prononcé. Tout ce que je fais, c'est pour lui aussi... »

Pour se donner une contenance, il but une gorgée de vin et se racla la gorge.

« Qu'allez-vous faire maintenant, Rose ? Pourquoi n'iriez-vous pas chez votre sœur ? David m'avait dit que vous avez une jumelle. Elle saura vous réconforter. Il ne faut pas que vous restiez seule. D'après ce que vous m'avez dit, vous ne connaissez pas grand monde à Paris...

— Je ne sais pas, répondit-elle, je n'y ai pas encore pensé. De toute façon, il faut que je remonte à Paris, à cause de mon appartement...

— Promettez-moi d'être raisonnable. Retournez à Toulouse très vite. Vous allez avoir besoin d'être entourée... C'est une épreuve très dure que vous ne surmonterez pas seule... Promis ? »

Penché au-dessus de la table, il la regardait attentivement, attendant une réponse.

« Comme il ressemble à David ! » se dit Rose, qui sentit une boule de chagrin bloquer sa gorge.

Incapable de répondre, elle inclina la tête en signe d'assentiment et reprit sa fourchette.

« Quand repartez-vous, Simon ? demanda-t-elle

après avoir avalé quelques bouchées. Elle appréhendait terriblement son départ.

— Je dois régler différents problèmes. Mes parents vont arriver de Cannes. Sans vouloir vous froisser, Rose, je pense qu'ils ne tiendront pas à vous rencontrer. Ils sont très traditionalistes et, pour eux, vous n'êtes qu'une aventure, avec les conséquences que vous savez... Je vous conseille de rester à l'écart.

— Je comprends, affirma-t-elle sans s'étonner de cette mise au point. Et puis je n'ai aucune raison d'être présentée à votre famille, n'est-ce pas ? Puisque tout est terminé... Je n'ai même pas pu voir David une dernière fois. »

Simon haussa les épaules en pinçant les lèvres. Il déclara enfin, les yeux dans le vague :

« À quoi bon ? Gardez donc une belle image de lui ! Je vous ai réservé une place dans le TGV de demain matin. Je vous amènerai à la gare... Si nous allions dormir ? Je suis épuisé. Cette histoire me rend malade. »

Si Rose avait été moins assommée par la douleur, elle aurait eu le sentiment que le frère de David se débarrassait d'elle d'une façon assez directe. Cette idée ne l'effleura pas. En pleine détresse, elle le bénissait de lui accorder un peu d'amitié.

Ils rentrèrent lentement à l'hôtel. Simon évoqua l'admiration qu'il avait pour ce frère aîné qui réussissait tout ce qu'il entreprenait, l'affection qui les liait. Rose écoutait en silence : il était bien tard pour découvrir David, pensait-elle.

« Mon Dieu, comme il va me manquer... Que

vais-je faire de ma vie maintenant ? » se demanda-t-elle.

À nouveau, le désespoir la submergea.

*

Le TGV s'arrêtait en gare de Lyon et un flot de nouveaux voyageurs envahit le wagon.

Calée contre la vitre, le visage appuyé sur sa paume, Rose regardait le quai sans le voir.

Simon s'était occupé de tout. Il l'avait même accompagnée dans le compartiment, avait rangé sa valise au-dessus du siège et lui avait remis son billet :

« Promettez-moi d'aller à Toulouse très vite. Voilà mes coordonnées, avait-il ajouté en lui remettant une carte de visite. N'hésitez pas à m'appeler si ça ne va pas. D'accord ?

— Merci, Simon, merci... Je ne sais pas ce que j'aurais fait sans vous. »

Une voix masculine annonça le départ imminent du train. Ils s'embrassèrent et Simon lui murmura, à l'oreille :

« Soyez courageuse. Vous êtes très jeune encore, la vie vous sourira à nouveau ! Un jour, vous trouverez la force d'aimer, j'en suis sûre. Prenez soin de vous et donnez-moi de vos nouvelles... »

Il descendit du train et resta immobile sur le quai jusqu'à la fermeture des portes.

Quand le train s'ébranla, Rose le vit s'éloigner d'un pas lent, les épaules légèrement voûtées.

À Paris, il tombait une petite pluie glaciale qui la fit frissonner.

En entrant dans son appartement, elle eut l'impression de revenir après une très longue absence. Pourtant, il y avait à peine quatre jours qu'elle était partie...

Elle se sentait vidée, sans courage, infiniment seule.

Elle posa sa valise et son regard fut attiré par le fauteuil où un pull gris était abandonné. Un pull de David... Elle le prit et le respira : il avait gardé l'odeur de son eau de toilette. Fermant les yeux, elle essaya de revoir son visage mais n'y parvint pas. Les deux frères se superposaient dans sa mémoire. Une photo, se dit-elle, je vais regarder une photo.

Elle réalisa brutalement qu'elle n'avait aucune photo de David. Dieu sait qu'il l'avait mitraillée, elle... Elle se sentit terrassée, anéantie par ce constat et ce fut comme une brèche dans le mur qui l'abritait de son chagrin depuis quarante-huit heures. Une vague insurmontable de larmes déferla, inondant son visage. Étouffée par les sanglots qui la secouaient, elle se jeta sur le lit et enfouit son visage dans le pull de David.

« David, David, où es-tu ? Reviens, je t'en prie... Je ne peux pas vivre sans toi ! Reviens... Papa ! Maman ! Mon Dieu, vous êtes tous morts... »

Les mots sortaient de sa bouche sans qu'elle en ait conscience. Tout se mélangeait : la perte de David, celle de ses parents qu'elle n'avait jamais pleurés, sa solitude, son désarroi, sa peur aussi...

Elle pleura longtemps, recroquevillée sur elle-même, jusqu'à ce que le sommeil l'engloutisse.

Lorsqu'elle émergea, la nuit était tombée depuis longtemps. Elle avait la tête lourde et une forte envie de vomir.

À pas hésitants, elle alla dans la salle de bain et fit couler de l'eau brûlante dans la baignoire. Elle y resta jusqu'à ce que l'eau fût froide. Elle se sentait plus calme et se forçait à penser à son avenir. Mais quel avenir avait-elle aujourd'hui ? Revenir à Toulouse ? Toulouse lui fit penser à sa sœur. Il fallait qu'elle prévînt Anne. Demain, se dit-elle, je le ferai demain...

Enveloppée d'un grand peignoir blanc, elle se mit à vider sa valise. Lorsqu'elle sortit son jean, une douleur subite lui vrilla le cœur.

La promenade sur la plage, la balade en bateau, tout lui revint brutalement en mémoire et les larmes se remirent à couler sur son visage.

« Je ne peux pas rester seule, il faut que je voie du monde, il faut que je sorte, se dit-elle, il ne faut plus que je pense à David, je vais devenir folle... »

Le premier nom qui lui vint à l'esprit fut celui de Boris, le seul qu'elle connaissait à Paris. Il répondit à la première sonnerie :

« Oui ?
— C'est Rose.
— Ah ! Salut ! »

Fidèle à lui-même, il ne manifestait aucune surprise.

« On peut se voir ? hésita Rose.
— Si tu veux... Je passerai au Cat's dans une heure ou deux... À tout à l'heure... »

Il avait déjà raccroché. Au moins, se dit Rose, Boris ne poserait aucune question. Il n'en posait jamais et elle ne serait pas obligée de parler. Il lui fallait juste s'étourdir avec de la musique, du monde, beaucoup de monde pour l'aider à passer le temps, à ne plus penser.

La chaleur de l'alcool commençait à lui monter à la tête. Rose commanda un troisième verre en se disant qu'elle devrait manger quelque chose. La tête lui tournait un peu. À quand remontait son dernier repas ? Ah, oui ! Avec Simon hier soir à Montpellier… Hier, c'était si loin déjà…

Une main se posa sur son épaule :

« Salut ! » dit Boris.

Elle se retourna vers lui.

« Je ne te demande pas ce que tu as fait, mais tu as dû drôlement t'éclater à voir ta tête ! Pousse-toi un peu… Si par hasard tu pouvais m'héberger quelques jours… »

Il s'assit près d'elle sur la banquette et alluma une cigarette.

Rose l'écoutait et se disait qu'il n'avait vraiment pas changé. Une indifférence totale envers les autres, un opportunisme à toute épreuve. Elle eut envie soudain de partir, mais Boris ajouta :

« Tiens, c'est pour toi et c'est de la bonne, crois-moi… »

Il lui tendait un petit sachet. Elle n'hésita qu'une fraction de seconde : au fond d'elle-même, elle savait qu'elle n'était venue que pour ça. Sans un mot, elle le prit, se leva en titubant légèrement et se dirigea vers les toilettes.

8

Anne lut la lettre de sa sœur bien installée dans son lit. Paul l'avait posée sur le plateau du petit-déjeuner qu'il tenait à lui servir chaque matin, avant de partir travailler. C'était une habitude déjà établie entre eux qui les amusait.

« Une enveloppe venant de Paris, ma Nanou ! Je parie qu'elle vient de Rose…, annonça Paul en se penchant pour l'embrasser. Dis donc, elle ne t'avait rien envoyé depuis cette carte postale de Sète.

— Tu as raison, mais bon, elle a la bougeotte, ma Rose ! À ce soir, mon chéri… N'oublie pas le pain et mon magazine. »

La jeune femme tendit ses lèvres, impatiente de lire son courrier.

« Pas de danger, ma petite femme ! Et il fait encore très doux, profite du jardin. J'ai passé la tondeuse hier, tu te souviens. Les chaises longues sont rangées dans le garage.

— Oui, mon amour de mari ! Je te promets de prendre l'air. »

Paul parti, Anne décacheta la lettre en se réjouissant d'avoir enfin des nouvelles de sa sœur.

Ma petite Anne,

Cette fois, c'est fait, je suis devenue une vraie Parisienne, levée à deux heures de l'après-midi et couchée à cinq heures du matin. Je m'amuse comme une folle avec une bande d'amis qui ne te plairaient pas, mais puisque tu ne les verras jamais, cela n'est pas très important...

Je suis si occupée que je n'ai pas encore pu suivre les cours de théâtre prévus, encore moins ceux de dessin de mode. Mais je prendrai les choses en main dès que je serai plus tranquille. Tu te souviens de Boris, le copain dont je t'avais parlé ? Nous passons de bons moments ensemble.

Je pense souvent à toi, jolie Nanou, sûrement très heureuse avec ton Paul. Écris-moi vite, toi aussi, parle-moi de ton bonheur tout neuf, des changements que vous avez faits dans la maison. Je t'embrasse ainsi que ton mari.

Si Sonia te demande comment je vais, dis-lui que j'assume mes choix et qu'elle n'a pas à s'inquiéter pour moi. À bientôt, ma sœur chérie,
Rose.

P.-S. C'est fini depuis longtemps avec David ! Ne me parle plus de lui... plus jamais, d'accord ?

Anne replia la feuille de papier. Curieusement, elle se sentit frustrée. C'était indéfinissable, mais ces mots tracés d'une écriture moins soignée, moins ferme que d'ordinaire, ne lui apportaient aucune satisfaction. Pire, elle eut l'impression que sa sœur lui cachait quelque chose. Rose avait toujours aimé écrire, et le style de la lettre, bref et un peu décousu, la surprenait. Elle avait rompu avec David !

Pourquoi ? Elle avait l'air si amoureuse !

« Rose a vraiment un cœur d'artichaut, se dit-elle, renonçant à s'interroger davantage, fidèle en cela à son indolence naturelle. Bah ! ma sœur vit à cent à l'heure, en vraie Parisienne, comme elle dit. Je suppose qu'elle m'a écrit en vitesse, telle que je la connais. Je vais lui répondre tout de suite, cela m'occupera. »

Mais elle se leva en fin de matinée après avoir paressé et somnolé au lit. Ensuite, elle se lança dans l'élaboration d'un repas compliqué pour le dîner de Paul. L'après-midi s'écoula tranquillement, au jardin, car il fallait tailler les rosiers et planter des bulbes en prévision du printemps prochain. Paul avait promis de le faire, mais Anne aimait tant les fleurs qu'elle se consacra à cette tâche jusqu'au soir.

« Zut ! se dit-elle en entendant la voiture de son mari, je n'ai pas écrit à Rose. Je le ferai demain, ou je l'appellerai... »

Une semaine s'écoula ainsi. Anne, prise au piège doré de son bonheur, se décida enfin à écrire une courte lettre qui lui fit l'effet d'un devoir d'école, car elle voulait tout raconter de sa vie quotidienne et ne trouvait pas les termes exacts. Mais elle fut ravie de décorer l'enveloppe avec un petit dessin représentant un rosier, qu'elle avait découpé dans un magazine.

Paul posta ce courrier un matin de septembre, plein d'admiration pour sa femme qui, malgré toutes ces activités ménagères, prenait le temps de correspondre avec sa sœur exilée à Paris. En toutes circonstances, il se félicitait de son mariage. Anne le comblait d'un bonheur paisible.

*

Rose reçut la lettre deux jours plus tard, à six heures du soir. Elle la retourna entre ses doigts minces et sourit. Anne ne changerait jamais... Ce collage fleuri au dos de l'enveloppe avait quelque chose d'enfantin qui la gênait tout en l'émouvant.

Boris se pencha par-dessus son épaule et lança, d'un ton railleur :

« Oh ! Que c'est mignon... C'est ta sœur, je parie ! Encore un peu et elle t'enverra des conserves faites maison et un tricot à rayures. Une vraie gourde, cette nana ! »

La jeune femme respira profondément, incapable de riposter. Boris pouvait dire ce qu'il voulait, cela n'atteindrait jamais Anne. Elle ne chercha donc pas à défendre sa sœur. Elle était épuisée après une longue nuit passée à boire et à fumer. Ils devaient repartir chez des amis. Son amant la prit par le cou et, la voyant morose, l'embrassa à pleine bouche, avant de marmonner :

« Allez, ne boude pas ! Je plaisantais ! Si ta sœur est aussi jolie que toi, je lui pardonne tout... Tu peux même l'inviter. Je la déniaiserai avec plaisir. Tiens, j'y pense, un de ces jours je te présenterai un de mes potes, Gilles, un type génial. Il est directeur de casting. Je suis sûr que ce sera positif cette fois.

— On verra, mais ce soir je reste ici ! Le ton de Rose était sans réplique. Sors sans moi, je suis trop fatiguée. »

Boris n'insista pas. Rose fut soulagée de se retrouver seule. Anne lui manquait soudain, ses parents encore davantage. Ses rêves parisiens, où elle s'était vue au cœur d'un univers fantasque, peuplé d'artistes, s'émiettaient chaque jour un peu plus. Si elle en était vaguement consciente, elle refusait d'y réfléchir sérieusement. Il suffisait peut-être de prendre le temps de le faire, de bien étudier la situation, de trouver des solutions, et surtout de réaliser les projets qui l'avaient poussée à s'installer à Paris. Presque à son insu, elle occultait le souvenir de David, comme si le jeune banquier n'avait jamais existé. Boris lui procurait tout ce qu'il fallait pour y parvenir et ça marchait très bien. Ils habitaient de nouveau ensemble, mais c'était davantage une sorte d'arrangement entre eux. Ils entretenaient une relation basée sur le sexe et la drogue, ce qui leur convenait.

« Demain, se dit-elle, cela changera. Je dois quitter Boris pour de bon, rencontrer des gens différents. Finies la fête et les nuits blanches, je dois étudier, dépenser moins. »

Elle avait failli ajouter, prise dans le cheminement de ses pensées, « comme le voulait David », mais elle secoua la tête. Elle refusait encore une fois d'évoquer son amour perdu.

Cependant, prise d'une incompréhensible crise de scrupules, Rose se fit un café bien fort et, assise à une petite table qui lui servait de bureau, se pencha sur ses relevés de compte.

« C'est impossible ! s'étonna-t-elle en déchiffrant le plus récent. Qu'est-ce que j'ai fabriqué ? »

Elle se mit à réfléchir, au bord de la migraine.

L'argent avait filé à une allure incroyable. Son capital restait impressionnant, mais le cumul des loyers, des charges, des sommes destinées aux fêtes, aux sorties diverses dépassait de loin ses prévisions. Et surtout, il y avait les dépenses considérables pour se procurer de la cocaïne. Ces frais-là, elle les oubliait sciemment, se promettant de ralentir sa consommation bientôt. Mais elle était complètement accro, comme disait Boris.

Affolée, révoltée aussi, elle prit une feuille blanche et commença une lettre à sa sœur. Elle devait se confier à quelqu'un de lointain, qui ne pouvait pas la regarder en face.

Anne, je t'écris en pleine crise de panique. Je suis en train de me ruiner dans tous les sens du terme à cause d'une saleté de drogue dont je ne peux plus me passer. Lorsque j'en prends, et c'est désormais quotidien, je me sens en accord avec l'univers. Je peux rire fort, danser comme une folle, et surtout faire l'amour des heures. Excuse-moi si je te choque en disant cela, mais tu as ta propre expérience à présent. Heureuse en plus. Moi aussi, Anne, j'aurais bien voulu découvrir l'amour avec un garçon qui aurait fait battre mon cœur, je ne t'ai jamais raconté mon adolescence en détail… Je me suis souvent vantée d'aventures sexuelles qui étaient imaginaires. Si j'étais franche, petite sœur, je te dirais que j'ai essayé de coucher avec mon premier petit ami quand j'avais quatorze ans. Nous avons fait n'importe quoi… Après, il y a eu quelqu'un d'autre, enfin je ne sais pas. Je n'arrive pas à me confier à toi, je n'ai jamais pu, car j'ai joué trop longtemps la comédie. Je vous ai montré une Rose capricieuse et rebelle, pour ne pas hurler ce que j'avais sur le cœur...

J'ai bien changé, je suis moins coincée depuis que je goûte aux recettes magiques de Boris. Il me pousse à toutes les expériences. Il m'a emmenée dans des soirées échangistes et, récemment, devant lui que ce spectacle excitait, j'ai répondu aux avances d'une femme de trente ans. Tant que la drogue agit, je trouve ces petits jeux très amusants, mais le réveil est douloureux. Et, vois-tu, en me voyant dans la glace de la salle de bain, le teint gris, les yeux vides, j'ai envie de mourir. Oui, ma petite sœur, j'ai envie de mourir en claquant des doigts... Alors, je supplie Boris de me prendre dans ses bras, de me donner une autre dose... pour oublier, tout oublier... Les parents, et David... Je l'aimais tant, mais lui aussi est mort, Anne...

Rose arrêta d'écrire. D'un coup de stylo rageur, elle déchira la feuille.

« Je ne peux pas envoyer ce ramassis de saletés à ma sœur ! Qu'est-ce qui me prend ? Je deviens folle. Anne serait malade de chagrin. Elle ne doit pas savoir que j'ai tout raté... D'abord, ça va changer ! Demain, je mets de l'ordre dans l'appartement, je vire Boris, je m'inscris à des cours de danse... Et j'arrête la drogue, toutes les drogues ! Je devais... Ah oui, je devais passer le permis, reprendre la fac. »

La jeune femme s'écroula en larmes sur la lettre déchiquetée. L'ancien cauchemar revenait. Elle se revoyait au bord de la mer, dans la villa silencieuse, elle, Rose, une adolescente de quinze ans, aux prises avec son oncle que toute la famille considérait comme un homme respectable.

« Moi aussi, je lui faisais confiance. Je le prenais pour un second père, un peu plus sévère. »

Les images se précisaient, la bouche de Gérald, gourmande, avide, son sexe qu'il exhibait, ses râles de jouissance pendant qu'il se frottait à son jeune ventre dénudé.

« Je ne veux pas me souvenir ! hurla-t-elle en se frappant le visage à poings fermés. Je ne sais même pas s'il m'a violée. Puisque je me suis évanouie. Oh ! Maman, papa, aidez-moi... Et le bébé, ce pauvre petit morceau de chair sanglante... Il y avait tant de sang, partout... sur mes cuisses, sur les draps. Toujours du sang... »

Soudain, le visage de David lui apparut avec une extrême précision. Elle s'assit sur son lit, comme hébétée. Elle n'avait absolument rien dit à Boris qui ignorait même son existence. À personne elle n'avait raconté la soirée tragique du motel.

Simon lui avait téléphoné dans la semaine qui avait suivi son retour de Montpellier. « Il ne rappellera plus », se dit-elle en se remémorant la conversation.

« *Comment allez-vous, Rose ?* »

La voix de Simon était attentive.

« *Ça va* », *avait-elle répondu d'un air bougon.*

Il l'avait réveillée alors qu'elle venait de se coucher après une nuit particulièrement chargée et elle était d'une humeur de chien.

« *Je voulais vous dire que Sylvie a été arrêtée et qu'elle a tout avoué. Son procès devrait avoir lieu le...*

— Je m'en fous, avait coupé grossièrement Rose. Je ne veux plus en entendre parler ! »
Simon avait marqué un long silence :
« Rose, qu'est-ce qui se passe ? Êtes-vous allée à Toulouse ou êtes-vous toujours à Paris ?
— Je suis à Paris et j'y suis bien. J'aimerais oublier toute cette affaire, c'est tout. Je dois vous laisser... »

Et elle avait raccroché. Qu'on la laisse tranquille et surtout qu'on ne lui parle plus de David.

Simon avait rappelé une deuxième fois quelques jours plus tard et elle s'était montrée encore plus grossière. « Voilà, se dit-elle, il ne rappellera plus et j'en ai fini avec lui. Il était le seul à pouvoir me rappeler David... »

Elle se leva et tourna dans l'appartement en marchant de façon mécanique. Son corps lui paraissait pesant, dégoûtant, souillé par tous ceux qui l'avaient prise sans même l'aimer. Combien de fois elle s'était couchée, ivre, pour se laisser prendre par un homme, presque incapable de répondre à ses sollicitations.

« Comme une pute ! gémit-elle. Je me suis conduite comme une pute ! Au secours... Je n'en peux plus. »

Un instant, elle pensa ouvrir la fenêtre et se jeter dans le vide. Mais une peur atroce de souffrir l'en empêcha. Elle dénicha au fond d'un placard une bouteille à demi pleine de vodka et l'avala en quelques gorgées. Assommée par cette dose d'alcool massive, la jeune femme s'effondra en travers du matelas. Délivrée de ses hontes, de ses terreurs.

Ainsi Rose descendait-elle en enfer à grands pas.

*

Plus d'un mois s'était écoulé. Depuis une semaine, novembre versait sur Paris des pluies fraîches et drues qui gonflaient la Seine devenue grisâtre. De ses fenêtres, Rose contemplait les lentes transformations du paysage. Les arbres prenaient des couleurs rousses sur les quais et cela lui rappelait la beauté de la campagne toulousaine à la même époque.

« Que fait Gilles ? se demanda-t-elle en regardant sa montre. Il devrait être là, j'ai besoin de lui. »

Rose vivait avec Gilles, ce directeur de casting que lui avait présenté Boris, une passion amoureuse à l'échelle de sa nature exaltée. Elle venait enfin de raconter l'histoire de ce coup de foudre à sa sœur dans une longue lettre qu'elle relut une dernière fois.

Anne, ma chérie,

J'ai rencontré un homme formidable. Bien sûr, tu vas faire la grimace en apprenant qu'il a vingt ans de plus que moi... Mais je l'adore, il a révélé une autre Rose qui n'a plus peur de rien.

Si tu voyais ces yeux, d'un noir velouté, ses belles mains... Si tu entendais sa voix qui rassure et cajole. Il m'a promis un rôle dans un téléfilm. Normal, il est directeur de casting. Nous devons partir aux Antilles pour tourner un bout d'essai.

À Paris, tous ceux que je connais me poussent dans

cette voie en affirmant que j'ai un physique extra et un charme fantastique ! J'ai perdu quatre kilos et, franchement, je ne me trouve pas exceptionnelle, mais je plais à Gilles, c'est l'essentiel.

Merci pour ta lettre. Pas la peine de me téléphoner, je suis difficilement joignable, car je me couche très tard et je dors jusqu'à des heures impossibles. Je t'appellerai, moi. À bientôt, je t'embrasse. Rose.

Elle se demanda comment Anne réagirait en lisant cette missive. Sans doute par un petit sermon inquiet, la mettant en garde contre le sida, les escrocs et les voyages de l'autre côté de l'Atlantique.

« Eh bien, tant pis ! Je prends le risque, et si Sonia pousse de hauts cris, cela me fera plaisir ! J'espère aussi que mon cher oncle aura une version exagérée de la chose ! C'est sa faute à lui, voilà. Il m'a souillée avec ses sales mains velues et je continue. Et je m'amuse bien. Je le déteste, ce monstre. Je le déteste... Ah ! Si je pouvais le tuer, savoir qu'il est rayé de la surface de la terre. »

Le côté provocateur de Rose, tellement évident à Toulouse, dans le cercle de famille, aurait été ridicule et bien inutile parmi ses nouvelles relations. La jeune femme, soucieuse de s'intégrer très vite, avait su adopter une attitude entre cynisme et légèreté.

La porte s'ouvrit sans bruit, mais un glissement sur le parquet la fit se retourner. Gilles approchait, les bras ouverts en un geste paternel.

« Mon amour ! s'écria-t-elle. Tu me rends malade

à disparaître comme ça ! Tu ne m'as même pas appelée ! »

Gilles Pasquet, sûr de sa séduction, la serra contre lui en l'embrassant au creux de la nuque. Il en profita pour souffler, d'un ton catégorique :

« Pas de scènes, je t'ai prévenue, ou je fais demi-tour immédiatement. Je te veux belle, soumise et gentille.

— Non, ne repars pas ! Je ne te fais pas de scène ! assura Rose, qui tremblait de soulagement. Tu es là, c'est l'essentiel. Oh ! Gilles, je t'aime, je t'aime… Tu me manques tant, dès que tu refermes cette maudite porte. Si seulement tu m'emmenais avec toi, toujours ! »

Anne aurait à peine reconnu sa sœur jumelle dans cette créature trop mince, d'une pâleur étrange, qui se pendait au cou d'un homme comme à une bouée de sauvetage. Rose, en effet, ne ressemblait plus à l'adolescente vive et exigeante, dont les petits amis se succédaient, évincés au moindre faux pas. Éprouvée par trop de chagrins, rongée par les excès en tous genres, elle ne contrôlait plus ses nerfs ni ses émotions.

Gilles prit ses lèvres, puis sa bouche, avec une assurance toute virile. Quand il reprenait son souffle, il la dévisageait avec attention. Mais elle, abandonnée, ravie, fermait les yeux. De cet amant savant et dominateur, elle savait les traits par cœur et préférait ne pas subir la puissance de son regard noir.

Il la serra contre lui avec un rire silencieux. Ses mains autoritaires et habiles commencèrent à dévêtir la jeune femme.

« Toute nue, tu es à croquer, ma biche ! »

Rose ôta sa jupe, son string noir et recula jusqu'au lit, sur lequel elle entraîna son amant. Il lui avait appris à donner du plaisir à un homme avant d'en recevoir, et se prêter à ce jeu-là excitait la jeune femme dont l'orgueil s'était émoussé sous l'effet de la drogue. Une fois encore, elle sut prouver sa bonne volonté à Gilles. Agenouillée au-dessus de lui, sans aucune pudeur, elle lui dispensa ses caresses favorites. Il se laissa faire avec un sourire de fauve, puis il la saisit par les épaules et l'obligea à s'allonger sur le ventre. Ils firent l'amour dans le déchaînement de leurs sens, jusqu'à l'épuisement bienheureux qu'ils recherchaient...

La première fois que Rose avait vu Gilles, il était assis dans un fauteuil en cuir, les jambes croisées. Il fumait un cigare en la fixant d'un œil intéressé. Elle avait immédiatement été séduite par ses traits un peu durs, adoucis cependant par une bouche magnifique, ourlée et sensuelle. Quand il lui avait souri, elle s'était sentie toute faible et très jeune, prête à s'offrir à cet homme mûr, aux tempes déjà grisonnantes, dont le teint hâlé et les manières suaves trahissaient des origines orientales.

Ils avaient beaucoup discuté, de Toulouse, de Paris, des projets de Rose. Gilles, à mi-voix, avait expliqué qu'il travaillait pour une chaîne de télévision française, sans préciser laquelle. À cet instant, la jeune femme s'en moquait totalement. Elle subissait sans songer à s'en défendre l'emprise du regard de Gilles qui lui caressait le bras de façon amicale. La nuit même, il l'emmenait dans un hôtel luxueux situé en périphérie parisienne, près de Montreuil.

Rose s'était donnée à cet homme comme elle ne l'avait jamais fait. Même avec David, elle ne s'était pas montrée aussi audacieuse. Ses dernières pudeurs, ses dernières réticences s'étaient évanouies. Elle avait connu une profonde extase, cette sensation de toucher au septième ciel dont parlent les poètes. Elle avait même eu l'impression d'effacer le souvenir qui la hantait, celui du viol subi. Gilles, malgré son âge mur, avait chassé les images de Gérald, goulu et tout-puissant.

Depuis, elle passait ses journées et ses nuits à attendre Gilles, toujours très occupé.

Leurs étreintes, bien que brève, avaient eu cette intensité qui rendait Rose totalement folle d'amour. Elle se blottit contre Gilles, exaltée.

« Lâche-moi un peu ! murmura-t-il en effleurant son front du bout des doigts. Je vais prendre une douche.

— On reste ici ce soir ? demanda-t-elle d'un ton câlin.

— Oui ! Je suis vanné, le décalage horaire, le stress. J'espère que tu me feras oublier tout ça… »

Elle tendit les mains et entoura de ses paumes la tête de son amant. Sous son éternel air las, Gilles cachait une énergie surprenante, un corps musclé soigneusement entretenu.

« Va vite sous la douche, lui glissa-t-elle. Ensuite, dîner aux chandelles… »

Gilles se leva et se dirigea vers la salle de bain. Avec un sourire prometteur, il annonça :

« Je t'ai apporté quelque chose, je suis certain que tu vas apprécier ! Mieux que la cocaïne ! Tu en abuses, ton petit nez risque d'être abîmé. Pour une carrière d'actrice, ce serait fâcheux... »

*

Anne sortit du cabinet médical encore tremblante d'émotion. Elle avait pris l'initiative de consulter un gynécologue en cachette et s'en félicitait.
« Mon Dieu ! Merci, merci... J'attends un bébé ! Paul va être fou de joie, vraiment fou. Comme je suis heureuse... Un bébé... »
À Toulouse, il ne pleuvait pas. Un soleil doré, tiède sur la ville rose, et, en cette veille de week-end, bien des citadins s'apprêtaient à prendre la route qui descendait vers les Pyrénées, dont le dessin arrogant fermait l'horizon, au sud.
La jeune femme traversa les allées Jean-Jaurès d'un pas rapide, un peu effrayée par la circulation. Elle n'aimait pas se rendre en plein centre-ville, car ici plus qu'ailleurs les automobilistes semblaient s'entraîner pour de futures compétitions. Anne n'oublierait jamais que ses parents avaient trouvé la mort à cause d'un conducteur imprudent, qui roulait à plus de cent cinquante kilomètres à l'heure.
« Je ne passerai pas le permis, moi ! se promit-elle. Et quand le bébé sera là, je resterai à la maison. Pour les courses, Paul m'emmènera. »
Ses pensées revinrent à cette merveilleuse promesse de vie qui palpitait dans son ventre. L'échographie lui avait montré une forme bizarre, censée représenter son futur enfant et, dénuée

d'imagination, Anne se disait qu'elle ne regarderait pas la prochaine fois...

« En tout cas, je dois faire la surprise à Paul ce soir. J'achète des gâteaux, je mets du champagne au frais et surtout je décore la table... bougies rouges, nappe blanche. Et ma robe bleue, celle que j'avais à Venise ! Je lui poserai des devinettes, du genre... "devine ce qui va nous arriver"... »

Anne, radieuse, s'accorda une pause dans un salon de thé, rue Saint-Rome. Ensuite, elle rentrerait en taxi. Son cœur menaçait d'exploser de bonheur.

Sa tendance à prendre du poids lui interdisait d'habitude ce genre d'écarts, mais, puisqu'elle était enceinte, cela n'avait plus beaucoup d'importance. De toute façon, elle allait grossir...

Elle dégusta sans aucune mauvaise conscience trois pâtisseries aussi jolies que délicieuses en rêvant du moment où Paul apprendrait qu'il allait être papa. Puis elle songea à Rose. Il fallait lui annoncer la grande nouvelle sans perdre une seconde.

« Je dois le lui dire tout de suite ! Elle m'en voudrait, sinon ! Rose devenant tata ! Oh, c'est trop drôle... »

Mais elle tomba sur le répondeur. Laisser un message ne lui plut pas. Elle voulait entendre la réaction de sa sœur en direct. Or à la même heure Rose vibrait d'excitation sous les caresses de Gilles, dans l'état d'euphorie égoïste que lui procurait une forte dose d'héroïne, offerte par son amant...

*

Anne chantonnait en entrant chez elle. La journée était décidément placée sous le signe des surprises. Elle avait reçu une lettre de Rose.

« Quand même, elle exagère ! Deux lettres en trois mois, cela m'étonne de sa part ! Elle qui écrivait pour un oui pour un non, et des dissertations de plusieurs pages ! »

La future maman lut son courrier, allongée sur le canapé, un coussin sur le ventre. Son expression béate s'effaça vite quand elle apprit l'existence de Gilles Pasquet.

« Mais elle perd la tête... Un homme de quarante ans ! Et puis, on ne dirait pas l'écriture de Rose, celle-ci est tremblée, irrégulière. Moi qui étais si contente... Ma sœur ne va pas bien, cela ne lui ressemble pas, elle dit des choses bizarres... »

Envahie par une angoisse incontrôlable, Anne tenta de joindre sa jumelle. En vain. Excédée par le texte banal de la messagerie – Rose n'ayant pas pris la peine d'enregistrer une annonce personnelle –, la jeune femme eut envie de pleurer. Elle composa, affolée, le numéro de sa tante. Sonia répondit aussitôt.

« Oui ? Ah ! C'est ma petite Anne ! Tu as l'air troublée, ma chérie, qu'est-ce qu'il y a ? »

Anne hésita. Quelque chose l'empêcha de tout raconter à Sonia. Rose était majeure et pouvait agir à sa guise, mais leur tante, et surtout Gérald, étaient bien capables de monter à Paris mettre de l'ordre dans l'existence de leur nièce.

« Non, tout va bien, tata ! balbutia-t-elle. Je suis sortie et, vois-tu, je me sentais un peu seule, alors je t'ai téléphoné. »

Les deux femmes discutèrent un peu du temps, des rosiers dont la seconde floraison, malgré la saison, tenait de l'enchantement. Anne retrouva sa bonne humeur à évoquer les petites joies du quotidien. Soudain, elle s'écria :

« Oh ! tata, je suis bête, j'ai une nouvelle à te dire. Je voulais attendre, mais je ne peux pas : je suis enceinte ! »

La conversation reprit de plus belle, avec cette fois des projets de layette, de berceau, de draps à broder...

Un quart d'heure plus tard, Anne raccrocha, réconfortée.

« Tant pis pour Rose, conclut-elle. Elle n'a pas le droit de gâcher cette journée unique. Ma sœur n'en fait qu'à sa tête. Boris, David, Gilles, ensuite ce sera quelqu'un d'autre. Si cela lui plaît de changer de copain tous les mois, tant mieux. Moi, j'ai Paul et je ne veux que lui pour toujours... J'ai tort de me faire du souci pour elle ! »

Anne se consacra à la préparation du dîner. Cependant, elle ne pouvait chasser Rose de ses pensées. Elle était contrariée de ne pas avoir pu lui annoncer ce qui lui arrivait. Soudain, un autre problème la préoccupa. En parlant de sa grossesse à sa jumelle, elle toucherait sans doute un point sensible : cette sinistre histoire de fausse couche, cinq ans auparavant.

« Du coup, je serai toute gênée de parler de ça. Plus j'y pense, plus je crois que Sonia n'a pas pu inventer une chose pareille. Si seulement Rose m'avait dit la vérité à cette époque. Non, elle ne pouvait pas. J'étais si petite encore. Je n'aurais pas compris... Je suis sûre qu'elle a voulu m'épargner. Elle n'est pas si dure qu'elle veut le faire croire ! »

Dix minutes avant le retour de Paul, qui était d'une ponctualité admirable, Anne renonça à se creuser la cervelle et décida de s'enfermer dans le cocon douillet de son couple. Son mari et elle allaient avoir un enfant ; seul cet événement avait de l'importance.

Paul ne soupçonna rien. Il s'extasia devant la table ornée de fleurs et de bougies et resta bouche bée en découvrant Anne vêtue de la robe bleue qu'elle portait à Venise et qui mettait sa poitrine en valeur.

« Qu'est-ce qu'on fête, ma Nanou ? Laisse-moi deviner !

— Vas-y ! répondit-elle avec un rire joyeux.

— Ce n'est pas ton anniversaire, ni le mien ni celui de notre rencontre ou de notre mariage... »

Paul fronça les sourcils. Bien que réjoui par cette charmante mise en scène, il commençait à éprouver un malaise, car il était facilement démonté par une entorse aux habitudes. Depuis qu'ils vivaient ensemble, Anne et lui prenaient leurs repas dans la cuisine. Ensuite, ils regardaient un film blottis l'un contre l'autre sur le canapé. Ce dîner aux allures de fête lui donnait l'impression de perdre pied. Il s'impatienta :

« Je donne ma langue au chat ! »

Anne minauda d'un air mystérieux.

« Cherche bien, je suis sûre que tu vas trouver. Regarde-moi bien. Je n'ai rien de différent ? »

Paul examina sa femme. Il scruta les yeux bleus,

si doux, qui fixaient les siens. Un éclat de fierté, de triomphe enfantin le frappa.

« Attends un peu… non… Nanou ! Tu… tu vas avoir un bébé, notre bébé !

— Eh oui ! Notre enfant à toi et moi ! J'avais des doutes, mais je voulais être certaine. J'avais fait un test, toute seule comme une grande, mais j'ai préféré la confirmation du médecin. »

Paul se cacha le visage. Il avait un peu honte des larmes de bonheur qui coulaient sur ses joues. Sa propre enfance n'avait pas été idéale. Sa mère s'était désintéressée du nourrisson trop calme, puis du petit garçon lent à s'éveiller. Son père avait fait de même en le poussant sans cesse à forcer sa nature paisible.

Maintenant, il avait fondé son foyer bien à lui. Anne le rendait très heureux par sa gentillesse et ses goûts semblables aux siens. Et cette jeune femme qui le comblait d'amour venait de lui annoncer la plus belle des nouvelles.

« Nanou ! Je ne sais pas quoi dire ! Comme je suis heureux ! J'ai envie de rire, de pleurer ! Tiens, de t'embrasser aussi… »

Paul se leva brusquement. Anne, rouge de plaisir et d'émotion, se précipita vers lui. Ils restèrent longtemps enlacés. Il caressa le ventre encore plat de sa femme, et celle-ci, transportée d'une joie immense, finit par rêver à voix haute, les yeux mi-clos.

« Je vais décorer la chambre d'amis pour le bébé ! Avec mon argent… Je voudrais un beau berceau, tu sais, couvert d'un voile, et un landau pliable. Je sais tricoter. Tu verras, sa layette sera magnifique. Je ferai tout moi-même. »

Paul écoutait, approuvait, questionnait. Ils dînèrent tard et bavardèrent encore plus tard. Quand Anne s'endormit, la joue sur l'épaule de son mari déjà assoupi, elle avait sur les traits un sourire épanoui.

Elle se réveilla au milieu de la nuit, le cœur battant fort dans sa poitrine.

« Oh, ce rêve ! » murmura-t-elle, effrayée.

Anne se souvenait de quelques images confuses, dont la plus nette était celle de Rose méconnaissable, décharnée, blême et comme prise de folie. Sa sœur se tordait de douleur, sans raison apparente, en hurlant au secours d'une voix horrible.

« Rose ! Rose ! » dit-elle à voix haute.

Paul ouvrit un œil inquiet. Il attira sa femme contre lui dans un geste d'une respectueuse tendresse.

« Tu ne te sens pas bien, Anne ? Si tu as besoin de quelque chose, dis-le, je me lève.

— Non, mon chéri, ne te dérange pas ! J'ai fait un cauchemar. C'était Rose... Je n'ai pas voulu gâcher notre soirée en parlant de ça, mais elle m'a écrit une lettre bizarre. Elle est folle amoureuse d'un homme de vingt ans son aîné, un directeur de casting. Je ne sais pas s'il est sérieux, tu comprends ? Ces gens-là... Il paraît qu'il se passe de drôles de choses dans ce milieu. Et puis j'ai un étrange pressentiment, je t'assure. Quelque chose cloche. Ma sœur ne va pas bien. Je le sens ! Sa lettre m'a laissée une mauvaise impression, même si elle se dit très heureuse...

— Rassure-toi, ma chérie. Tu es trop sensible. Tu connais ta sœur. Va savoir à quel moment elle t'a écrit cette lettre. Si ça se trouve, elle avait bu un peu trop de champagne. Tu lui téléphoneras demain et tu verras que tu t'es fait du souci pour rien. Rendors-toi... »

Anne se serra contre Paul. Demain, elle appellerait sa sœur, elle lui parlerait, quitte à composer son numéro jusqu'à ce qu'elle réponde.

*

Rose gisait nue en travers de son lit, dans une pose impudique dont elle se moquait éperdument. Gilles s'habillait en lui jetant des coups d'œil perplexes. Cette fille de vingt ans, d'une maturité assez surprenante, le déroutait parfois. Il n'avait vu en elle qu'une proie facile, renseigné en cela par son copain Boris.

Leur rencontre le mois précédent avait été organisée par les deux hommes. Boris se lassait de Rose et visait une fille encore plus intéressante : il avait passé le relais à Gilles... Celui-ci s'était composé pour l'occasion un personnage séduisant, avec une étiquette qui marchait à tous les coups, celle de « directeur de casting ». En vérité, il s'était bâti une solide fortune en dealant des drogues dures aux adolescents de la bonne société parisienne. Cela rapportait gros, très gros. Si les jeunes des banlieues défavorisées plongeaient dans la délinquance pour se procurer leurs doses d'héroïne, les milieux branchés où l'argent coulait à flots attiraient bon nombre de trafiquants sans scrupules.

Quand il avait su, par Boris, que Rose disposait d'un capital mirobolant, assorti d'un besoin d'oubli mal contrôlé, il s'était préparé à la conquérir. Cela avait été si facile qu'il s'était presque ennuyé. La jeune Toulousaine avait cédé au premier regard, et lorsqu'il eut fait preuve de ses talents d'amant, elle s'était donné tout entière, sans méfiance.

Quelques heures plus tôt, il l'avait initiée à l'héroïne, juste après une dose de cocaïne. Le mélange l'avait rendue à moitié folle. Après des ébats extravagants autant qu'épuisants, elle avait sombré dans une léthargie bienheureuse dont elle ne réussissait pas à émerger.

« Je dois partir ! dit-il. Dors encore un peu, ma gazelle. »

Rose se coucha sur le ventre, lui présentant un spectacle charmant. Il lui caressa les fesses.

« Alors, est-ce que mon petit cocktail t'a plu ?

— Oui, ânonna la jeune femme, le visage à demi enfoui au creux de l'oreiller. À part la piqûre. C'est un genre de truc que je n'aime pas trop.

— Tu t'habitueras, ma belle, le jeu en vaut la chandelle. Cette nuit, tu étais parfaite, vraiment une fille à mon goût. Libérée, si tu préfères, juste ce qui te manquait. Si tu te donnes à fond, je suis ton homme. »

Rose se redressa péniblement et regarda Gilles. Il se tenait debout au pied du lit, sa chemise blanche ouverte sur son torse nu. Un vertige la prit, mélange de désir et de chagrin. Elle ne pouvait pas supporter l'idée de le voir franchir la porte... Le départ de ceux qu'elle aimait, leur absence, la ramenaient à ses hantises de deuil, de perte irrémédiable.

« Reste, Gilles ! Je t'aime, j'ai envie de toi, encore,

toujours. Viens, je t'en supplie… ou bien emmène-moi. Ne me laisse pas. Par pitié ! »

Avec une acuité effrayante, Rose revit David. Souvent, il la laissait ainsi, couchée dans ce même lit. L'esprit confus, elle ne savait qu'une chose : elle ne voulait pas rester seule.

Il eut un sourire satisfait. Cependant, une lueur de sincère détresse dans le regard de Rose réussit à l'attendrir. Cette fille lui apportait quand même des joies savoureuses. Il s'approcha et, agenouillé, l'embrassa goulûment.

« À ce soir, petit démon ! J'ai des affaires à traiter. Tu ne peux pas m'accompagner dans l'état où tu es. Repose-toi, d'accord ? »

Elle ferma les yeux, rassurée. La main tiède de Gilles caressait son front. Il frotta sa joue rasée de frais sur la pointe de ses seins et il se leva et sortit en sifflotant.

9

Quand Anne se réveilla, elle se souvint avec délices de la soirée passée avec Paul. Et du bébé. Elle passa la main sur son ventre au comble du bonheur. Son mari était déjà levé. Elle supposa, aux bruits de vaisselle et à l'odeur de café qui montait jusqu'à la chambre, qu'il lui préparait son petit-déjeuner. Toute joyeuse, elle s'enfonça sous la couette. Puis, elle se rappela son cauchemar, où sa sœur semblait prise de folie.

« Tout à l'heure, je lui téléphonerai. »

Anne ne se trompait pas. Paul, un large sourire aux lèvres, lui apportait un plateau.

« Tu dois te reposer, ma chérie. Je vais partir au marché t'acheter des légumes et des fruits bien frais. Demain, nous irons nous promener. Un bon week-end en perspective.

— Et tes parents ! demanda Anne. Il faut les prévenir, sinon ils seront vexés. Tu peux passer les voir, moi j'ai déjà annoncé la nouvelle à ma tante. »

Paul approuva en silence. Leurs familles respectives lui importaient peu, mais il n'aurait contrarié sa femme pour rien au monde. Elle éclata de rire en voyant sa mine embarrassée.

« Si cela t'ennuie, je m'occupe de tout, mon chéri ! Va vite au marché, je ne bouge pas d'ici. »

Une fois seule, Anne composa le numéro de sa sœur. Il était neuf heures, bien trop tôt pour une noctambule comme Rose. En effet, elle tomba sur le répondeur, comme la veille.

« Je laisse un message », décida-t-elle.

D'une voix câline, elle la supplia de rappeler dès qu'elle serait réveillée.

« Rose, j'ai quelque chose à te dire, quelque chose de très important. Ne fais pas la sourde oreille ! Je t'en prie, appelle-moi vite ! »

Anne attendit en vain. Paul rentrait, ils déjeunèrent et entreprirent de ranger la bibliothèque, mais aucune sonnerie ne retentissait.

À six heures du soir, Anne, inquiète et déçue, fit une nouvelle tentative. Une série de sons discordants et de grésillements lui répondit. Aucune tonalité, aucun répondeur.

« Son portable doit être en panne ! dit-elle à Paul. Je n'aime pas ça… Elle pourrait avoir des ennuis, et je n'ai aucun moyen de la joindre. »

Son mari l'enlaça tendrement :

« Nanou, ne te tracasse pas… Elle a dû casser son téléphone en le faisant tomber ou je ne sais quoi ! C'est mauvais pour le bébé de te faire du souci. Si on allait au cinéma après un bon petit resto ? Tous les deux, bien tranquilles. »

Anne ne demandait qu'à oublier ce malaise qui l'oppressait au sujet de Rose. Paul avait raison ; il ne servait à rien de guetter un appel de sa sœur qui devait bien s'amuser à Paris, sans une pensée pour sa jumelle restée en province. Soudain, elle poussa une exclamation de soulagement :

« Que je suis bête ! Dans sa lettre, Rose parle d'un voyage aux Antilles. Elle y est peut-être... et son portable ne capte pas ! »

Paul saisit la balle au bond, vite soulagé lui aussi :

« Mais bien sûr, voilà l'explication... Allez, ma chérie, va te faire belle. Ce soir, on sort... »

*

Au même instant, à Paris, Rose sommeillait dans son bain. Elle avait écouté le message de sa sœur vers midi et comptait l'appeler avant le retour de Gilles. Elle se demandait ce qu'Anne avait de si important à lui dire, mais son esprit refusait d'ordonner ses pensées. L'eau chaude, parfumée à la vanille, ne l'aidait pas à reprendre pied dans la réalité. Cependant, une voix grondait en elle, répétant : « Il n'est pas trop tard. Rentre à Toulouse... Tu t'ennuies à Paris, et tu fais bêtise sur bêtise... »

Rose céda à l'angoisse qui la submergeait. Elle décida de téléphoner tout de suite à sa sœur. Mais le portable, qu'elle avait posé en équilibre sur un petit meuble voisin, lui échappa des mains et fit un plongeon au fond de la baignoire.

« C'est trop drôle ! s'esclaffa-t-elle, les nerfs à vif. Trop drôle... Un portable coulé, un ! C'est d'un comique ! »

Elle riait à perdre haleine, pleurait aussi, le corps secoué de spasmes et de sanglots. Il lui fallait une cigarette, et autre chose… Elle sortit de l'eau, tituba, toute ruisselante, vers son lit. L'image du téléphone coulant à pic l'obsédait.

« Ma dernière chance ! s'écria-t-elle. C'était ma dernière chance et je l'ai laissée passer… Tant pis, c'est trop tard ! »

Nue et frissonnante, elle se glissa sous les draps. Son passé lui échappait. Seul le présent pouvait encore être agréable. À condition d'y mettre le prix ! Quant à l'avenir…

*

Le jeudi suivant, Anne écrivit à sa sœur. Malgré les discours apaisants de Paul, elle ne supportait plus le silence de Rose. Elle n'arrivait pas à chasser le malaise qui l'habitait depuis qu'elle avait lu la lettre et pensait à sa sœur du matin au soir. Même Paul semblait las de ce sujet de conversation.

Ma sœurette,
Depuis vendredi dernier, j'essaie de te joindre, mais tu ne réponds pas. J'ai bien reçu ta lettre, et je suis contente que tu vives le grand amour, même avec un homme plus âgé. S'il est gentil, la différence d'âge ne compte pas. Mais, je t'en prie, fais attention à toi. Tu es tellement intelligente, ne gâche pas tes chances en fréquentant des gens bizarres. Je suis sûre que tu fais la grimace en lisant ceci, et que tu penses : « Quel rabat-joie ! » Non, je te mets en garde, car tu as tendance à brûler les étapes, si on te compare à moi.
Enfin, salue ton Gilles de ma part et sois tranquille, je

n'ai rien dit à Sonia. Elle et moi, nous avons d'autres préoccupations que notre Rose et ses envies de liberté.

Ça me déplaît de t'annoncer une chose aussi merveilleuse par lettre, mais tant pis, je n'ai pas le choix ! Devine un peu ? J'attends un bébé... oui, un enfant de mon Paul, un petit garçon ou une petite fille qui grandira chez nous, jouera dans notre cabane. Je suis très heureuse et je crois que tu le seras aussi en l'apprenant. Ta sœur jumelle va avoir un bébé. Toute la famille se réjouit, je t'assure. Réponds-moi vite, et n'hésite pas à venir nous voir, cela nous ferait si plaisir, à Paul et à moi.

Paris-Toulouse, ce n'est pas loin, en train, et puis tu as peut-être ton permis, une voiture ? Si oui, tu connais le chemin. Je te donne au moins rendez-vous au printemps, pour le grand jour de la naissance, prévue en avril. Tu ne peux pas m'abandonner lors de cet événement.

Ta petite Anne, qui se sent une vraie femme et t'embrasse de tout son cœur.

Anne s'estima satisfaite de sa lettre. Elle la cacheta, mais cette fois ne décora pas l'enveloppe. Cela lui paraissait superflu et infantile. Et puis Rose lui semblait à présent tellement lointaine, si mystérieuse... Néanmoins, c'était toujours sa sœur jumelle, à qui des liens profonds l'attachaient.

« J'espère qu'elle me répondra vite ! » se dit la jeune femme.

Pour elle, il était en effet inconcevable d'imaginer Rose changée au point de l'oublier, elle, Anne, sa sœur jumelle. Leurs natures différentes les avaient souvent poussées à se heurter, à se déplaire, mais au fond de leur cœur vivait intact le souvenir de deux petites filles blondes aux yeux bleus qui jouaient ensemble sous les lilas du jardin. Inséparables à cette époque et toujours prêtes à défendre celle qui encourait une punition ou qu'un danger menaçait.

*

Le mois de novembre touchait à sa fin. Paris s'ornait déjà de décorations flamboyantes en prévision des fêtes de Noël.

Rose traversait l'esplanade du Louvre de sa démarche souple et contemplait d'un air songeur la silhouette scintillante de la tour Eiffel, au loin.

Très mince, vêtue d'un long manteau noir, elle portait sur ses cheveux une sorte de béret à la mode, de couleur rouge. Ses pas la conduisirent vers les arcades de la rue de Rivoli. Le pas rapide, le regard baissé, elle passait inaperçue parmi la foule. À hauteur d'une boutique de bijoux, quelqu'un la prit par le bras :

« Rose ! C'est bien toi, ça alors…, s'écria une voix familière. Un peu plus et je ne te voyais pas ! »

Une fille aux cheveux noirs qui frisaient sous un turban mauve la dévisageait en souriant.

« Oh ! Sandra ! Qu'est-ce que tu fais à Paris ? »

Rose embrassa son amie toulousaine sans aucun enthousiasme. Ce genre de rencontre était justement ce qu'elle craignait depuis son départ. Mais Sandra, qui se considérait comme sa meilleure copine, se montrait ravie.

« On boit quelque chose, ma belle ! Il faut fêter

ça, on se croise rue de Rivoli, par hasard, c'est fou !
C'est vraiment fou ! »

Prise de court, Rose ne trouva aucune excuse pour refuser. Les jeunes femmes allèrent d'un pas rapide jusqu'à la brasserie du Louvre. Sous la vive clarté des lustres, Rose parut à Sandra d'une pâleur effrayante.

« Dis donc, tu n'as pas une mine terrible ! dit-elle en la dévisageant. Tu as drôlement changé, tu n'es pas malade au moins ?

— Mais non, ça va. J'ai pris froid, parce que je me balade souvent sur les quais, et il y a trop de vent. Et puis, je n'ai jamais eu beaucoup de couleurs... »

Sandra, refroidie par le ton cassant de son amie, changea de conversation. Elle évoqua Toulouse, leurs copains.

« Arthur sort avec Judith, celle que tu détestais, et Lou, ma sœur, a décidé de séduire Alex. Enfin, la routine... »

Rose écoutait en faisant de légers signes de tête. D'un geste mécanique, elle tournait sa cuillère dans la tasse de café. Une impatience qu'elle connaissait bien parcourait ses veines et rendait douloureuse chaque fibre de son corps. Elle alluma une cigarette.

« Tu sais, Sandra, je ne peux pas rester longtemps. Je dois voir quelqu'un à dix-neuf heures !

— Ah ! Toujours Boris, je parie ! Il est tellement beau. Depuis que tu vis avec lui, il ne donne plus de nouvelles. Raconte... On se demandait tous ce que tu devenais. En plus, tu n'es pas sympa : pas une lettre, pas un coup de fil ! Dis-moi ce que tu fais ici... »

Rose étouffait. Revoir Sandra, subir sa voix aiguë, c'était au-dessus de ses forces. Elle réprima un tremblement et réussit à dire tout bas :

« Je vis avec Gilles maintenant. C'est un peu la galère, mais je n'ai pas envie d'en parler. Mais je l'aime, ça, je l'aime. Voilà. Je dois m'en aller. »

Sandra regarda son amie. Rose avait les yeux cernés, le bord des paupières rougi, le nez comme tuméfié. De plus, elle semblait d'une maigreur excessive.

« Dis-moi, tu ne fumes pas trop ? Enfin, tu vois de quoi je parle, pas du tabac ! L'herbe, il ne faut pas en abuser... Moi, j'ai ralenti. »

Rose eut un petit rire sarcastique. Sandra lui parut soudain ridicule, stupide. Elle aurait pu la frapper en pleine figure, juste pour l'effacer de son champ de vision.

« Je vais très bien ! lâcha-t-elle d'un ton furieux. Oublie-moi un peu. Tu me prends la tête ! Tu veux savoir ce que j'ai ? Je viens de pleurer au moins trois heures et je fais un régime ! O.K. ? Tu comprends ? Ça te suffit ou tu veux des détails ?

— Non, c'est bon, balbutia son ancienne amie, stupéfaite. Qu'est-ce qui te prend ? Tu as entendu comment tu me parles ! Toi, ma vieille, tu files un mauvais coton... »

Les deux jeunes femmes s'affrontèrent du regard. Rose commença à ranger son briquet et son paquet de cigarettes. Elle se leva, les jambes tremblantes.

« Salut, Sandra ! Je me barre ! Et ne va pas raconter à Toulouse que j'ai l'air malade. Je ne veux pas inquiéter ma sœur. Elle attend un bébé... Elle m'a annoncé ça dans une lettre je ne sais plus quand. »

Sandra, complètement déconcertée par l'agressivité inouïe de son amie, émit un soupir de soulagement. Le mot « bébé » lui permit de reprendre contenance et de changer de conversation.

« Anne va avoir un bébé ! rit-elle. Mais c'est super ! Elle ne perd pas de temps au moins. Remarque, je préférerais rester vieille fille que me taper un mari comme le sien. Je ne l'ai vu qu'au mariage, mais ça m'a suffi ! »

Rose jeta sur Sandra un œil meurtrier. Elle se pencha un peu, en murmurant :

« Je dois partir ! je suis en retard ! Salut, Sandra… J'espère ne jamais te revoir, et puis retiens une chose : Paul est un brave type, tu sais ! Tu ne le mériterais même pas, pauvre conne… »

Elle se leva, laissant sa tasse de café intacte. Éberluée, Sandra la regarda partir sans bouger.

Rose sortit en courant de la brasserie. Elle avait envie de vomir sa vie, sa haine. Des pulsions de violence l'envahissaient par vagues successives. En quelques pas sur le trottoir, elle s'imagina serrant bien fort le cou de Sandra, avant de lui crever les yeux de ses propres ongles… Puis sa haine se retourna contre elle-même et il lui fallut lutter de toute sa volonté pour ne pas se griffer les joues ou se cogner le front contre un mur.

« Je deviens folle ! Il me faut une dose ! Tout de suite ! Et Gilles qui me laisse tomber ! »

Le malaise se dissipa lentement. Elle fit quelques pas, s'arrêta devant un magasin d'objets d'art et sortit son nouveau téléphone portable de son sac pour composer le numéro de Boris. La conversation fut brève :

« C'est moi, Rose ! Tu n'as rien pour moi ? Je double le prix, Boris, je t'en supplie. Trouve-moi quelque chose. Tu passeras à dix heures chez moi, pas avant ? D'accord, à dix heures. Mais ne me lâche pas... Et si tu veux me joindre, en cas de problème, n'oublie pas, j'ai changé de numéro, oui, numéro de portable... »

Rose se mordit les lèvres de dépit. Elle s'était fait la promesse de ne plus contacter Boris, mais elle n'avait pas d'autre solution ce soir-là. Elle répugnait encore à fréquenter les établissements dont l'adresse était connue des initiés et où les toilettes servaient de lieux de rendez-vous pour ceux qui voulaient se procurer de la drogue.

La jeune femme se jeta devant un taxi. Elle ne tenait plus sur ses jambes.

« Quai de Passy, je vous prie, vite... »

Ce fut un soulagement de s'allonger sur son lit, dans la pénombre. Les yeux fermés, elle se sentit beaucoup mieux. Il suffisait maintenant d'attendre Boris.

« Pourquoi je fais ça ?... se demanda-t-elle. Mais pourquoi ? Si je pouvais tenir un jour, deux jours sans dose. Et puis en fait, à quoi bon ? Je ne vaux rien, Gilles me l'a dit. Autant crever dans mon coin. »

Avec une froide lucidité, comme s'il s'agissait d'une autre personne qu'elle, elle s'analysait. À Toulouse, il y avait eu les fêtes entre étudiants, la découverte de l'alcool, des premiers joints fumés avec la certitude qu'il s'agissait d'une expérience passionnante. Elle se revit, révoltée par un monde décevant, par la société et ses rouages impitoyables. Avec au ventre et au cœur l'horrible secret : Gérald, le viol, sa grossesse qui l'avait terrifiée et qu'elle avait cachée de son mieux.

« Ce garçon à Collioure, il m'a bien eue, mais je le cherchais un peu. Gérald, lui, il ne m'a pas demandé mon avis, ce salaud... »

Ses parents l'avaient protégée à leur manière, sans connaître la profondeur de sa détresse, mais ils savaient l'apaiser et la raisonner. Depuis leur mort, Rose voulait brûler sa vie. Elle savait les ravages que causait la drogue, sans imaginer qu'un jour elle en découvrirait le calvaire. Inconsciemment, elle continuait à occulter les semaines de bonheur avec David et surtout le drame de sa mort.

« Pourquoi je fais ça ! Mais pourquoi je fais ça ? Je n'aurais jamais dû entrer dans le jeu ! Maintenant, je suis accro ! »

Oui, au début, prendre de la cocaïne l'avait amusée. Avide de plaire, de s'affirmer, elle avait essayé par défi. Depuis un mois, sa chute vertigineuse vers un enfer pressenti la terrorisait. La gravité de son état lui apparut.

« Je dois m'en sortir... Je dois tenir. Je vais rappeler Boris, lui dire de ne pas venir. »

Elle n'en eut pas le courage. Depuis la veille, elle n'avait rien pris. Pour se prouver qu'elle était capable de lutter contre le manque. De le dépasser. Elle savait montrer qu'elle pouvait vaincre le mal. Mais elle n'en pouvait plus.

« J'ai mal ! gémit-elle en tremblant de tout son corps. Tellement mal. Je vais arrêter ; mais demain, pas ce soir ! Pourvu que Boris arrive vite, vite... »

Lorsque la sonnette retentit, Rose se leva comme un ressort. Elle ouvrit la porte, l'air complètement égaré. Boris n'était pas seul. Un jeune homme se tenait derrière lui, très basané.

« Entrez ! bredouilla-t-elle. Désolée, je suis mal en point. Les nerfs, la fatigue. Boris, tu as ce qu'il faut ? »

Elle s'entendait parler. En quelques semaines, elle avait appris à employer les mots qu'il fallait, imprécis, qui surtout ne nommaient rien de défini.

Boris la regardait avec une pointe de dégoût. Rose ignorait à quel point elle avait changé. De sa beauté fraîche, pimentée par sa nature entière, il ne restait qu'une vague esquisse, tant elle avait maigri. Ses excès se lisaient sur ses traits émaciés, sur la pâleur malsaine de sa peau. Le pire, c'était son regard fuyant, traversé de lueurs de panique.

« Tiens, fit-il en lui tendant une enveloppe. Je te la file au prix convenu.

— Merci, Boris, tu es un amour ! » lança-t-elle, pressée d'échapper à la souffrance, de retrouver l'euphorie intime, émolliente, que lui apportait l'héroïne.

L'inconnu s'était assis dans le fauteuil d'osier, près d'une des baies vitrées. Il fumait une cigarette en épiant les gestes de la jeune femme.

« Qui est-ce ? demanda-t-elle tout bas à Boris.

— Un ami. Il connaît les bons plans ; tu peux traiter avec lui la prochaine fois. À cette adresse. »

Boris posa dans sa main un papier plié en quatre. Elle le regarda, surprise.

« Mais Gilles s'en occupe d'habitude. Pour le

moment, il s'est absenté mais il va revenir. Il ne va pas me laisser tomber, tu sais. »

Boris fit un petit signe de tête au jeune inconnu, dont les yeux brillaient à la lueur des lampes. Il se leva, rejoignit l'ancien amant de Rose. Tous deux l'enlacèrent, comme pour l'emprisonner.

« Ma puce, murmura Boris, tu as hâte de te piquer, n'est-ce pas ? On va t'aider, d'accord ? Après, on restera un peu avec toi pour te surveiller. C'est de la bonne, tu vas voir... »

Elle les repoussa, écœurée. Ils avaient une attitude étrange, moqueuse.

« Fous le camp, Boris ! Et lui aussi ! Je n'ai pas besoin de vous.

— Mon fric alors ! cria le jeune homme. La came, c'est moi qui la vends. »

Effrayée, elle se précipita sur son sac et en sortit une liasse de billets.

« Tiens, prends ça, et va-t'en ! Je veux qu'on me foute la paix, compris ? »

Boris haussa les épaules. Depuis qu'il était entré chez Rose, qu'il l'avait vue faible et terrassée par le manque, il y avait un tas de choses qu'il ne lui pardonnait pas et qui lui revenaient en mémoire, notamment de l'avoir traité comme un imbécile au début de leur liaison. Il compta les billets et hurla :

« Ahmed ! Elle n'a pas assez de fric ! Vas-y, récupère la came. C'est une vraie loque ; si tu veux t'amuser, profites-en, quelle conne... »

Rose ne comprenait pas. Elle devait se concentrer pour réfléchir au danger. Tout était pourtant simple dix minutes plus tôt. Boris lui apportait de la drogue, elle le payait. Ensuite, elle se retrouvait seule, elle pouvait enfin se piquer et décoller vers ce paradis artificiel où elle goûtait une extase inoubliable. Là-bas, il n'y avait plus de questions, plus de désirs, plus de chagrins... On ne pensait pas à la cabane au fond du jardin, celle qui accueillait deux fillettes aux mêmes cheveux blonds, au même rire innocent. Là-bas, il n'y avait pas de chauffards qui tuaient vos parents. Il n'y avait pas de folle qui assassinait l'homme qu'on aimait, les gens réapparaissaient, si présents que l'on pouvait presque les toucher...

Boris ne ressemblait plus au charmant personnage des soirées pseudo-intellectuelles où il croyait se faire valoir par son humour noir et ses plaisanteries. Debout au pied du lit, se déshabillant lentement, il faisait penser à un impassible bourreau des temps anciens, d'une beauté cruelle.

Ahmed, malgré une stature mince, possédait des muscles d'acier. Il maîtrisa sans peine la jeune femme déjà à bout de résistance et lui reprit l'enveloppe. Boris se jeta sur Rose, complètement affolée. Il la viola, sous le regard indifférent de son complice. C'était une humiliation de plus pour Rose. Mais elle n'osa pas se débattre. La haine viendrait plus tard ; elle espérait juste qu'ils partent vite. Ce fut bref, violent. Enfin, Boris la laissa.

Elle n'avait plus qu'une envie : qu'ils disparaissent. Mais elle se trompait, ce n'était pas fini... Boris la releva en empoignant son bras mince, piqueté de points rouges au creux du coude.

« Maintenant, dit-il, un petit jeu que mon copain

Ahmed adore. Tu devines ? Tu aimes ça, non, deux mecs à la fois ? »

Elle réussit à lui échapper et à courir vers la salle de bain, terrifiée par ce cauchemar dont il était impossible de s'éveiller. Boris la rattrapa, la fit tomber sur le sol. Là, il lui frappa le visage à coups de pied. Ahmed, sous l'emprise de la came, riait bêtement.

La porte d'entrée s'ouvrit avec fracas. C'était Gilles. Il vola au secours de Rose, repoussant Boris d'une bourrade, écartant Ahmed d'un coup de genou.

« Bande de fumiers ! Qu'est-ce qui vous a pris ? Sortez d'ici ou j'appelle les flics ! »

Rose tentait de se redresser. Elle n'avait aucune conscience de son apparence pitoyable. Gilles l'aida à s'allonger sous la couette.

« Je veux prendre une douche ! cria-t-elle. Boris m'a violée. Gilles, Gilles, aide-moi, aide-moi…

— Calme-toi, ma gazelle ! Je les mets dehors et je reviens. Ils ne s'en tireront pas comme ça, ces salauds ! »

Rose avait envie de hurler. Malgré tout, la présence de Gilles la rassurait infiniment. Il l'avait sauvée du pire, car les deux hommes n'étaient pas au bout de leurs fantaisies sexuelles, elle le savait. Sans lui, la honte aurait été plus grande, l'humiliation et la douleur, intolérables. Pas un instant la jeune femme ne s'étonna de cette arrivée providentielle, ni du temps que mettait Gilles à congédier Boris et Ahmed. Un peu remise de sa frayeur, elle se souvint de la drogue. Ils ne la lui avaient pas redonnée. Et ils avaient son argent. Elle voulut appeler, mais ne réussit qu'à pousser une plainte désespérée.

Gilles la trouva secouée de sanglots silencieux. Il la conduisit sous la douche, la lava lui-même avec des gestes doux. Ensuite, il la recoucha, vêtue d'une longue tunique en coton.
« Merci, mon amour…, dit-elle d'une voix affaiblie. Comme tu es doux et tendre ! »
Sans un mot, il la prit dans ses bras. Elle se cala contre lui, la joue appuyée contre son épaule. Elle se sentait aussi démunie qu'une petite fille.
« Aide-moi, Gilles ! Ne me quitte pas cette nuit. Tu vois, après notre dispute, j'ai voulu arrêter de me piquer. Tu m'avais dit que j'étais trop accro, j'ai essayé de me prouver le contraire. Mais tu avais raison, c'était horrible, insupportable. Promis, bientôt je me ferai soigner. »
Gilles lui caressait les cheveux et le cou. Rose ne pouvait pas voir l'expression sarcastique de son amant qui l'écoutait en silence.
« Tu es tellement beau ! reprit-elle. Tu me rappelles un peu mon père. La carrure, la peau… Gilles, je veux porter plainte pour ce qu'ils m'ont fait ! Je n'aurais pas cru Boris capable de ça. C'était ignoble, ils m'ont fait si mal, surtout Boris ! Une brute, une salle brute, et Ahmed qui ne vaut pas mieux.
— Allons, n'y pense plus ! susurra enfin Gilles. Je ne peux pas t'empêcher de les dénoncer à la police, mais réfléchis. Je n'ai pas de filon sérieux pour la came en ce moment. Et tu risques de plonger aussi, car tu en achètes beaucoup. Si les flics te soupçonnent de dealer, tu auras du mal à leur

prouver le contraire. N'aie pas peur, ils ne reviendront pas, ces deux idiots. Ils n'en sont pas à leur coup d'essai avec les jolies filles comme toi. Au fait, j'ai repris la marchandise. Tu devrais te piquer et oublier tout ça... »

Elle aurait voulu protester. Ce viol n'était pas un jeu. Comment Gilles pouvait-il lui conseiller de ne plus y penser ? Puis elle songea à l'imminence d'une dose d'héroïne. La délivrance enfin, le doux voyage intérieur qui effacerait tout, tout.

Gilles prépara le matériel. Il fit pénétrer lui-même l'aiguille dans la veine et injecta la drogue. Rose eut un tressaillement puis se détendit. Un sourire béat se figea sur ses traits.

*

Une semaine avant Noël, Anne reçut une troisième lettre de sa sœur. En réponse à son courrier où elle lui annonçait sa grossesse, Rose avait envoyé une carte amusante avec quelques mots de félicitations. Cette fois, l'enveloppe paraissait assez épaisse.

Anne s'installa dans le salon, près de la cheminée que Paul avait construite de ses mains. C'était un de leurs rêves à tous les deux, un joyeux feu de bois pour les soirées d'hiver.

Ma petite Anne,
Les jours passent trop vite et je n'ai pas le temps de t'écrire. J'ai perdu mon portable. Je te donnerai mon numéro dès que j'en aurai acheté un nouveau. Je ne ferai pas installer de ligne fixe, ça fait double emploi. De toute façon, je vais déménager. Cet appartement est trop cher.

Ne t'affole pas, il me reste de l'argent, mais Gilles m'a conseillé un placement intéressant. Donc j'ai investi. Je lui fais confiance. Il m'a proposé aussi de louer un studio ensemble, car nous allons beaucoup voyager, et je n'ai pas besoin d'autant de place. Ne m'écris plus à cette adresse, je te communiquerai la nouvelle bientôt.

J'espère que tu vas bien, ainsi que Paul et le bébé. Tu dois avoir un peu changé de silhouette. Ma sœur chérie, si tu savais combien tu me manques parfois. Ta gentillesse, ta simplicité et ta douceur. Et moi, quand nous étions petites, j'en ai abusé en te commandant ou en me moquant de toi.

Tu vois, j'en suis ce soir à égrener nos souvenirs, à regretter parfois d'avoir quitté Toulouse. Malgré cela, j'aime Gilles et il me rend heureuse. Ce n'est pas le genre d'homme à parler mariage, et moi cela me convient ; je n'ai pas envie de me passer la corde au cou. Déjà la vie en couple me pèse souvent. Gilles joue les paternalistes, sauf au lit. Oh, pardon, je vais te choquer. Entre nous, l'entente sexuelle est si merveilleuse qu'elle m'enlève ma lucidité. Je ris toute seule, cela me va bien de citer ma légendaire lucidité, que j'ai totalement perdue !

Au revoir, ma petite Anne, ne te fais aucun souci pour moi, je vais bien. Enfin, je vis ce que j'ai envie de vivre. Bientôt mes premières photos de mode ! Ce qui m'empêchera de venir pour Noël. Impossible de savoir où je serai à cette date, nous voyageons tant ! Ses affaires l'amènent aux quatre coins du monde et j'adore ça !

Je t'embrasse affectueusement.
Rose

Anne relut la lettre. Il y avait toujours quelque chose dans le ton, et l'écriture elle-même, irrégulière et dure à déchiffrer, qui la troublait. Cependant, Rose montrait moins de cynisme. Elle usait d'un vocabulaire plus ordinaire que d'habitude. Il sembla soudain évident à Anne que sa sœur n'était pas du tout heureuse, même si elle affirmait le contraire. Que lui cachait-elle ?

Anne venait de décorer la maison pour Noël. Le sapin tout illuminé était magnifique, à son goût. Sur une table, entre les deux fenêtres du salon, trônait la crèche. Les santons, les Rois mages ainsi que Marie et joseph dataient de l'enfance de Céline, leur mère.

« Je suis sûre que Rose n'a fait ni sapin ni crèche. Elle se révoltait contre tout, l'Église, les traditions. Mais moi je les aime. »

La jeune femme jeta un regard paisible sur le décor chaleureux qui l'entourait. L'année prochaine, un petit enfant, de neuf mois environ, serait là, près d'elle, dans le parc en bois qui attendait son heure au grenier.

« Si Rose ne me donne pas bien vite sa future adresse, je ne pourrai pas lui envoyer une carte de vœux, c'est vraiment dommage. Finalement, je ne peux ni lui écrire ni lui téléphoner... »

Paul trouva sa jeune épouse en larmes, assise au pied du sapin. Elle tenait dans ses bras un lapin en peluche bien usé.

« Eh bien, Nanou ! s'inquiéta-t-il. Qu'est-ce que tu as ? Tu pleures comme un bébé, hein, alors que tu en attends un...

— Un coup de cafard, mon chéri. Je pensais à Rose, à notre enfance. C'était si bien quand les parents étaient là, quand nous étions petites. Papa accrochait du lierre le long de la rampe d'escalier et souvent il se déguisait en père Noël. »

Paul releva Anne et la cajola. En cet instant, elle était redevenue une enfant sans défense et il se mit à admirer le lapin en peluche en demandant son âge et son origine.

« Je l'ai eu à huit ans. Rose avait un ours gris ! Je suis allée le chercher tout à l'heure. Il n'est plus dans sa chambre, elle a dû l'emmener... Tu vois, Paul, ce qui m'a fait de la peine, c'est d'imaginer ma sœur à Paris, sans sa famille. À mon avis, le soir de Noël, elle va sortir et boire comme une folle. Enfin, je ne veux pas y penser. On est tous les deux, bien contents. Je t'ai préparé des paupiettes de veau, à l'ancienne s'il te plaît, et une mousse au chocolat.

— Ma douce chérie ! Tu es un amour ! »

Anne se serra contre Paul. Il la berça gentiment en embrassant ses cheveux doux et parfumés. Combien il aurait voulu lui faire plaisir, pouvoir joindre Rose et la supplier de venir passer Noël avec eux ! Mais, à l'idée de chercher à contacter sa belle-sœur qui s'amusait à brouiller les pistes, le découragement le prit. Il ferma les yeux, gardant l'image colorée du sapin comme une promesse de sérénité, et chassa ainsi le souvenir épineux de Rose.

10

Le 31 décembre, Paul déposa Anne place du Capitole. Elle voulait faire elle-même quelques courses pour le réveillon de la Saint-Sylvestre, car ils invitaient Gérald et Sonia à dîner. Les parents de Paul ne passeraient qu'au dessert. Les deux familles se resserraient autour du jeune couple qui satisfaisait leur attachement à un ordre établi, au souci des convenances.

Anne éprouvait un bonheur très doux à marcher sous le ciel gris d'où glissaient de timides flocons de neige. Son existence actuelle la comblait, à tel point qu'elle se reprochait parfois d'être trop heureuse alors que le sort l'avait privée de ses parents si précocement. Paul la consolait, lui disant que son père et sa mère, sans aucun doute, se seraient réjouis de la savoir en sécurité et comblée par la vie.

Devant la vitrine d'une librairie, elle croisa un visage familier. Il lui fallut deux minutes pour reconnaître Sandra, l'amie de Rose. La jeune fille, coiffée d'un gros bonnet en laine, lui sauta au cou.

« Salut, Anne ! Tu vas bien ? Rose m'a dit que tu

attendais un bébé, c'est génial ! Dis donc, ce ventre ! Remarque, tu n'as jamais été très mince !

— Quand as-tu vu ma sœur ? demanda Anne, très émue d'entendre prononcer le prénom de sa jumelle.

— À Paris, figure-toi, une semaine avant Noël. Je suis montée voir un pote et m'acheter des fringues. J'ai croisé Rose par hasard, rue de Rivoli, derrière le Louvre.

— Et moi, je ne l'ai pas vue depuis cet été ! se plaignit Anne. J'aurais dû me secouer, monter à Paris. En train ce n'est pas si long, quatre heures environ. Et elle allait bien ? J'ai si peu de nouvelles, cela m'angoisse. Dans sa dernière lettre, elle m'annonçait qu'elle allait faire des photos de mode... »

Sandra, qui gardait un pénible souvenir de sa rencontre avec Rose, répondit, d'un ton ennuyé :

« En fait, je ne l'ai pas trouvée terrible. Elle était bizarre et très agressive avec une tête à faire peur. Je t'assure. Elle était très pâle. Elle avait les yeux cernés. Toujours aussi jolie, mais beaucoup trop maigre ! À mon avis, elle se rend malade à suivre des régimes... Elle m'a laissée en plan parce que je lui posais des questions sur sa santé... Et quand j'y repense, vraiment bizarre, elle m'a insultée ! J'ai eu l'impression qu'elle me haïssait. Moi, je trouve ça louche... Rose n'a jamais eu un caractère facile, mais à ce point ! »

Anne reçut l'information comme un coup-de-poing au ventre. Elle se doutait bien que quelque chose n'allait pas.

« J'en étais sûre ! dit-elle. Ma sœur m'a écrit que tout se passait bien à Paris, mais je n'y croyais pas trop. Elle doit mener une vie de folle, les boîtes, l'alcool. Enfin, si ça lui plaît... Je ne peux pas la changer. Déjà, ici, à Toulouse, elle ne manquait pas une fête. Elle ne cherche jamais à me joindre. C'est décourageant. Je ne sais pas quoi faire.

— Oui, acquiesça Sandra, je sais que Rose aimait bien s'amuser, mais je t'assure que, là, elle n'avait pas l'air du tout à la fête. Je serai franche : elle m'a fait peur ! »

Anne écoutait l'air égaré. Elle n'avait pas envie de savoir qu'ailleurs des gens se laissaient aller à des mœurs qui lui déplaisaient. Encore moins s'il s'agissait de sa sœur.

« Elle ne t'a rien dit d'autre ?

— Non, et, de toute évidence, elle n'avait pas envie de parler d'elle. Ah ! Si ! Elle vit avec un dénommé Gilles, mais de lui non plus elle n'avait pas envie de parler !

— Elle voyage beaucoup, je crois ?

— Sûrement pas au soleil en tout cas, vu son teint !

— Merci, Sandra ! finit par dire Anne en prenant congé.

— À mon avis, elle te cache des trucs ! » conclut Sandra, qui s'éloigna avec une moue perplexe.

Lorsque Paul retrouva sa femme au café Albert, au centre de Toulouse, il vit tout de suite que celle-ci était préoccupée. Tout en buvant son chocolat chaud, Anne lui raconta ce que Sandra lui avait dit. Elle en éprouvait une sorte de gêne, car elle avait conscience que ce sujet dérangeait son mari.

« Je suis sûre qu'elle souffre, Paul ! C'est une

certitude, là, dans mon cœur, et je l'avais avant de rencontrer Sandra. Si je n'étais pas enceinte, j'irais à Paris lui rendre visite. Mais je n'ai même pas son adresse puisqu'elle a déménagé et je n'ai aucun numéro de téléphone pour la joindre. Cela ne servirait à rien de partir à l'aventure : autant chercher une aiguille dans une botte de foin… Je suis déçue, Rose n'était pas comme ça avant ! J'ai l'impression qu'elle m'a trahie en agissant de la sorte. Et je suis tellement inquiète aussi. »

Paul hocha la tête sans vraiment compatir. En fait, il en voulait à sa belle-sœur de troubler leur bonheur. Pourtant, son côté honnête l'emporta.

« Tu as raison, ma chérie. Si ta sœur a des ennuis, nous devons l'aider. Il y a sûrement un moyen d'obtenir ses coordonnées. Écoute, patientons un peu, je pense qu'elle va te contacter bientôt pour prendre de tes nouvelles. Rose t'aime beaucoup. Elle voudra savoir pour le bébé. Et si elle voyage, son silence n'est pas surprenant. Ne nous tracassons pas outre mesure, mais si ce silence dure trop, nous agirons, je te le promets. »

Anne sourit avec résignation. Ce jour-là naquit en elle une anxiété incontrôlable, concentrée sur Rose, et qui allait gâcher la quiétude de ses derniers mois de grossesse. Ce n'était pas un malaise précis, définissable, mais plutôt une sensation ténue, qui ne lui laissait presque pas de répit, un peu comme une épine minuscule plantée dans la chair, trop profonde pour être enlevée mais qui s'infectait lentement.

À partir de ce jour-là, elle acquit la certitude qu'elle ne devrait compter que sur elle-même pour aider sa sœur. Paul l'épaulerait, elle en était sûre, mais il ne fallait pas attendre qu'il prenne des décisions. Il n'avait pas l'âme d'un chef et lui avait laissé insensiblement les rênes de leur ménage. Ce sentiment de puissance lui donna soudain de l'énergie.

« Je vais trouver une solution », se dit-elle.

Elle se leva et donna le signal du départ.

*

Seule et terriblement en manque, Rose avait l'esprit en éveil. Les épisodes de conscience et de lucidité se faisaient très rares ces derniers jours. Mais aujourd'hui elle émergeait un peu, suffisamment au moins pour avoir une idée claire de la situation dans laquelle elle se débattait.

Elle tournait en rond, un poing appuyé sur sa bouche pour contenir les cris de douleur qui gonflaient sa poitrine. Le mois de février se faisait glacial. Le petit studio, mal chauffé, sentait l'humidité. Cependant, la jeune femme n'y prêtait aucune attention. Ce lieu lui était de toute façon indifférent ; elle ne faisait qu'y dormir. Pour l'instant, l'affolement la terrassait.

« Gilles ! ruminait-elle en continuant ses va-et-vient. Gilles, tu n'es qu'un monstre, comme tous les autres... Je te hais, je te tuerais si je pouvais t'atteindre. Regarde l'état dans lequel je suis ! À cause de toi ! Oh ! tu me dégoûtes... »

Son amant de pacotille avait disparu. Et la jeune femme était sûre qu'il ne reviendrait pas.

Elle s'était rendue à sa banque ce matin-là.

Angoissée par l'absence de Gilles, qui ne se manifestait plus depuis dix jours, elle devait trouver seule sa drogue, et ses quelques relations ne l'aidaient guère.

Lorsqu'elle avait voulu retirer de l'argent au guichet, l'employée, une dame respectable, avait hoché la tête d'un air désolé.

« Mademoiselle, votre compte est débiteur d'une centaine d'euros, rien d'alarmant... Sans doute attendez-vous un virement ?

— Non ! avait bredouillé Rose, stupéfaite. Mais vous devez vous tromper ! La semaine dernière, il restait plus de vingt mille euros sur mon relevé. »

La femme avait de nouveau consulté l'ordinateur avant de déclarer, l'air pincé :

« Il y a eu un chèque débité, de cette valeur, le 3 février... »

Rose, saisie de panique, avait cru à une erreur et avait protesté sèchement :

« Ce n'est pas possible, je n'ai pas fait de chèque de cette importance. »

Après un dialogue de sourds, le directeur en personne s'était déplacé, avait reçu Rose, et avait pris la peine de consulter l'historique de son compte.

« Mademoiselle, je suis désolé, mais vous avez bien signé un chèque de ce montant, à l'ordre de Gilles Pasquet. »

Rose s'était sentie brusquement glacée. La dernière fois qu'elle avait vu Gilles, en effet, il lui avait demandé un chèque en blanc afin de lui ramener de l'héroïne. Mais il n'était pas revenu...

Très pâle, elle avait demandé :

« Sur les conseils de Gilles Pasquet, j'ai fait un

placement dans une autre banque. Pensez-vous que je puisse débloquer ce capital ? »
Le directeur avait froncé les sourcils.
« Sans doute, mais le mieux est de vous renseigner auprès de cette banque. Si vous aviez placé cet argent chez nous, il n'y aurait pas de problème. Je peux poser une question ? Vous êtes-vous chargée personnellement de cette transaction ?
— Non, c'était monsieur Pasquet ! » avait-elle répondu, soudain certaine que cet argent-là aussi s'était envolé.

Elle en eut confirmation sur un simple coup de fil. Gilles n'avait pas ouvert un autre compte. Il avait tout bonnement pris le reste du capital.

Maintenant, elle tournait en rond, livide, tremblante de froid et de dégoût. Celui qu'elle avait adoré lui apparaissait enfin sous son véritable jour. Ce n'était qu'un escroc et un dealer de haut niveau.

« Il m'a piégée ! Il m'a amadouée pour mieux me prendre tout mon fric ! Quel salaud ! »

Incapable de rester immobile, Rose marchait de plus en plus vite.

« J'ai été stupide, aveugle, une vraie marionnette entre ses mains. Moi qui me croyais intelligente, avertie, assez grande pour affronter Paris toute seule, je suis tombée dans ses bras comme une oie blanche. Et je lui ai fait confiance... »

Elle se revit remplissant la fameuse procuration. Ce matin-là, elle n'avait pas la force de se lever. Gilles l'avait confortablement installée, avec des oreillers dans le dos. Il lui avait passé un plateau pour lui permettre de signer de manière correcte.

« Il préparait son coup ! Et moi j'aurais signé

n'importe quoi, juste pour avoir ma dose de came ! Je ne vaux pas mieux que lui… Je suis un déchet humain. »

Elle se trouvait face à un mur. Elle se cogna le front violemment, dans l'espoir insensé de s'assommer aussitôt. La souffrance ne fit que l'énerver davantage.

« Mais qu'est-ce que je vais devenir ? hurla-t-elle. Je n'ai plus un sou, plus rien… Papa ! Au secours ! »

La jeune femme se souvint alors de cette atroce soirée où Boris et Ahmed avaient abusé d'elle en la brutalisant. Combien Gilles s'était montré doux ensuite, attentif et paternel, tout en la décourageant de porter plainte. La vérité s'imposait, cruelle, révoltante.

« Ils étaient de mèche, tous les trois. Je suis sûre que c'était une mise en scène. Après ça, j'étais si heureuse que Gilles m'ait sauvée que je lui ai confié la gestion de mon compte, et j'ai accepté de déménager dans ce taudis : il voulait même l'argent de mon loyer ! Et qu'est-ce qu'il a fait de tous mes meubles ? Il m'a dit qu'il avait tout laissé là-bas, mais c'est faux, il a dû en tirer du fric, les revendre… Pourquoi je ne m'en suis pas occupé moi-même ? Mais j'étais si fatiguée… »

Elle n'arrivait pas à se souvenir quand avait eu lieu ce déménagement. Les jours, les dates se brouillaient dans sa tête. Elle se souvenait seulement de son arrivée dans ce studio sordide avec une valise à la main. La valise était toujours là, posée sur une chaise, même pas vidée.

Rose respirait difficilement, les mots sortaient de

sa bouche par saccades, tandis que le film de sa courte vie parisienne défilait dans sa tête. Saisie d'une cruelle lucidité, elle se trouva prétentieuse, sotte, à la recherche de toutes les extases afin de fuir le quotidien, l'effort, les choses établies dont elle avait toujours eu horreur. Elle ne se trouva aucune excuse. Un gouffre s'ouvrait sous ses pieds qui allait l'engloutir.

« Anne, il ne me reste qu'Anne ! Je vais téléphoner à ma sœur, bredouilla-t-elle en sanglotant. Ma petite Anne ! Elle m'aidera, je le sais, elle me sauvera. Sûrement, il lui reste une fortune ! »

Elle fouilla son sac et en extirpa un chéquier.

« Eh bien, voilà ! C'est simple. Je vais dans un tabac, je m'achète des cigarettes, une carte de téléphone. J'appelle Anne. Je lui dis que je rentre à Toulouse. Je prends le train. Je peux, il me reste trois chèques. Tant pis si je suis à découvert. J'arrangerai ça ensuite, Anne m'aidera, elle... C'est ma sœur, ma jumelle. »

Elle répétait ces mots comme une prière. Mais ses nerfs la trahirent. Elle s'affala sur le sol, secouée de spasmes. Depuis trois jours, elle se nourrissait à peine, se contentant d'alcool au réveil et d'une piqûre d'héroïne le soir. Au début, seule l'absence de Gilles la rendait folle. Maintenant, c'était bien pire, puisqu'elle avait eu assez de clairvoyance pour comprendre à quel point cet homme l'avait humiliée et dépouillée.

Dans son délire, Rose appela à plusieurs reprises sa sœur. Elle se griffa le visage, tenta de s'arracher des poignées de cheveux. Enfin jaillit un flot de larmes qui amena l'apaisement.

Elle se leva et entra dans la minuscule salle de bain. Le miroir au-dessus du lavabo lui renvoya le reflet d'une sorte d'inconnue au teint blême marqué de stries rosâtres, le front caché par des mèches d'un blond terne, brunies de sueur. Sous son pull, un corps squelettique se devinait. Elle éclata d'un rire amer :

« Le portrait d'une épave ! Je ne vais quand même pas aller voir ma petite sœur comme ça ! Je lui ferais peur... Il faut achever le tableau. »

Elle sortit une seringue d'un tiroir, chercha d'une main fébrile sa dernière dose d'héroïne. Vite soulagée, elle se jeta sur le matelas qui lui servait de lit. Ses muscles se détendaient, la douleur, la peur s'enfuyaient.

« Comme je suis bien ! murmura-t-elle encore. Tellement bien... Le paradis ! »

Puis elle se laissa aller à une douce léthargie. Elle perdit à nouveau cette clairvoyance qui lui assénait la réalité de son état et la cruauté de ce qu'elle était devenue.

Le lendemain, Rose se leva à deux heures de l'après-midi. Elle se sentait épuisée et complètement coupée du monde réel.

Elle s'obligea à faire un peu de toilette, mais elle se moquait éperdument de son apparence et passait souvent plusieurs jours sans prendre de douche. Il fallait qu'elle sorte :

« Je vais m'acheter de l'alcool et du café... De quoi fumer aussi. »

Elle continuait à parler à voix basse afin de se donner du courage.

« Et je dois appeler ma sœur. Lui dire la vérité. Je

lâcherai tout d'un seul coup : "Anne, je suis tombée très bas. J'ai été violée, volée, et personne ne m'aime ici, personne ne m'a jamais aimée. David, celui avec qui je voulais passer ma vie, a été assassiné sous mes yeux ! Laisse-moi rentrer à la maison ! Sinon je vais mourir... je suis foutue !" »

La jeune femme longeait le boulevard Saint-Michel sans rien voir de ce qui lui plaisait tant quelques mois auparavant. Elle ne savait pas où elle allait exactement, mais marcher dans la rue comme les autres passants la rassurait.

Le vent était glacial mais elle s'en moquait. Il lui rappelait l'air vif de la montagne, quand leurs parents les emmenaient skier à Font-Romeu, Anne et elle.

« On faisait de la luge ! se souvint-elle, émue. Et des bonshommes de neige. Anne avait toujours le nez rouge et les mains gelées. Elle pleurait quand il fallait obéir au moniteur et descendre la piste. Anne... »

Curieusement, Rose ne pouvait chasser sa sœur jumelle de ses pensées. Son visage identique au sien l'obsédait par cette aura de naïveté, de tendresse qui créait seule une différence. Elle entra enfin dans une épicerie du Quartier latin, ensuite dans un bureau de tabac.

Rose avait utilisé deux chèques. Le troisième semblait la narguer.

« Si je marchais jusqu'à la gare Montparnasse... Je prendrais mon billet pour Toulouse. La surprise que je ferais à Anne... Non, je ne peux pas. J'aurais une crise de manque chez elle, et Paul en perdrait la tête ! Si je ne me pique pas ce soir, je craque. Ils seront affolés, horrifiés. La maison, c'est fini, les parents, c'est fini. Je n'ai pas le droit d'imposer mes problèmes à ma sœur. Et puis il y a le bébé. Il n'est pas né. Anne a besoin de calme, de sérénité. Je dois m'en sortir seule, ou couler à pic ! »

La jeune femme marcha jusqu'à la Seine. Elle s'accouda au parapet, entre deux baraques de bouquinistes. La course de l'eau, d'une teinte terreuse, la fascina un bon moment.

« Voilà une belle fin ! pensa-t-elle. Se jeter dans la Seine, comme tant d'autres avant moi. Un plongeon et tout serait terminé. Plus de jeune imbécile qui a raté son entrée dans le grand Paris des artistes, plus de piqûres, plus rien... »

Elle étudia le passage qui descendait jusqu'au quai inférieur, au ras du fleuve. Des clochards l'occupaient, installés sur les marches. Sans doute attendaient-ils la nuit pour prendre leurs aises, un peu plus loin, sous un pont. Un chien noir la regarda et se mit à aboyer. L'un des hommes, brandissant une bouteille de vin presque vide, la héla :

– « Hé ! Tu viens boire un coup ? »

Elle s'éloigna le plus vite possible. De quoi avait-elle l'air, si ce genre de personnage ne craignait pas de lui parler aussi franchement ? Peu habituée à fréquenter les zonards et les paumés de la capitale, Rose s'imagina en plus piètre état qu'elle ne l'était vraiment. Honteuse, elle eut envie de revenir en arrière, d'être propre et en bonne santé, de l'argent plein les poches. Soudain, elle se rappela cette histoire de photos de mode. Gilles, un mois plus tôt, l'avait effectivement présentée à un photographe.

Fébrile, elle fouilla son sac, retrouva le numéro inscrit sur un morceau de carton.

« Si je gagne du fric, je pourrai m'en sortir ! gémit-elle. Je rentrerai chez moi, j'écouterai de la musique... J'irai au cinéma avec une de mes copines, de celles que j'ai perdues de vue dès que Gilles est entré dans ma vie. Mes fausses copines, ma fausse gaieté, mes fausses amours. Même ça, j'en rêve ! Ne plus avoir honte de ce que je suis devenue. Repartir du début. »

Pendant des semaines, elle avait cru briller dans le milieu branché où rôdait Boris, mais son passage n'avait pas eu plus d'éclat que celui d'une étoile filante.

Elle s'appuya contre un arbre, prise d'une violente envie de vomir. Ce n'était qu'une nausée, qui annonçait l'approche d'une crise de manque. Son corps si mince s'irradia d'une lente montée de souffrance. Son front se couvrit de sueur.

« Oh non ! Je dois en trouver, vite, vite... »

Gilles ne lui avait jamais indiqué de fournisseur. Rose ne s'en étonnait plus. Il devait écouler lui-même sa marchandise. Il prétendait l'acheter à des amis, mais il mentait. Elle le savait. Il avait toujours menti.

L'esprit de la jeune femme se débattait pour chercher des noms, des adresses. Des copains de Boris, des filles rencontrées pendant des soirées.

« Je ne suis pas de taille ! se lamenta-t-elle. Je suis toujours passée par des intermédiaires. Ils vont me refiler n'importe quoi, de la farine ou du sucre... »

Mais l'urgence de son état, sa fébrilité la guidèrent vers une brasserie voisine dont elle avait entendu parler en termes significatifs par Boris. Là, comme dans un ballet bien réglé, elle fut rapidement repérée par un dealer. D'un regard, il lui fit comprendre qu'elle devait descendre dans les toilettes de l'établissement. Les choses se gâtèrent quand elle lui tendit son dernier chèque. Le jeune homme refusa net en faisant mine de remonter dans la salle.

« Pas de ça, du vrai fric ! gronda-t-il. Tu me prends pour qui ?

— Je t'en prie ! supplia Rose. File-m'en un peu, juste pour ce soir. Je ne l'ai pas volé, ce chéquier, tu veux voir ma carte d'identité ?

— Non ! Tu te débrouilles pour me ramener du liquide, c'est tout. Je me suis déjà fait avoir par des minettes comme toi... Je t'attends ici jusqu'à neuf heures, après je me barre. »

Rose s'affola. Elle le rattrapa et s'accrocha à lui.

« Écoute, tu peux me faire confiance, je suis une copine de Boris, c'est lui qui m'a dit de venir ici. Boris, tu sais, un grand blond. Je t'en prie...

— Connais pas ! Lâche-moi. Quelqu'un descend. »

La jeune femme jeta un regard indifférent à la silhouette en haut des marches. Mais quand le visage d'Ahmed apparut dans son champ de vision, elle perdit pied et s'immobilisa, terrifiée. Le dealer en profita pour s'esquiver.

« Tiens, on se connaît, nous deux ! » lança Ahmed en souriant.

Rose tremblait convulsivement. Mais, une idée cheminait dans son esprit troublé par le besoin imminent, cruel d'une dose d'héroïne. Sans un mot, elle tendit le chèque. Ahmed fit non de la tête. Puis il la prit par le bras. Elle crut entendre :

« Suis-moi dehors, je peux te dépanner... »

Elle se retrouva à l'arrière d'une voiture qui démarra aussitôt.

Ahmed, assis contre elle, lui parla longtemps à l'oreille. Enfin, à voix haute, il conclut :

« Tu ne sais pas t'y prendre, ma belle ! Tu as eu de la chance de tomber sur moi. »

L'homme qui conduisait jeta un coup d'œil ironique à Rose dans le rétroviseur. Celle-ci n'y attacha aucune importance. Ahmed allait changer son chèque pour le montant qu'elle inscrirait et ainsi lui fournir de quoi tenir au moins dix jours. Après ce qu'elle avait vécu, la rancune n'était plus de mise. Si Ahmed l'aidait à obtenir de la drogue, de l'héro, de la cocaïne ou de l'ecstasy, n'importe quoi, elle lui en serait même reconnaissante. Pour oublier Gilles, l'envie de plonger dans la Seine, ce grand vide au fond de son cœur, son dégoût d'elle-même...

*

« Oui, déhanche-toi un peu ! Tourne ! Surtout ne souris pas, Rose, ce qui me plaît, c'est ton air triste ! »

L'accent anglais de Tom mettait les nerfs de la jeune femme à vif. Depuis deux heures, elle posait devant son objectif, au dixième étage d'un immeuble neuf de la Défense. Bizarrement, sur ce coup-là, Gilles Pasquet n'avait pas triché. Tom Bedford cherchait bien un mannequin inconnu pour une collection de lingerie sur le thème slave.

Quand Rose l'avait appelé, après une nuit à s'enfoncer dans un univers cotonneux – le mélange vodka héroïne l'avait assommée –, il avait tout de suite accepté de la recevoir pour des essais. Le modèle devait être très mince, avoir le teint pâle, les yeux bleus.

« Parfait, j'adore ! » avait-il déclaré en la voyant et en prenant à témoin un jeune homme au visage orné de *piercings* sous la lèvre inférieure, à l'arcade sourcilière, à l'aile du nez.

Une femme d'un certain âge lui avait montré la collection de vêtements et l'avait maquillée, nattant ses cheveux. Depuis, Rose marchait, virait, s'immobilisait. Enfin, Tom fit signe que la séance était terminée.

« O.K., ma chérie, j'envoie un dossier à la directrice du magazine et, si ça lui convient, je te contacte. Mais j'ai un bon feeling avec toi.

— Merci ! balbutia Rose, qui avait l'impression de renaître. J'ai besoin de bosser.

— Tu n'as rien contre les voyages ? interrogea Tom. Le mois prochain, je dois faire des photos en Sicile. Ton look éthéré, ça pourrait coller avec le décor très méridional... Un contraste intéressant, tu comprends ? »

La jeune femme approuva. Intérieurement, elle jubilait. Si elle réussissait dans ce métier, un jour elle rentrerait à Toulouse la tête haute. Sevrée des poisons dont elle abusait.

Une semaine plus tard, un contrat en poche, Rose s'envolait pour Palerme. Elle comptait envoyer une carte postale à sa sœur, mais, une fois sur place, elle oublia. Bien payée, elle reprit des rails de cocaïne dans les boîtes branchées où Tom et son compagnon l'emmenaient. Ce couple de gays la réconciliait avec les hommes. Une fois ivre, ce paradoxe l'amusait beaucoup.

*

Anne ressentit une première douleur à six heures du matin. Elle réveilla Paul d'un baiser sur la joue :

« Mon chéri, j'ai eu une contraction ! Enfin, je crois que c'est ça… »

Son mari se redressa brusquement, la mine ahurie. Il alluma la lampe de chevet en demandant :

« Quel jour sommes-nous ? s'écria-t-il. Le 25 mars ! Dis donc, c'est un peu tôt, non ! Le docteur avait dit début avril !

— Il vaut mieux se préparer… Mon chéri, ne t'affole pas, ma valise est prête. Ajoute ma trousse de toilette ; elle est posée dans la salle de bain. Et puis mon peignoir et mes mules… »

La chambre était baignée d'une chaude lumière rose. Paul, en pyjama, s'agitait entre l'armoire et le lit. Il demanda en haletant :

« As-tu faim, ma puce chérie ? Je vais te préparer un petit-déjeuner…

— Non, j'ai juste soif. Je boirais bien du thé ! Calme-toi, mon Paul ! Le médecin a dit de partir à la clinique quand les contractions surviendront toutes les dix minutes. Nous avons le temps. Et puis, tu sais, un premier, ça peut durer des heures. »

Lorsque Paul fut descendu au rez-de-chaussée, Anne prit ses aises dans le grand lit. D'une main, elle effleura son ventre distendu. Elle allait enfin savoir si c'était une fille ou un garçon, mais peu importait, au fond, elle l'aimait déjà cet enfant, le ciment de son couple. Ils n'avaient pas voulu en connaître le sexe à l'avance, savourant la surprise de la découverte comme un autre bonheur.

« Si seulement maman était là, je serais encore plus heureuse ! pensa la jeune femme en soupirant. C'est elle que je voudrais aujourd'hui, ma petite maman. »

Anne entendit un bruit de verre brisé. Elle eut un petit sourire : Paul s'affolait sûrement et cassait la vaisselle, et pourtant ce n'était pas lui qui allait accoucher...

Il s'était montré d'une telle patience depuis le début de l'année. Devinant l'angoisse qui tourmentait sa femme au sujet de Rose, dont le silence devenait très inquiétant, il avait entrepris des recherches dans la région parisienne grâce à l'un de ses anciens camarades de lycée, entré dans la police. Mais, jusqu'à présent, les investigations n'avaient rien donné, excepté pour son amant, Gilles Pasquet. Cet homme n'existait pas du point de vue administratif. Il devait s'agir d'un pseudonyme utilisé pour couvrir une autre identité. Quant à Rose, elle avait quitté son premier appartement sans laisser d'adresse.

Cette nouvelle avait plongé Anne dans le désespoir. De plus, Rose étant majeure et n'ayant commis aucune infraction, il était inutile à ce stade de lancer un avis de recherche. Le seul point positif était qu'elle n'était dans aucun hôpital. Elle n'avait pas eu d'accident.

Ce qui n'était d'abord qu'un léger nuage sur la vie tranquille des deux jeunes gens avait pris la forme, de jour en jour, d'un ciel d'orage. Toutefois, Sonia, avertie en dernier lieu de la possible disparition de Rose, avait su trouver les mots justes pour raisonner Anne.

« Tu connais ta sœur ! Depuis qu'elle a quinze ans, elle n'en fait qu'à sa tête ! Et avec ça, étourdie, têtue. À mon avis, elle se balade en Europe, à Londres d'après moi, vu qu'elle rêvait d'y aller. Bref, elle dépense joyeusement son capital et elle ne prend pas la peine de nous tenir au courant de ses voyages. Elle ne veut pas être sermonnée ou interrogée sur ses fréquentations. Tiens, ce Gilles Pasquet, je parie que c'est Rose elle-même qui a menti sur son nom pour éviter que nous sachions la véritable identité de ce monsieur. »

Anne avait accepté cette version des faits à contrecœur. C'était vrai : Rose aurait pu agir ainsi et en cela leur tante ne se trompait pas. Mais ce matin-là encore, la jeune femme était persuadée qu'en vérité sa sœur vivait une tragédie ou qu'elle était dans l'incapacité de la joindre. Car jamais Rose n'aurait oublié que l'enfant de sa sœur jumelle était sur le point de naître.

« Il lui est arrivé quelque chose de terrible ! se répétait-elle. Sinon elle m'aurait appelée, elle serait là, près de moi ! Elle ne m'a jamais donné son nouveau numéro de téléphone, ni son adresse. Je ne peux pas la joindre, c'est anormal… »

Paul entra dans la chambre. Il ne semblait pas à son aise. Il devina une grimace de douleur sur le visage de sa femme et balbutia :

« Courage, ma chérie ! Voilà ton thé ! Respire bien à fond. Je suis là. N'aie pas peur. Tout va bien se passer, n'est-ce pas ? »

Anne lui adressa un sourire rassurant, mais ne chercha pas à le détromper. Ce n'était pas une nouvelle contraction qui lui avait donné ce masque tragique, mais la peur d'avoir perdu sa sœur à jamais.

« Et combien de tasses as-tu cassées ? » lui demanda-t-elle pour le taquiner.

Louis Vindel fit son entrée dans le monde à neuf heures du soir seulement. L'accouchement s'était bien passé, au grand soulagement de toute la famille. Anne n'avait pas cru qu'elle souffrirait autant, sinon elle n'aurait pas refusé la péridurale. Cependant, elle se montra courageuse, écoutant les conseils de la sage-femme avec le sérieux qui la caractérisait.

Paul avertit ses parents et Sonia. Ensuite, il se plongea dans la contemplation de son fils et de sa femme.

Anne s'endormit sous ce regard noyé d'amour et de gratitude. Pendant toute la journée, elle s'était consacrée à son travail de femme, qui consistait à donner la vie dans les meilleures conditions. Les traits marqués par l'effort, elle se reposait enfin. La présence admirative, infiniment tendre de son mari, était un immense réconfort.

Personne dans son entourage n'avait perçu sa détresse. Et son attente. À chaque instant, Anne avait espéré entendre la voix de sa sœur. Elle avait cru l'apercevoir au pied de son lit. Il n'y eut qu'au moment de la délivrance, quand son corps écartelé s'ouvrait pour faciliter le passage du bébé, que la jeune femme avait repoussé l'image de Rose pour ne pas faiblir et ainsi se consacrer entièrement à son enfant.

Puis une infirmière avait posé le nouveau-né lavé et vêtu de blanc contre sa poitrine. Alors une joie profonde mêlée d'extase avait tout balayé, faisant place nette. Seul comptait pour elle cette petite créature à la peau tiède, soyeuse, ses mimiques adorables, ses mains de lutin. Et les larmes de Paul s'étaient mises à couler, si douces au cœur de la jeune maman que le reste de l'univers avait perdu de sa consistance. Ils étaient tous les trois désormais, au centre d'un cercle magique où même Rose ne pouvait plus entrer.

Elle y fit une muette apparition quatre jours après la naissance de Louis. Sonia avait rendu visite à sa nièce, lui apportant un bouquet de violettes, des chocolats et trois magazines. Anne, après la tétée, en feuilleta un.

« Oh ! Tata ! Regarde ça ! C'est Rose… »

Anne écarquillait des yeux ébahis. Découvrir sa jumelle sur papier glacé lui procurait un sentiment étrange, un cocktail de joie étonnée, de soulagement et de fierté.

« Elle m'avait dit qu'elle allait poser pour des photos de mode. C'était vrai... Qu'elle est belle ! »

Sonia prit la revue et examina attentivement les huit pages sur lesquelles Rose jouait les exilées russes, vêtue de jupes bariolées, de gilets brodés.

« Ce n'est pas ta sœur ! s'écria-t-elle. Rose n'est pas si jolie. Cette fille, on voit qu'il s'agit d'une pro. »

Enthousiaste, Anne répliqua :

« S'il y a une personne au monde capable de reconnaître Rose, c'est moi ! Je te dis que c'est elle. Ses cheveux ont poussé, ou ce sont de fausses nattes, mais le visage, les mains, les expressions, c'est ma jumelle. Quand Paul verra ça... »

La jeune femme s'attarda longuement sur le reportage, fascinée par la mise en valeur de Rose.

« Tu sais, tata, ils sont forts, ces gens, pour le maquillage, les lumières. »

Sonia s'était enfin laissée vaincre par ses arguments, mais elle se montrait acerbe. Les critiques fusaient :

« Quand même, être si maigre ! Et cette moue arrogante, tout ce noir aux yeux. Sans entrer dans les détails, tu parles d'un milieu, en plus. Ta sœur qui aime faire la fête, je préfère ne pas imaginer ce qu'elle trafique. »

Anne fit semblant de sommeiller. Le bébé poussa un petit cri. Sonia sauta sur l'occasion pour s'en aller.

« Je ne vais pas assister à une autre tétée. Une fois suffit ! »

Dans le couloir de la maternité, elle jeta un regard

sur sa propre poitrine, qui n'avait jamais nourri personne.

« Au moins, j'ai gardé des seins de jeune fille, moi ! se consola-t-elle. Cette pauvre Anne, on dirait une vache laitière. »

Sur ces pensées dénuées de réelle affection, Sonia, ruminant sa rancœur, décida d'aller rendre visite à son amant du moment.

11

Un mois s'était écoulé. Dès son retour de Sicile, Rose avait emménagé dans un hôtel luxueux et avait dépensé l'argent de son contrat en plusieurs doses d'héroïne. Son amitié avec Tom avait volé en éclats le jour où elle l'avait agressé verbalement, les nerfs à vif. Le photographe lui avait demandé de freiner sa consommation de drogue.

« Tu as un teint dégueulasse, baby ! Et tu as raté deux séances. »

Elle l'avait traité de « sale pédé ». Depuis, on ne lui proposait plus rien. Ahmed avait été sa bouée de secours. Sur ses conseils, depuis trois jours, pour maintenir un train de vie extravagant, Rose se prostituait. Le quartier était connu pour ses « belles de nuit », souvent étrangères.

Ainsi, à l'heure où sa sœur câlinait son bébé, la jeune femme marchait sur un trottoir brillant de pluie, guettant les voitures qui roulaient au ralenti. L'une d'elles s'arrêta à sa hauteur. Un homme d'une cinquantaine d'années baissa la vitre et demanda, d'une voix rude :

« Combien tu prends, toi ? Je ne t'ai jamais vue par ici… »

Rose fit un timide geste de la main, indiquant la somme. La portière s'ouvrit et la jeune femme se glissa, le visage impassible, sur le siège avant.

Durant ces moments où elle vendait son corps à des inconnus, Rose bloquait son esprit en refusant de songer à ce qu'elle faisait. Il suffisait d'être docile, maniable, de satisfaire les désirs des clients. Quand la répulsion parvenait malgré tout à la dominer, elle pensait très fort à l'argent, à ces bouts de papier durement acquis qui lui permettraient de ne plus souffrir. Il n'y avait pas que la douleur du manque qu'il fallait combattre. Lorsqu'elle osait réfléchir, elle éprouvait un si profond dégoût à son égard qu'elle souffrait de nausées incoercibles. Sans se l'avouer, elle espérait une fin rapide. Ses espoirs de percer comme mannequin lui semblaient envolées ; jamais elle n'oserait revoir Anne. Autant crever, se disait-elle…

Rose regardait discrètement l'homme qui conduisait en silence. Il semblait savoir où aller pour être tranquille une quinzaine de minutes.

« Vous pouvez me donner l'argent tout de suite ? » dit-elle très bas, suivant en cela les conseils d'Ahmed.

Le jeune dealer, d'origine marocaine, n'était pas si méchant. À mots couverts, il avait évoqué la nuit où Boris l'avait violée en lui expliquant qu'il s'agissait d'un contrat bien payé, commandité par Gilles. La jeune femme avait eu l'impression fugitive qu'Ahmed n'était pas fier de sa participation à ce petit jeu cruel. Maintenant, elle traitait uniquement avec lui et ne s'en formalisait pas. Il lui fallait sa dose quotidienne. Peu importait le passé, l'avenir et tout le reste…

L'homme avait arrêté la voiture dans une allée déserte du bois et se tourna vers Rose.

« Qu'est-ce que tu sais faire d'un peu spécial ? demanda-t-il en coupant le contact. J'ai de quoi payer, et tu vois, j'ai envie de m'amuser, ce soir. Pas de routine, du piquant ! »

Elle hésita. Les quelques clients qu'elle avait eus ne l'interrogeaient pas, la soumettant à une brève étreinte. Elle plaisait surtout aux hommes d'une quarantaine d'années, attirés par son apparence gracile, un peu enfantine, son visage encore empreint d'une légère innocence.

« Rien de spécial ! répondit-elle, un peu méfiante. Je débute. »

Elle commençait à paniquer. Il pouvait s'agir d'un homme de la brigade des mœurs qui lui tendait un piège. Une autre prostituée avait pu la dénoncer malgré les précautions qu'elle avait prises pour passer inaperçue. Mais il déclara, d'un ton froid :

« Alors ça ne marche pas… Écoute, je te donne le double de ce que tu demandes si tu me laisses faire… tout faire. Ce que je veux… »

Il lui chuchota à l'oreille de telles obscénités que Rose fut pétrifiée de terreur. Elle n'aurait pas dû montrer sa détresse mêlée d'affolement, car cela avait excité son client. Il se jeta sur elle, retroussa sa jupe et lui imposa aussitôt des caresses odieuses.

« Non, pas ça ! Je ne veux pas... ça fait mal. Laissez-moi. »

Affaiblie par les prises journalières de drogue, vidée de toute énergie, Rose succomba à la force sadique de l'homme que son refus rendait violent. Elle suffoquait, cédant à la panique, incapable de hurler. Il la frappa au niveau de l'estomac.

« Sois sage ou je t'égorge. Regarde ton bras, tu es une camée, pas une professionnelle. Je peux te saigner, abandonner ton corps dans le bois, personne ne me soupçonnera ! Allez, tourne-toi et ferme-la ! »

L'instinct de survie la poussa à l'inertie. Certaine qu'il pouvait la tuer, elle cessa de se débattre. Jamais elle n'avait ressenti autant de dégoût pour le sexe masculin, ni autant de révolte impuissante.

« Je touche le fond..., songeait-elle en retenant des hurlements de douleur. Je suis souillée, salie, pour toujours. Oh... qu'il arrête, par pitié... J'ai mal, trop mal... »

Une sorte d'inconscience la sauva de l'horreur. Lassé de tourmenter cette fille sans réaction, l'homme la fit descendre brutalement de la voiture. Il lui jeta deux billets de dix euros avec un rire moqueur et referma la portière.

Rose resta couchée sur l'herbe humide. Ses doigts réussirent à prendre l'argent et à le ranger dans la poche intérieure de son sac. Si elle parvenait à se relever, à marcher, rien ne l'empêcherait de trouver Ahmed. Ce fut difficile, pénible, mais elle se trama jusqu'au bord de la route après avoir vérifié sa tenue, en passant la main sur ses cheveux, en boutonnant son manteau.

À l'aller, elle avait cru voir un arrêt de bus. Assise sur le banc de l'abri destiné aux voyageurs, elle luttait contre des nausées. Elle aurait tant voulu effacer les instants qu'elle venait de vivre et tous les mois précédents de sa vie à Paris.

« J'ai cru que tout ça s'arrêterait... que je pourrais effacer, recommencer quelque chose ! C'est faux, je suis perdue, perdue pour de bon. Cette fois, j'ai trop honte. Je ne connaîtrai jamais le bébé de ma sœur... Il est sûrement né.

Ahmed lui ouvrit sa porte. Il la regarda en silence et la fit s'allonger sur un divan. La tenture sentait la poussière et l'huile rance, mais Rose, épuisée, se trouva merveilleusement installée.

« Tu veux du thé à la menthe ? interrogea le dealer.

— Oui... Ce serait bien. Tu es gentil, Ahmed. Tiens, j'ai de l'argent. En trois jours, j'ai pas mal gagné. »

Le jeune homme hocha la tête et murmura :

« Qu'est-ce qui t'est arrivé ? T'es tombée sur un gros pervers, je parie.

— Un fumier, une ordure. Mais c'est fini. Je suis à l'abri... Je t'assure, ça va aller.

— Quand tu iras mieux, je te ramènerai à ton hôtel, dit seulement Ahmed. Je ne peux pas te garder ici.

— Non, pas la peine ! objecta-t-elle. Trop cher ! Ahmed, sois sympa, si tu pouvais m'héberger cette nuit. Mais pas plus, hein, je ne me sens pas bien... pas bien du tout. »

Ahmed accepta. Il lui donna une seringue en déclarant, d'un drôle d'air :

« Fais attention, Rose. Tu es au bout, là. Moi, je sors... On m'attend Porte de Vanves. Et demain, faudra que tu partes... t'as compris ? Et à ta place je retournerais à Toulouse. Tu as de la famille là-bas. Fais-toi soigner. Je peux te donner sur ce fric-là de quoi payer le train.

— On verra, Ahmed. Promis. On verra... Merci pour le thé. Merci pour tout. »

Le jeune homme s'en alla. Rose fouilla le petit studio de fond en comble. Elle vida une demi-bouteille de vodka, continua de chercher. Enfin elle trouva plusieurs doses soigneusement cachées. Elle se fit une piqûre en sachant que la mort serait sûrement au rendez-vous.

Rapidement la jeune femme ressentit une exquise sérénité. Elle s'envolait, gardant sur ses lèvres le goût du miel et de la menthe. Ces saveurs l'emportèrent très loin du lieu où elle gisait, presque inconsciente.

Elle entra dans un jardin ensoleillé où jouaient deux fillettes vêtues de la même robe bleue. Sous la retombée verte d'un saule pleureur, on devinait une cabane aux planches peintes de couleurs vives. Sur une caisse retournée, nappée d'une serviette blanche, une dînette de faïence attendait des hôtes encore invisibles, poupées ou personnages imaginaires.

L'une des enfants riait.

« Rose, Rose ! Regarde, un papillon ! »

Il régnait dans ce jardin fleuri le bonheur innocent des années où rien ne compte, hormis le jeu et les rêves. Il fallait répondre à la petite fille. C'était sa sœur Anne. Elle lui tournait le dos et courait dans l'espoir d'attraper le papillon.

« Anne ! Attends-moi… Anne ! »

*

Le bébé regardait sa mère de ses yeux ronds, d'un bleu sombre. Il venait de téter et s'endormait, comblé, contre le sein qui le nourrissait. Louis avait juste un mois. Anne embrassa délicatement son front ombré de mèches claires.

« Mon mignon, mon tout-petit ! Tu es le plus beau bébé du monde, le plus sage… et tu ressembles à ton papa. »

La paisible maison semblait protéger Anne et son fils. Par les fenêtres ornées de voiles roses filtrait un pâle soleil printanier. De la cuisine montait l'odeur rustique d'une soupe de légumes mise à mijoter.

« Papa va bientôt rentrer, mon bébé. Je lui montrerai ta brassière brodée par ta grand-tante. »

Anne avait eu la visite de Sonia en début d'après-midi. Elles avaient beaucoup parlé de Louis, qui faisait l'admiration de tous, y compris de Georges et de Véronique Vindel, tous deux attendris par leur nouveau rôle de grands-parents.

Mais la jeune mère préférait être seule avec son enfant. Elle ne se lassait pas de le contempler, de le changer, de le nourrir. Le soir, quand Paul rentrait, ils passaient des heures de profonde tendresse autour du couffin où dormait leur fils.

Louis était à peine endormi quand le téléphone

sonna. Comme chaque fois, Anne sursauta, pleine d'espoir.

« Si c'était Rose, enfin… »

Une voix d'homme demandait à parler à Anne Vindel.

« C'est moi, répondit-elle, un peu surprise.

— Vous avez bien une sœur nommée Rose, née Rose Léger ?

— Oui ! C'est ma sœur jumelle…, répondit Anne, saisie d'une peur atroce.

— Votre sœur est hospitalisée à la Salpêtrière. Je suis désolé, mais il s'agit d'une overdose. Pour le moment, elle est dans le coma. Si vous pouviez venir vous occuper des formalités administratives. Nous n'avons que sa carte d'identité. Je vous laisse nos coordonnées…

— Comment va-t-elle ?

— Elle s'en sortira, mais elle a besoin de soins ; l'état général n'est pas fameux. Quand pourriez-vous venir ? »

Anne écoutait sans bien comprendre. Les mots menaient une ronde diabolique dans son esprit. Mais elle réalisa, quand elle eut raccroché, que sa sœur était toujours en vie et, surtout, tirée de cet abîme de silence plus angoissant que la vérité brute.

« Rose… une overdose ! Elle se droguait ! Mais avec quoi ? Depuis quand ? Avait-elle commencé ici ? Non, c'est à Paris. C'est ma faute, je l'ai abandonnée. J'aurais dû mieux écouter Sandra quand je l'ai revue… Ma pauvre Rose ! Mon Dieu, comment vais-je faire pour aller à Paris ? Avec le bébé… Et tante Sonia ? Non, je ne lui dirai rien, pas tout de suite. Elle et Gérald vont crier au scandale... Ah, j'en étais sûre, qu'elle était en danger, sûre... »

Affolée, Anne aurait voulu prendre le train tout de suite. Elle échafauda un plan assez simple. Réserver deux places en première classe, préparer le nécessaire pour Louis et arriver à Paris le soir même. Mais elle renonça vite à ce projet. Le mieux était d'en discuter avec Paul.

Son mari rentra en sifflotant, radieux à l'idée de revoir sa femme et son fils. Il trouva Anne assise dans un fauteuil, toute pâle et en larmes.

« Qu'est-ce que tu as, Nanou ? Le petit n'est pas malade au moins.

— Non, non, ce n'est pas lui ! C'est Rose ! La Salpêtrière m'a appelée. Rose a été hospitalisée pour une overdose ! Je te l'avais dit que son silence n'était pas normal... Paul, il faut que j'aille à Paris tout de suite... »

Anne suffoquait sous les larmes. Elle parvint quand même à lui raconter l'essentiel de ce qu'elle avait appris.

« Je partirai demain avec Louis, je me débrouillerai... N'essaie pas de m'en empêcher, c'est inutile... Je n'aurais pas dû t'écouter quand tu me rassurais. Au fond de moi, je savais qu'elle avait besoin de moi. »

Une tempête s'abattant sur leur toit n'aurait pas causé un plus grand choc à Paul. Il soupira, se tordit les mains, puis s'assit dans le fauteuil.

« Calme-toi, ma chérie, et viens près de moi ! D'abord, inutile de s'affoler : elle n'est plus en danger de mort et elle est en de bonnes mains. Nous partirons demain à Paris tous les trois et je m'occuperai de Louis à l'hôtel pour que tu puisses aller voir ta sœur à l'hôpital. Je préviendrai mon associé que je dois m'absenter et nous pourrons partir en milieu de journée. D'accord ? Maintenant, tu vas sécher tes larmes… »

Anne s'appuya contre son mari en pleurant sans bruit. Elle savourait, le cœur éperdu d'amour, sa présence rassurante et généreuse. Il ne songeait même pas à juger.

« Paul, si tu savais comme je t'aime ! Tu es le meilleur des maris. »

Le lendemain, ils partaient ensemble pour Paris, à l'étonnement général. D'un commun accord, ils avaient tu la raison de ce voyage imprévu auquel participait leur bébé, emmitouflé et serein.

Anne avait préféré le train à la voiture. Paul avait réservé des places en première classe. Il regardait le paysage sans le voir et pensait aux dossiers qu'il avait laissés en plan sur son bureau. Il ne pouvait s'empêcher d'en vouloir à Rose qui ne cessait de perturber sa femme et la quiétude de leur vie. Anne, le couffin près d'elle, était perdue dans ses pensées. Elle se reprochait de ne pas avoir cherché, par égoïsme, à rompre le silence de sa sœur.

« Maman ne se trompait pas, pensait-elle en berçant son bébé. Elle me disait souvent que ma paresse, ma naïveté me nuiraient un jour. C'était vrai. J'ai cru que je pouvais faire confiance à ma sœur, qu'elle se tirerait d'affaire seule à Paris. Si j'avais insisté, si je m'étais déplacée, peut-être que j'aurais obtenu des renseignements… Si Rose ne m'a pas appelée au secours, c'est par orgueil.

J'aurais dû le comprendre... En fait, je ne voulais pas savoir. Je ne voulais pas être dérangée.

— Veux-tu que j'aille te chercher quelque chose à manger ou à boire au wagon-restaurant ? proposa Paul.

— Non, merci, je n'ai pas faim, mais vas-y pour toi... »

La conversation s'arrêta là : Paul n'avait pas faim non plus et ce voyage à Paris ne l'enthousiasmait pas du tout.

Faudrait-il récupérer Rose à la maison ? Cette perspective l'accablait, mais il savait bien qu'il ne dirait pas non à sa femme si elle le lui demandait...

*

À l'hôpital, au moment d'entrer dans la chambre 52, Anne eut un instant de panique.

« Du courage ! Rose a besoin de moi. »

Elle ouvrit la porte lentement. Trois lits s'alignaient contre un mur vert clair. Tout de suite, un visage attira son regard. Celui de sa sœur. Mais comment avait-elle pu changer autant en quelques mois ?... Anne s'approcha à petits pas.

« Rose, c'est moi, c'est Anne... »

Elle essaya de ne pas laisser percer dans sa voix l'émotion qu'elle ressentait à voir sa sœur si émaciée et si altérée.

Ces traits osseux, sur lesquels se tendait une peau livide et jaune étaient pourtant ceux de Rose. Ces bras décharnés, ces cheveux rêches, ces lèvres pâles et craquelées, ces paupières bleuies appartenaient bien à sa sœur jumelle qui semblait plongée dans un profond sommeil.

Anne toussa pour affirmer sa voix et ne pas éclater en sanglots. Une infirmière entra et la rejoignit en expliquant, d'un ton grave :

« Elle est très faible, mais le docteur Ramon pense qu'elle va s'en sortir. On a vu pire, vous savez. Quel malheur quand même, à son âge !

— C'est ma jumelle ! bégaya Anne comme si cette déclaration s'imposait.

— Eh bien, on ne dirait pas... Surtout, sonnez si elle s'agite. Le réveil sera dur, je vous le dis ! Avec toutes ces saloperies qu'ils se mettent dans le sang... »

L'infirmière vérifia la perfusion, arrangea le drap, puis sortit. Anne s'assit sur une chaise, tout près du lit.

« Rose ! murmura-t-elle en lui prenant la main. Comment en es-tu arrivée là ? Pourquoi ? »

Entre les doigts chauds et souples d'Anne, ceux de sa sœur, menus et glacés, semblaient sans vie.

« Rose, je t'en prie ! dit-elle tout bas. Ne meurs pas. Reste avec moi ! Tu dois vivre, pour plein de raisons. D'abord, parce que je t'aime et que je veux te revoir en bonne santé. Et puis tu dois connaître ton neveu ! Je l'ai appelé Louis, tu sais, le second prénom de papa... C'est un si beau bébé ! Il a nos yeux bleus, nos cheveux blonds un peu roux, mais quand même, pour le nez et le front, on dirait Paul en miniature ! Je suis désolée de t'avoir laissée seule à Paris. Je te croyais forte plus forte que moi et plus intelligente... Comment as-tu pu te détruire ainsi ?... Mais tu sais, c'est fini maintenant, je suis là… Nous avons trouvé un hôtel tout près d'ici. Je viendrai tous les jours jusqu'à ce que tu sortes. Tu vas guérir, Rose, tu vas vite guérir… »

Anne aurait pu parler longtemps dans l'espoir de ramener sa sœur du côté des vivants, le coma étant pour elle l'antichambre de la mort, mais ses seins se gonflaient de lait.

« Je dois te laisser, c'est l'heure de la tétée. Paul m'attend à l'hôtel avec notre bébé. Je reviendrai plus tard… Surtout, si tu m'as entendue, fais un effort, réveille-toi vite, ma petite sœur chérie ! Je ne t'en veux pas, tu sais ! J'ai eu peur, tellement peur de te perdre. »

Anne devait repasser au secrétariat signer les formulaires administratifs. On lui signala ensuite que le médecin-chef du service où se trouvait Rose voulait la rencontrer le lendemain matin. Elle sortit de l'hôpital complètement épuisée.

Paul guettait son retour avec inquiétude, car il tentait depuis dix minutes de calmer son fils qui hurlait de faim. Avant toute chose, Anne le mit au sein.

« Allonge-toi pour la tétée, Nanou. Tu te reposeras. Si tu te voyais, tu es blanche comme un linge !

— C'est le choc, Paul. Rose est dans un état affreux. Elle était méconnaissable, je t'assure. Oh ! Quand je pense à nos pauvres parents… Comme ils auraient souffert de la savoir aussi malade. Ce n'est plus la même, elle est maigre et sale. Elle est presque laide… Quel choc ! Mon Dieu, quel choc ! »

La jeune femme pleura doucement. Elle se sentait

très faible, mais ne voulait pas l'avouer. Paul devina sa lassitude.

« As-tu laissé nos coordonnées à l'hôpital ?

— Oui, répondit Anne d'une voix à peine perceptible.

— Repose-toi, ma chérie. Si cela te rassure, je vais aller à l'hôpital voir ta sœur et essayer de trouver un médecin qui pourrait nous en dire un peu plus. D'accord ? »

Il s'approcha du lit et lui caressa doucement la joue.

Elle murmura :

« C'est bête, Paul, mais d'être près de ma sœur me tranquillise. Je me dis qu'il ne peut rien lui arriver parce que je suis là. Merci, mon chéri, d'être si patient.

— C'est normal », affirma-t-il.

Le regard de Paul se posa longuement sur Louis qui tétait goulûment, blotti contre sa mère, puis il sortit sur la pointe des pieds et, comme il l'avait promis, se rendit à l'hôpital. Cependant, il ne chercha pas tout de suite à voir Rose. La description faite par Anne l'effrayait. Il se contenta de prendre de ses nouvelles auprès d'une infirmière et différa l'instant crucial où il serait confronté à la déchéance de sa belle-sœur.

La conscience à demi tranquille, il rentra à l'hôtel. En chemin, il acheta deux sandwiches et une bouteille d'eau. Anne dormait, le bébé aussi. Il ne la réveilla pas. Il s'assit dans le fauteuil et mangea en regardant sans la voir la télévision dont il avait coupé le son.

Souvent, la sirène d'une ambulance retentissait, ce qui contrariait Paul.

Paris lui apparaissait comme une ville bruyante, sale et dangereuse, qu'il avait hâte de quitter.

*

Le médecin observait la jeune femme assise en face de lui, de l'autre côté de son large bureau envahi de documents. Il n'arrivait pas à croire que cette jolie personne, d'une élégance un peu démodée, à l'air si paisible, était la sœur jumelle de Rose Léger, une patiente qu'on lui avait amenée dans un état critique, victime d'une overdose et portant les marques de sévices sexuels.

« Votre sœur a des chances de se rétablir, annonça-t-il d'un ton qui se voulait réconfortant. J'ai l'habitude de cas pareils et je pense qu'elle sortira du coma bientôt. Ce qui se passera ensuite n'est pas vraiment de mon ressort. Il faudra la faire admettre dans un centre de désintoxication. Les crises de manque sont très éprouvantes et la famille ne peut pas assumer cette phase-là. Je vous assure, ce n'est pas beau à voir ! Et c'est très pénible. Elle est si jeune ! Ne baissez pas les bras.

— Bien sûr que non ! assura Anne, très embarrassée. Vous savez, ce genre de choses n'aurait pas dû se produire. Ma sœur est forte et intelligente. Je ne comprends pas ce qui est arrivé... »

Le médecin fronça les sourcils, perplexe :

« Ne croyez pas que cela n'arrive qu'aux imbéciles ! Personne n'est à l'abri. Vous m'avez dit que vos parents étaient morts récemment, c'est peut-être une raison, mais il peut y en avoir beaucoup d'autres. Ce sera au psychologue d'analyser les causes avec elle. Je ne vous cache pas que ce sera long et difficile... Ce sera très pénible et douloureux.

— J'aimerais que ma sœur soit hospitalisée à Toulouse, où je vis. Quand pensez-vous que ce sera possible ?

— Il est un peu tôt pour le dire, mais je pense pouvoir vous donner une date dans quelques jours. Le soutien des proches est capital dans le processus de désintoxication et il est en effet souhaitable que vous soyez à son écoute. Mais il faut surtout qu'elle le désire : aucun traitement ne sera efficace si elle n'est pas déterminée à s'en sortir. »

Anne hocha la tête. Elle n'avait qu'une hâte, se retrouver au chevet de Rose. Le médecin lui avait conseillé de beaucoup parler à sa sœur, de la toucher afin de stimuler ses sens et de la ramener à la conscience.

« Au revoir, docteur, et merci... Je ferai au mieux, je veux que ma sœur guérisse... »

Rose ne montrait aucun signe d'évolution. Elle gisait les yeux clos, la peau grisâtre. Anne lui prit la main droite et lui caressa avec douceur les doigts et la paume.

« Qu'est-ce qui s'est passé ? interrogea-t-elle. Si tu pouvais me raconter... Quelqu'un a prévenu le SAMU puisqu'on t'a conduite à l'hôpital grâce à un coup de fil anonyme. »

Anne avait toujours été d'une nature pacifique, mais, confrontée à l'état catastrophique de Rose et obligée d'imaginer plusieurs cas de figure, tous plus horribles les uns que les autres, elle en vint à éprouver de la haine pour ceux qui avaient mené sa sœur aussi bas.

« Je t'aiderai ! Tu seras comme avant. Je te le promets. Nous irons en vacances à la montagne, faire du ski. Tu étais une vraie championne, tu apprendras tes secrets à Louis. Rien n'est fini, je veux que tu vives ! »

La jeune femme se mit à parler du bébé, de ses sourires, de l'accouchement.

« J'ai eu mal, tu sais, Louis pesait trois kilos cinq cents, mais j'ai réussi à le mettre au monde assez facilement. Tu m'as manqué... Peut-être parce que maman n'était pas à mes côtés. Allez, réveille-toi, je t'en prie. Tu ne vas pas m'abandonner, toi aussi ! »

Mais quatre jours passèrent ainsi. Paul tournait en rond dans la chambre d'hôtel. Il faisait un temps si exécrable qu'il n'osait pas sortir le bébé. Toutefois, Anne et lui avaient acheté un mini-landau pliable.

« Mon Paul chéri ! dit Anne ce soir-là, en se couchant près de lui. Je t'en fais voir avec ma sœur. Nous devrions être chez nous, au calme, à voir pousser notre Louis, et nous sommes coincés à Paris ! »

Il l'attira dans ses bras et déposa un baiser très tendre sur son front.

« Ne t'inquiète pas, je vais bien. Pour passer le temps, j'ai acheté un bouquin qui parle des effets de la drogue. Je l'ai un peu lu, hier. J'en ai eu la chair de poule. »

Anne ne sut que répondre. Rose avait toujours aimé les sensations extrêmes et les découvertes à risque. Elle avoua enfin à son mari :

« Ma sœur a souffert plus que tu l'imagines. Les parents l'ignoraient, mais elle a couché très tôt avec des copains, sans se protéger. Écoute, je vais te dire un gros secret, que Sonia m'a confié. Rose a été enceinte à quinze ans. Elle a fait une fausse couche. Tata s'est occupée de tout. Nos parents ne l'ont jamais su. C'est affreux, n'est-ce pas ?

— Ce n'est pas possible ! s'étonna Paul. À quinze ans, elle était encore une enfant... Tu aurais dû me le dire plus tôt, ma chérie, me faire confiance. C'est peut-être l'explication de son attitude. Des épreuves pareilles, ça rend dur, souvent. Ça déstabilise... Et le décès brutal de vos parents n'a rien arrangé. »

Émue jusqu'aux larmes par la gentillesse et la compréhension de Paul, Anne se serra contre lui, pour ajouter :

« Tu as raison, mon amour. Rose n'a pas manifesté son chagrin ouvertement, elle s'est repliée sur elle-même. J'aurais dû m'en inquiéter ; ma sœur a toujours eu une attitude provocante depuis l'adolescence. Elle se moquait du sida, de tout... Elle buvait en cachette, dans les fêtes, et fumait de l'herbe. Je lui en ai fait, des reproches, mais cela l'amusait. Elle me traitait de ringarde et de peureuse. Pourtant, je t'assure que je ne regrette pas ma conduite. J'ai essayé de la mettre en garde, mais elle ne m'écoutait pas ! Au contraire, j'avais l'impression qu'elle en rajoutait pour me choquer... »

Pour toute réponse, Paul attira sa femme contre lui, et se mit à la caresser.

« Nanou, toi, tu es une fille comme on n'en fait plus beaucoup. Moi aussi, j'ai une chose à t'avouer. Mon associé, à l'étude, il s'est un peu moqué de nous quand je lui ai dit, sans le vouloir vraiment, que nous avions attendu la nuit de noces pour... »

Anne rit. La pénombre cacha la roseur de ses joues.

« Oh ! Tu as parlé de ça avec lui !

— Il m'a poussé, par malice. Mais ce n'était pas méchant, va ! Je crois même qu'il était un peu jaloux après. Tiens, ce pauvre Bernard, sa femme a eu deux amants avant de se mettre en ménage avec lui... Et elle continue. Alors moi je suis très fier de toi ! »

Le jeune couple discuta encore longtemps. Puis Louis réclama sa tétée de la nuit. Anne le cala contre elle et le mit au sein. Paul s'endormit avec le souvenir au fond du cœur de ce charmant spectacle.

*

Le lendemain matin, en arrivant à l'hôpital, Anne était attendue par une des infirmières qui lui prit le bras d'un geste encourageant.

« Votre sœur est sortie du coma !

— Oh ! se réjouit Anne. Et je n'étais pas là ! Vite, je dois la voir... Vous auriez dû me téléphoner.

— Ça n'aurait pas changé grand-chose que vous soyez là, madame ! Et le médecin veut vous parler. Si vous voulez bien me suivre... »

Après un bref entretien avec le docteur, Anne se retrouva devant la chambre 52. Elle savait maintenant qu'un sevrage brutal pouvait être dangereux pour Rose. On lui avait donc administré des calmants dont les composants pallieraient le manque d'héroïne.

« Bon, je dois entrer ! Du courage ! » se dit-elle, le cœur serré.

Une sorte de timidité angoissée lui nouait le ventre. Elle appréhendait le premier regard que lui lancerait sa sœur, et aussi le moindre de ses mots, qui révélerait sans doute l'innommable.

Rose sommeillait. En apparence, rien n'avait changé dans son attitude. Anne avança sans bruit. Elle n'était pas assise au chevet de sa sœur que celle-ci tourna lentement la tête.

« Anne ! Tu es là ! Oh ! Anne… enfin…
— Eh oui ! répondit Anne, avec des larmes pleins les yeux. Je suis là… Avoue que tu es surprise ! Cela ne me ressemble pas, les grands voyages ! Tu parles, Toulouse-Paris, quelques heures de train, et je panique. »

Rose paraissait en effet stupéfaite. Dans ce visage émacié, au teint translucide, seul le beau regard bleu rappelait la jeune fille d'il y avait quelques mois. Il demeurait clair, plein de questions. Anne caressa le bras de sa sœur.

« J'ai eu si peur de te perdre ! Ma pauvre chérie, dans quel état tu es… »

Rose fit une grimace contrariée. Elle reprenait pied dans le monde quotidien, entre les murs sinistres d'un hôpital. Si Anne se mettait à geindre et à faire des sermons, elle ne le supporterait pas. Ses nerfs à vif la torturaient, c'était dans chaque fibre de son corps comme des élancements électriques.

« Je t'en prie ! dit-elle d'une voix hachée. Ne

m'en veux pas. Je m'en sortirai. Tu es là ! C'est la seule chose qui compte. Je croyais que je n'aurais plus la chance de te revoir. Mais pas de pitié, s'il te plaît !

— Bien sûr ! la rassura Anne. Tu sais, Paul est là, lui aussi, et Louis… notre bébé, tu t'en souviens ? Tu as reçu mes lettres ? »

Rose se sentait très lasse. Ses muscles la faisaient souffrir. Elle avait mal à la tête. Elle trouva la force de murmurer :

« Oui, je sais… Ton bébé ! Peux-tu sonner, Anne, vite… Je me sens mal ! J'ai envie de vomir. Sonne, vite ! »

Deux infirmières entrèrent au pas de course. Rose suffoquait. Défigurée, les yeux exorbités, elle ouvrait grand la bouche et haletait. C'était horrible à voir. On fit sortir Anne.

« Revenez plutôt demain, madame… »

12

Anne revint le lendemain et, pendant une semaine entière, elle passa la majeure partie de son temps auprès de sa sœur. Souvent, Paul patientait devant l'hôpital avec le bébé qui attendait sa tétée.

À Toulouse, les Vindel et Sonia s'étaient étonnés de l'absence prolongée du jeune couple. Anne avait fini par dire la vérité à sa tante, sans donner de détails.

« Rose a fait des bêtises, elle a besoin de moi, nous rentrerons bientôt. »

Paul, dont le sérieux et la conscience professionnelle n'étaient plus à démontrer, s'arrangea avec son associé. Bertrand était devenu un ami.

Souvent, il disait à sa femme :

« C'est comme si j'avais pris mon congé de paternité, ma chérie ! Ce séjour à Paris m'apprend à m'occuper de mon fils. »

Devant tant de gentillesse, Anne fondait de joie et gagnait en force et en volonté. Elle voulait ramener Rose du côté des vivants, des gens dits normaux, ceux qui se satisfont des saveurs les plus ordinaires de l'existence.

« Un jour, ma sœur redécouvrira les petits bonheurs simples que j'apprécie tant. Elle n'aura plus besoin de paradis artificiels pour être heureuse… »

Rose se rétablissait, mais, sans l'aide thérapeutique des sédatifs, elle aurait souffert atrocement du manque. Les périodes d'accalmie permirent aux deux sœurs de discuter, de se retrouver. Anne prit plaisir à laver les cheveux de sa jumelle, elle lui acheta des crèmes de soin et des vêtements neufs.

« Tu redeviens jolie ! lui dit-elle enfin un matin en lui offrant un bouquet de jonquilles jaune vif. Tu as meilleure mine, le teint plus coloré. »

La déclaration fit sourire Rose, qui avoua d'un seul coup :

« J'ai eu envie de t'appeler au secours plusieurs fois, mais je n'ai pas osé. Je n'ai plus un sou, Anne ! On m'a dépouillée, oui. On m'a volée. Je n'ai pas suivi de cours, ni passé mon permis, rien. Je n'ai rien fait. »

Anne haussa les épaules, comme si elle s'en moquait, ce qui était le cas.

« Je te donnerai de l'argent quand tu seras complètement guérie. Pour l'instant, il s'agit de trouver un centre convenable où tu seras désintoxiquée, le plus près de Toulouse pour que je vienne te voir souvent. Il faut que tu sois déterminée à t'en sortir sinon ça ne servira à rien. Nous n'avions rien trouvé de bien, mais ce matin nous avons une piste pour… »

Rose haussa les épaules et l'interrompit. Elle devait lutter parfois contre des bouffées de nervosité qui lui donnaient envie de crier, de s'enfuir ou d'envoyer promener ceux qui étaient avec elle.

« J'irai où vous voudrez, Anne ! La seule chose que je souhaite, c'est ne pas retomber dans cette saleté ! Tu vois, ton fils, Louis, mon neveu... Je ne veux pas l'embrasser avant de me sentir propre, oui, propre, comme avant. Et en pleine forme. »

Anne, qui feuilletait une revue de tricot, éclata de rire :

« Allons, tu exagères. Louis a un mois et une semaine, il ne se souviendra pas de toi dans cet état. Par contre, tu le verras ! Tu le prendras dans tes bras...

— Les photos me suffisent pour le moment, coupa Rose. Mon neveu est très beau. Laisse-moi avoir un peu d'orgueil encore, ma Nanou. Je prendrai Louis dans mes bras le jour où je serai clean. »

Le terme fit grimacer Anne. Elle n'osait pas aborder ces zones d'ombre dont le souvenir ternissait par vagues le regard clair de sa sœur. Elle ajouta, pleine d'une saine confiance :

« Où en étais-je ? Ah oui, le centre. Figure-toi qu'un vieil ami de Paul, ça date du temps où ils étaient scouts, lui a recommandé un établissement très bien. Le seul problème c'est assez loin de Toulouse, hélas, environ deux cent quatre-vingt-dix kilomètres. Cela s'appelle la Ferme du Val... »

Anne espérait que le nom séduirait Rose, mais celle-ci se contenta de hausser les épaules.

« Là ou ailleurs... Et pourquoi une ferme ?

— Disons que, dans cet endroit, on soigne surtout des handicapés mentaux, des autistes...

Donc, il y a des animaux. Cependant, Paul m'a expliqué que le directeur accepte parfois d'aider des drogués... Oh, pardon !

— Pourquoi pardon ? s'étonna sa sœur. C'est ce que je suis, une droguée, une bonne à rien, une camée, une loque ! »

Elle étendit la main, faisant signe à sa jumelle d'observer ce qui se passait. Anne vit trembler les doigts de Rose.

« Tu vois, tout mon corps souffre, mais je ne me plains pas, je l'ai mérité, ce calvaire... Alors, d'accord pour ta ferme, je serai sage ! »

Anne s'assit au bord du lit pour entourer sa sœur d'un bras câlin. Elle murmura, avec douceur :

« Pour l'instant, il n'y a pas de place. Les patients sont logés dans des pavillons individuels. Il faut attendre une bonne semaine. Et le médecin d'ici a suggéré que tu tentes un sevrage plus rapide pendant ce temps. Comme ça, en arrivant à la Ferme du Val – c'est près de Montmoreau, en Charente –, tu seras en bonne voie de guérison. Nous viendrons te chercher, Paul et moi. Et comme je ne veux pas confier mon Louis à Sonia, et encore moins à Véronique, ma chère belle-mère, tu seras obligée de voir ton neveu ! En attendant, nous devons retourner à Toulouse. Demain. »

Une ombre de tristesse assombrit un instant le visage de Rose. Elle dévisagea sa sœur puis assura :

« Tu as changé, toi ! Ma Nanou a l'air d'une jeune femme organisée, et qui se rebelle un peu... Comment oses-tu te méfier de tata Sonia et de Véro Vindel ? »

Les jumelles éclatèrent de rire à l'unisson. Anne

se sentait infiniment soulagée en voyant cet éclair de gaieté transfigurer Rose. Elle crut que le cauchemar touchait à sa fin.

*

Rose guettait l'ouverture de la porte. Depuis combien d'heures était-elle enfermée dans cette chambre minuscule, seulement meublée d'un matelas, d'une table et d'une chaise ? Des heures à pleurer, à se tordre sur le sol, en proie à des souffrances atroces. Elle avait rugi comme une bête blessée.

La jeune femme était secouée de tremblements. Une douleur insoutenable parcourait de nouveau chaque fibre de son corps. Elle gémissait, se jetait sur le sol et se remettait à hurler. Des pensées confuses se bousculaient dans son esprit.

« Si quelqu'un vient, je le tue ! Je l'étrangle et je m'échappe. Je veux sortir. Je veux m'envoler. Ils n'ont pas le droit ! Ils n'ont pas le droit de me faire ça ! Le sevrage ! Il faut essayer le sevrage ! On en bave, mais on est tiré d'affaire ensuite ! Bande d'incapables, de salauds ! Fumiers, ordures, vous en profitez hein ? Cela vous fait jouir de m'entendre gueuler ! »

Une nausée la prit, elle tenta de vomir, mais eut juste un hoquet. Pour la dixième fois au moins depuis le début de cette journée, elle se mit à sangloter bruyamment.

« Ils veulent me voir mourir…, se dit-elle pendant un bref moment de lucidité. Pour me punir. »

C'était le sixième jour que Rose passait dans ce centre de désintoxication, annexe d'un hôpital de banlieue. Lorsque ses souffrances s'apaisaient, elle avait l'impression d'être retombée en enfer. D'autres cris ébranlaient les murs, d'autres sanglots déchirants.

Les infirmiers se contentaient de surveiller les patients comme Rose. Un médecin assumait la lourde tâche de rendre visite à tous. Son refrain rendait la plupart des toxicomanes furieux.

« Les premiers jours sont durs sans les calmants. Après, ça ira mieux. Avec un peu de volonté, on fait des miracles ! »

Rose était persuadée qu'elle ne tiendrait pas le coup. Elle regrettait parfois d'avoir laissé sa sœur rentrer à Toulouse…

*

Épuisée, Anne avait retrouvé sa maison avec un bonheur sans limite. Pas d'odeur de désinfectant, pas de bruits de moteur. Paris avait rongé ses forces. La jeune mère essayait de vivre comme si tout allait bien. Paul et elle avaient décidé de continuer à cacher l'état de Rose à Sonia et à leurs connaissances. Ils étaient certains tous deux qu'elle serait vite rétablie.

Anne téléphonait tous les jours pour avoir des nouvelles de sa sœur. Elle raccrochait le cœur lourd, car on lui répondait de façon laconique :

« La cure suit son cours, madame ! »

La semaine s'achevant, Paul, désolé de voir sa

femme soucieuse et lasse, décida de monter seul à Paris.

« Je vais chercher ta sœur, toi tu te reposes encore ! Je n'aime pas leurs manières, à ces gens. Je me suis renseigné, et leurs méthodes datent un peu. Et j'ai appelé la Ferme du Val ; ils attendent Rose. Mais avant, elle pourra passer deux jours chez nous. »

Anne se jeta à son cou, le visage rose d'émotion :

« Oh oui ! Ramène-la ! Ensuite, nous la conduirons ensemble à Montmoreau. Je suis pressée de la savoir à la campagne. Rose aime bien la nature et les animaux, c'est ce qu'il lui faut… »

Paul fit oui d'un signe de tête. Il pesait déjà les avantages et les inconvénients de la chose. Pas une fois il n'avait eu un mot dur à l'égard de sa belle-sœur, même s'il déplorait en secret le bouleversement que cette sinistre histoire leur causait, à Anne et à lui. Son sens du devoir et de la famille le poussait à aider Rose, mais il l'aurait fait de toute façon par amour pour sa femme.

« Tout ira bien, Nanou ! Comme tu as maigri… Il te faut manger un peu plus si tu veux continuer à allaiter !

— Mais non, j'ai seulement retrouvé ma ligne ! Je veux te plaire. Je veux être une jolie maman ! »

Paul la fit tourner à bout de bras. Il riait :

« Tu me plairas toujours, ma chérie. Et mon fils aussi ! Ne te rends pas malade pour quelques centimètres de tour de taille en trop. »

Anne l'embrassa sur le front en guise de réponse.

*

Rose entendit le verrou tourner. C'était l'heure du repas, qu'on lui servait tiède, sans sel, et auquel elle touchait à peine. L'infirmier allait entrer, un plateau entre les mains. Elle s'aplatit davantage contre le mur. Personne ne l'empêcherait de s'enfuir. Il lui fallait de la drogue, n'importe laquelle. Le sevrage était un échec. Sans les produits de substitution, elle souffrait le martyre. Torturée par la douleur lancinante du manque, elle se sentait prête à tout pour obtenir une dose du poison qui l'avait détruite. Son corps lui faisait horreur depuis qu'elle s'était prostituée… Autant l'utiliser encore, ce corps maigre, blafard. Le salir, le détruire. Si un homme en voulait, il pourrait agir à sa guise.

La porte s'ouvrit. Rose bondit en donnant un grand coup de coude dans le plateau qui sauta au visage de l'infirmier. Celui-ci, surpris, tenta de le rattraper. La jeune femme se faufila derrière lui et claqua la porte, qu'elle verrouilla. Ensuite, elle se mit à courir.

Elle se croyait forte, mais ses jambes la soutenaient à peine. Cependant, sa volonté de sortir de ce lieu de cauchemar était telle qu'il lui fallut peu de temps pour se retrouver à l'étage inférieur.

Avant de rentrer à Toulouse, Anne lui avait acheté des vêtements pratiques, un jogging noir et des baskets blanches. Elle pensa, tout en dévalant un second escalier, que cette tenue l'aiderait à passer inaperçue dans ce quartier de banlieue.

« Je dois retrouver Ahmed… Une fois dehors, je saurai où le dénicher. »

La chance lui sourit, car personne ne chercha à la rattraper. Elle évita l'accueil de l'hôpital pour emprunter une porte de service, réservée au personnel. Bientôt elle traversait une pelouse, les yeux rivés sur le portail d'entrée des ambulances : il était grand ouvert...

« C'est si facile ! Ils ne me cherchent même pas. Je suis libre, enfin ! »

Une petite voix intérieure lui chuchota : *libre de te détruire*, mais elle refusa de l'écouter.

Elle éclata de rire nerveusement, malgré la crispation de ses mâchoires. Elle ignorait qu'elle pleurait aussi. Une série de coups de klaxon l'arrêta net. Affolée, elle chercha qui faisait un tel tapage. Une voiture grise s'était garée au milieu de l'allée. Un homme en descendit et courut jusqu'à elle.

« Rose ! Où vas-tu comme ça ? s'écria Paul en la prenant par les épaules. Je viens te chercher, as-tu oublié ? »

La jeune femme ne reconnut pas tout de suite son beau-frère. Furieuse, elle chercha à se dégager. Le visage de l'homme était tout proche du sien ; elle crut revoir le faciès haï de ses anciens clients. Elle n'avait que ses ongles comme arme et s'en servit.

Paul cria de douleur. Heureusement, deux infirmiers venaient à sa rescousse. Ils empoignèrent Rose.

« Ne lui faites pas de mal ! ordonna Paul, haletant. Rose ! Rose ! C'est moi, Paul ! Tu ne me reconnais pas ? Je viens te chercher... »

Rose tressaillit. Cette voix familière, associée dans son cœur à celle de sa sœur, l'atteignit au plus profond de sa détresse. Une lueur de lucidité et la jeune femme se vit telle qu'elle était, une toxicomane qui n'avait qu'une idée en tête : se procurer encore de la drogue.

– « Oh ! Paul ! gémit-elle. Je suis désolée... Je t'ai griffé. Pardon, pardon. »

Ses genoux se dérobèrent sous elle et seuls les infirmiers la maintenaient debout. De gros sanglots la secouaient comme une enfant.

« Allons, allons ! Calme-toi, Rose, tout va bien, tout va bien... » dit Paul d'une voix apaisante.

Une heure plus tard, Rose et Paul discutaient, assis sur un banc de la cour. Trois prunus exhibaient leur jeune floraison d'un rose timide.

« J'allais mieux ! expliquait Rose. J'avais passé le cap le plus dur, selon le médecin. C'est peut-être pour cela qu'il a arrêté net les substituts. Mais ce matin, j'ai craqué. Je voulais être libre, tu comprends, libre... Je ne supporte pas d'être enfermée si longtemps. On ne peut pas avoir goût à la vie entre quatre murs... J'avais perdu la notion des jours, je ne pensais plus qu'à partir...

— Mais qu'aurais-tu fait dans Paris, sans un sou ? Tu aurais dû nous appeler... Anne te l'avait bien dit ; il fallait nous prévenir dès que tu avais un problème.

— Je ne pouvais pas ! Ils ne me laissaient pas sortir de ma chambre, ils ne m'écoutaient pas ! répondit Rose en baissant la tête. Et il y avait des barreaux à ma fenêtre ! »

Oserait-elle avouer à son beau-frère que tout son être l'obligeait à chercher une dose d'héroïne, à n'importe quel prix, de n'importe quelle qualité.

Elle éprouva un immense soulagement en disant la vérité.

« Je ne suis pas guérie, Paul ! Si tu n'étais pas arrivé, j'aurais cherché de la drogue, de n'importe quelle façon. C'est bête, si près du but. Il y a un mois que je ne me suis pas piquée. Un record ! Par moments, je me sens presque normale, mais parfois je perds pied, je panique. Hier, j'ai eu des hallucinations... C'était affreux, horrible... Et j'ai tellement mal... »

Paul fit la grimace. Entendre Rose parler d'une façon aussi directe le gênait. La jeune femme le prit par la main.

« Ne fais pas cette tête ! Excuse-moi, je dois te choquer. Ce n'est pas Anne qui te dirait des choses pareilles.

— Ah ça, non ! reconnut Paul, qui ne savait pas s'il devait rire ou protester. Évidemment, Anne ne peut pas parler comme ça... »

Rose se sentait beaucoup mieux. Jamais ses idées n'avaient été aussi claires. C'était sans doute grâce au ciel immense au-dessus de sa tête, au vent frais du printemps. Elle murmura gravement :

« Paul, je crois que je me rétablirai plus vite loin de Paris. J'ai hâte d'aller dans votre ferme, qui s'appelle je ne sais plus comment ! Je ferais l'impossible pour redevenir saine, tu comprends ? Et je suis prête à faire ce que vous jugez bon, Anne et toi. Je te le promets. »

Paul soupira. Il jeta un regard sur les bâtiments grisâtres, sur la pelouse miteuse des plates-bandes.

« Rentrons, dit-il, je vais faire le nécessaire auprès de ton médecin et remplir les formulaires de sortie.

Anne et moi, nous aimerions que tu passes au moins un jour ou deux à la maison. Ensuite, nous te conduirons à Montmoreau. Le directeur t'a acceptée pour rendre service à mon ami. J'espère que tout se passera bien.

— Quittons d'abord Paris, Paul. Loin de cette ville, je me sentirai mieux. Ici, je n'ai qu'une envie : replonger. »

Rose le suivit, pleine d'espoir. Elle s'imaginait déjà sur la route du Sud, où l'attendaient les souvenirs de son enfance.

Dix minutes plus tard, un sourire désarmant aux lèvres, elle se prêta avec bonne volonté à l'entretien exigé par le directeur de l'établissement, un éminent médecin qui s'était contenté de superviser son dossier. En lui serrant la main, il la dévisagea attentivement et dit, d'une voix amicale :

« Mademoiselle, vous avez de la chance que votre famille vous soutienne. Ne la gâchez pas ! Ne touchez plus à la drogue. Il y a tant d'autres façons de se dépasser, dans le bon sens, cette fois.

— J'ai compris la leçon ! » articula-t-elle.

Paul avait hâte de partir. Il rangea avec soin le courrier destiné à l'établissement qui allait désormais se charger de Rose. Une heure plus tard, ils prenaient la direction de Toulouse.

Rose observait son beau-frère. Depuis l'été dernier, il avait pris un peu de poids, mais cela le rendait encore plus rassurant. Il conduisait en écoutant la radio, en sourdine, ce qui lui permettait d'échanger quelques banalités avec elle.

« Je préfère passer par Orléans ! lui annonça-t-il

à la sortie du périphérique. Moi, les autoroutes, je n'aime pas trop. Et puis, j'ai faim. On pourrait acheter de quoi grignoter... Ah, Rose ! Tu m'as fait une de ces peur ! Quand je pense que j'aurais pu arriver dans ce Centre et ne plus t'y trouver. C'était une question de minutes... Qu'aurais-je dit à ta sœur ? Où te trouver ?

— On va dire que mon ange gardien s'en est mêlé. Mais je t'ai à moitié écharpé ! » reconnut-elle.

Ils roulèrent encore une heure, en silence cette fois. La jeune femme, qui redoutait la montée d'un malaise, proposa, à l'entrée d'un village :

« Tu disais avoir faim tout à l'heure. Moi, j'ai envie de bonbons, de gâteaux... Je ne mange pas beaucoup, mais le sucre, ça me fait du bien. Si tu pouvais t'arrêter... »

Paul ralentit en étudiant les boutiques. Il vit bientôt une supérette et se gara. Le calme de sa belle-sœur le rendait euphorique.

« Je vais en profiter pour appeler Anne. Lui dire que tu vas bien et que nous sommes en route. J'aurais dû le faire avant. Elle doit s'inquiéter. Toi, Rose, prends cet argent et achète ce qui te fait envie. Et de l'eau minérale. J'ai une de ces soifs... »

Rose éprouva une bouffée de bonheur en réalisant qu'elle avait retrouvé le monde normal. Elle se demanda depuis combien de temps cela ne lui était pas arrivé de faire des courses, de discuter de petits détails quotidiens. Elle éprouvait une joie immense à la simple idée de parcourir les rayons de marchandises.

« Merci, Paul ! déclara-t-elle en le fixant. Ta

confiance me fait du bien. Embrasse Anne et Louis de ma part. Je reviens vite... »

Elle sortit de la voiture le sourire aux lèvres, rangea les billets dans sa poche et entra d'un pas décidé dans le magasin.

« Voyons, Paul m'a donné cinquante euros. C'est bien trop pour de l'eau et des sucreries... »

La caissière la salua d'un air qui lui déplut. Puis ce fut une dame âgée dont elle affronta le regard méfiant.

« Je suis folle ! songea-t-elle. Où je deviens parano ! Je ressemble à n'importe quelle fille de vingt ans... Il n'y a pas écrit "camée" sur mon front, quand même ! Elles ne me connaissent pas, elles se méfient. C'est ça, la province. »

Deux sachets de bonbons à la main, Rose chercha des biscuits susceptibles de plaire à Paul. Mais elle respirait vite, le front moite. Sa vue se brouilla alors qu'elle essayait de déchiffrer une étiquette. L'angoisse s'empara de son esprit, affolant les battements de son cœur. Les gens qui la croisaient lui donnaient l'impression de silhouettes sombres prêtes à l'attaquer.

« De l'air ! Il me faut de l'air ! Ils vont me reprendre et m'enfermer. »

D'un geste fébrile, Rose jeta ses emplettes dans une gondole contenant des paquets de chips et se précipita vers la sortie. Une voiture s'était garée devant celle de Paul. La jeune femme eut l'impression d'être seule sur le large trottoir, dans un lieu inconnu. Un vertige la prit, comme si on l'avait abandonnée là. Puis un peu de lucidité lui revint.

Elle se rappela. Paul, le retour à Toulouse, un autre centre où on tenterait de la guérir.

« Au diable Paul et ses œillades apitoyées ! » Alors brusquement ses tourments la reprirent. « Il n'est pas si gentil que ça. Il m'a empêchée de retrouver Ahmed. Ahmed, lui, il m'aimait bien. Je rentre à Paris. »

Le côté sombre de Rose la dominait à nouveau.

Elle se mit à courir. Une bande de jeunes marchait dans sa direction. Elle les bouscula en haletant. Sous ses pas, le sol devint instable, tandis que les arbres tournoyaient, entraînant le reste du décor.

« Rose ! s'époumonait Paul. Rose, reviens ! »

La poitrine serrée dans un étau, elle voulut traverser la rue. Ses jambes se dérobèrent. Un homme qui promenait son chien s'élança pour la soutenir ; elle le repoussa et s'effondra. Son front heurta la bordure en béton d'un massif de fleurs.

« Rose ! gronda Paul en se penchant vers elle. Mon Dieu, qu'est-ce qui t'a pris de te sauver... Anne était si contente, la pauvre, si contente. Je venais de lui dire que je te ramenais... »

Paul réussit à la remettre sur pied. Patiemment, il la ramena jusqu'à la voiture et l'y installa.

« Ne bouge plus ! ordonna-t-il. Tu as eu un malaise. Sans doute de l'hypoglycémie. Je vais acheter ce qu'il faut moi-même. Ne te sauve pas, je t'en supplie ! En plus, tu t'es coupée, tu saignes. Tiens ce mouchoir sur la plaie, ça va s'arrêter ! »

À moitié assommée par sa chute, la jeune femme gardait les yeux fermés. Elle hocha la tête pour dire oui, puis, avec une grimace d'enfant malade, elle éclata en sanglots convulsifs.

« Pardon, Paul… Je te jure que je voulais rester avec toi. Je ne sais pas ce que j'ai eu. Par moments, c'est plus fort que moi ! »

Paul réussit l'exploit de remplir deux grands sacs de provisions diverses, salées ou sucrées, en moins de six minutes. La caissière l'observait avec étonnement, alors qu'il lançait des regards anxieux vers la rue tout en payant.

« Ouf ! Elle est encore là », dit-il, soulagé, en arrivant à sa voiture.

Rose s'anima en examinant les paquets colorés et les poches de bonbons. Elle se jeta sur cette nourriture hétéroclite avec une sorte de gloutonnerie maladive. Paul s'empressa de reprendre la route.

« Mange à ta guise ! conseilla-t-il. Tu as repris des couleurs, déjà. »

Une fois rassasiée, elle but un peu d'eau et s'endormit enfin. Paul continua à rouler, la mine sombre.

« Ce n'est pas gagné ! se répétait-il. Il faudra qu'Adrien Girard fasse des miracles avec elle… Enfin, il paraît que son prédécesseur a toujours eu des résultats exceptionnels. »

Il chercha dans sa mémoire le nom du bonhomme en question, hésita un peu, puis, content comme un gosse de retrouver le patronyme, chuchota pour lui-même :

« Ah oui, Joseph Desbrosse… C'est ça ! »

*

Anne rappela Paul sur son portable alors qu'il sortait de Limoges et prenait la direction de Toulouse. Rose s'était éveillée à deux reprises, mais elle se rendormait aussitôt. Le bruit ronronnant du moteur, la musique en sourdine et l'abus de sucreries agissaient sur elle comme un sédatif.

Paul répondit donc à sa femme d'une voix étouffée.

« Ta sœur dort, je ne voudrais pas la déranger. Qu'est-ce qu'il y a, ma petite chérie ?

— Tu as tout expliqué à Rose, Paul ? Comment fonctionne cet institut ?

— Je n'en ai pas eu l'occasion, ma Nanou, je t'expliquerai pourquoi. Mais non, rien de grave.

— En tout cas, je vous attends de pied ferme. J'ai préparé un merveilleux repas. Tu as prévenu ma sœur ?

— Oui, assura Paul. Je lui ai dit que nous rentrions à Toulouse d'abord, car tu veux la voir, et que nous l'accompagnerions après-demain en Charente. Allez, bisous, ma chérie. Je te rappellerai quand nous serons près d'Agen. »

Paul raccrocha après avoir émis une série de petits baisers sonores. Rose, qui feignait le sommeil depuis une quinzaine de minutes, déclara brusquement :

« J'étais folle de joie de revoir la maison, ma sœur, le bébé. Mais j'ai changé d'avis, Paul. Il n'en est plus question. Je ne suis pas guérie, vois-tu. Il y a des moments où je me sens normale, d'autres où tout se brouille dans ma tête. J'ai voulu te fausser compagnie tout à l'heure. Une petite crise. Mon corps me joue des tours. Il a mal. Il veut sa dose.

J'ai envie de hurler, de pleurer, de cogner n'importe qui, même toi ! C'est moche, hein ! Je ne connais pas de jolis mots pour parler de ça... »

Paul haussa les épaules. En vérité, il éprouvait un immense soulagement. Elle reprit :

« Je ne veux pas imposer mes problèmes à ma sœur. C'est trop tôt, même pour une soirée. Je peux m'enfuir cette nuit, et vous n'allez pas m'attacher. J'ai peur de vous causer des ennuis. Tu sais, je l'aime, ma petite Anne. Et je désire respecter ta vie de famille, mon vieux ! »

Les manières de sa belle-sœur, aussi familières que franches, déconcertaient Paul. Il se força à sourire.

« Peut-être que cela contrarie ton emploi du temps, avança Rose en croquant un biscuit, mais ce serait mieux de m'emmener tout de suite chez ce type-là, dont tu parlais au médecin-chef et qui m'attend, paraît-il ! Il va regretter sa générosité. Je ne suis pas un cadeau !

— Adrien Girard est un psychiatre... Très sympathique, d'après mon vieux copain Armand. Ses méthodes, sa patience sont exemplaires. Tu verras, les installations sont formidables. Pour les enfants autistes, il y a une maison forestière, mais les adultes déficients, ceux qui sont stables, s'occupent de la ferme du Val. Oh, ne souris pas. Oui, j'ai appris ma leçon par cœur. Et ne te tracasse pas, je te l'ai déjà dit, il accepte parfois d'accueillir des gens comme toi. Ce n'est pas fréquent. »

Rose hocha la tête et s'écria :

« Des anciens camés ! N'aie pas peur des mots,

Paul. Il faut appeler un chat un chat, et un camé un camé.

— Rose ! Je t'en prie... Ne parle pas comme ça ! Tu n'es pas obligée d'en faire autant, tu sais... À moins que ce ne soit à la mode à Paris... »

Paul semblait vraiment agacé. Rose s'esclaffa :

« Pour ce qui est d'être à la mode, mon cher Paul, tu as trente ans de retard. Enfin, passons. Alors, ce monsieur Girard prend de temps en temps sous son aile des vilains drogués... Cela lui rapporte beaucoup ? Au fait, je n'ai pas pensé à ça ! Qui va payer pour moi ? Anne, n'est-ce pas ? Décidément, j'aurais mieux fait de me jeter dans la Seine...

— Cela ne coûte pas plus cher qu'ailleurs ! répliqua son beau-frère. Les patients de l'Institut du Val bénéficient d'un environnement sain, en pleine campagne. Adrien cherche à atténuer leur mal-être par une vie au grand air et un travail régulier. Il y a des ânes et des chevaux là-bas, des chèvres, des cochons, des moutons, des oies et des lapins. Ce sont un peu eux, les éducateurs. En faisant mener à ses pensionnaires une existence basée sur le respect des animaux, sur les soins à leur donner, il obtient des résultats formidables. Et ce n'est pas si loin de Toulouse. Par l'autoroute, nous mettrons trois heures environ, ou un peu plus. Peu importe !

— Bref ! s'écria Rose, je vais brasser du fumier tous les matins. D'accord ! Si ça marche, je suis d'accord. Tu diras à ma sœur de m'envoyer de vieilles fringues ! »

Paul la reprit sans réfléchir, comme si elle avait dix ans.

« De vieux vêtements, Rose ! »

Elle lui ébouriffa les cheveux, en murmurant :

« Je t'aime bien, Paul, tu es un brave garçon ! Un peu lourd, mais je t'aime bien quand même... Ça ne doit pas être facile pour toi de me convoyer en lieu sûr. Imagine, je pourrais te sauter dessus, t'étrangler. La voiture irait au fossé. On se tuerait tous les deux ! »

Paul la regarda de côté, réellement inquiet. Rose éclata de rire devant son expression désemparée :

« Je blague, beau-frère ! C'est signe que je me sens bien. Si j'avais des cigarettes, ça serait même fabuleux, ce voyage.

— Si cela te fait plaisir, je vais trouver un tabac. Mais tu n'y vas pas seule. Je t'accompagne. Tu ne me fileras pas entre les doigts. Attention, je commence à te cerner. »

La jeune femme eut un sourire très doux en s'appuyant sur le dossier. Paul en fut troublé, car Rose ressemblait parfois de façon frappante à Anne malgré sa maigreur et sa coiffure différente. Il avoua, gêné :

« J'oublie toujours que vous êtes jumelles, Nanou et toi, mais en fait, vous avez vraiment les mêmes traits. Quelque chose dans le regard aussi.

— Eh oui ! Si tu nous avais connues à l'âge de six ans, quand maman nous achetait les mêmes robes et nous faisait des couettes, tu aurais cru voir des clones... C'est un peu ce que nous sommes, des clones, à part l'esprit, le caractère. Là, rien à faire, on n'a pas un seul point commun. »

Une heure plus tard, ils arrivaient à Brive. En

entrant dans un bureau de tabac, Rose s'accrocha à son bras.

« N'aie pas peur, je m'accroche à toi parce que tout ce monde m'effraie et que j'ai encore envie de m'échapper. Cette angoisse me ronge...

— Alors vas-y, cramponne-toi ! » accepta Paul, très mal à l'aise.

Ils reprirent la route avec soulagement. Rose fuma trois cigarettes d'affilée et se montra ensuite d'un calme rassurant. Paul avait modifié son itinéraire en fonction de la décision de Rose. Et de Brive ils avaient bifurqué vers l'ouest pour rejoindre Périgueux, Ribérac puis Montmoreau. La route serpentait à travers la campagne et leur offrait des paysages champêtres, boisés et reposants.

« Courage, lui conseilla Paul. Je pense que nous avons fait le bon choix. Tu ne seras plus traitée comme à Paris. Aie confiance. Le plus dur, ça va être de prévenir Anne du changement de programme. Elle était si contente de te recevoir. Elle avait préparé ton ancienne chambre ; tu sais, nous n'avons touché à rien. Il y a tes peluches, tes posters. »

Elle ne répondit pas tout de suite, saisie du regret amer de ne pas se sentir capable de séjourner quarante-huit heures chez sa sœur, dans sa maison natale.

« Passe-moi ton portable ! dit-elle enfin. Je vais expliquer à Anne pourquoi je ne peux pas venir. Elle comprendra. »

Ce ne fut pas si facile. Anne, terriblement déçue, éclata en sanglots. Elle insista, chercha les meilleurs arguments pour convaincre Rose. Celle-ci fut inflexible.

« Je n'ai pas le droit, Nanou ! Je ne me sens pas assez forte. Je ne veux pas poser un pied à la maison, votre maison maintenant, tant que j'ai cette folie en moi... Essaie de comprendre que j'ai encore besoin de temps, de beaucoup de temps... »

La voix de Rose avait su trouver des accents tendres, qui finirent par apaiser Anne. Elle sourit tristement en imaginant son mari seul avec sa sœur. Puis le bébé se mit à crier. Elle se précipita sur le berceau, oubliant son chagrin.

*

L'Institut du Val avait ouvert ses portes en 1980 et se nichait au creux d'un large vallon cerné de coteaux boisés. Au fil des années, bien des améliorations avaient été apportées.

Lorsque Paul prit la petite route qui y menait, Rose aperçut dans la pénombre une longue maison d'un seul étage qu'illuminaient de nombreuses fenêtres toutes éclairées, ainsi que plusieurs pavillons posés sur les prairies comme de gros jouets. L'ensemble dégageait une atmosphère paisible. Elle baissa un peu la vitre. Des senteurs oubliées de terre humide, d'eau vive, mêlées à celles des chevaux, la surprirent. Paul se gara dans la cour en commentant, avec une gaieté un peu forcée :

« Le plus proche village, c'est Saint-Amand-de-Montmoreau. Tu iras peut-être t'y balader un jour...

— Peut-être ! renchérit Rose. J'adore cet air-là !

C'est la campagne, la vraie. Je crois que je vais me plaire ici. Merci, Paul, d'avoir trouvé un endroit comme celui-ci. »

Son beau-frère se défendit du compliment, mais il était ému.

Adrien Girard les reçut dans son bureau lambrissé de bois clair. Il adressa un sourire amical à Rose et serra la main de Paul.

« Pas trop fatigués par le voyage ? dit-il.

— Un peu ! Mais ça ne m'empêchera pas de rentrer à Toulouse ce soir. Ma femme m'attend... »

Rose baissa la tête. Elle se sentit brusquement mise à l'écart, comme évincée de la vie de sa sœur. Adrien capta son frémissement de chagrin.

« Eh bien, fit-il, prenez un café et ne tardez pas. Je m'occupe de notre nouvelle pensionnaire. Je vais lui faire visiter le domaine. »

Rose regardait Adrien avec une sorte de méfiance. Il était un peu plus grand qu'elle, mince mais robuste. Ses cheveux châtains, semés de quelques fils d'argent aux tempes, descendaient sous la nuque, ce qui lui donnait l'allure d'un intellectuel. Malgré cela, sa tenue rustique démentait cette impression. Vêtu d'un treillis et d'une grosse veste en laine, il portait des bottes en caoutchouc. Quant à son visage, Rose dut convenir qu'il respirait la bonté et l'intelligence. Quelques rides au coin des lèvres témoignaient d'un sourire fréquent et généreux, ainsi que le regard profond, serein, d'un gris vert lumineux.

Adrien la conduisit en premier lieu dans une pièce agréable, équipée d'une télévision et d'une douche particulière.

« C'est ta chambre. Installe-toi. Si tu veux fumer, il faut descendre dans le salon, près de la cheminée. Tu verras, il y a quelques règles à respecter, sinon chacun se prend en main. Plus tard, quand tu te sentiras mieux, tu pourras loger dans un des pavillons. Mais pour l'instant je veux que tu puisses avoir quelqu'un à proximité, je veux dire un infirmier ou un éducateur en cas de besoin. Tu sais, ici, il y a plusieurs secteurs de soin, pour employer un mot un peu technique. Tu les connaîtras au fur et à mesure. À Juignac notamment, nous logeons les adultes autistes dépendants. Mais ici, à la ferme, où j'ai décidé de te placer, tout le monde peut assumer sa tâche. Ce sont en majeure partie des adultes, au mental déficient, mais stabilisés. Ne fronce pas les sourcils, tu t'habitueras au vocabulaire ! »

Quand Paul fut reparti, Adrien fit visiter à Rose les différents bâtiments de la ferme. En entrant dans l'écurie, la jeune femme apprécia l'ordre et la propreté qui y régnaient.

« J'aime bien, ici », assura-t-elle.

Adrien hocha la tête, comme s'il partageait entièrement son avis. Il crut bon de présenter les chevaux à sa nouvelle recrue. Cela lui permettait de tester l'intérêt qu'elle pouvait porter à la ferme, tout en nouant le contact.

« J'ai gardé les poneys landais qu'affectionnait mon prédécesseur Joseph Desbrosse. Je préfère ce genre de montures pour mes cavaliers. Dans le contexte d'une thérapie par l'équitation, ils sont parfaits.

— Pourquoi ? demanda Rose plus par politesse que par réel intérêt.

— D'abord, c'est une race en voie de disparition : autant montrer ses qualités à ceux qui ne la connaissent pas. Tu vois, ces poneys sont de taille moyenne, ils dépassent rarement un mètre quarante-sept au garrot, mais ils sont robustes et dociles. À l'origine, ils vivaient dans un marécage qui est devenu la grande forêt des landes...

— Hum, hum, fit Rose en caressant l'encolure de l'animal le plus proche d'elle. C'est vrai, ils sont mignons. Peut-être qu'on ne dit pas ça en parlant de chevaux, mais moi je les trouve mignons...

— Le principal, c'est que tu n'aies pas peur d'eux ! expliqua Adrien. Tu n'es jamais montée à cheval ?

— Non ! Mais, gamine, j'en rêvais quand j'étais plus petite... Ça fait partie des choses que j'avais oubliées. »

Un des poneys tendit sa belle tête vers Rose. Elle s'approcha et passa ses doigts dans sa crinière. La caresse lui procura une onde de joie surprenante. Ce fut au tour d'Adrien de l'observer.

Il ne s'attendait pas, d'après les explications téléphoniques de Paul, à découvrir une fille aussi jeune, aussi belle. Malgré son visage émacié, son air froid et provocant, Rose lui faisait penser à une enfant qui appelait au secours. Lorsqu'il la vit sourire avec douceur, devant le box de Princesse, une des montures préférées des enfants autistes, il eut la certitude que la jeune femme sortirait de chez lui complètement rétablie.

*

Rose s'éveilla avec un sentiment de calme et de sécurité qu'elle avait rarement connu, si ce n'est pendant son enfance. À travers les volets mi-clos, elle aperçut un coin de ciel bleu et la cime d'un arbre frappée par le soleil matinal. Elle s'étira et se surprit à sourire sans raison.

Elle était à la Ferme du Val depuis une semaine et, déjà, le travail physique assorti à une alimentation saine l'avait transformée. Toutes ces heures passées en plein air, à brasser des bottes de foin et de paille, à soigner les chevaux, les chèvres et les volailles, et à faire des balades dans le potager lui avaient redonné un teint plus coloré et un meilleur sommeil. Les cauchemars qui hantaient autrefois toutes ses nuits s'espaçaient de plus en plus.

On frappa à sa porte.

« Hé ! Rose ! C'est l'heure. »

Elle reconnut la voix chevrotante de Max, un adolescent trisomique qui était affecté à l'écurie. Adrien avait demandé à Rose de l'aider.

« J'arrive, Max ! Fais-moi un bon café !

— D'accord ! J'y vais. »

Rose se sentit soudain attristée. Ici, elle affrontait une autre facette de la vie. Les jeunes qui étaient hébergés à la ferme n'avaient pas eu autant de chance qu'elle. Elle côtoyait des êtres fermés sur eux-mêmes, des garçons et des filles que le monde terrorisait.

« Moi, j'avais des parents formidables, une maison, la capacité d'étudier…, se reprochait-elle. Ensuite j'ai disposé d'une petite fortune, mais je n'ai rien construit, non, j'ai tout gâché. Je devrais mourir de honte… »

Elle secoua la tête pour chasser ses idées noires. Autant vite quitter cette chambre et rejoindre les autres, à la table du petit-déjeuner qui se prenait en commun. Elle enfila sur un pull noir une salopette trop grande, envoyée par Anne, et des bottes en caoutchouc. Ses cheveux avaient repoussé et frôlaient ses épaules. Elle les attacha sur la nuque sans jeter un seul regard au miroir du lavabo. Son apparence était devenue le dernier de ses soucis. Paradoxalement, elle était plus jolie que jadis, dépouillée des artifices de sa période parisienne.

Adrien buvait un thé en consultant des factures. En voyant Rose entrer dans la cuisine, il lança allégrement :

« Salut, toi !

— Bonjour, tout le monde ! » répondit Rose en s'asseyant à table.

Max se précipita vers elle, un bol de café à la main. Il cligna des yeux à plusieurs reprises et bégaya :

« Tiens, Rose, pour... pour toi ! Après on va voir les chevaux... hein ?

— Bien sûr, Max ! Merci ! Tu as déjà déjeuné, toi ?

— Oui, j'ai man... gé... un pain au... lait ! »

Adrien regardait attentivement sa nouvelle pensionnaire. Il s'étonna de ses traits reposés et de ce sourire triste qui la rendait si émouvante. Elle semblait tout à fait équilibrée. Quelqu'un qui serait arrivé à cet instant l'aurait prise à coup sûr pour une éducatrice et non pour une droguée en phase de désintoxication.

« Cette fille est une battante ! constata-t-il. Elle

veut guérir et elle y arrivera, au moins par orgueil. J'aimerais la présenter à Joseph. C'est un cas qui l'intéresserait et qui mérite de le sortir de sa retraite... »

Il ignorait combien Rose luttait contre les malaises qui la prenaient par surprise au cours de la journée. Dans ces moments-là, elle s'éclipsait vers un refuge sûr, les toilettes ou le grenier à foin. Il y avait aussi, derrière le mur nord de l'étable, le début d'un chemin qui s'enfonçait dans un bois de chênes. La jeune femme, lorsque le manque la faisait trop souffrir, le suivait souvent afin d'échapper aux regards des autres pensionnaires. Là, seule au milieu d'une nature paisible, il lui arrivait de hurler de peur. L'anxiété qui torturait son corps privé de drogue la ravageait. Elle craignait de rechuter et de s'enfuir de cet endroit où on veillait si scrupuleusement sur elle. Là, à l'abri des arbres, personne ne la voyait se coucher à même le sol herbu, recroquevillée sur une souffrance qu'elle estimait pourtant supportable comparée à celles endurées le mois précédent.

Un raisonnement tout simple poussait Rose à dominer ces crises. Elle comptait les jours, les heures qui l'éloignaient inexorablement de sa dernière prise d'héroïne. Elle était certaine que, plus le temps passait, plus elle avait de chances de vaincre sa toxicomanie.

*

Anne tricotait, installée dans le meilleur fauteuil de son salon. Le bébé dormait sagement après avoir tété. Un courant d'air printanier entrait par une des baies entrouvertes. Malgré cela, la jeune maman se sentait morose. Paul s'absentait beaucoup ces derniers temps, et surtout il y avait le souci que lui causait sa sœur jumelle.

Bien sûr, Anne la savait en sécurité. Adrien Girard lui avait déjà téléphoné trois fois afin de la rassurer. Mais il s'était opposé à toute visite durant les deux premières semaines.

« Votre sœur a besoin de faire le point, de ne pas être tentée par un retour précoce auprès de vous. Croyez-moi, elle n'est pas vraiment tirée d'affaire ! »

Ces mots obsédaient Anne. Elle en avait discuté avec Paul, qui pour sa part s'en remettait entièrement à l'avis d'Adrien Girard.

« Mais enfin, Paul, Rose est restée un mois dans cet affreux hôpital, à Paris. Maintenant, elle est plus près de nous, elle ne touche plus à la drogue, et on ne peut pas aller la voir ! C'est louche, voilà !

— Non, ce n'est pas louche ! Renseigne-toi, tu verras que tous les médecins qui s'occupent de désintoxication appliquent la même méthode. N'oublie pas que c'est ici, à Toulouse, qu'elle a commencé les drogues douces... Veux-tu qu'elle revoie ses anciens copains ? Elle replongerait aussitôt. Sois patiente, Nanou ! Adrien Girard sait ce qu'il fait, quand même... J'en ai encore discuté avec Armand. Mon ami est formel ; cet institut est un des meilleurs du sud-ouest.

— Je sais déjà tout ça, l'interrompit Anne avec impatience, mais ma sœur n'est pas une handicapée mentale, Paul, elle est juste en cure de désintoxication !

— Tu devrais lire ce livre que j'ai acheté à Paris ! Tu comprendrais mieux... »

Mais Anne, qui n'aimait pas beaucoup lire, avait déjà jeté un œil sur l'ouvrage et l'avait reposé aussitôt : c'était trop rebutant.

Un autre problème la tracassait. Sonia avait découvert leur secret à cause d'une gaffe de Paul, qui avait parlé de Rose et de la Ferme du Val pendant le traditionnel repas du dimanche. Il y avait eu alors des explications, des cris et des larmes. Depuis, Sonia venait, en se lamentant, presque chaque jour demander des nouvelles de Rose. Gérald avait eu l'air affligé, mais s'était montré peu surpris.

« Ta sœur filait un mauvais coton à Toulouse, cela ne m'étonne pas qu'elle ait mal tourné à Paris ! Cette pauvre Rose se croyait plus maligne que tout le monde ; tu vois où elle en est à présent !

— Et l'argent ! pleurait Sonia. Cet argent qu'elle aurait dû placer pour son avenir. Cela me rend malade... On aurait dû la surveiller ! Une vraie fortune évaporée ! Quel gâchis ! »

Anne avait écouté sans mot dire, comme si c'était elle l'accusée, la fille perdue. Elle attendait du réconfort de sa tante et de son oncle, et non pas toutes ces critiques à l'égard de sa sœur. Depuis, elle rêvait d'interdire la maison à Sonia et Gérald, mais il lui était impossible d'agir ainsi, tant elle avait le sens des convenances et du respect. Heureusement, Louis lui donnait de grands bonheurs.

Ce petit bébé, confiant et sage, dormait, mangeait, souriait, vivante image de la sérénité.

« Oh, toi ! Je t'adore ! murmura Anne en le prenant dans ses bras au risque de le réveiller. Un jour, tu verras, je te présenterai ta tante Rose... et tu l'aimeras autant que je l'aime. »

13

Adrien ne put résister à l'envie d'accompagner Max et Rose jusqu'à l'écurie. Il tenait à suivre personnellement la plupart de ses patients, trouvant une profonde satisfaction dans le moindre progrès.

Le soleil entrait à flots dans le bâtiment et teintait d'or les cheveux déjà flamboyants de la jeune femme. Elle se précipita vers le box de Princesse et la caressa. Le poney hennit de joie et quémanda une friandise.

« Non, pas tout de suite, coquine ! D'abord, il faut travailler. Je vais te brosser et te seller. Dis, Adrien, c'est bien aujourd'hui qu'une école nous rend visite ?

— Exact ! répliqua-t-il d'un air satisfait. Ce sont des gosses du coin. Ils aiment venir ici. Une balade à cheval est prévue ; Max conduira le vieux Danois au licol. »

À cette nouvelle, le jeune homme, éclata d'un rire nerveux. Très agité la majeure partie de la journée, il se calmait dès qu'il menait un cheval par la bride. Danois, un pur-sang de vingt ans, réputé pour sa gentillesse et son calme, était son préféré.

Adrien l'avait en quelque sorte recueilli, ses anciens propriétaires ne pouvant plus le garder.

« Est-ce que je pourrai tenir Princesse ? demanda Rose.

— Évidemment ! répondit Adrien en flattant lui aussi l'encolure du poney. Tu pourrais la monter bientôt. Tu disais hier que tu voulais apprendre l'équitation…

— Peut-être, je ne sais pas encore ! Rose hésitait. J'ai peur d'être trop nerveuse. Il paraît que les chevaux le sentent.

— C'est vrai. Mais ils peuvent aussi te communiquer leur calme. Enfin, tu me préviendras quand tu te sentiras prête ! répliqua-t-il en riant. Et pour la pièce de théâtre que nous préparons, veux-tu participer ? Je t'ai déjà posé la question deux fois sans avoir de réponse précise. »

Rose le fixa d'un air songeur. Ce qu'il crut lire dans les yeux de la jeune femme le troubla.

« Bien, je vous laisse bosser, vous deux ! dit-il avant de s'éloigner rapidement. Réfléchis encore, pour le théâtre !

— O.K. ! » Rose resta un moment à regarder Adrien s'éloigner.

Elle appréciait sa démarche souple, la carrure de ses épaules, cette force qu'il dégageait, mélange de douceur et de volonté.

« Pas ça ! finit-elle par dire tout bas. Je ne dois pas penser à lui de cette manière. Mais, dès qu'il m'approche, dès qu'il pose ses yeux sur moi, je me sens toute faible et en même temps capable de faire des prouesses, de le suivre au bout du monde, comme on dit dans les romans à l'eau de rose…

Que je suis sotte ! C'est un schéma tellement banal, la malade qui craque pour son médecin. »

Durant les heures suivantes, elle eut le loisir de réfléchir. Qu'avait-elle connu des hommes, en fait ? Ses premiers copains, à Toulouse, ne cherchaient qu'à coucher avec elle à la fin des fêtes arrosées d'alcool, où les joints circulaient. Même Arthur, pour qui elle éprouvait un peu d'attachement, l'avait vite agacée, car il se comportait en gamin capricieux. Ensuite, à Paris, elle s'était offerte à Boris, par jeu et vanité puis à Gilles. Ce fut pénible d'évoquer cet homme qui l'avait rendue à moitié folle de passion tout en l'entraînant dans un univers de perversité.

Bien sûr, il y avait eu David. Elle l'avait aimé profondément, mais déjà son souvenir s'estompait. Leur amour avait duré si peu de temps... Tout aurait été différent si on ne l'avait pas tué, se disait-elle souvent. Après sa mort, c'est dans l'héroïne qu'elle avait noyé son immense chagrin. Elle gardait de cette période une suite d'images confuses, toutes semblables : des soirées dans les boîtes enfumées, de l'alcool, des coucheries sans intérêt et puis Gilles.

« J'ai cru l'aimer ! En vérité, il me dominait, il me bernait. Je n'ai jamais été lucide vis-à-vis de lui, à cause de la drogue. Tout ce que j'ai vécu à cette époque était faussé par cette saleté ! En fait, je n'ai jamais été amoureuse, je n'étais que dépendante de lui ; ça n'est pas la même chose. Enfin, il y avait eu aussi tous ceux avec qui les relations avaient rimé avec violence : Gérald, Boris, l'inconnu du bois... »

Rose n'avait pas osé remuer ses souvenirs depuis qu'elle séjournait à la ferme. Ce retour en arrière lui causa un choc cruel. Alors qu'ils distribuaient les rations de fourrage aux chèvres et aux chevaux, Max la vit tout laisser en plan pour courir vers la maison.

« Ro… se !… Reviens ! »

Mais elle haussa les épaules. Le regard des autres, de Max, de Valérie, une jeune trisomique qui travaillait à la chèvrerie, de Luc, un des infirmiers, lui était soudain intolérable. Il lui fallait la solitude de sa chambre, le silence.

Allongée sur son lit, à plat ventre, elle se mit à pleurer. Il ne s'agissait plus de ces crises de sanglots spasmodiques qui la terrassaient au début de sa cure de désintoxication, mais d'un profond chagrin qui s'évacuait lentement dans un immense découragement.

« Je me suis prostituée ! se répéta-t-elle, rouge de honte. Rien ne me lavera de ça… Comment vivre normalement après toutes ces horreurs ? Quel homme ne serait pas dégoûté de moi ? Qui voudrait avoir des enfants d'une femme comme moi ? »

Cette période de sa jeune existence lui paraissait pourtant un peu floue, comme si une autre qu'elle-même s'était vendue, avec l'obsession de trouver assez d'argent pour se procurer de l'héroïne.

« Mais non ! C'était bien moi ! dit-elle tout haut. Oh ! Je voudrais mourir… Oublier toutes les horreurs que j'ai faites. Et surtout ce bébé qui est sorti de mon corps. On aurait dit une étrange petite bête blanchâtre, un monstre… mort… et tout ce sang… Je l'ai tué, tellement j'ai cogné sur mon ventre. Si je l'avais gardé, cet enfant, il aurait cinq ans, il m'aurait peut-être empêchée de faire toutes ces saletés à Paris. Papa et maman m'aimaient, ils m'auraient aidée. Et il serait là, avec moi, mon bébé. Mais non, c'était l'enfant de Gérald, de cette ordure. Alors je n'aurais eu que de la haine pour lui. »

Le suicide lui sembla soudain une solution facile.

« Plus de lutte, plus de remords. De toute façon, je n'ai plus d'avenir. Je suis inutile, nuisible. Je suis un monstre d'égoïsme, de fierté, de lâcheté aussi. Si j'ai voulu tout oublier dans la drogue, c'est que je n'avais pas le courage de faire face. Je me déteste, je me dégoûte... »

Elle resta longtemps couchée à se tordre sur son lit, mordant les draps pour ne pas hurler à la mort, comme un chien blessé. Elle avait une envie terrible de fumer, de boire. En se remémorant la fabuleuse délivrance que lui donnait la drogue, son désir de fuite vers un ailleurs paradisiaque prit une forme proche de la démence.

« Non ! cria-t-elle soudain. Je suis folle ! Je dois parler à quelqu'un ! Vite ! Sinon je vais tout casser, et moi avec ! Je ne veux plus vivre, je ne veux plus exister surtout. Au secours ! Quelqu'un, vite ! »

Adrien entra à cet instant dans sa chambre dont la porte ne fermait pas à clef. Max, affolé du départ de Rose, l'avait prévenu. Adrien s'était efforcé de réconforter l'adolescent, puis il s'était posté au bout du couloir afin de surveiller la jeune femme. En l'entendant crier, il avait décidé d'intervenir.

« Qu'est-ce que tu as ? demanda-t-il avec douceur. Un coup de cafard ?

— Bien pire ! confessa-t-elle, le visage marqué par les larmes. Adrien, je voudrais te parler, pas ici, en bas, comme les autres… Si je ne dis pas ce qui m'étouffe, je vais me tuer ! Tu entends ? Me tuer ! Je sais pas comment, ni où, mais je trouverai ! »

Il comprit. Rose sollicitait à sa manière, en pleine crise de chagrin et de honte, cet entretien officiel entre les murs de son bureau, qu'il tardait à décider.

« Viens ! Mais rafraîchis-toi un peu. Tu ferais peur à Max avec cette tête ! »

Elle obéit, vaguement contente d'être traitée en malade. Devant Adrien, la peur, la honte s'envolaient. Lorsqu'elle passa près de lui pour sortir, il la prit gentiment par l'épaule.

« Tu sais, assura-t-il, ce sont des moments de découragement inévitables. Je suis là pour t'aider et je ne te jugerai pas, quoi que tu me racontes. »

Adrien s'installa dans son fauteuil. Rose se rongeait les ongles, visiblement très nerveuse. Il lui tendit un paquet de cigarettes blondes.

« Vas-y, c'est un moindre mal ! Je crois que cela te fera du bien… Tu me sembles stressée.

— Stressée ! Tu en as, des expressions ! s'écria-t-elle d'un ton outragé. N'emploie pas ce vocabulaire, pas avec moi. Stressée, pourquoi pas déprimée ? Tu te fiches de moi, Adrien. Tu me prends pour une minette qui a des états d'âme, c'est ça ! À Paris, chez les imbéciles que je fréquentais, il n'y avait que ce mot dans toutes les bouches. Un bon prétexte pour abuser de tous les antistress. Et après… Qu'est-ce qu'on fait après ? »

La voix de la jeune femme se brisa. Elle se remit

à pleurer sans pudeur. Adrien la laissa en paix. Il attendit la fin de cette tempête intérieure. Puis elle alluma une cigarette.

« Alors ? fit-il. Tu baisses les bras ? Tu capitules devant ton image de camée, de paumée ? Tu veux que je te dise, Rose, je peux faire ton portrait comme ça, avant même de t'écouter.

— Eh bien, vas-y ! ricana-t-elle.

— Tu es une jeune fille brillante, née au sein d'une famille sans histoire. La vie d'étudiante avec papa, maman et la sœur jumelle te paraît monotone, sans intérêt. Tu brûles d'envie de dépasser ce topo si ordinaire. Dès l'adolescence, tu te jettes à l'eau, tu essaies tout : alcool, tabac, cannabis, sexe… Cela ne t'amuse pas tant que ça. Là, vient la tragédie qui frappe beaucoup d'autres gens : l'accident. Tu perds tes parents. C'est une injustice terrible, je suis d'accord. Blessée, choquée, tu ne sais plus où tu en es. Tes repères sont détruits et tu décides de te détruire aussi, par lâcheté. Si, ne fais pas cette tête, par lâcheté ! Par snobisme également, je préciserai… »

Adrien fixait intensément Rose. Ses mâchoires étaient crispées. La jeune femme remarqua la barbe naissante et les rides au coin de la bouche. Surprise par le ton cassant de son discours, elle resta muette.

« J'en ai déjà rencontré, des filles comme toi ! poursuivit Adrien. Elles ont tout pour mener une vie super, mais non, elles préfèrent jouer les martyres, se trouver un mal-être et gâcher leur jeunesse. Le réveil est dur, n'est-ce pas ? Désolé d'être un peu rude, je n'arrive pas trop à te plaindre. Max, par exemple, les fées l'ont oublié à sa naissance. Il est né trisomique et ses parents l'ont rejeté à cause de son handicap. Quand il sourit, je me sens utile. Lorsque tu pleures, j'ai envie de t'envoyer un seau d'eau à la figure... »

Humiliée, blessée et déconcertée, elle baissa la tête. Elle espérait d'Adrien une attitude compréhensive et rassurante, pas un sermon teinté d'agressivité. Cependant, une partie du discours sonnait juste et avait touché un point sensible ; puisqu'on l'attaquait, la jeune femme voulut se défendre. Elle se mit à tempêter :

« Mais c'est fabuleux ! Tu crois que tu sais tout ! En fait, tu n'as même pas besoin de m'écouter, n'est-ce pas ? Tu fais les questions et les réponses... C'est facile de juger quelqu'un aussi vite ! Tu me classes dans tes fichus dossiers, à la page que tu veux, selon ton expérience. Tu ne sais rien de moi... Tu crois connaître toute mon histoire ? Non ! Alors boucle-la parce qu'il y a peut-être des erreurs dans ton beau raisonnement ! Et est-ce que tu connais le remède à ce genre de conduite stupide ? J'aurais dû faire comme ma sœur, épouser le premier abruti qui passait, fils de notaire de préférence, et vite avoir un gosse, histoire de m'occuper les mains !

— L'abruti en question, rétorqua Adrien, il s'est donné du mal pour toi, je te le signale ! Il a fait le voyage à Paris pour te récupérer, et en plus, il paie ton séjour ici ! À ta place, j'aurais un peu de respect à son égard, un minimum de reconnaissance... »

Ils se regardèrent soudain comme deux ennemis. Enfin, Rose se leva, bouleversée. Elle bredouilla, tout bas :

« Anne a de l'argent. Je croyais que c'était elle qui…

— J'ignore leurs arrangements, mais, ce que je sais, c'est que c'est lui et non ta sœur qui paie… D'ailleurs, je n'aurais pas dû t'en parler… »

Adrien se leva de son fauteuil et se tourna vers la fenêtre. Il se sentait en colère contre lui-même. Il avait dépassé les limites de l'entretien. Avec aucun de ses malades un directeur d'établissement comme le sien ne devait aborder des questions matérielles. C'était une affaire d'éthique. En outre, c'est lui qui avait parlé, et durement en plus, au lieu de l'écouter comme l'exigeait son rôle de psy.

« Je suis désolé… Je n'aurais pas dû m'emporter… Tu peux te rasseoir, nous n'avons pas terminé. Et excuse-moi, ton cas est particulier. Parfois, je me dis que je ne devrais pas accueillir de gens comme toi… Pardonne-moi, je ne dois pas juger sans savoir. Je me tais et je t'écoute. »

Il pensait qu'elle allait sortir, furieuse, mais Rose s'affala dans le fauteuil. Une main cachant son visage, elle se mit à parler d'une voix frêle :

« Tu m'accuses sans rien connaître de mon passé… D'accord, je suis une capricieuse, une sorte d'enfant gâtée, surprotégée par ses parents. J'ai sans doute mal encaissé le choc de les perdre tous les deux en même temps. Oui, j'avoue, j'ai jeté mon argent au vent, juste pour me droguer. Et quand je me suis retrouvée à sec, à la rue, je me suis prostituée ! Voilà ! Tu es content ? De mon plein gré, j'ai trahi la mémoire de mes parents, la confiance de ma sœur. Je me suis salie, vendue, souillée. Mais pourquoi ? Tu l'as, dis, la réponse ? Pourquoi j'ai fait ça ? »

Elle avait rugi ces derniers mots. Adrien, qui lui tournait encore le dos, debout près d'une étagère, revint à sa place, derrière le bureau. Il l'observait en silence. Rose retenait ses larmes, la bouche tordue par une immense émotion. Il avait envie de la prendre dans ses bras tant elle semblait vulnérable.

« Calme-toi, murmura-t-il. Je t'ai poussée à bout pour que tu parles enfin. Tu n'as rien fait de ton plein gré, Rose ! Ta sœur m'a raconté brièvement ce qui s'est passé quand je l'ai eue au bout du fil. Après le décès de vos parents, elle est tombée amoureuse de Paul, et toi, sûrement malade de chagrin, tu t'es lancée dans la jungle parisienne. On a abusé de toi, c'est tout. Tu n'es pas vraiment coupable. »

La jeune femme hésitait. Effrayée à l'idée de cracher au visage d'Adrien tout ce qui la hantait depuis des années, elle rêvait de sortir de cette pièce.

« Ne te fatigue pas, répliqua-t-elle, l'air affolé, je suis fatiguée, on en reparlera plus tard... Mais détrompe-toi, je suis entièrement responsable de ce que j'ai fait, inutile de me chercher des excuses... Je vais remonter... »

La voyant prête à s'enfuir, Adrien articula avec lenteur d'un ton rassurant mais persuasif :

« Si tu renonces maintenant à me parler, tu ne le feras pas plus tard. Tu t'en iras un jour ou l'autre, avec le même poids au cœur. On ne peut pas guérir sans nettoyer une plaie, sans vider l'abcès, pour utiliser une image explicite. »

Rose ferma les yeux afin d'échapper au regard vert d'Adrien. Il comprit et alla s'installer sur une chaise, près de la fenêtre.

« Je t'écoute, dit-il. Parce que c'est toi qui as les réponses à ta question. Il faut juste oser les prononcer à voix haute. Au moins une fois. Je suis là, vas-y... Aie confiance. Laisse-toi aller !

— Tu veux tout savoir ? Eh bien, j'étais déjà salie, gronda Rose. Déjà perdue. Alors j'ai peut-être voulu continuer... Je les détestais tous... les hommes... En même temps, j'avais envie qu'ils m'aiment. Le premier, tu comprends, j'étais encore une gamine. Voilà, il m'a draguée, sur la plage, à Collioure. Un soir, je faisais du vélo. Il m'attendait près du port. Il m'a embrassée, j'étais contente, flattée. Je n'ai rien dit à ma sœur, ni aux parents. C'est si compliqué, tout te raconter... »

Adrien se racla la gorge en conseillant :

« Simplifie ! Ne cherche pas les mots corrects, ni l'ordre, ne te justifie pas. Explique-moi, tiens, comme si tu racontais une histoire arrivée à une copine.

— Non, je ne pourrai jamais faire ça ! protesta Rose. C'est ma vie, mon histoire. C'est facile pour toi de dire ça, mais tu n'es pas à ma place... Bon, écoute ! Cet été-là, mon père avait loué une grande villa à Collioure, en partageant les frais avec mon oncle et ma tante. Anne et moi, nous avons fêté notre anniversaire là-bas, le 8 août. Au début des vacances, j'avais quatorze ans, à la fin quinze, c'est rigolo, non... Et puis je suis sortie en cachette avec ce garçon dont je te parlais. Début juillet. Un soir, il m'a un peu forcée à faire des choses. Bref, à l'époque, j'ai cru que j'avais couché avec lui. Mais, je n'avais pas eu mal, et moi j'avais lu que, la première fois, cela faisait ça... Mais, mais bon, après, je ne le voyais que sur le port, en public, j'avais peur qu'il recommence. On s'embrassait un peu, il était tellement amoureux, lui. Une fois, mon oncle nous a vus. Déjà que je devais ruser pour m'échapper une heure de la villa, là, j'ai pensé que ce serait une catastrophe, les parents au courant, eux qui me pensaient sérieuse, et franche, et tout et tout...

— Excuse-moi de t'interrompre ! coupa Adrien. Une fille de quatorze, quinze ans, aujourd'hui, a souvent des flirts, des copains. Et en principe elle est renseignée sur le sexe. Tu étais ignorante à ce point ?

— Un peu, je t'assure. Nos parents refusaient de nous voir grandir et nous traitaient comme des enfants, ce que nous étions d'ailleurs, Anne plus encore que moi. Ils me trouvaient plus délurée, plus indépendante, mais papa réussissait à nous garder à la maison, sans aucune sévérité, plutôt en créant une cage d'amour, de sécurité. Mais, cet été-là, j'étouffais. Je me sentais belle, grande, je testais ma séduction. Cela me plaisait d'être désirée... J'ai sûrement exagéré. Avec le recul, je comprends combien j'ai abusé de ce petit jeu. Je l'ai payé très cher.

— Je suppose que ton oncle a prévenu ton père et que cela a gâché le reste du séjour... »

Rose alluma une autre cigarette. Adrien semblait

n'imaginer que des situations banales, et elle poursuivit, d'une voix pleine de colère :

« J'aurais bien voulu ! Mais non. Gérald m'a prise par le poignet, le soir même, en murmurant : «Petite salope, tu t'es envoyée en l'air avec ce mec ! Si tu crois que je ne te vois pas te trémousser toute la journée...» Ce sont ses mots exacts. Je m'en souviens si bien. J'ai protesté, j'avais tellement peur de lui à cet instant précis. Il ne ressemblait plus à mon oncle. Et ces grossièretés qu'il me jetait à la figure me donnaient envie de vomir. Je me suis enfuie, complètement choquée, certaine qu'il allait ensuite tout dire à mes parents. Non. Rien. Pendant dix jours, je suis restée collée à ma sœur. Je ne sortais plus. Mais au fond, j'étais en colère, je détestais mon oncle. Alors j'ai commencé à le provoquer. À me pavaner en maillot de bain, du matin au soir, puisqu'il m'avait accusée de le faire. Et un après-midi, j'ai eu le malheur de ne pas suivre Anne, ma tante et maman en ville. Sonia était en mer avec un ami. Je croyais Gérald parti aussi, je ne sais où... Il est entré dans le salon, je lisais sur le canapé. Je revois le ciel bleu-gris dehors, la mer sombre grise au-delà de la terrasse. Il s'est jeté sur moi, m'a embrassée, touchée partout, avec ses grosses mains. Il respirait fort, disait des choses affreuses, il me faisait mal... Je ne pouvais même pas crier. Je me suis débattue autant que j'ai pu, mais il était bien plus fort que moi. J'ai perdu connaissance. Je crois qu'il m'a frappée, ça c'est flou. Après, je me suis réveillée sur le canapé, j'avais très mal au ventre et du sang entre les cuisses. Là aussi j'avais mal. J'ai couru me laver. Je pleurais sans arrêt. Quand maman est rentrée, je portais un jean et un gros pull. Elle m'a trouvée bizarre. Je lui ai raconté que j'avais mes règles, que je souffrais un peu. Je n'ai pas osé lui dire ce qui s'était passé. J'avais honte, tellement honte. »

Adrien serrait les dents, tandis que ses ongles s'enfonçaient au creux de ses paumes. Toute l'horreur de ce viol le révulsait. Il se reprochait amèrement d'avoir taxé Rose de fillette gâtée, de camée de luxe. Mais il ignorait le pire.

« Mon oncle ne m'a plus approchée après… Il est reparti à Toulouse deux jours plus tard. Anne continuait à jouer à la poupée, à regarder la télé. Papa s'inquiétait de mes silences mais sans plus. Maman bavardait avec sa sœur, elles cuisinaient, se faisaient bronzer. J'étais seule, effrayée, pleine d'images étranges, de pensées absurdes. Je ne pouvais presque rien avaler, je pleurais en cachette. Et, quatre mois plus tard, alors que j'étais au lycée, j'ai compris que j'étais enceinte. Au début du mois de novembre, je n'avais qu'une idée, me débarrasser de cette chose qui poussait dans mon corps. Je considérais cet enfant comme un monstre dont je devais me libérer. Et surtout, j'avais peur et tellement honte que tout le monde apprenne ce qui m'arrivait. J'étais si jeune et j'avais fait quelque chose de mal. Alors j'ai tout essayé. J'ai pris des doses d'aspirine énormes, je me suis frappé le ventre pendant des heures. Pour finir, j'ai sauté du haut du mur qui entourait le jardin. Tu vois, Adrien, je me sentais invisible, inexistante, parce qu'autour de moi la vie continuait, mon père travaillait, maman s'occupait de la maison, Anne menait sa petite vie de lycéenne, mon oncle et ma tante venaient même déjeuner le dimanche. J'évoluais dans une sorte de folie, de peur extrême. Je me sentais anormale, sale, coupable aussi. Ce qui m'arrivait, je le prenais pour une punition, car j'avais provoqué le désir de deux hommes... »

Rose parlait de plus en plus vite. Elle se sentait infiniment soulagée de pouvoir mettre des mots sur ce cauchemar vieux de cinq ans. Elle se tut quelques secondes, le souffle court. Adrien l'écoutait sans intervenir, de peur de briser le fil de ses confidences.

« Enfin, un matin, alors que j'étais en cours de gym, j'ai eu très mal au ventre. J'ai couru dans les vestiaires, je perdais du sang, beaucoup de sang. Je me suis enfuie du lycée, j'ai pris un bus. Je n'osais pas aller à la maison, car j'aurais dû tout avouer à maman. Je ne sais pas ce qui m'est passé par la tête, je me suis retrouvée devant chez mon oncle. À cette heure, bien sûr, il n'y avait que ma tante Sonia. Je lui ai dit, en pleurant, que je faisais une fausse couche, que j'avais eu une relation durant l'été avec un garçon de Collioure. Je dois reconnaître, avec le recul, qu'elle a été efficace. Elle m'a emmenée à l'hôpital... Ils m'ont laissée seule dans une chambre. Je souffrais le martyre, personne ne s'en souciait. J'ai supplié ma tante de garder le secret et elle l'a fait ! »

Cette fois, Adrien ne put s'empêcher de réagir. Livide, il se retourna et dévisagea Rose :

« Ce n'est pas possible ! Tu étais mineure, il fallait des autorisations, le numéro de sécurité sociale de tes parents.

— Je ne sais pas comment Sonia s'est arrangée, mais on ne m'a rien demandé. Une fois les formalités réglées, ma tante m'a abandonnée. Alors, juste à la tombée de la nuit, j'avais si mal que je me tordais sur le lit. J'ai senti quelque chose de visqueux sortir de moi. Il y avait du sang partout et une chose minuscule, affreuse, blanchâtre, sanglante, là, sous mes yeux. J'ai hurlé si fort qu'une infirmière est venue. Ensuite, je ne me souviens pas bien. Ils ont dû me faire une piqûre. Le lendemain, Sonia est entrée dans la chambre. Elle avait réussi à faire croire à mes parents qu'elle m'emmenait passer le week-end avec elle chez une amie. Je me demande aujourd'hui comment elle a pu arranger cette histoire invraisemblable, mais elle y est arrivée puisque personne ne s'est douté de rien... Physiquement, je me suis rétablie très vite. Quand je suis revenue, je suis restée très évasive sur mon week-end et tout le monde en a conclu que je m'étais ennuyée. Mais je ne supportais plus de voir mon oncle. Dès qu'il venait à la maison, j'étouffais, j'avais des nausées. Et lui jouait les braves mecs tranquilles, il bavardait avec mon père. Oh ! Combien de fois j'ai eu envie de le tuer, là, devant tout le monde ! »

Rose n'en pouvait plus. Tremblante, elle se leva.

« Adrien, comment te dire ? Je n'ai jamais raconté à Sonia ce qu'avait fait mon oncle. J'avais de la gratitude pour elle, elle m'avait aidée, et je ne pouvais plus lui dire la vérité... Et en même temps, elle me faisait horreur parce qu'elle était la femme de cet homme. »

Adrien hocha la tête d'un air incrédule. Il marcha jusqu'à la jeune femme et lui prit la main.

« Tu ne trouves pas bizarre que ta tante ait pu cacher ce drame à tes parents ? À sa propre sœur ? Si cette femme a agi ainsi, à mon avis, c'est qu'elle se doutait de quelque chose au sujet de ton oncle. Elle soupçonnait que le bébé était peut-être de lui. Quel scandale, en effet... Là, je comprends, elle a dû se donner à fond pour garder ton secret, et celui de son mari surtout... Et toi, tu as gâché ton adolescence à tenter d'oublier ça. Tout en toi se révoltait contre cette agression monstrueuse. »

Rose approuva. Cette longue confession l'avait épuisée en la replongeant dans le passé.

« Oui, je suppose ! soupira-t-elle. J'ai beaucoup changé par la suite. J'ai revendiqué ma liberté, j'ai bu, fumé. J'ai eu des petits copains, que je rendais très malheureux. Cela m'aidait à vaincre mes hontes, mes peurs. J'avais besoin de me venger et puis, à l'époque, j'étais belle, plus belle que maintenant ! C'est très classique, ce genre de réaction, n'est-ce pas, docteur ? »

Adrien se rapprocha. Rose avait lancé ce terme de docteur sur un ton amusé et il l'admirait de savoir faire de l'humour dans un moment aussi grave.

« Pardonne-moi, dit-il, de t'avoir un peu secouée en te jetant mes idées toutes faites à la figure. As-tu pensé à porter plainte contre ton oncle ? Il faut peut-être l'envisager, ne serait-ce que pour que tu puisses clore cette histoire, avancer et surtout comprendre que ce n'est pas toi la coupable, mais lui...

— Non, tu es fou... Je veux oublier. Je ne veux pas mettre tout ça sur la place publique ! Pas question !

— Nous en reparlerons. Je suis sûr que ta tante connaît la vérité depuis le jour de ta fausse couche. Il faut les mettre en face de leur lâcheté, de leurs torts. C'est seulement de cette façon que tu ne te considéreras plus comme une coupable, mais comme la victime que tu es...

— Il y a autre chose, reprit Rose d'une voix lasse. J'ai connu un homme à Paris. Il s'appelait David. Nous nous sommes aimés passionnément. Mais ça n'a pas duré longtemps, juste quelques semaines. Son ex-femme nous a suivis à Montpellier et l'a abattu de deux balles de revolver sous mes yeux. La police a d'abord cru que c'était moi qui l'avais tué. Mais on a arrêté la meurtrière et elle a tout avoué. J'avais complètement cessé de me droguer quand j'étais avec lui, mais j'ai replongé immédiatement après sa mort et j'ai mis le paquet, du genre autodestruction ! Tu sais, je n'ai jamais parlé de David à personne, juste quelques mots dans une lettre, une lettre pour ma sœur... »

Adrien regardait Rose d'un air incrédule. Il restait stupéfait de ses révélations et constatait aussi qu'il avait éprouvé un peu de jalousie quand elle avait parlé de son amour pour un dénommé David.

Rose se tut et un silence pesant s'installa dans la pièce. De la cour montaient les bruits familiers de la ferme, et le hennissement d'un cheval sembla la réveiller. Elle se leva avec difficulté. Elle se sentait complètement vidée, mais plus calme.

« Je retourne voir ce pauvre Max ! dit-elle. Je l'ai laissé en plan... À plus tard, Adrien, et merci... Au fait, je suis d'accord pour le théâtre ! Je vais déjà assister à une des répétitions.

— Bonne idée ! À ce soir... »

Resté seul, Adrien se mit à tourner en rond dans son bureau. Il pensait à tout ce que venait de lui raconter Rose.

« Brave petit soldat ! constata-t-il. Je l'ai jugée un peu trop hâtivement. Bien sûr, ça n'excuse rien mais ça explique... Tous ces drames étaient trop lourds à porter pour elle. Elle se croit perdue, salie, mais on dirait parfois une jeune fille qui n'a rien vu, rien vécu. Pourvu qu'elle s'en sorte... »

De tout le récit de Rose, une phrase surtout lui restait en mémoire : « Nous nous sommes passionnément aimés. »

Le pincement au cœur se fit plus fort.

« Je suis jaloux, s'avoua-t-il piteusement, et d'un mort en plus... »

*

Lorsque Rose arriva précipitamment dans l'écurie, Max n'y était plus. Elle décida de le chercher. Il lui semblait impératif de le consoler. Elle devait lui expliquer pourquoi elle s'était enfuie en plein milieu de l'après-midi. La Ferme du Val portait bien son nom. Il ne s'agissait pas d'un centre ordinaire où quelques animaux étaient censés distraire les pensionnaires. Adrien gérait une vraie entreprise agricole, comportant un petit cheptel de vaches, un troupeau de chèvres, des lapins, des volailles. Trois champs étaient cultivés ainsi qu'un grand potager qui contribuait largement à nourrir tout le monde.

La jeune femme entra dans le bâtiment où s'alignaient des clapiers garnis de foin. Thierry, un des éducateurs, et deux adolescents distribuaient des épluchures de légumes aux lapins. Marinette était là aussi, délaissant son bureau pour donner de l'eau aux poules.

« Vous n'avez pas vu Max ? demanda-t-elle.

— Je crois qu'il est à la chèvrerie ! C'était Thierry qui avait répondu. Il y a eu une naissance cette nuit. Il y a Valérie, de toute façon, elle sale les fromages… »

Rose sortit en remerciant et tourna à l'angle de la cour. Après l'écurie, le bâtiment qui abritait les chèvres était son lieu de prédilection. Elle y découvrit Valérie, Max et Gisèle, sa protégée, qui donnait le biberon à une exquise petite créature, un chevreau de quelques heures.

« Oh ! Rose…, cria Max. Viens voir ! Zoé a eu son bébé cette nuit. Là, le bébé. »

Max lui tendit la main. Elle s'agenouilla dans la paille, heureuse du joli tableau que formaient Gisèle et le petit animal. Après la pénible confession qu'elle venait de faire à Adrien, se retrouver au milieu des chèvres, dans la bonne odeur du foin et du lait, lui faisait du bien. La chaleur de ce décor tout simple la réconfortait.

Valérie, sanglée d'un grand tablier, s'affairait devant une large table, où s'alignaient des faisselles. La jeune femme, avec des gestes soigneux et une concentration toute professionnelle, tournait des petits fromages d'un blanc pur. Rose s'approcha en souriant.

« Alors, toujours occupée, Val ! Je parie que tu feras une bonne vente au marché !

— Oui… c'est sûr. Tu sais, Gisèle est contente !

— Ah ! Comme ça, tu es contente, ma Gisèle ? demanda Rose en caressant les cheveux de la fillette, puis le dos de la chevrette.

— Oui ! fit l'enfant tout bas. Contente. »

Rose savait que Gisèle ne dirait rien de plus. Elle était encore bloquée quand il fallait parler aux autres, ceux du monde extérieur au sien. Ils la terrifiaient. Cependant, Rose remarqua le regard plus brillant, l'imperceptible sourire qui fleurissait sur le fin visage d'habitude si grave de la petite autiste.

« Tu lui donnes du lait…, reprit-elle. Un biberon ? Et où est sa mère ? »

Gisèle serra les mâchoires, le souffle court. Elle allait répondre de son mieux quand Max intervint :

« Zoé est un peu malade… Alors on a pris son lait pour le biberon. »

Vincent, un des éducateurs, ajouta gentiment :

« J'ai promis à Gisèle qu'elle serait la nourrice de ce chevreau. Elle doit lui chercher un nom.

— C'est super ! assura Rose. Dis, ma Gisèle, tu feras un dessin demain ? De toi et de Zoé ? »

La fillette fit oui d'un clignement de paupières. Rose se rapprocha encore plus d'elle et resta ainsi un long moment, la main légèrement posée sur l'épaule de la fillette.

« *Gisèle a souri ! remarqua-t-elle. Elle fait des progrès… Et le regard épanoui de Valérie, quelle joie… Elle se sent valorisée par ce qu'elle fait. Il paraît que, l'hiver dernier, elle a passé la nuit près d'une chèvre, alors qu'il faisait un froid terrible. Oh ! Je suis si bien ici, et je ne le savais pas. Je voudrais vivre encore des mois à la ferme. Veiller sur ces enfants, m'occuper de Max. Une vie simple mais tellement riche d'affection et de petits bonheurs. »*

L'adolescent passa dans le bâtiment voisin. Il aidait à la traite des vaches. Les bruits du soir s'élevèrent, le tintement des seaux en zinc, les meuglements et les bêlements, des appels, des rires aussi.

Rose se leva, parlant d'une voix douce :

« Je dois nourrir les chevaux. À tout à l'heure, mes amis… »

Le soir même, Rose regagna sa chambre très tôt après le dîner. Mais elle ne put s'intéresser à aucun des programmes que proposait la télévision. Elle redescendit dans le salon. Adrien s'y trouvait, assis au coin de la cheminée où flambait un petit feu. Les éducateurs disputaient une partie de cartes dans la grande salle à manger, les pensionnaires étant couchés, excepté un jeune homme de dix-huit ans, qui jouait avec eux.

« Je ne tenais pas en place ! justifia la jeune femme en s'installant sur le rebord de l'âtre. Mais, pour une fois, ce n'est pas de l'angoisse, plutôt une sorte d'excitation. Positive, je te rassure. »

À la clarté des flammes, Adrien lui inspirait une confiance infinie et une vive gratitude. Il la regarda brièvement puis lui proposa.

« On peut discuter un peu, si tu veux…

— Oui, cela me fera du bien. Mais pas de moi, d'accord ? Je voudrais en savoir plus sur la ferme, sur les enfants qui sont là. Gisèle, par exemple.

Cette fillette m'attendrit, je commence à l'apprivoiser. Tout à l'heure, dans la bergerie, elle donnait un biberon à une chevrette. Si tu avais vu comme elle s'appliquait ! Ses yeux brillaient, ce n'était plus la même. Elle a même souri, je t'assure. »

Adrien approuva d'un geste. Il expliqua, tout bas :

« Ses parents n'acceptaient pas d'avoir une enfant autiste. Gisèle a échoué en hôpital psychiatrique avant de venir ici, ce qui n'a rien arrangé. L'autisme est une maladie encore mal connue, mais une chose est sûre, les gosses qui en sont atteints ont besoin d'une écoute et d'un suivi différent, car ils ne communiquent pas de la même façon que nous. Depuis son arrivée à la ferme, Gisèle s'épanouit. Des membres de sa famille lui rendent visite, elle est contente de les voir. Eux, ils reprennent espoir peu à peu. Le contact avec la nature, avec les animaux apporte beaucoup à mes patients, et j'en suis heureux. »

Rose buvait les paroles d'Adrien. Elle avait pu se rendre compte du travail qu'accomplissait l'équipe qui l'entourait.

« C'est formidable qu'il existe des structures comme celles-ci ! releva-t-elle. Quand je vois Max brosser les chevaux et les poneys, cela me fait chaud au cœur. Il semble si heureux. Tu sais, je l'ai rassuré cet après-midi ; ma fuite en larmes l'avait perturbé. J'en suis désolée. Ils sont tous si fragiles. Comparée à eux, je me sens forte, c'est étrange !

— Tu as tant d'amour à donner, Rose. Continue sur cette voie, n'aie pas peur. Ici, personne ne te juge. Tu as le droit de réapprendre à vivre. Un exemple : tu pourrais participer à la pièce de théâtre dont je t'ai parlé. Je me répète, mais j'y tiens.

— Oh, je ne sais pas, Adrien, je n'ai jamais essayé de jouer la comédie…, protesta-t-elle. Mais je peux aider, bien sûr.

— Je ne peux pas t'y obliger ! Par contre, j'ai autre chose à te proposer. Le mois prochain, nous allons partir pour Cognac, avec quinze jeunes de l'institut, à cheval et en calèche. Nous faisons cette randonnée chaque année. Départ le mardi, arrivée le dimanche… C'est tranquille comme rythme. Quatre éducateurs encadrent les participants. J'y vais également. Si cela te tente, nous t'emmenons… Tu verras, il y a une bonne ambiance. Une fois arrivés, nous campons au bord de la Charente… Enfin, fais-moi confiance, je crois que cela te plaira. »

Rose sentit une exaltation nouvelle l'envahir. Cette expédition à cheval la tentait vraiment. Surtout en compagnie d'Adrien. Pourtant, soudain elle se rembrunit :

« Mais je ne sais pas monter ! Je n'aurai jamais le temps d'apprendre ! »

Le médecin éclata de rire.

« Je te rassure tout de suite ! D'abord, je suis sûr que tu réussiras à rester en selle, surtout au pas. Ensuite, d'ici là, je peux t'apprendre les bases.

— Alors, ça marche ! » déclara-t-elle d'un ton joyeux.

Ils bavardèrent encore quelques minutes. Adrien prit congé le premier. Rose garda les yeux fixés sur les braises du foyer pendant plus d'une heure. Elle se sentait en paix avec elle-même, ce qui ne lui était pas arrivé depuis des années.

Deux jours plus tard, Adrien proposa à Rose de l'accompagner jusqu'à un village voisin, où il devait acheter du foin.

Ils n'avaient guère eu l'occasion de se retrouver à nouveau ensemble, sauf au cours des repas où tous les pensionnaires s'entretenaient des chevaux, du petit bétail et des menus problèmes quotidiens.

Elle accepta aussitôt cette balade en camion. Elle s'estimait en partie guérie : les périodes de manque s'espaçaient de plus en plus et n'étaient plus douloureuses. De plus, en se confiant à Adrien, notamment sur son court passé de prostituée, elle s'était libérée d'un grand poids. Elle lui avait avoué la pire des souillures et il ne la méprisait pas. Son comportement restait identique, ainsi que les sourires chaleureux qu'il lui lançait, et qui l'enchantaient.

La jeune femme s'équipa de vêtements propres mais pratiques, délaissant cependant les bottes pour une paire de baskets.

Adrien la regardait tandis qu'elle grimpait sur le siège du passager. Rose semblait ignorer sa beauté. Lui ne se lassait pas d'admirer ce visage de femme, frais et mobile, sur lequel les émotions passaient, semant de l'ombre ou de la lumière.

« Prête pour brasser du foin poussiéreux ? dit-il.

— Tout à fait, mais pourquoi acheter du foin de mauvaise qualité ? s'étonna-t-elle. Je ne suis pas de la campagne, mais il me paraît évident qu'un fourrage doit être sain et aéré ! »

Adrien éclata de rire. Cette remarque, venant d'une fille de la ville, l'amusait prodigieusement.

« Rassure-toi, ce foin est excellent. Nos bêtes méritent une alimentation correcte... »

Elle hocha la tête et alluma une cigarette. Le camion démarra, roulant au ralenti sur le chemin gravillonné.

« J'ai commencé à bouquiner tes traités sur l'agriculture ! ajouta-t-elle. C'est moins rébarbatif que je ne pensais. »

Ils se sourirent, heureux de leur isolement, du soleil doré sur les haies de ronces et d'aubépines. Adrien se surprit à imaginer Rose comme une amie et non plus comme une patiente.

« Est-ce que tu veux bien poursuivre la conversation de l'autre jour ? demanda-t-il soudain.

— Dommage ! coupa Rose, méfiante. J'étais si gaie ce matin... Mais si tu penses que c'est nécessaire, d'accord ! Je t'écoute ! Ceci dit, personnellement, j'aimerais mieux parler de ma première leçon d'équitation. Tu n'as fait aucun commentaire ! Est-ce que j'ai assuré ? »

Adrien fronça les sourcils, comme s'il avait oublié la chose. Il n'en était rien. Il s'en souvenait très bien. La veille, en fin de journée, Rose avait en effet monté Princesse et, au bout d'une dizaine de minutes, Adrien avait senti qu'elle serait une excellente cavalière. Cela tenait à des détails précis : sa souplesse, sa complicité avec sa monture, son écoute aussi. Quand on lui donnait un conseil ou une indication, elle les mémorisait vite et les appliquait.

« Adrien ! lança-t-elle. Ne me dis pas que tu n'as pas d'opinion. Est-ce que je m'en suis bien sortie ?

— Mais oui, tu t'es très bien débrouillée. Tu as même galopé un peu. Et quel sens de l'équilibre… Franchement chapeau ! Voilà, tu es contente ? »

Elle eut un sourire satisfait. Adrien la regarda de côté avec une expression indéfinissable, proche d'une profonde tendresse. Il se détourna, sachant qu'à se livrer ainsi il risquait de tout gâcher entre eux.

« Je voudrais savoir…, se risqua-t-il. Quelles relations existaient entre ton père et toi ? »

Déconcertée par la question, Rose hésita :

« Des relations normales… Je crois. Je l'adorais et il m'aimait beaucoup. Non, il m'adorait aussi. Lui, il me comprenait. Il acceptait mes coups de folie, mes révoltes. Et surtout, il me faisait confiance… Alors je faisais en sorte de ne jamais le décevoir. C'était un homme formidable. Je suis contente qu'il n'ait rien su de mes erreurs… Je suis sûre que mes parents auraient assumé mon bébé, même à quinze ans. »

Adrien approuva.

« Si ton père avait survécu, te serais-tu droguée ? Ne te vexe pas, j'essaie de t'aider.

— Non ! avoua-t-elle. Papa vivant, je n'aurais pas pu tomber aussi bas ! Tu comprends, Adrien, je n'avais qu'une envie : qu'il soit fier, content de moi. Il m'autorisait à prendre un peu d'alcool, les cigarettes, le cannabis, à condition que je reste sérieuse dans mes délires… Du coup, je me surveillais. Anne, ma sœur, se rangeait du côté de maman – la religion, les traditions, la maison et la cuisine, tout ça – et elle me prenait pour une vraie aventurière, mais en fait j'en rajoutais quand je lui racontais mes exploits. Tu imagines, Anne ne sait toujours pas ce qui s'est passé pour mon oncle et ma grossesse... Tiens, c'est fou, maintenant je peux en parler sans avoir le cœur qui s'affole. »

Adrien ne put s'empêcher de lui caresser la joue. Elle frémit à ce contact et réprima une envie de pleurer. Ce geste d'affection l'émouvait jusqu'à la douleur.

« Allez, jeune fille, plaisanta-t-il, du courage ! Tu vas vite oublier ces quelques mois parisiens. Je te trouve très courageuse. Tu as de la volonté, de l'énergie. Avec de tels atouts, tu peux tirer un trait définitif sur le passé et tes erreurs. Tu sais, se droguer, c'est une manière lente de se suicider. Perdre son père et sa mère le même jour, être projetée ainsi dans le monde des adultes, c'est un choc terrible. Tu as essayé d'oublier dans des paradis artificiels. Mais ta rencontre avec David t'a sortie une première fois de la drogue. Sa mort t'y a replongée. Heureusement, tout ceci n'a pas duré très longtemps... Tu n'es pas intoxiquée depuis des années ! Je crois que tu as payé assez cher le manque de soutien dont tu as souffert à ce moment-là. Maintenant, regarde vers l'avenir, prépare-toi des jours heureux. Tes parents te diraient ça, eux aussi... Et ils seraient d'accord pour porter plainte contre ton oncle. Tu dois y réfléchir, je t'en prie. Ce type ne peut pas s'en tirer si facilement. Il t'a fait du mal ! Si je le voyais, j'aurais envie de le casser en deux...

— Je ne sais pas, répondit Rose, si ma mère aurait accepté l'idée d'un procès. À cause de sa sœur... N'en parlons plus, s'il te plaît, au moins pas aujourd'hui. »

Elle ferma les yeux. Adrien lui faisait l'effet d'un ange du Seigneur venu la sauver. Elle avait envie de se blottir contre lui, de se réfugier sur son épaule.

« *Je suis stupide ! pensa-t-elle. Il me parle comme il parlerait à Max, à Gisèle ou aux autres. Pour nous tous, il éprouve de la tendresse et de l'intérêt. Je ne dois pas tomber amoureuse, ce serait idiot, le truc classique. Je me répète ça tous les soirs, mais je crois que c'est trop tard ! Je n'ai pas envie de m'en aller d'ici. Je voudrais rester près de lui. Le jour où il va me dire que je peux rentrer à Toulouse, ce sera la panique complète...* »

Adrien semblait se concentrer sur la conduite du camion. Depuis quelques instants, il luttait pour ne pas attirer Rose près de lui.

« *Du calme, mon vieux ! se sermonnait-il. Elle est belle, adorable, fragile. Mais tu n'as pas le droit de profiter de ton rôle de psy pour la séduire. C'est le risque numéro un de la profession, et tu l'as toujours évité. Elle va partir bientôt, elle est presque guérie. Ne joue pas à ça !* »

Heureusement, ils arrivaient à destination. Ils aidèrent tous deux à charger les bottes de foin, puis burent un café et prirent le chemin du retour. Leur cargaison embaumait du subtil mélange des mille herbes sèches des prés de l'été dernier.

« J'adore cette odeur, dit Rose, comme absente. Elle me donne des envies de vie simple, des siècles plus tôt, tu vois, une vie à l'ancienne, une maison, des enfants et des tâches à accomplir, au gré des heures.

— Et pas de mari ? articula-t-il d'un ton de défi.

— Oh ! Les hommes ! répondit-elle. J'en ai vu le côté noir, jusqu'à l'écœurement. Néanmoins, tu as raison, un brave époux manque à mon petit tableau. S'il en faut un, prenons-le pas trop laid, pas trop jeune et très travailleur. »

Adrien ne résista pas au plaisir de la taquiner.

« Mais en vérité, Paul correspond parfaitement à ce portrait ! »

Rose lui décocha un regard faussement fâché.

« C'était l'homme idéal pour ma sœur. J'aimerais tant la revoir ! La dernière fois, c'était à Paris, à l'hôpital. Je devais ressembler à une épave. Quand j'y pense, elle ne m'a pas fait un seul reproche. Elle n'a pas eu un mouvement de recul ni de dégoût. Je ne croyais pas qu'elle m'aimait autant. Au fait, elle m'a dit au téléphone que tu lui avais déconseillé de venir... Pourquoi ? »

Adrien prit un ton grave :

« Tu as besoin de reprendre des forces, de trouver des réponses à tes problèmes. Seule de préférence. Anne pourrait te perturber, car elle est au centre de ton cercle de famille, tellement restreint. La revoir, c'est aussi revoir tes fantômes. Bientôt, elle aura l'autorisation de te rendre visite, si tu continues à avancer. À lutter... À croire en l'avenir. »

Rose comprit. Elle saurait attendre, surtout auprès d'Adrien.

14

« Ce matin, tu emmènes Gisèle faire une balade à poney ? demanda Adrien en traversant la cour en compagnie de Rose.

— Oui, répondit la jeune femme. Et tu sais, elle m'a fait comprendre, à sa façon, qu'elle en avait envie. Je suis très contente. Elle communique de plus en plus avec moi. Elle m'a dessiné une chèvre, hier... Quand elle m'a donné son dessin, j'ai failli pleurer ! C'est dommage qu'elle ne puisse pas venir à la randonnée...

— Je sais, mais je ne peux pas emmener tout le monde. Déjà j'ai fait une exception pour Max. Dis donc, c'est la première fois que je vois ça, une malade qui s'investit autant dans la bonne marche de notre établissement.

— Ça te dérange ? questionna Rose inquiète. Moi, je puise dans ces relations avec tes autres patients un tel réconfort !

— Ne commence pas à t'affoler. Je trouve ton attitude formidable... Tu es prête pour demain matin ? C'est le grand départ, à sept heures tapantes !

— Fin prête... J'ai graissé les sabots de Princesse,

j'ai préparé mes sacoches. Je me suis occupée de la pharmacie, tout est O.K., patron ! » plaisanta-t-elle.

Adrien la salua d'un rire sonore, avant de s'éloigner. Plus les jours passaient, plus une amicale complicité se nouait entre eux, à laquelle s'ajoutait une profonde affection. Ils prenaient plaisir à travailler ensemble, à discuter des animaux ou du jardin potager, même s'ils n'avaient pas abordé de conversation plus intime depuis la confession de Rose.

Au bout d'un mois à la Ferme du Val, l'ex-camée pouvait s'estimer sortie de « l'enfer de la drogue. » Elle ne prenait plus de calmants pour dormir. Elle n'avait pas eu un seul malaise depuis plusieurs jours. L'époque où elle se levait à deux heures de l'après-midi pour traîner d'un bar à l'autre jusqu'au soir était bien révolue.

Maintenant, elle était debout avec le soleil pour nettoyer les écuries en compagnie de Max qui lui vouait une sorte d'adoration. Dès qu'il la voyait apparaître, l'adolescent se fendait d'un sourire qui plissait ses yeux étroits. Il la suivait partout. Il lui demandait son avis au moins dix fois par jour, dans son langage maladroit. Un soir, il disparut presque pendant une heure, semant la panique. Adrien avait mené des recherches, sans résultat. Et Max était revenu, avec un gros bouquet de marguerites, de bleuets, de fleurs des champs qu'il avait patiemment cueillis et assemblés avec un goût surprenant. C'était un cadeau pour Rose. Elle avait embrassé l'adolescent, retenant ses larmes. Encore une fois. Parfois, elle se disait que, pleurer ainsi, elle qui jamais ne voulait pleurer, la purifiait de ses erreurs passées.

Plusieurs éducateurs encadraient les patients dans chaque activité. Rose les secondait fréquemment, surtout auprès de la petite Gisèle qui lui témoignait de la confiance, et de Max bien sûr.

La jeune femme continuait à prendre des leçons d'équitation avec Adrien comme moniteur. Lorsqu'il l'avait vue bien calée en selle, rayonnante de joie au rythme du galop, il s'était senti aussi heureux qu'un gosse.

Durant la journée, comme tous les autres pensionnaires, Rose soignait les volailles, les lapins, les chèvres. Il y avait aussi le ménage, la cuisine à assumer, et le soir, pour les plus compétents, la comptabilité de la ferme, car Adrien avait mis au point une petite production de fromage que les patients vendaient eux-mêmes au marché de Montmoreau, le dimanche.

Ces sorties étaient jour de fête et faisaient partie de la méthode thérapeutique d'Adrien et de son équipe. Le contact avec la foule et les clients permettait aux handicapés mentaux de communiquer, d'apprendre à manier de l'argent. Ils se sentaient moins exclus lorsqu'ils rendaient avec application la monnaie, ou qu'ils emballaient les produits. Rose se contentait de superviser les opérations et se tenait un peu à l'écart. Un matin, elle avait vu Max pleurer parce qu'une vieille femme l'avait félicité pour la qualité du fromage de chèvre et l'avait remercié en lui serrant fort la main. L'ancienne droguée, habituée aux soirées brillantes, aux moqueries des uns et des autres, s'était sentie comme apaisée. Peu importait désormais ce qu'elle avait fait à Paris, ici, sur ce marché de province ensoleillé et coloré, Max la regardait avec des larmes de joie sur les joues et disait, de sa voix rauque :

« Tu as vu ça, Rose ? La dame était contente ! »

Il y eut aussi le soir où les pensionnaires de la Ferme du Val jouèrent la fameuse pièce de théâtre qu'ils avaient tant et tant répétée. Rose s'était promue habilleuse, car elle ne se sentait pas prête à monter sur les planches. Cela l'avait divertie plus qu'elle ne l'aurait imaginé. Max jubilait. Il avait le rôle d'un prince russe, et la jeune femme avait dû à plusieurs reprises le calmer tant il tremblait d'excitation le jour de la première.

En assistant au spectacle, dans le public composé de la famille des pensionnaires et du personnel, ainsi que des élèves d'une école voisine, Rose avait encore admiré le patient travail d'Adrien et des éducateurs. Valérie, Max, Luc, tous ces êtres dont le handicap semblait une tare, devenaient des personnages de lumière sur scène. Fiers de leurs costumes, du maquillage qui les embellissait, ils paradaient. On leur pardonnait quelques répliques oubliées ou dites de travers.

Adrien était assis près de Rose. En applaudissant, à la fin de la pièce, ils avaient échangé un sourire, avec l'étrange impression d'avoir réussi tout cela ensemble...

Émotion et satisfaction avaient coloré cette soirée.

*

« Rose ! Rose !... Tu as mes bonbons ? demanda Max en dodelinant de la tête, un sourire inquiet au visage.

— Oui, ne t'en fais pas... Mais tu peux attendre encore un peu avant d'en manger un ! On vient de partir, Max ! »

La jeune femme se mit à rire doucement, ce qui rassura l'adolescent. Ils avaient parcouru à peine deux kilomètres sur un chemin paisible recouvert d'une herbe drue. La colonne de cavaliers présentait un spectacle bigarré sous le soleil matinal. Adrien menait le groupe sur un robuste poney landais dont la robe café au lait avait été impeccablement toilettée par Max. Ce dernier se trouvait en deuxième position, aux côtés de Rose. La jeune femme contenait à peine l'excitation enfantine et frivole que lui procurait cette aventure en plein air.

Bien campée sur Princesse, vêtue d'un pantalon large et d'une chemisette à carreaux, ses cheveux nattés, elle souriait sans cesse, respirant le vent frais, les senteurs de la terre qui se réveillait. Parfois son regard s'attachait à la silhouette d'Adrien. Elle suivait le dessin de ses épaules, le balancement de son corps, et tressaillait en proie à une émotion infinie. On aurait dit qu'Adrien ressentait cet examen sur sa peau, car il s'était retourné déjà trois fois pour la regarder lui aussi.

Les quinze pensionnaires de l'institut, choisis parmi les plus jeunes, se tenaient sagement en selle, avec la mine émerveillée qu'ont les enfants éblouis les jours de grande fête... Les éducateurs s'étaient dispersés pour les surveiller et pour être prêts à intervenir au moindre problème.

Fermant la marche, deux calèches transportaient de l'eau fraîche, des couvertures, du matériel destiné à parquer les chevaux aux étapes. Annie, la femme d'un des éducateurs, conduisait l'une d'elles. L'autre était menée par des amis de Marinette. Ce joyeux cortège se déplaçait sans hâte, de chemin en chemin bercé par les chants d'oiseaux au milieu d'un paysage où dominaient les bois et les prés semés de fleurs sauvages.

« Adrien ! ça me plaît beaucoup ! J'aurais dû préparer le monitorat d'équitation, après mon bac... » C'était Rose qui avait ainsi parlé.

Il répondit, sans la regarder :

« Tu peux encore le faire... Il te suffit de passer tes Galops... Approche un peu... »

Rose poussa Princesse en avant, émoustillée à l'idée de chevaucher près du psy. Cependant, elle prit soin de prévenir Max. Il était si sensible qu'une contrariété même légère le menait au bord des larmes.

« Je vais discuter un peu avec Adrien, ensuite je reviens vite près de toi, Maxou... »

Le garçon lui adressa un bon sourire satisfait.

« Oui, je serai sage... »

Prudente, la jeune femme extirpa un caramel de sa poche de pantalon et le tendit à l'adolescent. Il prit la friandise avec gourmandise et répéta qu'il serait sage.

Adrien éprouva une sensation étrange en voyant Rose le rejoindre. Il eut soudain envie de ne plus se poser de questions. Il décida d'accepter les sentiments qui bouillonnaient dans son cœur.

« Alors ? fit-elle en riant de plaisir. Explique-moi un peu ton histoire de galop ?

— Ce sont des examens correspondant à cette discipline ! Tu apprends le dressage, l'obstacle, l'hippologie, et, quand tu obtiens le Galop 7, tu peux te présenter au monitorat... Enfin, si cela t'intéresse vraiment, je te passerai un fascicule. Tu gagnes du temps puisque tu es bachelière...

— Pour ce que j'ai fait de mon diplôme ! » soupira-t-elle.

Adrien murmura un « chut » discret, avant d'ajouter :

« Pas de pensées négatives un beau jour comme celui-ci ! Tu t'en sors très bien en assistante éducatrice. Notamment avec Max. J'ai remarqué que tu anticipais ses réactions, que tu faisais attention afin de t'adapter à sa personnalité... Une vraie pro... »

Le sourire qui suivit cette déclaration bouleversa Rose et la troubla profondément. Elle caressa Princesse, pour cacher l'émoi qui l'envahissait et se donner une contenance.

« Je suis heureuse ! conclut-elle. Tellement heureuse ! Merci de m'avoir permis de me joindre à vous... »

Sur ces mots, elle laissa le cheval d'Adrien prendre un peu de distance. Se retrouvant à côté de Max, elle se prit à rêver...

« Si je pouvais rester à la Ferme du Val ! Je pourrais m'occuper de l'écurie, des patients... Je ferais n'importe quoi pour rester avec eux tous... et surtout avec Adrien », s'avoua-t-elle.

Toute la journée, la désormais ex-toxicomane, l'ex-accro aux drogues en tous genres se construisit un avenir aux odeurs de paille tiède, de fumier et de cuir graissé. Elle se mit aussi à anticiper le baiser que lui donnerait fatalement Adrien, un jour ou l'autre.

Ils s'arrêtèrent vers midi pour un premier pique-nique dans un vaste champ ombragé. Puis ils reprirent leur route, suivant un itinéraire établi qu'Adrien connaissait bien. En fin d'après-midi, Rose descendit de cheval avec regret. Rien ne lui avait paru ennuyeux. Pourtant, les randonneurs étaient fatigués.

Si la jeune femme pensait avoir le temps de bavarder avec les uns et les autres, elle se trompait. Il fallait planter les piquets en plastique dans lesquels on faisait circuler un fil afin de délimiter un enclos provisoire. Max aida une jeune autiste à desseller sa monture, tandis que les autres cavaliers donnaient à boire aux poneys.

Après un repas rapide, tout le monde se coucha dans les tentes dressées en cercle. Rose partageait la sienne avec Annie et son mari, Vincent. Ils s'endormirent rapidement.

Jusqu'à Cognac, le même scénario se renouvela. Adrien ne tenta pas une seule fois de se rapprocher de la jeune femme. Grisée par le grand air, les muscles endoloris, elle n'en eut pas vraiment conscience.

« Regardez, voici la Charente ! Nous allons pouvoir nous reposer pour de bon... » déclara

Adrien le samedi soir, alors qu'ils arrivaient près de Cognac.

Les berges du fleuve étaient agréablement ombragées par le feuillage des grands arbres, frênes et peupliers, qui poussaient au bord de l'eau. Les toits de la vieille ville se découpaient sur un ciel bleu pâle, déjà envahi de clartés orange. Rose ne put retenir une exclamation ravie :

« J'adore ce genre d'endroit, ça me rappelle le canal du Midi... ou les bords de la Garonne. Papa nous y a emmenées à la pêche une fois, Anne et moi... »

Elle s'adressait à Thierry, un des éducateurs, mais ce fut Adrien qui répondit :

« Tu vas pouvoir en profiter ! Ce soir, c'est la récompense de nos efforts. Un vrai repas, de la musique et le feu de camp... »

Il lui sourit avec tant de chaleur qu'elle se sentit belle et légère, complètement prête pour l'aimer. Max frappa dans ses mains au même instant.

« Moi, je suis content !

— Eh bien, tant mieux, Max ! Adrien encourageait le jeune garçon. Allez, au travail. Priorité aux poneys, ils ont soif... Rose, tu les parqueras dans cet angle du pré. L'herbe y est plus dense. Vincent, tu agrandis la clôture... »

Chacun connaissait son rôle. Lorsqu'il s'agissait de passer les chevaux et de planter les tentes, il n'y avait plus des handicapés et des gens normaux, mais une seule équipe travaillant dans la joie et l'impatience de la soirée à venir.

« Il faut ramasser du bois ! dit Rose à Adrien,

alors qu'elle le croisait près d'une des calèches. Beaucoup de bois ! »

Il s'arrêta pour la regarder.

« Toi, tu as l'air d'une gamine en vacances, les yeux brillants et les cheveux emmêlés. Aide Annie à préparer le repas. Les garçons se chargent du feu. C'est comme ça depuis la préhistoire ! »

En lui faisant cette remarque, sans réfléchir, il lui caressa machinalement la joue. Ses doigts s'attardèrent. Le souffle court, elle recula.

« D'accord, je vais couper les melons, comme une petite femme bien soumise ! »

Il fit la moue. Elle étouffa un rire nerveux :

« Je ne serai jamais très docile ! Dommage, n'est-ce pas ?

— Coquine va ! » fit-il en riant aussi.

Rose s'éloigna d'un pas chaloupé. Elle avait l'impression d'avoir des ailes.

« C'est un merveilleux soir d'été ! se dit-elle. Je n'aurais jamais cru que je me sentirais aussi libre, aussi bien, après ce que j'ai vécu. Comme quoi, on peut toujours avancer, sans regarder en arrière... »

Deux heures plus tard, tous les randonneurs étaient assis autour du feu qui lançait des milliers d'étincelles vers le ciel nocturne. Les flammes se tordaient au gré du vent tiède. Elles projetaient des reflets dorés sur les visages.

Assise en tailleur dans l'herbe, Rose observait Annie et Adrien qui posaient des couvertures sur les épaules des enfants.

« Vous voilà tous changés en Indiens ! » plaisanta Denis, qui venait de les rejoindre.

C'était un musicien, toujours fidèle à ce rendez-vous estival. Il disposa à bonne distance du foyer son djembé et sa guitare. Les cheveux blonds de Rose attirèrent son regard. Il la suivit un instant des yeux, se demandant s'il s'agissait d'une patiente ou d'une éducatrice. Adrien devança sa question.

« Une de mes pensionnaires..., chuchota-t-il. Overdose à Paris, et maintenant, regarde-la ! Elle renaît... »

Denis hocha la tête. Après les grillades d'usage – saucisses, steaks et merguez cuits sur les braises –, chacun attendait impatiemment le moment de chanter ou de faire des jeux.

Rose se sentait en harmonie totale avec l'atmosphère unique qui les enveloppait dans une bulle de sérénité, de fraternité. Lorsque Denis commença à jouer de la guitare, elle reprit à mi-voix la chanson qu'il entonnait d'une voix rauque, puissante.

Max s'en mêla en fredonnant de façon comique le refrain. Les plus jeunes frappaient des mains en riant.

« Que je suis bien ! Rose savourait l'instant. Je voudrais que cette nuit dure toute la vie. »

Adrien s'était assis en face d'elle, de l'autre côté du feu. Elle pouvait lire sur ses traits le moindre de ses sentiments, la satisfaction, le doute, le souci permanent qu'il avait de ses patients et, souvent, cette attirance qui les faisait vibrer et le poussait à la chercher du regard, elle et personne d'autre.

Vincent remit des branches dans le feu. Une brusque flambée illumina le décor environnant, le cercle des arbres, la verdure des buissons, les yeux dorés des poneys regroupés près de leur clôture. L'odeur particulière des chevaux parvenait jusqu'au campement, rassurant ceux que les ténèbres environnantes pouvaient inquiéter.

Denis confia sa guitare à un des jeunes, cala son djembé entre ses cuisses et, sans arrêter de chanter, se mit à jouer. Le son sourd, dont l'écho résonnait longtemps, venait se répercuter dans la poitrine de Rose, y éveillant une fièvre nouvelle. Le passé n'existait plus, seule comptait l'heure présente. Fermant les yeux, elle s'abandonna à la musique rythmée qui lui parlait de l'Afrique, de la savane brûlante, des crépuscules rouges où les lions rugissent en mal d'amour. Elle se libérait de ses peurs. Ses inhibitions s'envolaient pour faire place à une envie brutale de se lever pour danser à la lueur des flammes.

Le désir la tenaillait, désir de tenir Adrien dans ses bras, de plaquer son corps contre le sien, de se donner à lui dans une étreinte sauvage. Heureusement, les accords primaires et farouches du djembé se turent. Annie chanta *Le Temps des cerises* ; Denis reprit sa guitare.

Rose en profita pour s'éclipser. D'abord, elle eut envie de s'allonger dans sa tente, mais il faisait encore chaud et s'enfermer entre des murs de toile lui parut déplaisant. Elle alla voir les poneys, donna un sucre à Princesse, puis, marchant sans hâte, se dirigea vers le fleuve. À mi-voix, elle parlait toute seule.

« Adrien... Je t'aime... J'aurais voulu te rencontrer avant... Avant tous les autres, même avant David ! »

Elle se revit à Paris mais repoussa ces souvenirs-là. Le clapotis de l'eau contre le talus humide la réconforta. Un ragondin nageait en silence. Sur une branche, une chouette poussa un bref hululement.

Elle s'arrêta et jeta une brindille dans le courant.

« Tout va bien ? » fit une voix derrière elle.

Adrien se tenait à un mètre à peine, les mains dans les poches. Elle avait reconnu son timbre grave et son pull en laine écrue qui faisait une tache blanche dans la pénombre.

« Adrien ? interrogea-t-elle. Il ne fallait pas te déranger, je me promenais.

— Toute seule ? Je suis responsable de toi ! Tu avais un drôle d'air, tout à l'heure, près du feu, quand Denis chantait... Alors j'ai préféré te suivre... »

De ses mains nerveuses, Rose réduisait en miettes une grosse feuille de platane. Il l'avait rejointe. Il avait délaissé les autres. Émue et soudain pleine d'un espoir insensé, elle murmura :

« Adrien, merci... pour ces jours à cheval, pour le bonheur que je ressens ! Merci, c'est grâce à toi, à Max, à vous tous. Je n'ai pas de mots assez forts, mais je viens de connaître des heures exquises, si belles. Celles qui brisent le cœur, parfois, pour citer Nietzsche. Je voudrais que cela dure encore et encore... Pour ne pas te quitter... »

Elle se mordit les lèvres. Il faisait trop sombre, elle ne pouvait pas déchiffrer son expression. Il s'approcha, plus près.

« C'est le but recherché, dit-il d'une drôle de voix. Redonner l'énergie de vivre à des gens comme toi, comme Max. Une thérapie très simple, le rapport avec la nature, les animaux... Cela fonctionne, tu en es la preuve... »

Ce n'était pas ce qu'elle voulait entendre. Un peu déçue, elle ajouta très vite :

« Il n'y a pas que ça ! Moi, c'est un peu différent, je deviens une autre Rose, ou bien celle que j'étais vraiment sans le savoir. Adrien, depuis un mois, j'ai appris la valeur de certains sentiments, leur force ! On peut aimer sans tout de suite penser au sexe… aimer de tout son cœur… »

Il aurait voulu s'en aller, mais une force invisible le retenait cloué sur place. Il entendait la respiration haletante de la jeune femme. Il avait une envie folle de la prendre dans ses bras, de la plaquer contre lui pour sentir son corps souple vibrer contre le sien. Il avait envie de toucher de ses doigts avides la sensualité brûlante qui se dégageait de Rose, en ces instants-là.

« Je crois qu'il faudrait retourner près du feu ! dit-il sans conviction.

— Adrien ! » appela-t-elle d'un ton plaintif.

Il lui ouvrit les bras. Elle s'y jeta, pressée d'atteindre ce refuge tant espéré. Ils se retrouvèrent tendrement enlacés. Ils jouissaient de la chaleur de leurs corps qui s'étaient enfin trouvés.

« Ce n'est qu'un câlin ! » Adrien s'était cru obligé de donner cette précision.

« Oui, oui… » répondit Rose, par pure convenance.

Leurs lèvres se rencontrèrent, aussitôt se joignirent. Ce ne fut qu'un baiser timide, d'une infinie tendresse. Adrien se dégagea le premier à contrecœur…

« Viens, Max va s'inquiéter !

— Je viens », dit-elle doucement.

Mais Rose ne bougeait pas, comme si le moindre mouvement allait rompre cette sensation de bonheur qui l'avait envahie.

*

À Toulouse, Anne perdait patience. Savoir sa sœur jumelle guérie et ne pas pouvoir lui rendre visite, c'était intolérable. Rose donnait rarement de ses nouvelles, et si cela se produisait, elle était toujours pressée, évoquant comme excuse les chevaux à nourrir, un certain Max à accompagner on ne sait où, quand il n'était pas question d'une petite Gisèle. Les colères contrôlées de sa femme amusaient beaucoup Paul, qui lui disait pour la calmer :

« Laisse donc ta sœur se refaire une santé. Je suis sûr qu'elle est contente de sa vie là-bas.

— Et moi, je ne compte pas ? rétorquait la jeune femme en secouant sa longue chevelure blonde. Et Louis ! Ma sœur ne le connaît même pas ! Elle ne l'a pas encore vu, ni touché. Son neveu... C'est inouï ! Nous aurions très bien pu faire le déplacement deux ou trois fois.

— Bah ! conclut Paul gentiment. Ce n'est pas bien grave. »

Il regarda sa femme. Depuis la naissance de Louis, son caractère s'était affirmé. Elle prenait toutes les décisions, parfois même sans le consulter. Cela ne le dérangeait pas, au contraire... Anne semblait épanouie, heureuse, et c'était là l'essentiel. Mais il redoutait malgré lui le retour de Rose et cachait avec soin cette appréhension.

Le lendemain, Anne écrivit une longue lettre à sa

sœur, la suppliant de rentrer à Toulouse si elle se sentait mieux. Puis elle appela Adrien Girard, un peu comme on se jette à l'eau...

« Je voudrais bien comprendre ! Ma sœur est chez vous depuis huit semaines environ et elle me paraît en pleine forme. C'est elle-même qui le dit ! Est-elle guérie ou non ? Si oui, je pense qu'il est temps qu'elle revienne à la maison, près de sa famille. Je la soignerai, je veillerai sur elle... Je ne comprends pas pourquoi je ne peux pas venir la voir... »

La réponse tomba, nette et froidement aimable :

« Chère madame, je suis le seul habilité à juger de l'état de votre sœur. Rose peut vous sembler guérie. Il est vrai qu'elle a repris goût à la vie, qu'elle mange mieux et qu'elle participe activement aux travaux de la ferme, mais ça ne signifie pas pour autant qu'elle soit définitivement tirée d'affaire. Je dois faire le point prochainement avec elle. Mais comptez sur moi pour vous tenir au courant de l'évolution de son état et croyez bien que, si je pensais que votre venue puisse être positive, je serais le premier à vous inviter. Mais c'est encore prématuré... »

Adrien posa l'appareil en se mordillant les lèvres de contrariété. L'échéance tant redoutée approchait à grands pas, celle du jour où Rose disparaîtrait de son monde à lui, de sa vie. Il devait s'avouer qu'il n'était pas objectif en ce qui concernait sa santé : en fait, rien ne s'opposait à ce qu'elle revoie sa sœur, mais il ralentissait volontairement le processus. Il eut un peu honte de lui. Le psy avait laissé la place à l'homme, à l'homme amoureux, et les deux personnages luttaient, l'un par conscience professionnelle et l'autre par attirance incontrôlable.

La jeune femme se trouvait au même instant dans le box de sa jument préférée, et ses pensées ressemblaient étrangement à celles qui agitaient Adrien.

« Je me plais ici ! expliqua-t-elle à Princesse le visage appuyé contre son encolure. Je me sens loin de tout. Même si parfois, tu vois, je m'ennuie un peu. À cause de quelqu'un que tu connais bien… Mais je ne veux pas m'en aller, ça non. Je voudrais rester ici encore un mois, un an même. Des années… »

Elle ferma les yeux. Depuis la randonnée et le baiser au bord du fleuve, Adrien évitait de se retrouver en tête-à-tête avec elle, bornant les discussions aux détails du quotidien… Bref, il la fuyait. Rose ne comprenait plus rien à ce revirement de situation. De plus, personne ne lui avait parlé d'une madame Girard, ou d'une compagne éventuelle, même si Adrien découchait souvent.

« Où va notre directeur certaines nuits ? avait-elle osé demander à Marinette, qui gérait elle aussi l'institut.

— Il dort de temps en temps chez sa mère, à Angoulême. Une dame charmante mais assez exigeante. Toi, Rose, avoue-le, tu en pinces pour Adrien !

— Mais non, quelle idée ! Je suis curieuse, c'est tout. Et puis à son âge, il a le droit d'avoir une vie privée. »

Marinette avait eu un sourire entendu et s'était replongée dans ses dossiers.

Le samedi suivant, Paul, Anne et leur bébé lui rendirent visite par surprise et contre l'avis d'Adrien.

En apercevant sa sœur devant l'écurie, Rose poussa un cri de joie.

« Anne ! Quel bonheur !

— Rose ! Comme tu as bonne mine ! »

Anne se précipita vers sa sœur et l'embrassa tendrement. Rose salua Paul puis regarda le petit bonhomme vêtu de bleu qu'il portait dans ses bras.

Elle demanda, la gorge nouée :

« C'est mon neveu, cet adorable bout de chou ? »

Anne, rose d'émotion et les yeux embués de larmes, fit oui de la tête. Son fils, âgé de trois mois et demi, babillait en regardant ce visage inconnu et pourtant si familier. Rose se pencha sur lui en riant.

« Qu'il est beau ! Je peux le prendre ? »

Paul eut un geste d'inquiétude, car sa belle-sœur lui paraissait échevelée et portait un pull piqué de brins de paille. Rose perçut le mouvement de contrariété :

« Je vais d'abord aller me changer et quitter ces vêtements qui sentent le cheval ! Attendez-moi dans le patio, j'en ai pour une minute… »

Elle planta un baiser sur la joue de sa sœur et fila vers la maison.

Anne tremblait encore d'émotion :

« Tu l'as vue, Paul ? Mais elle est éclatante de santé et toute gaie. Comme je suis contente ! C'est un vrai miracle… »

Elle versa une larme. Elle revoyait Rose couchée

dans ce lit d'hôpital, à Paris, maigre et livide, une perfusion au bras gauche, l'ossature saillante sous la peau terne, les mains aux veines apparentes. Un fantôme… Et sa sœur avait repris de bonnes joues et un regard confiant…

Louis lança un gazouillis ravi en voyant une bande de canards se dandiner sur la pelouse. Paul se mit à rire, rassuré. Il tenait surtout à s'entretenir avec Adrien Girard, car Anne s'était mis en tête d'emmener sa sœur aujourd'hui même et il voulait être assuré qu'il n'y avait plus aucun risque.

Rose revenait déjà, vêtue d'un jean et d'une chemise. Elle avait brossé ses cheveux blonds et les avait attachés sur la nuque. Adrien la suivait à grands pas nerveux. Anne, qui ne l'avait jamais vu, le trouva très séduisant.

« Quel joli couple ils feraient ! songea-t-elle, fidèle à son côté fleur bleue. Je comprends pourquoi Rose se sent bien ici. »

Adrien salua Paul et serra la main de la jeune maman. Louis eut droit à un chatouillis sous le menton. Passé ces salutations rapides, le directeur de la Ferme du Val déclara, d'un ton un peu sec :

« Je vois que mes recommandations n'ont eu aucun effet, madame Vindel. Enfin, je ne vais pas gâcher ces retrouvailles, d'autant plus que je comptais vous appeler lundi et vous conseiller cette visite. Bon, je vous laisse tranquilles, en famille. Vous avez de la chance, il fait un temps superbe ! »

Adrien s'attarda juste un court instant, le temps de dévisager avec discrétion les deux sœurs. Certes, elles se ressemblaient beaucoup, mais le port de tête, le regard étaient différents. On ne pouvait pas les confondre.

Les prunelles bleues d'Anne reflétaient un calme, une douceur qu'on ne retrouvait pas dans celles de Rose.

« À plus tard ! » lança-t-il en s'éloignant, mal remis de sa contrariété.

Le petit groupe s'installa dans ce qu'on nommait le patio, qui n'était en fait qu'une courette couverte d'une tonnelle. Quatre tables y étaient installées en permanence, permettant à certains résidants de lire ou de déjeuner en plein air, même les jours de pluie.

« Ah, voici mon copain Max ! s'écria Rose. Il nous apporte le café. »

Avec des précautions enfantines, Max apportait en effet un thermos et un paquet de biscuits. En riant, embarrassé, il repartit chercher le sucre et les tasses. Anne se pencha vers le bébé, car la vue d'un handicapé la mettait mal à l'aise. Rose s'en aperçut :

« Ne sois pas gênée, Anne. Max est un garçon formidable ! expliqua-t-elle en allumant une cigarette. Il faut le voir soigner les chevaux... C'est lui qui m'a appris à les brosser et à les nourrir. Il a un feeling exceptionnel avec les animaux. Il n'a aucune peur, aucune méfiance. Les bêtes, même les plus farouches, le perçoivent tel et l'acceptent ! »

Anne comprit, tout en confiant son bébé à Paul.

« Comme c'est intéressant ! remarqua-t-elle un peu sottement. Oh ! Louis a vomi... je commence à le sevrer ; il ne supporte pas bien le lait en poudre. »

L'incident, aussi minime fût-il, mobilisa toute l'attention des jeunes parents. Rose souriait avec un brin d'ironie. Elle découvrait sa sœur dans son rôle de maman poule et cela l'amusait.

« Alors ! Ai-je enfin le droit de tenir mon neveu ?

— Bien sûr ! répondit Anne. Je le nettoie et je te le donne. Paul, où sont les lingettes ? »

Quelques minutes plus tard, Louis se retrouva blotti contre la poitrine menue de sa tante et ne parut pas trop désorienté. Rose embrassa son front arrondi, son crâne duveteux. Elle semblait fascinée par le nourrisson.

Anne prit des photos, puis elle contempla en silence ce tableau dont elle rêvait depuis la naissance de son fils. Elle repensa à ce que lui avait confié Sonia un jour, au sujet de la fausse couche de sa sœur…

« Rose pourrait avoir un enfant de cinq ans si elle l'avait gardé ! se dit-elle… Mais elle était si jeune, cela aurait provoqué une vraie tragédie dans la famille. J'aimerais bien qu'elle m'en parle, de cette histoire… »

Max revint au même moment et s'empressa de disposer les tasses et le sucrier. Personne ne vit Adrien qui s'approchait et s'arrêtait derrière la balustrade. De là, il pouvait observer Rose qui berçait Louis. Il nota ses gestes pleins de douceur, son expression extasiée.

« À quoi pense-t-elle ? se demanda-t-il. À sa fausse couche ? La plaie est-elle refermée ? »

Comme si elle avait senti sa présence, la jeune femme se retourna et l'aperçut. D'une voix ravie, elle le convia :

« Viens avec nous, Adrien ! Je suis si contente. »

Il accepta, mais sa présence silencieuse dérangeait Anne qui craignait encore une remontrance pour avoir outrepassé les prérogatives du maître des lieux... Très vite, les deux sœurs se livrèrent à un bavardage effréné sur leurs souvenirs d'enfance. Leurs rires, leurs murmures complices n'empêchèrent pas Louis de sombrer dans le sommeil.

Max assistait à la scène, assis sur la rambarde. Il savourait avec un sourire euphorique cette ambiance joyeuse qui lui réchauffait le cœur.

Paul et Adrien se retirèrent ensuite dans le bureau voisin. Libérée de la présence des deux hommes, Anne glissa très vite :

« J'aimerais que tu rentres à Toulouse ce soir avec nous ! J'ai préparé ta chambre. Je serais tellement heureuse de t'avoir à la maison, le temps que tu prennes une décision...

— Quelle décision ? rétorqua Rose d'un ton plus sec qu'elle ne l'aurait voulu. Je suis parfaitement bien ici !

— Oh ! je ne sais pas... Par exemple, chercher un emploi qui te plairait... reprendre une vie normale près de nous... »

Rose soupira. Revenir dans sa ville natale lui faisait l'effet d'un retour à la case départ. Elle fixa sa sœur longuement.

« Ce que j'aurais voulu, Anne, c'est te serrer dans mes bras, te remercier... Nous rions, nous plaisantons, mais tu te tiens à l'écart, comme si tu avais peur de moi ! De quoi as-tu peur ? De te salir ? »

Anne devint toute rouge. Elle protesta, des sanglots dans la voix :

« Comment peux-tu dire une chose pareille ! J'ai le bébé ! Viens, nous allons le coucher dans son couffin, je l'ai laissé sur la banquette arrière de la voiture. Après, tu verras si j'ai peur de me salir. Qu'est-ce que tu peux dire comme bêtises, toi ! C'est que je ne suis pas très à l'aise ici. »

En sortant de la ferme, Adrien et Paul virent les deux sœurs enlacées, assises sur un banc de pierre. Leurs chevelures blondes se mêlaient et l'écho de leurs rires dansait au vent.

« Quel charmant spectacle ! affirma Adrien. Si Rose rentre ce soir, vous aurez deux jolies femmes à la maison ! Rien que pour vous ! »

Paul ne goûtait pas trop ce genre de remarques. Il haussa les épaules.

« La seule qui compte, c'est la mienne ! Mais attention, j'ai de l'affection pour Rose. Je la connais peu. Elle est partie vivre à Paris juste après notre mariage. Mais c'est ma belle-sœur ; je veillerai sur elle, vous pouvez en être sûr...

— Je n'en doute pas ! » répliqua tristement Adrien.

Il n'arrivait pas à imaginer le départ de Rose, ni son absence définitive... Ses pensées se concentrèrent sur la jeune femme. Pourquoi réagissait-il ainsi ? Depuis six ans qu'il travaillait ici, il avait rarement accueilli des drogués en phase de désintoxication, surtout pour protéger les autres malades de certaines phases violentes. Mais Rose ne lui avait posé aucun problème. Elle s'était adaptée immédiatement, discrète et farouche, sans jamais appeler à l'aide, hormis le jour de sa confession.

« Il vaut mieux qu'elle parte vite ! murmura-t-il. Franchement, c'est la meilleure solution.

— Pardon ? demanda Paul. Je n'ai pas entendu ce que vous disiez...

— Rien d'important ! Allons voir ce que veut faire Rose. La décision lui appartient. Je ne la mets pas à la porte. Pour ma part, je l'aurais gardée encore deux semaines, ou plus. Afin d'être certain qu'elle ne rechutera pas. »

Ces derniers mots firent froncer les sourcils de Paul. Il n'avait aucune envie de bouleverser son quotidien.

« Si vous jugez cela plus prudent, s'empressa-t-il de dire, il faut l'expliquer à Anne. Vous savez, elle est si têtue. »

Les deux hommes rejoignirent les jumelles. Rose évita le regard d'Adrien. Anne l'avait suppliée avec insistance de rentrer le jour même, mais elle venait de comprendre que, la seule chose qui lui importait, c'était de rester là, avec Max, les chevaux et cet homme, cet homme qu'elle aimait de toute son âme. Cela lui paraissait tout à coup une évidence...

« Rose, il est temps de faire ta valise si tu le souhaites ! lança Paul d'un ton paternel. Adrien ne voit pas d'objection à ce que tu nous suives. Mais c'est toi qui décides, pas nous ! »

La jeune femme tourna la tête vers l'écurie. Max balayait l'allée centrale en jetant des coups d'œil vers eux. Vanessa, une handicapée mentale légère, entrait dans le parc des chèvres, une brassée de foin cachant son visage impavide. Plus loin, au milieu du potager, un des éducateurs aidait Camille et Lucas, deux adolescents autistes, à semer des radis.

« Ça m'ennuie pour Max ! déclara Rose. Il va être si triste que je parte. Je lui avais promis de tresser la crinière de Princesse pour la balade de demain matin. Et Gisèle, où est-elle ? Comment vais-je lui expliquer que je dois m'en aller... Il aurait fallu que je les prépare doucement à mon départ. »

Ces atermoiements avaient le don d'agacer Paul. L'heure tournait. S'ils voulaient être en fin de journée à Toulouse, le temps pressait. L'hésitation qu'il percevait chez sa belle-sœur lui laissait espérer qu'elle ne viendrait pas. Il tenait tant à leur vie de couple, à leur cocon tranquille, qu'il appréhendait de plus en plus la présence de sa belle-sœur. Mais Anne s'accrocha au bras de sa jumelle.

« Va vite faire tes adieux, nous devons reprendre la route et j'ai hâte de quitter cet endroit, je ne le trouve pas très gai... »

Rose se dégagea un peu brusquement.

« Comment ça, pas gai ! C'est un petit paradis pour eux, pour moi ! Adrien, cela te dérange vraiment si je reste encore un peu ? As-tu besoin que je libère ma chambre ? »

Pris de court, celui-ci balbutia très vite :

« Pas du tout. Je l'ai dit à Paul : je n'avais pas prévu ton départ pour aujourd'hui. Fais à ton idée ! »

Anne fit une grimace de déception, prête à pleurer. Mais Rose reprit, en apparence très calme :

« Ma chérie, retourne vite à la maison avec ton

mignon petit Louis. Promis, j'arrive bientôt… Inutile de venir me chercher. Je prendrai le train. Je voudrais préparer Max à mon départ ; et, demain, je dois accompagner les promenades à cheval. D'accord ? Et surtout, je veux parler à Gisèle, lui faire comprendre pourquoi je ne peux pas rester ici éternellement. Bref, je ne suis pas vraiment prête. Je dois les préparer et surtout me préparer ! »

Anne ravala son chagrin. L'instant suivant, elle éprouva même une sorte de soulagement. Cela ressemblait bien à Rose de ne pas se laisser guider ou influencer.

« Bon, d'accord, reviens quand tu veux ! proposa-t-elle en embrassant sa sœur. Je ne veux pas te contrarier. On garde le champagne au frais. »

Plus tard, lorsque leur voiture s'éloigna entre la rangée d'arbres de l'allée, Rose respira mieux. Elle déciderait elle-même du jour de son départ.

« Je m'accorde une semaine », pensa-t-elle.

Cela lui parut merveilleusement long.

« Toi, tu n'en fais qu'à ta tête ! plaisanta Adrien qui dissimulait à peine sa joie. Tu n'en as pas marre de nous ?

— Non ! Et puis zut ! Je n'aime pas quitter tout le monde sans y être préparée, juste pour suivre sagement Anne et Paul. D'ailleurs, ce sera dur de vivre chez eux. Quand je dis dur, cela signifie « impossible »! Dès que j'aurai un job, je louerai un studio. »

Adrien craqua. Il la prit par l'épaule.

« Si on buvait un café, rien que nous deux ? Après, on se remettra au travail. »

La jeune femme tressaillit de bonheur. Le visage

d'Adrien était tout proche du sien. Elle résista à l'envie de l'embrasser et se libéra d'un mouvement souple.

« Non, pas le temps. Je vais aider Max, patron ! »

Rose savait que ce terme exaspérait Adrien. Il réagit aussitôt :

« Ne m'appelle pas comme ça ! Bon, je vais prendre un café tout seul, puisque tu me laisses tomber ! »

Mais il souriait en disant cela.

Rose trouva Max au fond de l'écurie. L'adolescent était assis sur une botte de foin et gardait la tête baissée, les bras ballants.

« Max ! Qu'est-ce que tu as ? Tu t'es fait mal ?

— Je… suis… triste…, bégaya-t-il. Tu pars… »

Elle s'agenouilla devant lui, l'obligeant à la regarder en lui relevant le menton d'un geste doux.

« Enfin, Maxou, je suis là ! Ma sœur est partie, tu sais, celle qui me ressemble, la dame avec son bébé ! Moi je reste encore ici, avec toi. Rien n'a changé. Nous allons nourrir les chevaux, d'accord ? »

Il posa sur elle un regard radieux. Puis il bondit sur ses pieds, frappant dans ses mains.

« Rose reste, Rose reste ! Max est content ! Content… »

Devant cette explosion de joie, Rose renonça à expliquer à l'adolescent que son départ arriverait quand même.

« J'ai un peu de temps, se dit-elle. À quoi bon le rendre malheureux ? Je lui parlerai dimanche prochain. Pas avant. »

La soirée s'écoula paisiblement. Gisèle n'avait jamais été aussi affectueuse avec Rose, qui commença à s'interroger. Peut-être existait-il un moyen pour ne pas quitter ses protégés…

*

Mais la date fatidique arriva. La semaine avait passé trop vite au goût de Rose. Adrien s'était absenté souvent, comme pour l'éviter, et le rapprochement qu'elle espérait ne s'était pas produit. La veille du départ, elle fut incapable de s'endormir. Elle tournait et retournait dans son lit, son corps mince et gracieux moulé par une nouvelle chemise de nuit noire offerte pas sa sœur. Au bout d'une heure, elle se décida à descendre dans le salon.

« Je me ferai une tisane. Cela me calmera ! »

Elle n'arrivait pas à chasser de son esprit la vision de Max, les joues inondées de larmes. Quand il avait compris qu'elle allait disparaître de sa vie, l'adolescent, dont l'équilibre mental était très fragile, avait eu une vraie crise de désespoir. Il s'attachait trop vite aux gens qu'il fréquentait. Adrien n'avait pas trouvé de solution pour lui éviter de souffrir à chaque séparation.

« Je reviendrai de temps en temps ! » lui avait promis la jeune femme, certaine cependant qu'une fois rentrée à Toulouse, elle serait reprise par une vie différente.

Elle se prépara une infusion tout en se répétant qu'elle devait rayer Adrien de son cœur, au même titre que Max, Gisèle et Princesse, cette jument qu'elle affectionnait. La Ferme du Val paraissait très calme. On aurait pu croire tous ses habitants endormis profondément.

Des bâtiments voisins s'élevaient parfois des bêlements, des hennissements, tandis qu'une chouette hulotte, perchée sur un des chênes du bois, jetait son cri monotone.

Les nerfs à vif, Rose alluma une cigarette. Soudain, elle distingua un rai de lumière sous la porte du bureau.

« Adrien ne dort pas non plus... Si je lui rendais visite, si je lui disais que je l'aime ! Non, il tomberait des nues. Toutefois, qu'est-ce que je risque ? C'est lui qui m'a appris à m'exprimer pour ne pas souffrir. »

Elle avança vers la porte, s'arrêta puis recula, la main sur le cœur. Grisée par une peur étrange qui la transportait, elle hésitait. Elle ne savait pas s'il fallait s'enfuir ou s'il fallait courir vers lui. Enfin, elle s'élança et, sans plus réfléchir, frappa deux petits coups, haletante.

« Oui ? » la voix d'Adrien sonnait bizarrement.

— C'est moi, Rose ! Je voudrais te parler. »

Adrien ouvrit la porte et la regarda. Une clarté dorée l'auréolait, laissant son visage dans l'ombre. La jeune femme aurait été bien en mal de déchiffrer l'expression de ses traits. Cela lui rappela cet instant précieux, au bord de l'eau, à Cognac. Si elle pouvait au moins recevoir un dernier baiser, aussi doux que celui de ce soir-là.

« Adrien ? Je ne peux pas dormir... Je suis si triste de partir. J'ai vu que tu n'étais pas couché. J'ai préféré te dire ce que je ressentais.

— Entre ! » fit-il en reculant.

Elle passa tout près de lui, ravissante dans sa toilette légère. Il découvrit en un instant ses longues jambes musclées, ses épaules menues, la naissance d'une poitrine restée enfantine.

« Tu aurais pu t'habiller ! grogna-t-il. Si on te voit entrer chez moi dans cette tenue... Tu as pensé à ma réputation, à la tienne ? N'importe qui pouvait te croiser... Déjà Marinette me pose un tas de questions sur toi, sur moi... »

Il s'en voulait du brusque désir d'elle qui le submergeait et qu'il n'arrivait pas à contrôler. Sa parade, c'était l'agressivité.

Rose se retourna, l'air malheureux. Elle était venue à lui éperdue d'amour et il lui parlait sur un ton presque méprisant.

« Adrien, tu vas tellement me manquer ! confessa-t-elle. Et pas seulement toi, Max aussi, et Gisèle. Toute l'équipe... J'ai réfléchi, là, dans la cuisine, le temps que l'eau chauffe pour ma tisane... Je pourrais peut-être rester ici, à la ferme. Je veux dire, y travailler. Je m'occuperais des enfants autistes. S'il le faut, je peux suivre une formation. J'ai un bon niveau d'études... »

Il eut un geste de lassitude et hocha la tête.

« Ne mélange pas tout ! Ta réaction est naturelle. Tous ceux qui séjournent à la ferme ont peur de s'en aller. Ils appréhendent le retour à une existence normale, pleine de pièges. La plupart des jeunes toxicos que j'ai accueillis m'ont supplié, comme toi, de prolonger leur séjour. Mais ton cas est différent, et tu ne dois pas fuir l'avenir. Ton avenir. Tu as la chance d'avoir une maison, une famille qui t'attendent. »

Elle haussa les épaules et s'approcha, tremblante.

« Je ne passerai pas plus d'un mois chez Anne.

Ensuite, je veux bosser. Pourquoi pas à la ferme, avec vous tous ? Cela ferait tellement plaisir à Max. C'est toi-même, pendant le voyage à cheval, qui m'a parlé du monitorat. Je me sens capable de le préparer.

— Excellente idée ! Une fois à Toulouse, rien ne t'empêche de t'inscrire dans un centre équestre. Tu en as pour un an ou deux. Après, tu peux trouver une place n'importe où. »

Elle avait l'impression qu'il ne voulait pas entendre. Il ne voulait pas comprendre.

« Ce ne sera pas comme ici ! s'exclama-t-elle. C'est avec toi que je veux travailler. Nous nous entendons si bien ! Je n'ai pas envie de te quitter ! Voilà ! Je t'aime ! »

Elle respira à fond. C'était dit. Mais sa réponse la désespéra.

« Là aussi, tu dois te tromper. L'attachement que tu éprouves à mon égard est celui de l'élève pour son maître, du malade pour son médecin. Peut-être crois-tu m'aimer... C'est faux. Un jour, tu rencontreras un homme qui te conviendra, et tu seras heureuse. Pour ma tranquillité et ton équilibre, mieux vaut rompre nos relations, un peu équivoques je l'avoue, le plus vite possible. Prenons un peu de distance. »

Elle l'écoutait attentivement, mais ses paroles sonnaient à ses oreilles d'une étrange manière, comme s'il se forçait à se montrer dur. Elle s'élança et noua ses bras nus autour de son cou.

« Adrien ! Ne me laisse pas ! Je suis sûre que tu tiens à moi... Tu dis ces choses pour me pousser à partir, mais je t'aime, tu entends, je t'aime ! »

Il se dégagea avec brusquerie. Il avait l'air en colère. Blessée, elle recula.

« Je te dégoûte, c'est ça ! Je me suis prostituée, alors je te fais horreur... Ne t'inquiète pas, je comprends ! Je ne t'en veux pas, mais tu sais, je ne suis pas malade, je n'ai pas le sida...

— Quelle chance ! ironisa Adrien. Tu risquais gros, pourtant, avec la vie que tu as menée. Par contre, ne sois pas stupide. J'ai ton dossier médical ici. Je sais bien que tu n'as rien... Et puis si je te désirais, rien ne m'arrêterait, figure-toi ! Là n'est pas le problème. Tu ne t'es pas demandé si j'étais libre ou non ? Si j'ai une amie, en dehors d'ici, cela ne te dérange pas ? Je pourrais être un mec fidèle, ça ne t'effleure pas l'esprit ? »

Rose se sentit soudain très mal et affreusement ridicule. Elle marcha vers la porte, en balbutiant :

« Marinette m'avait dit que tu étais célibataire... Et tu m'as embrassée, au bord de la Charente. Je suis vraiment désolée, Adrien, et confuse ! Tu aurais dû m'en parler avant, quand même ! Je ne me serais pas jetée à ton cou, je t'assure, j'aurais gardé mes distances.

— Je n'ai pas à te détailler ma vie privée ! » jeta-t-il maladroitement.

Elle tressaillit et murmura, vaincue :

« Inutile de m'emmener à la gare, demain matin. Vincent va livrer des fromages à l'épicerie. Il m'accompagnera.

— Ce sera parfait. J'ai une dernière chose à te dire : j'ai insisté sur ce point, mais toi aussi tu as fait celle qui n'entendait rien. De retour à Toulouse, raconte ce qui t'est arrivé à ta sœur, le viol que tu as subi, et porte plainte contre ton oncle. Il n'y a pas prescription, puisque cela date de cinq ans. Tu es une victime, pas une coupable, ne l'oublie jamais. »

La jeune femme se sentait brisée. D'une voix altérée par le chagrin, elle répliqua :

« À quoi bon remuer toute cette boue ? Pour casser le ménage de ma tante ? Mettre tout ce linge sale sur la place publique avec ce que cela aura comme conséquence pour ma sœur et pour Paul ? Je n'en ai vraiment pas envie. Je veux oublier, seulement oublier. Désolée, mais, pour une fois, je ne t'obéirai pas… Au revoir, Adrien. »

Il ne répondit pas. Il la laissa partir, malgré la douleur qui lui tordait le cœur. Il avait le sentiment de ne pas avoir été bon sur ce coup-là : ni vraiment professionnel ni à peine amical.

15

En robe légère et maquillée avec soin, Anne arpentait le quai de la gare Matabiau, à Toulouse. Le train qui ramenait Rose s'immobilisa dans un long grincement métallique. Parmi toutes ces silhouettes anonymes, celle de sa sœur allait apparaître et la jeune femme brûlait d'impatience. Une nouvelle vie commençait pour elles deux, Anne en était certaine. Soudain, un regard bleu, des mèches blond foncé, tirant sur le roux, attirèrent son attention.

« Rose ! »

C'était bien elle, simplement vêtue d'un jean et d'un débardeur jaune.

« Anne ! Quelle élégance ! Et mon neveu, où est-il ?

— Je l'ai confié à Sonia. Je voulais être un peu seule avec toi…

— Oh, non ! s'écria Rose. Pas tante Sonia. Je n'ai pas envie de la voir tout de suite… »

Anne éclata de rire en prenant sa sœur par le bras.

« Je m'en doutais ! Paul prendra le relais à quinze

heures, et nous allons déjeuner en ville, rien que toi et moi… Maintenant que Louis prend des biberons le jour, je me sens plus libre. »

Rose suivit Anne en s'étonnant de sa démarche assurée, de ses vêtements à la dernière mode. Elle poussa un cri de surprise en la voyant ouvrir la portière d'une petite voiture toute neuve.

« Tu as passé le permis ?

— Évidemment ! Paul y tenait. Il ne peut pas toujours se libérer quand j'ai besoin de faire des courses. Il m'a acheté ce bijou, avec *airbags* et tout… »

Rose ne fit aucun commentaire. Elle se revit à Paris, juste installée dans son bel appartement, quai de Passy. Elle projetait alors de passer son permis de conduire, de visiter les châteaux des environs de la capitale… Mais rien ne s'était déroulé comme prévu.

« Monte ! lança Anne. Et n'aie pas peur, je suis prudente. J'ai réservé une table au Café Albert, tu sais, place du Capitole.

— Je m'en souviens quand même ! protesta Rose. Je n'ai quitté Toulouse que depuis un an… »

Les deux sœurs s'installèrent face à face, embarrassées sans trop savoir pourquoi. Il y avait en fait très longtemps qu'elles ne s'étaient pas retrouvées seules.

Un serveur vint prendre la commande et les dévisagea avec une curiosité ravie. En leur apportant une copieuse salade pyrénéenne, il s'enhardit à demander si elles étaient bien jumelles.

« Oui, confirma Anne en souriant ironiquement, comment avez-vous deviné ? »

Rose éclata de rire. Elles déjeunèrent de bon appétit en discutant surtout du petit Louis, qui, à en croire Anne, était la huitième merveille du monde. Ensuite, Rose insista pour acheter des cartes postales qu'elle souhaitait envoyer à Max et à ses amis de la Ferme du Val.

« Max pleurait beaucoup quand je suis partie ! expliqua-t-elle. Le pauvre, il a eu une enfance terrible. Complètement rejeté par sa famille, il a été placé dans un centre où on le laissait seul la moitié de la journée…

— Ne me parle plus de ces horreurs ! coupa Anne. Je ne veux pas en savoir plus ! Je dois te sembler égoïste, mais…

— Oui, c'est égoïste en effet, Anne ! Tu t'enfermes dans un cocon en te bouchant les oreilles, en te fermant les yeux, et ailleurs, partout, des gens souffrent, sont maltraités, humiliés… Comment peux-tu t'en moquer ? L'ignorer ? Tu pourrais être plus compatissante, quand même… »

Anne pressa le pas. Elle espérait que Rose, à la maison, n'aborderait pas ce genre de sujet.

« Rentrons vite, à présent. Sonia est sûrement partie et Paul doit nous attendre. »

Rose soupira. Elle envisageait avec appréhension le quotidien entre son beau-frère et sa sœur, sans oublier le bébé et les visites de Sonia. Dans la voiture, elle appuya son front contre la vitre côté passager, ferma les yeux et pensa à la ferme…

Une heure plus tard, pourtant, elle foulait avec

enthousiasme le sol du jardin familial, retrouvant la végétation luxuriante des rosiers et des jasmins. Rien n'avait changé. Les graviers de l'allée crissaient sous ses pieds, la façade ocre jaune s'ornait toujours de la même vigne vierge, tandis que les volets, repeints en bleu provençal, semblaient de la même teinte que le ciel.

« J'avais oublié comme c'était joli chez nous ! confia-t-elle, très émue. Vous avez pris soin de la maison. »

Anne approuva, radieuse. Rose avait la gorge nouée ; une peine immense la submergeait. Adrien avait raison. À la mort de ses parents, elle s'était murée dans une attitude de défi, de dureté, elle avait refusé de céder au chagrin. Aujourd'hui, après tous ces mois d'épreuves, elle acceptait enfin le deuil.

« Viens voir ta chambre, je n'ai pas touché à la déco, mais j'ai fait un grand ménage ! » lui dit Anne.

Paul les reçut dans le vestibule, Louis dans les bras. Rose caressa la joue du bébé, salua son beau-frère d'un signe amical et se précipita vers l'escalier. En retrouvant sa chambre de jeune fille et d'adolescente, elle étouffa un sanglot.

Elle s'allongea sur son lit et savoura le moelleux de la couette satinée contre sa joue. Anne frappa à sa porte et entra sans attendre de réponse.

« Alors, ma chérie ! Tu te sens bien ? Tu as vu, j'ai tout laissé comme avant ! Tes posters, tes tentures d'Orient... et j'ai arrosé tes plantes.

— Merci, Anne ! C'est vraiment gentil. On dirait

que je ne suis jamais partie et que les parents vont rentrer d'une minute à l'autre. Oh ! J'entends Louis pleurer ! C'est la seule nouveauté dans la maison ! »

Anne se pencha et effleura les cheveux de sa sœur.

« Tu penses à nos parents, n'est-ce pas ? Moi, je suis si bien avec mon Paul que je pense moins souvent à eux. Mais j'y pense quand même. C'est pour eux que je plante de nouveaux rosiers, pour eux que j'ai repeint les volets en bleu, ce bleu que maman adorait. Et je me sers de son livre de cuisine... Toi, ma pauvre chérie, pendant que je me dorlotais ici, tu as souffert, loin de moi... Et je le sentais, mais je faisais l'autruche. Je me cachais la tête dans le sable au lieu de voler à ton secours. Si tu savais à quel point je m'en veux. J'aurais dû écouter ce signal d'alarme au fond de moi. Non, j'ai été stupide, et d'un égoïsme affreux. »

Rose dévisagea sa sœur d'un air stupéfait. Jamais elle n'aurait cru Anne capable d'une telle finesse de jugement, d'une telle autoanalyse.

« Je n'étais pas obligée de me droguer, Anne. J'aurais pu refuser quand on m'a proposé de l'héroïne. Mais je voulais être branchée ! Faire comme Boris. Ah ! je ne t'ai pas parlé de Boris... l'ami du frère de Sandra. »

Anne fit non d'un geste de la main.

« Plus tard ! Plus tard, tu me raconteras ce qui s'est passé à Paris. Pour l'instant, nous sommes là toutes les deux, et tu es sauvée... Prends une douche, fais-toi belle et rejoins-nous dans le salon. D'accord ?

— Tu as raison, nous parlerons plus tard... Je descends dans trois minutes. »

*

Au fil des jours, Rose se confia à sa sœur. Elles profitaient de l'absence de Paul et du sommeil du bébé pour parler sans crainte d'être interrompues. Anne fut tour à tour indignée, écœurée, révoltée, horrifiée par le récit que lui fit peu à peu sa sœur de ses errances et de ses erreurs.

Une seule fois, elle se permit une réflexion qui blessa Rose :

« Une fille aussi intelligente que toi, Rose, manquer à ce point d'instinct de conservation, je ne comprends pas... »

Mais Rose dut convenir qu'il y avait une part de vérité dans ce cri du cœur.

« Tu sais, l'intelligence n'a rien à voir là-dedans. Ne crois pas que tous les gens qui se droguent sont idiots. Oui, je pressentais les pièges. Pourtant je m'y jetais, sans doute par envie inconsciente de me détruire. Adrien m'a expliqué cette réaction. »

Le nom d'Adrien revenait souvent sur les lèvres de Rose. Elle éprouvait à le prononcer une joie amère. Les premiers temps, bouleversée par son retour sous le toit familial, prise par les promenades avec Anne, les courses, les repas et les babillages de son neveu, elle crut qu'elle l'oublierait. Il n'en fut rien.

Elle essayait d'être le plus honnête possible dans le récit de sa déchéance. Cependant, deux aveux n'arrivaient pas à passer : le viol et la prostitution. Beaucoup plus curieusement encore, elle n'avait jamais parlé de la mort de David à Anne, comme si, là encore, elle se sentait coupable. Mais de quoi ?

Étaient-ce les soupçons que la police avait eus sur sa culpabilité qui lui avaient laissé cet arrière-goût de malaise ? Bien sûr, se disait-elle parfois, Sylvie n'aurait jamais assassiné David si elle, Rose, n'avait pas existé.

La rencontre qu'elle redoutait avec Sonia se passa mieux que prévu. Sa tante, chapitrée par Anne, sut se montrer aimable et discrète. Elle n'interrogea pas sa nièce sur son existence parisienne, bien qu'elle se permît, de temps en temps, une remarque évasive sur ces jeunes gens qui tournent mal et gaspillent leur argent.

Mais, un mercredi soir, un incident imprévisible mit le feu aux poudres, comme le raconta Paul un peu plus tard. Sonia se préparait à les quitter lorsque Gérald arriva, en entrant directement par la porte-fenêtre du salon.

Rose n'avait pas revu son oncle depuis le mariage de sa Sœur. Elle le trouva vieilli, bouffi et plus repoussant que jamais. Alors qu'il s'avançait pour l'embrasser, elle recula et monta s'enfermer dans sa chambre. Anne crut l'entendre crier :

« Qu'il sorte d'ici ! Il me dégoûte ! Oh ! qu'il me dégoûte...

— Tu sais, tonton, dit la jeune femme, gênée, Rose est encore fragile, elle est encore convalescente. Il ne faut pas lui en vouloir, mais je crois qu'il vaut mieux que vous partiez... Je vais m'occuper d'elle. »

Bien que gênée par le comportement de sa sœur, Anne surprit à cet instant, une étrange expression sur le visage empourpré de son oncle. Quant à Sonia, très pâle, elle ramassait déjà son sac et sa veste.

« Je ne te conseille pas de garder Rose chez toi, ma petite Anne ! Elle est complètement folle, voilà ce que je pense. Je te préviens. Elle ne vous attirera que des ennuis ! »

Le couple s'empressa de quitter la maison. Anne resta quelques minutes figée, une main sur la poitrine. Louis dormait à l'étage. Cependant un drôle de bruit provenait d'une des pièces, là-haut.

« Mais c'est Rose qui pleure ! » Anne se précipita à la porte de sa jumelle. Elle tenta en vain d'ouvrir.

« Rose, pourquoi as-tu mis le verrou ? Qu'est-ce que tu as ? Laisse-moi entrer, enfin ! Ils sont partis. »

Lorsque sa sœur tira le battant, Anne respira mieux. Elle avait craint une rechute soudaine ou, pire, une crise de folie.

« Vas-tu m'expliquer, à la fin, ce que tu reproches à Gérald ? »

Rose prit la main de sa sœur et l'entraîna vers son lit. Elles s'assirent côte à côte, dans la lumière dorée du coucher de soleil.

« Anne ! Pardonne-moi. J'aurais dû t'en parler plus tôt. Adrien me l'avait conseillé mais je n'osais pas. Tu te souviens de l'été à Collioure ? L'été de nos quinze ans ?

— Oui, bien sûr ! Tu n'étais pas très gentille avec moi, même. Et tu sortais beaucoup. Je peux bien te le dire maintenant : j'étais jalouse de toi…

— Tu n'aurais pas dû. Enfin, passons… J'ai eu

mon premier copain, là-bas, il a essayé de coucher avec moi, mais bon, il était assez maladroit. Nous ne sommes pas allés jusqu'au bout ! Ensuite... »

Rose hésitait. Anne respecta son silence, malgré son impatience de savoir enfin la vérité.

« Ensuite, reprit sa sœur, il y a eu autre chose. Un après-midi, Gérald est revenu à la villa. Vous étiez tous absents. Il semblait avoir perdu la tête. Il me disait que j'étais belle, trop belle et il me traitait de petite pute. J'ai la certitude qu'il m'a violée, mais après m'avoir assommée. Je me débattais, tu comprends. J'étais terrifiée... Alors il m'a frappée à la tempe et j'ai perdu connaissance. Quatre mois plus tard, quand j'ai compris que j'étais enceinte, j'ai fait n'importe quoi pour perdre le bébé. J'ai pris des médicaments au hasard, je me suis frappé le ventre à grands coups de poing. J'ai réussi. J'ai perdu beaucoup de sang. Là, j'ai paniqué et Sonia m'a aidée... »

Rose continua à raconter. Anne se sentait glacée. Elle était comme pétrifiée. Elle écoutait cet abominable récit, comme s'il concernait une autre personne que sa sœur. Incapable de prononcer un mot, elle roulait des yeux effarés et joignait les mains, tremblante d'émotion.

« Comment est-ce possible ?... bégaya-t-elle quand sa sœur eut terminé, n'omettant aucun détail.

— J'ai vécu avec le souvenir de ce cauchemar, plaida Rose. Cela m'a rendue instable, capricieuse. Au moins, nos parents n'ont rien su. Adrien pense que je dois porter plainte, pour être libérée de cette histoire. »

À son grand soulagement, Anne ne mit pas en doute ses aveux. Elle eut même un élan de pure compassion, se jetant à son cou pour l'embrasser et la bercer contre sa poitrine.

« Ma petite sœur chérie… Tu as subi ces horreurs sans jamais te plaindre. Je comprends tout, maintenant. Pourquoi tu paraissais haïr notre oncle, et même tante Sonia. C'est une honte d'ailleurs, qu'elle ait pu cacher ça à maman. Je suis écœurée. Complètement écœurée. Je suis profondément choquée et révoltée. Je n'ai pas de mots pour te dire ce que je ressens. J'ai envie de tuer ce type ! Plus jamais il ne posera la main sur mon fils ! Plus jamais il n'entrera dans cette maison ! Et Adrien a raison, il faut porter plainte ! »

La voix d'Anne vibrait d'accents douloureux, mais d'une totale franchise. Sa profonde indignation la transfigurait, faisant briller ses yeux d'un éclat vengeur. Bouleversée, Rose éclata en sanglots.

« Ma Nanou, merci, merci… Tu me crois. Tu ne me traites pas de folle. Je te jure que c'est vrai. À cette époque-là, je ne connaissais rien aux lois. J'avais des traces de coups sur le corps, et puis les preuves du viol. Mais je me suis lavée pendant une heure et à plusieurs reprises. Entre-temps, je vomissais… C'était horrible ! C'était odieux. J'avais tellement honte de moi que j'aurais voulu mourir tout de suite. Je ne pouvais rien dire, comme si je me sentais coupable… »

Louis choisit ce moment pour réclamer son biberon d'un long cri plaintif. Anne parut contrariée.

« Oh ! S'il avait pu dormir encore un peu…

— Mon neveu passe avant tout, Nanou. Viens, on va le chercher... Je vais m'en occuper...
— Si tu veux. Moi, je suis trop énervée ! Je crois que c'est la première fois de ma vie que je ressens une telle rage... »

Lorsque Louis fut recouché, Rose demanda à sa sœur de ne pas mettre Paul au courant de ses confidences en sa présence.
« Si tu souhaites le lui dire, je préfère ne pas être là. C'est gênant pour moi, tu sais... »
Anne l'enlaça tendrement.
« Moi aussi je serai plus à l'aise en tête-à-tête avec lui, lui chuchota-t-elle à l'oreille. Mais je dois absolument lui expliquer la situation. Il saura ce qu'il faut faire. Tu sais, il n'est pas si bête que ça ! Et il a des amis avocats. »
Rose se mordit les lèvres.
« Je n'ai jamais dit qu'il était bête. Plutôt démodé comme type d'homme, ce n'est pas la même chose et j'ai été stupide de me moquer de lui au début. Il s'est montré patient et compréhensif avec moi quand il m'a ramenée de Paris. Pardonne-moi, Anne, je veux dire, pour tout ! Et merci de m'aimer quand même... »
En guise de réponse, la jeune femme embrassa sa sœur sur la joue, un baiser sonore chargé de reconnaissance et d'amour.
« On oublie tout. On repart à zéro. Un grand ménage dans la famille... Et du bonheur après ! C'est si important, le bonheur ! »
Paul fut profondément désemparé lorsqu'il apprit ce qu'avait enduré Rose. Il se reprocha

amèrement aussitôt son manque de discernement, car lui aussi avait eu vite fait de juger sa belle-sœur. Gérald, que le jeune couple recevait souvent, lui apparut brusquement sous un jour nouveau : un monstre de sournoiserie et de vice. Anne et lui discutèrent une partie de la nuit de ce qu'il convenait de faire.

« Ce n'est pas facile, Nanou, de prendre une telle décision. Si ta sœur porte plainte, il y aura procès, une audience peut-être publique. Elle devra tout raconter au tribunal, toutes les horreurs que lui a fait subir votre oncle.

— Ne l'appelle plus comme ça ! protesta Anne. Cet ignoble individu ne fait plus partie de notre famille. Écoute, mon chéri, nous en reparlerons demain. Si tu as sommeil tente de dormir. Moi, je ne pourrai pas. Et j'ai une idée qui me soulagera. »

Paul clignait des yeux. Il marmonna un « d'accord, ma Nanou » et attira la jeune femme contre lui. Ils se câlinèrent en silence, se contentant de savourer la profonde tendresse qui les unissait, encore plus forte que leur entente sexuelle. Paul ne tarda pas à s'endormir, mais Anne resta éveillée encore longtemps. Elle eut tout loisir de faire son autocritique.

« J'ai été une vraie tête creuse pendant des années…, conclut-elle. À présent, ce doit être le choc des révélations de ma sœur : quand je fouille mes souvenirs, je revois plein de petites choses qui auraient dû m'alarmer. Par exemple, les regards de Gérald sur Rose, cet été-là, à Collioure, je les avais remarqués… Et Sonia. Adrien Girard a raison : pourquoi a-t-elle caché la fausse couche de Rose à nos parents ? Cela ne lui ressemble pas. Elle qui clamait toujours ses beaux principes. Elle savait ! Oui, elle devait savoir, et elle a osé traiter ma sœur de tous les noms... Et moi je ne comprenais rien ! »

Anne se mit à pleurer. Elle ne cessait de se tourner et de gigoter, en proie à une sorte de crise nerveuse, ce qui était rare chez elle. Paul s'éveilla un instant, tendit la main vers elle et caressa son bras à tâtons.

« Dors, ma chérie. Demain ça ira mieux... Tout va s'arranger, je t'assure. »

Le lendemain matin, Rose fut réveillée par trois coups timides frappés à sa porte de chambre. Son beau-frère, Louis dans les bras, lui adressa un sourire ennuyé.

« Désolé de te déranger, mais j'ai un problème. Anne est partie au lever du jour. Elle a laissé un mot en me disant de te confier le bébé. C'est que je dois aller au bureau... Je me demande quelle mouche l'a piquée. Jamais elle n'a fait ça ! »

Rose se redressa, un peu échevelée.

« Donne-moi Louis. Je m'en charge. Il adore venir dans mon lit. Pars tranquille, Paul...

— Il faut lui donner son biberon. Je l'ai changé... Et n'oublie pas de lui faire faire son rot après le boire. »

Devant cet homme en costume cravate qui extirpait un biberon de sa poche, Rose éclata de rire. Elle prit avec un plaisir infini le bébé qu'il lui tendait.

« Il est plus beau de jour en jour ! Je ne me lasse pas de le regarder... »

Elle se redressa, s'assit et, d'un geste maternel et instinctif, le cala dans le creux de son bras. Le bébé la regardait, ouvrant la bouche comme un oisillon.

« Voilà ton petit-déjeuner », dit-elle en lui donnant son biberon.

Paul se souvint soudain des confidences de sa femme : le viol, la fausse couche... Il se sentit gêné, comme s'il avait ouvert une lettre qui ne lui était pas destinée. Il dit rapidement au revoir, donna les dernières recommandations et se sauva de la chambre.

« Pauvre fille ! repensa-t-il au volant de sa voiture. Et moi qui l'ai si mal jugée avant... Certains hommes sont des bêtes puantes, vraiment ! »

*

Anne était assise en face de Sonia qui tournait d'un air obstiné une cuillère argentée dans sa tasse de café.

« Je ne comprends rien à tes salades, ma petite Nanou !

— Je ne suis plus ta petite Nanou. Et puis ce surnom appartient à ma sœur, à mon mari. Pas à toi. »

Sonia jeta un coup d'œil furieux à sa nièce. Son irruption à sept heures du matin l'avait prise de court.

« Anne, je te prie de me laisser en paix au sujet de Rose. Je l'ai aidée quand elle a fait sa fausse couche et j'ai cru bon de garder le silence, même vis-à-vis de tes parents. J'ai peut-être eu tort... mais j'ai fait ce qui me semblait le mieux sur le moment.

De toute façon, c'est de l'histoire ancienne et je ne comprends pas ce que tu cherches. Tu ne vas quand même pas me reprocher de l'avoir aidée ? Quant à vouloir impliquer ton oncle, je t'avoue que ça me choque. Ta sœur a encore inventé une histoire pour se faire plaindre... »

Sonia, qui dormait encore lorsque sa nièce avait sonné, avait enfilé une robe de chambre et des mules. Mal coiffée, pas maquillée, elle se sentait en position d'infériorité pour affronter sa nièce : cette visite matinale n'augurait rien de bon. Elle secoua la tête, les mâchoires tendues, la bouche durcie par la colère.

« Tu ferais mieux de rentrer chez toi. Que va penser Paul ?

— Je ne partirai pas avant de connaître la vérité. Voyons, je viens de t'apprendre que ton mari a violé ma sœur, que nous allons porter plainte, et tu n'as même pas l'air surprise ! Si tu as aidé Rose, si tu as gardé le silence, c'était surtout pour le couvrir. Où est-il, déjà ?

— À un séminaire, du côté de Paul.

— Sonia, profites-en ! La prochaine fois que je viendrai, ce sera avec la police, ou un juge. Paul va se renseigner aujourd'hui sur la marche à suivre ! »

Anne vit sa tante se lever brusquement, renversant sa chaise.

« Tu es folle, ma pauvre fille ! Tu me sors du lit juste pour me raconter des saletés sur ton oncle qui s'est donné tant de mal pour s'occuper de vous !

— C'est vrai, il s'est bien occupé de Rose il y a cinq ans. Cela ne t'a pas trop gênée ?... Savoir qu'il avait abusé de ta nièce, la fille de ta sœur ! Et votre plan pour vendre la maison aux Vindel ! Combien touchiez-vous de commission ? Tiens, tu me dégoûtes, Sonia. Je voudrais vomir sur tes beaux tapis ! »

Sonia marcha droit sur Anne, une main levée, comme pour la frapper.

« Mais tu es toujours aussi bête, toi ! Tu ne comprends pas que ta sœur n'était déjà qu'une petite allumeuse ? Elle avait dû coucher avec ses copains de la plage, cet été-là… Après, finaude, elle a voulu faire endosser la faute à son oncle ! »

Anne se leva également. Livide, les yeux brillants de fureur, elle répliqua, d'une voix dure :

« N'insulte pas Rose ! Si tu avais un peu de cœur, tu la remercierais de s'être tue… Elle aurait pu tout dire à nos parents ! À toi ! Non, elle ne voulait pas leur faire de peine, ni te blesser. Elle a caché son chagrin, sa terreur pendant des semaines. Elle a fait front toute seule. Tout ce qui lui est arrivé depuis, ses excès, ses révoltes, ça ne m'étonne plus, vraiment plus… Ni l'overdose qui a failli la tuer, à Paris. Rose souffrait depuis des années, Sonia, sans rien dire, pour nous épargner tous. Elle aurait pu en mourir. Moi, je l'admire, voilà ! Je l'admire et je l'adore… Si tu oses encore l'injurier, je mets le feu à votre fichue baraque ! »

Les larmes ruisselaient sur le visage d'Anne, tandis qu'elle criait ces mots dont il lui fallait se libérer. Sa tante se figea, une étrange expression marquant ses traits. Jamais elle n'avait entendu la douce Anne utiliser un tel vocabulaire. Elle prit conscience de l'urgence de la situation : ils allaient porter plainte, ce serait un scandale… C'était inutile de s'obstiner à nier. Sa seule chance d'éviter un procès, c'était de tout avouer.

Il y eut un silence, puis la tension retomba.

« Oh ! Je te demande pardon... Anne ! articula Sonia. Pardon... Je te jure que je ne le savais pas, mais je crois que je m'en doutais... J'ai interrogé Gérald et il m'a tout avoué : il crevait de peur. Il croyait que Rose le dirait à Céline... Pardon ! »

Secouée de sanglots Sonia tituba jusqu'au salon. Là elle s'affala sur le canapé. Anne, qui l'avait suivie, eut alors la surprise de voir son oncle sortir de la bibliothèque qui jouxtait la pièce.

« Bande de menteurs ! accusa la jeune femme. Tu étais là, toi ! »

Gérald se voûta, piteusement. Anne le vit soudain tel qu'il était devenu. Un homme que la cinquantaine avait bouffi, blanchi, avachi. En le regardant, elle pensait que ce corps pesant avait souillé celui de sa sœur, que ses mains noueuses avaient osé salir sa jumelle, une partie d'elle-même.

« Je vous hais ! Tous les deux ! Ce que vous avez fait à ma sœur, c'est à moi aussi que vous l'avez fait. Je ne serai pas tranquille tant qu'il n'y aura pas eu justice. »

Bouleversée, elle sortit en claquant la porte. Elle roula sur la rocade en ravalant des larmes de nervosité.

« Rose, je t'ai un peu vengée déjà. Mais ce n'est pas fini, je te le promets... »

*

« Tu as fait ça ? s'écria Rose quand sa sœur lui raconta son escapade matinale. Toi, Nanou, tu as perdu ton calme légendaire, ton paisible sourire… et tes bonnes manières ?

— Oui ! Parfaitement, je les ai incendiés, comme disait papa ! Et je crois que j'aurais pu les tuer ! »

Allongée sous sa couette, Louis endormi contre son sein, Rose eut un sourire triste.

« Les rôles sont inversés, il me semble ! Je ne te reconnais pas, les cheveux en bataille, les yeux d'une guerrière… Je ne te reconnais pas, mais comme je t'aime, ainsi ! »

Anne s'inquiéta aussitôt de ce voile de chagrin qui assombrissait le beau visage de sa sœur.

« Qu'est-ce que tu as ? Tu m'en veux ?

— Bien sûr que non ! assura la jeune femme. Seulement, je refuse de porter plainte. Ils seront assez punis en craignant à chaque instant de voir débarquer la police ou d'être convoqués chez le juge d'instruction. Et je n'ai pas envie de remuer toute cette boue, qui éclabousserait tout le monde. Je ne suis pas assez forte pour affronter le tribunal, pour me confier encore et encore. J'ai trop souffert. Je te remercie, c'est un immense soulagement pour moi que Sonia et son ordure de mari soient au courant… Enfin, je veux dire que maintenant ils savent que tu sais, que Paul sait… Comprends-moi, Nanou. À la Ferme du Val, j'avais le même passé, mais je n'en souffrais plus. Je peux réapprendre à vivre, sans procès ni jugement ! L'angoisse du scandale va leur pourrir la vie. Ça me suffira comme vengeance… »

Elle ferma les yeux, se blottissant contre Louis.

« Je suis heureuse ici, ajouta-t-elle, avec toi et ton adorable bébé. Je m'en irai bientôt, parce que je suis une grande fille, mais en attendant j'ai besoin de paix, de joies toutes simples... Tiens, si j'avais un plateau maintenant, avec du café et des tartines, ce serait le paradis. »

Anne, très émue, fit oui en silence. Elle s'empressa de descendre à la cuisine.

La détermination de sa sœur de ne pas porter plainte avait stoppé net ses élans de vengeance. Elle était un peu déçue. Rose avait peut-être raison : elle n'était pas encore assez solide pour affronter un procès et remuer tous ces souvenirs atroces. Plus tard, quand elle irait mieux... Soudain, elle réalisa qu'elle était soulagée que cette histoire s'arrête là, du moins pour le moment.

*

Au bout d'un mois, Rose obtint, grâce aux relations de Paul, un poste de documentaliste dans une bibliothèque de Muret, une commune proche de Toulouse. Elle se rendait à son travail en bus et, pendant les quinze minutes que durait le trajet, elle posait sur les autres passagers, un regard souvent plein de compassion ou d'intérêt.

Grâce à son salaire, Rose put bientôt participer aux frais de la maison en versant une pension à son beau-frère. D'abord, celui-ci refusa. Elle insista.

« Paul, je t'en prie. J'y tiens. C'est une question d'amour-propre. Je t'ai déjà causé assez de soucis et de dépenses comme ça. Un jour, je chercherai un studio à louer, sans doute à Muret. »

Anne s'opposait à ce projet. Rose apportait à sa vie une touche de gaieté et d'énergie qui lui plaisait. Elle s'en ouvrit, franchement à elle :

« Reste ici le plus longtemps possible ! De toute façon, je garderai toujours ta chambre prête à te recevoir, même si tu habites ailleurs. Louis te connaît maintenant. On s'en occupe toutes les deux, je trouve ça formidable.

— Je me sens bien ici moi aussi, mais ça ne peut pas durer des années. Paul a acheté cette maison. Il est chez lui. Je me fais le plus discrète possible quand il rentre, mais il va se lasser de ma présence et ce sera bien normal… »

Anne serra sa sœur contre elle en riant.

« Ce n'est pas encore le cas ! En plus, tu nous sers de baby-sitter et nous pouvons sortir quand nous le voulons… Reste encore un mois ou deux, après, je te le promets, je ne te retiendrai pas… »

Rose ne répondit rien. Elle décida de passer encore deux mois chez sa sœur, mais elle commença à se chercher un logement à Muret.

Au mois de septembre, la jeune femme trouva un studio correct près de l'arrêt de bus. Bizarrement, elle refusait d'apprendre à conduire. Anne ne chercha pas à la convaincre, étonnée de ce refus d'indépendance qui ne ressemblait pas à sa sœur. Pour l'heure, elle était complètement absorbée par l'organisation du baptême de Louis et du repas qui suivrait.

« Qui invitons-nous au déjeuner ? Les parents de Paul, Sandra, nos cousins de Saverdun, et qui d'autre ? J'avais envie d'une belle tablée, mais nous ne sommes pas très nombreux…

— Je n'en sais rien, Anne ! Pour Sandra, ce n'est pas la peine, je n'ai pas envie de la revoir... Cela me rappellerait trop de mauvais souvenirs.

— Compris ! Et Adrien Girard, on pourrait lui envoyer une invitation ? Vous aviez l'air d'être très amis... »

Rose hésita. Elle posa son regard sur le jardin par la fenêtre du salon. Ce serait agréable, en fait, de recevoir Adrien ici, dans la maison où elle avait grandi. Il la verrait élégante, détendue... Elle essayait de ne plus penser à lui. Le revoir n'allait-il pas la faire souffrir ? Elle avait eu assez de mal à surmonter leur dernier entretien. Son rejet qui l'avait tant blessée. Mais ce serait un test...

« Après tout ! accorda-t-elle d'un air indifférent. Tu peux toujours essayer. À mon avis, il ne pourra pas se libérer. »

Anne fit le nécessaire. Le matin du baptême arriva enfin. Le bébé faisait l'admiration de son père. Il semblait encore plus doré et blond dans sa robe de dentelle blanche. Véronique Vindel laissa éclater sa joie en prenant son petits-fils dans ses bras. Elle demanda tout bas à sa belle-fille pourquoi Sonia et Gérald n'étaient pas encore arrivés.

« C'est simple. Ils ne sont pas les bienvenus ! répondit Anne d'un ton ferme. Nous sommes brouillés. Et je préfère ne pas en parler !

— Mais notre petite Anne prend du caractère ! constata Georges Vindel. En voilà, une surprise ! »

En fait, il n'était absolument pas surpris puisque Sonia et Gérald leur avaient déjà dit qu'ils étaient en froid avec leur nièce. Mais impossible de savoir pourquoi et, apparemment, Anne ne serait pas plus loquace...

D'assez mauvaise humeur, Rose demanda à son beau-frère de l'emmener à Muret afin de transporter quelques affaires dans son studio où elle emménageait peu à peu.

Paul protesta :

« Mais nous partons pour l'église dans moins d'une heure ! Nous ferons ça demain ! Ce n'est vraiment pas le jour pour déménager...

— D'accord, ne t'en fais pas. Alors, dépose-moi juste à l'arrêt du bus avec mes deux cartons. Je vous rejoindrai à Saint-Sernin. »

Paul se résigna. Avec sa belle-sœur, pas la peine de discuter !

« Donne-moi une minute que je prévienne Anne.
— Quelle idée ! s'écria celle-ci. Déménager aujourd'hui ! Ma sœur ne changera jamais. Elle n'en fait qu'à sa tête... Reviens vite... »

Devant l'église, Anne chercha en vain la silhouette de sa sœur. Tous les invités attendaient. Le prêtre aussi qui vint deux fois aux nouvelles.

« Tant pis ! décida-t-elle, contrariée par l'absence de Rose. Heureusement, ce n'est pas elle la marraine... »

La jeune maman se pencha sur son fils auréolé de dentelles fines. Pour elle, Louis était le plus beau bébé du monde.

Une de leurs cousines âgée de seize ans, Nathalie, prit son futur filleul dans ses bras et passa la première le seuil de l'église Saint-Sernin. Durant la cérémonie, Anne s'efforça de faire bonne figure, mais le retard de sa sœur la préoccupait. En sortant, elle dit tout bas à Paul :

« Je crois que Rose n'a pas eu envie d'assister au baptême. Elle n'est pas du tout croyante. Elle a dû rentrer à la maison directement... J'espère qu'il ne lui est rien arrivé...

— Mais non, Nanou. Sans doute un contretemps ! » Paul tentait avec douceur de rassurer sa femme.

Cependant, quand ils arrivèrent chez eux, Rose n'était pas là non plus. Le traiteur attendait patiemment dans sa camionnette. Paul lui présenta ses excuses et l'aida à s'installer dans la cuisine.

Le repas était annoncé pour treize heures trente. Paul et Anne commencèrent à s'inquiéter sérieusement du retard de Rose.

« Elle devrait être de retour ! s'alarma Anne en ajustant sa robe. Paul, rappelle-la encore sur son portable. Elle a peut-être eu un accident. On ne sait jamais... Je suis sûre qu'il y a un problème, sinon elle serait là ! »

Paul fit la grimace. Il avait déjà tenté en vain de joindre Rose plusieurs fois.

« Elle ne répond toujours pas, Nanou ! Voilà, j'ai laissé un nouveau message. Maintenant, ma chérie, je vais servir les apéritifs et il nous faudra passer à table rapidement. On ne peut pas attendre davantage... »

Les réjouissances débutèrent donc sans Rose et cela jeta un léger froid, car Anne cachait mal son inquiétude. Véronique Vindel s'étonna bien haut :

« Ta sœur ne changera donc jamais, Anne ! Après ce que vous avez fait pour elle, elle manque singulièrement de reconnaissance. Quelle désinvolture ! Quel manque de savoir-vivre !

— Elle ne va pas tarder ! Il y a sûrement une explication. Rose se réjouissait de cette fête. »

Georges Vindel, que le retour au bercail de la jeune femme intriguait encore, fit quelques commentaires soupçonneux :

« Elle aura préféré s'encanailler avec ses copains du centre-ville, à mon avis…

— Allons, papa, tais-toi donc ! » intervint Paul aussitôt.

Anne décocha un regard reconnaissant à son mari. Elle monta dans sa chambre et se donna un coup de peigne. Qu'était-il arrivé à Rose ? Où était-elle ? Elle était vraiment très inquiète. Fallait-il appeler les hôpitaux ? Non, c'était trop tôt…

À cet instant, elle entendit Paul qui criait du bas de l'escalier :

« Nanou, descends ! Rose est là ! Viens vite, elle va bien… »

Anne dévala les marches et se précipita au salon. Sa sœur faisait le tour des invités, distribuant des baisers.

« Je suis désolée, Anne ! s'excusa-t-elle d'un air faussement enjoué. J'ai raté le bus pour revenir. Il y en a très peu le dimanche. Je n'avais pas pensé à ce détail. J'ai eu la chance de rencontrer un copain qui m'a ramenée… Je suis vraiment désolée… Alors, ça y est… mon mignon neveu est lavé du péché originel ? Quelle chance il a ! »

Certains rirent en sourdine, mais Véronique remarqua froidement :

« Vraiment, Rose, vous ne devriez pas !… Les

sacrements de la religion catholique ne sont pas des sujets de plaisanterie.

— Oh là là ! Rose parlait toute seule en se servant une coupe de champagne. Ne montez pas sur vos grands chevaux ! Il y a tant de gens baptisés qui ont le vice chevillé à l'âme ! Si un sacrement transformait les gens en saints, ça se saurait... »

Anne croyait vivre un mauvais rêve. Sa sœur lui semblait surexcitée, les joues rouges et les yeux trop brillants. Ses vêtements étaient un peu froissés, son chignon était défait. Elle s'approcha de sa sœur.

« Tu devrais monter te changer, lui murmura-t-elle à l'oreille. Nous allons passer à table dans un instant. »

Rose ne répondit pas, mais elle posa son verre aussitôt et se dirigea vers l'escalier.

Quelques minutes plus tard, elle réapparaissait, vêtue d'un petit haut très décolleté et d'un pantalon noir. Elle avait un peu discipliné ses cheveux et semblait plus calme. Anne poussa un soupir imperceptible en la regardant s'asseoir à sa place.

Le reste du repas se déroula dans une ambiance pesante. Au dessert, Rose, qui n'avait pas cessé de remplir son verre, remarqua, d'une voix trop aiguë :

« Bien sûr, Adrien Girard n'est pas là ! J'en étais sûre, Anne, qu'il ne voudrait pas quitter ses malades. Il ne s'intéresse qu'aux anormaux ! Si tu veux avoir un peu d'attention de sa part, il vaut mieux présenter quelque tare... »

Paul toussota. Anne se leva et se pencha sur l'épaule de sa sœur.

« Arrête tout de suite ! lui dit-elle très bas. Ne gâche pas cette journée de fête ! Pense à moi ! Pense à Louis ! »

Rose fixa intensément sa sœur. Soudain pleine de confusion, elle répondit aussi bas :

« Je suis désolée, Nanou ! Je ne suis qu'une égoïste. Vous serez plus tranquilles sans moi. Excuse-moi, mais ça ne va pas fort… »

Au soulagement quasi général, Rose quitta la pièce. Elle monta dans sa chambre, tourna le verrou et s'écroula sur le lit.

« Qu'est-ce que j'ai fait à ma sœur ! gémit-elle. Adrien, aide-moi ! Ne me laisse pas ! J'avais peur de te revoir, mais j'aurais tellement voulu que tu sois là… Juste pour me rassurer et m'encourager. Et tu ne m'as même pas appelée. Rien, pas un signe. J'aurais aimé… Je suis en manque, en manque de toi ! »

La jeune femme tendit la main vers son portable. Ce serait si simple de téléphoner à Adrien, de lui raconter ce qui s'était passé. Il trouverait sûrement les mots justes, peut-être même viendrait-il…

Elle se revit à Muret dans son appartement. Elle avait déballé les deux lampes et des bibelots et elle les avait disposés avec quelques hésitations. Puis elle s'était assise pour regarder l'effet produit. Le studio était meublé de façon fonctionnelle et anonyme, mais il était lumineux et, dès qu'elle aurait fini de l'aménager en y apportant sa touche personnelle, il serait sûrement très agréable. Une phrase de David lui revint brusquement en mémoire :

« Tu as un réel talent de décoratrice, avait-il dit.

Tu devrais t'orienter vers ce genre de boulot. Je pourrais te présenter d'éventuels clients... »

David, ça lui semblait si loin déjà... Depuis, il y avait eu Adrien, mais que dire d'Adrien ? Ils n'avaient échangé qu'un seul baiser, presque chaste, et elle s'était ridiculisée en allant lui avouer son amour. Sa réaction avait été pour elle pire qu'une gifle. Malgré tout, elle était sûre qu'il avait éprouvé à son égard autre chose que de l'affection... Du désir ? Finalement, elle n'était pour les hommes qu'un objet de désir, rien de plus. Pourquoi toutes les relations qu'elle avait eues se soldaient-elles par un échec ou un drame ? Qu'avait-elle de différent des autres femmes ? Adrien n'avait même pas répondu au carton d'invitation d'Anne.

Elle avait senti une boule d'angoisse se former dans sa gorge et s'était relevée d'un bond.

« Non, je ne vais pas pleurer. Pas aujourd'hui. C'est le baptême de Louis et je vais être en retard... »

Elle avait couru à l'arrêt d'autobus pour constater avec horreur qu'il n'y en avait plus avant le soir. Elle avait tenté d'appeler un taxi, mais son portable avait besoin d'être rechargé.

« Je n'ai plus qu'à faire du stop. Personne ne viendra me chercher, ils sont déjà tous à l'église ! »

Le hasard faisait-il vraiment bien les choses ?

Une voiture s'était arrêtée presque aussitôt et elle avait été sidérée de reconnaître Arthur au volant. Il s'était penché pour lui ouvrir la portière passager. Ils avaient vécu ensemble une amourette d'un an, cela comptait malgré tout.

« Que fais-tu là ? » avait-il demandé.

En trois mots, elle avait résumé la situation :

« C'est la Providence qui t'envoie, avait-elle conclu. Tout le monde doit m'attendre. Tu peux me ramener chez moi ?

— D'accord, à condition que tu acceptes de prendre un verre. On a trop de choses à se dire !

— O.K., mais cinq minutes, pas plus…

— Ne t'en fais pas ! Madame sera à l'heure au baptême… »

Mais ils avaient pris un deuxième verre puis un troisième, et Rose avait décidé de ne pas assister au baptême.

Elle lui avait raconté une version édulcorée de son séjour parisien : ses soirées branchées, ses relations… Plus elle parlait, plus elle s'étonnait de la facilité qu'elle avait de travestir la vérité. Mais elle n'avait pas dit un mot de la drogue ni de la ferme.

« C'était génial, Paris ! avait-elle menti d'un air satisfait.

— Pourquoi es-tu revenue, alors ? s'était étonné Arthur.

— À cause d'un crime ! Je devais épouser un banquier, mais sa femme l'a abattu sous mes yeux de deux balles de revolver. »

Subjugué par son récit, Arthur ouvrait des yeux ronds et restait sans voix. Rose jouissait de l'intérêt qu'elle suscitait comme d'une revanche. Et lui, au moins, ne la regardait pas avec cet air de compassion qu'on réserve aux anciens drogués.

« Si on passait voir mon appart, c'est sur le chemin, ça ne vous retardera pas… » avait-il proposé.

En le regardant conduire, Rose avait songé :
« Il a changé. »

C'était vrai. Arthur avait mûri. Plus charpenté, il avait perdu cette rondeur dans le visage qui lui donnait un air juvénile, et une ombre de barbe, voulue, accentuait sa virilité. Il semblait avoir acquis une assurance qu'il n'avait pas quelques mois plus tôt et qu'elle trouvait séduisante.

L'alcool aidant, une vague de sensualité les avait brusquement submergés.

« Tu es encore plus jolie que dans mon souvenir », avait-il dit en posant sa main sur le genou de Rose.

Elle n'avait pas bronché. Arthur s'était garé sur le parking de son immeuble et s'était tourné vers elle. Elle avait lu du désir dans ses yeux. Et autre chose aussi, comme de l'admiration.

« Allons-y, avait-elle dit simplement, mais vite… »

*

Les bruits de vaisselle, de verres entrechoqués montaient jusqu'à elle. Elle n'aurait pas dû aller chez Arthur. Que cherchait-elle au juste ? Combler la frustration que lui avait causée le rejet d'Adrien ?

Se venger ? Quand cesserait-elle de céder à toutes ses impulsions ?

Arthur avait dû penser qu'elle était devenue bien facile…

Dès qu'ils étaient arrivés dans l'appartement, il l'avait collée contre le mur et l'avait embrassée goulûment. Pris d'une sorte de frénésie, ils avaient mutuellement arraché leurs vêtements avant de faire l'amour sur le tapis.

Puis Arthur s'était levé pour aller leur chercher un verre d'alcool qu'elle avait bu d'un trait, et la chaleur avait envahi à nouveau son corps, lui embrumant agréablement l'esprit.

Quand il lui avait proposé de la cocaïne, elle n'avait rien manifesté et n'avait même pas hésité. Puis ils avaient encore refait l'amour avec frénésie. Pourquoi avait-elle accepté ? Pourquoi ?

« Quelle connerie ! se dit-elle brutalement. Mais c'était si bon, si bon de planer à nouveau… Au diable Adrien et ses leçons ! D'ailleurs, il n'est pas venu. Il se fout pas mal de moi puisqu'il est amoureux d'une autre ! Je peux bien faire ce que je veux ! »

Elle ferma les yeux et le sommeil l'emporta.

Accaparée par ses invités, Anne ne trouva pas une minute pour monter auprès de sa sœur. Il y eut les séances de photo, le film réalisé par Paul, très fier de son caméscope acheté pour l'occasion. Lorsque Rose redescendit au salon, en apparence plus calme et vêtue d'une robe noire, il ne restait plus que les époux Vindel et Paul, qui lui jeta un regard furieux.

Personne ne lui adressa la parole, excepté Anne qui avait envie de raconter à sa sœur toutes les péripéties de cet après-midi en famille autour du héros du jour, Louis.

« Qu'est-ce que tu avais ? osa demander Anne dans la cuisine. Tu étais bizarre, je ne t'ai jamais vue comme ça. Paul n'est pas content… »

Les deux sœurs se défièrent en silence. Rose baissa la tête la première et répondit, d'un air distrait :

« J'ai rencontré Arthur, on a bavardé et on a bu un ou deux apéritifs. Ce n'est pas un drame, quand même ?

— Non, bien sûr, c'est mal tombé, voilà ! Et tu as bu aussi au repas, un peu trop... J'avais peur d'un scandale. »

Rose haussa les épaules, agacée.

« Je remonte dans ma chambre. Je n'ai pas faim, je ne dînerai pas. Bonsoir ! » dit-elle en quittant la pièce.

Le soir même, alors que sa sœur endormait Louis, Rose s'éclipsa sans bruit, son sac de voyage à la main. Paul, qui rangeait la cuisine, ne la vit pas sortir et rejoindre une voiture garée devant le portail.

*

« C'est insensé ! C'est stupide ! tempêta Anne lorsqu'elle s'aperçut du départ de sa sœur. Je ne lui ai fait aucun reproche, et regarde ce qu'elle m'écrit. »

Paul prit sa femme dans ses bras.

« J'en ai un peu assez des humeurs de Rose ! déclara-t-il. Laisse-la mener sa vie comme elle le veut. Je n'arrive pas à lui pardonner son attitude, le jour du baptême de Louis ! Mes parents étaient choqués. Son passé n'excuse pas tout...

— Non ! Ne dis pas ça ! Écoute, je te lis sa lettre ! Elle dit n'importe quoi... Écoute ! »

Ma chère petite Anne,
Je suis désolée de t'avoir peinée dans une telle circonstance, mais je n'aime ni les baptêmes ni les enterrements ! Ceci dit, pour te faire plaisir, je suis venue au repas, un peu en retard, mais je suis venue. Tu m'as parue fâchée, Paul aussi. Alors, je m'en vais. Et puis je me sens de trop chez vous. Je crois qu'il vaut mieux que je m'installe dès ce soir à Muret.
Je peux te demander pardon mille fois, cela n'effacera rien. Je suis une tête dure, une instable. Je préfère rester un peu seule. Ensuite, nous verrons. Ne t'inquiète surtout pas, je vais bien si on me laisse respirer.
À bientôt, je passerai samedi prochain. Je t'aime et je t'embrasse. Rose

Anne lut et relut cette lettre avant de la ranger dans un tiroir. Elle se réfugia sur la poitrine rassurante de son mari qui semblait soulagé du départ de Rose.

« Paul, ma sœur m'a confié qu'elle avait revu Arthur, son ancien petit ami. J'espère qu'il est plus sérieux qu'avant. Je l'ai toujours considéré comme son mauvais ange...

— Nanou, si on oubliait un peu Rose... Je n'ai pas voulu te faire de peine, tu étais si contente de l'avoir ici, à la maison, mais je me suis souvent senti de trop entre vous deux. Nous ne l'avons pas mise à la porte. C'est elle qui est partie. Elle n'est pas loin et c'est bien normal qu'elle ait envie de retrouver son indépendance. Fais-lui un peu confiance... Maintenant, tu vas être obligée de penser un peu plus à moi... »

La jeune femme comprit le message. Elle se colla contre son mari et l'embrassa passionnément.

« Je t'aime, Paul, lui susurra-t-elle à l'oreille. Allons nous coucher. »

Le lendemain matin, Louis avait de la fièvre et respirait mal. Ce fut la panique. On appela un pédiatre qui diagnostiqua une rhinopharyngite, qui dura une semaine pendant laquelle Anne vécut suspendue aux moindres plaintes du bébé. Rose passa au second plan de ses préoccupations. Anne prit cependant la peine de laisser un message sur son portable, afin de lui dire que Louis avait été « bien malade ».

Le samedi soir, Anne dit à Paul, d'une voix lasse :

« Rose n'est pas venue me voir. Je m'en doutais un peu. Et elle ne m'a pas téléphoné.

— Elle a repris sa liberté, Nanou ! Accepte-le. Elle a un studio, un travail, des copains. C'est normal qu'elle prenne ses distances. »

Anne ne répondit pas. Fatiguée par une série de mauvaises nuits, soulagée de voir son fils en meilleure santé, la jeune femme n'aspirait qu'au repos.

« Tu as raison, je suis bête de me poser sans cesse des questions. »

16

Une semaine plus tard, alors que Louis était guéri, on sonna à la porte. Une voix d'homme retentit dans l'interphone nouvellement installé.

« Monsieur Robin, de la bibliothèque de Muret. »

L'homme fut très aimable. D'abord, il s'extasia sur la ressemblance entre Rose et Anne, pour ensuite expliquer les raisons de sa venue.

« J'ai trouvé votre adresse sur la fiche de Rose. Votre téléphone étant sur liste rouge, j'ai cru bien faire en m'adressant à vous. Votre sœur n'est pas venue depuis quatre jours et nous n'avons aucune nouvelle d'elle. Est-elle malade ? Son absence me pose des problèmes. Ce sont ses collègues qui doivent assumer son travail...

— Ma sœur n'habite plus ici depuis une semaine : elle a loué un studio à Muret. Moi non plus, je n'ai pas de nouvelles... »

Un froid de glace courait dans les veines de la jeune femme qui gardait cependant une attitude paisible. En écoutant son visiteur, elle cherchait à comprendre. Où était passée sa sœur ? Son idylle avec Arthur lui avait-elle fait oublier un travail qu'elle appréciait ?

« Je suis désolée, monsieur. Si j'ai des nouvelles de ma sœur, je lui dirai de vous contacter ! Je vais aller chez elle. Elle est peut-être malade...

— Qu'elle se manifeste rapidement ! Je ne pourrai pas lui assurer sa place, à moins qu'elle ne fournisse une explication valable et un certificat médical. Il y a tant de gens au chômage, je n'ai que l'embarras du choix. »

Après son départ, Anne se sentit découragée et très anxieuse. Paul ne rentrerait que le soir. Elle devait aller chez sa sœur immédiatement.

« Je m'en doutais. C'était bizarre, ce silence. Je sentais que quelque chose clochait. Bon, je vais confier Louis à sa grand-mère et je file chez elle. »

*

À quatre heures de l'après-midi, la circulation était encore assez fluide sur la quatre-voies qui reliait Toulouse à Muret. Munie de l'adresse de sa sœur, Anne n'avait pas hésité à se lancer sur le périphérique, ce qu'elle détestait pourtant. Elle roulait doucement, le ventre noué par l'angoisse.

Déjà, abandonner son bébé à Véronique Vindel lui déplaisait, même si la mère de Paul s'était montrée enchantée de cet imprévu.

« N'hésite pas à me l'amener, Anne. Je profite si rarement de mon petit-fils ! »

De tout son cœur, la jeune femme espérait trouver Rose lucide. Imaginer autre chose la terrifiait...

Elle se gara devant l'immeuble et sonna plusieurs

fois sans obtenir de réponse. Anne se sentit soudain misérable, à marcher sur le trottoir de long en large. Une dame d'un certain âge l'observait depuis sa fenêtre. Elles se sourirent d'un air gêné.

« Vous cherchez quelqu'un ? demanda enfin la femme.

— Ma sœur, mais elle doit être absente...

— Oh, c'est votre jumelle, je parie ! Vous vous ressemblez, dites donc ! Presque deux gouttes d'eau ! Elle habite au premier, à droite. »

Anne approuva en silence. Elle sonna encore et encore. Un petit bruit venant d'en haut attira son attention, comme une persienne que l'on pousse avec délicatesse.

« Rose ! » appela-t-elle en colère.

Ce fut la tête hirsute d'Arthur qui apparut.

« Fous le camp ! hurla-t-il. Rose dort. Elle ne veut pas te voir. Dégage ! »

La voix du jeune homme était pâteuse et tremblante. Anne remonta vite dans sa voiture et démarra, choquée, secouée de sanglots nerveux.

« Rose se moque de moi ! Je ne la comprendrai jamais. Elle s'est tenue tranquille quelques mois et elle recommence à faire n'importe quoi, comme à Paris. Je suis sûre qu'elle boit, qu'elle s'est remise à fumer... »

Les doigts crispés sur le volant, Anne eut une sorte de vertige. Poussée par Arthur, Rose avait pu retoucher à des drogues plus dures.

« Mon Dieu ! Il ne faut pas la laisser faire. Je ne le supporterai pas... Je ne veux pas la revoir dans l'état épouvantable où elle était à Paris. Elle a pu rechuter. Qu'est-ce que je dois faire ? »

Véronique scruta attentivement le visage de sa belle-fille lorsque celle-ci entra dans le salon. Anne avait prétexté un rendez-vous, sans plus de précisions. Elle croyait que les Vindel ignoraient tout de ce qui s'était passé à Paris. D'un commun accord avec Paul, elle leur avait juste expliqué que Rose était revenue vivre à Toulouse, après avoir largement dilapidé son capital. D'où la nécessité de travailler.

Paul et Anne ignoraient que le notaire savait tout, dans les moindres détails. Soucieux de la réputation de son fils unique, il avait engagé un détective privé. Ce dernier n'avait eu aucun mal à reconstituer le parcours de Rose depuis son départ de Toulouse jusqu'à son séjour à la Ferme du Val.

Il avait mis sa femme au courant et ils avaient décidé de ne pas en parler. Paul n'aurait pas apprécié qu'ils aient fait une enquête.

« Alors, qu'est-ce qui n'allait pas, ma chérie ? demanda Véronique en continuant à bercer Louis.

— Rien de grave, en fait. Tout va bien », répondit Anne en détournant le visage.

« Ce n'est pas l'impression que tu donnes ! », murmura Véronique.

Mais elle n'insista pas et lui proposa un thé.

« Avec plaisir, répondit Anne en se tournant vers sa belle-mère. Louis a été sage ?

— Il a été adorable ! Mais, Anne, tu as pleuré ! Qu'est-ce que tu me caches ? C'est Rose, n'est-ce pas ? Tu t'es fâchée avec elle ! Qu'est-ce qui se passe encore ? Combien de temps ta sœur va-t-elle empoisonner la famille ?

— Rose va très bien. Elle a sa vie et moi la

mienne. Je suis juste fatiguée. Louis dort mal la nuit. Chez le médecin, j'ai attendu longtemps et j'ai horreur de ça… »

Exaspérée, Véronique se leva et tapa du pied.

« Ma pauvre Anne ! Tu veux me faire croire que tu as pleuré pour ça ! Figure-toi que je sais tout. Paul nous a tout raconté, il était à bout de nerfs, à votre retour de Paris. Si ta sœur refait des siennes, dis-le-nous, cette fois… Il faut la faire enfermer ! Enfin, la soigner… Avec des méthodes efficaces, pas en la ménageant comme vous le faites ! »

Anne cacha la rougeur de ses joues en embrassant le cou de son fils. Que devait-elle répondre ? Il lui parut impossible, malgré son amertume, de trahir sa sœur.

« Jetez-la en prison tant que vous y êtes ! Rose a seulement un copain ! Ce n'est pas interdit par la loi, quand même. Vous savez bien qu'elle a toujours été un peu fantasque… »

Véronique tendit un doigt accusateur vers Anne :

« Si tu laisses Rose se détruire, tu es aussi irresponsable qu'elle. Tu me déçois, Anne. Georges serait prêt à la prendre en main puisque vous êtes fâchés avec Sonia et Gérald et que Paul n'a aucune force de caractère… Laissez quelqu'un de compétent s'en occuper… Pense-y, Anne, c'est la santé de ta sœur qui est enjeu. Il ne s'agit plus de lui trouver des excuses mais de la soigner… »

Anne fondit en larmes. Elle recoucha son fils dans le couffin, le couvrit soigneusement et s'enfuit rapidement, complètement désemparée. De retour chez elle, la jeune femme passa de pénibles moments à chercher une solution.

« Qu'est-ce que je peux faire ? Rose aurait dû rester plus longtemps à la Ferme du Val ! Là-bas, elle paraissait en pleine forme, de bonne humeur... C'est ma faute, je l'ai obligée à revenir ici. C'est toujours ma faute... C'était trop tôt ! Et Paul qui a débité toutes ces horreurs à ses parents... »

Anne s'était blottie dans son fauteuil préféré. Elle revit le samedi ensoleillé où ils avaient rendu visite à sa sœur. Une idée lui vint.

« Je vais téléphoner à Adrien Girard ! Il saura me conseiller, c'est son métier... »

Une femme répondit tout d'abord que monsieur Girard n'était pas disponible. Anne insista :

« Dites-lui, je vous prie, que je suis la sœur de Rose Léger. Oui, elle a séjourné chez vous il y a quelques mois. C'est très important. Vraiment ! »

On la fit patienter d'interminables minutes. Enfin, Adrien fut au bout du fil. Après un bref échange de politesses, Anne expliqua la situation, en concluant :

« Peut-être que je m'inquiète pour rien, mais la conduite de Rose ne me dit rien qui vaille. Elle aimait son travail, c'est une amoureuse des livres... et elle s'est montrée adorable avec nous au début. Elle s'occupait de Louis comme si c'était son propre fils. Vous comprenez, Adrien, j'ai peur de lui faire un procès d'intention en l'accusant de se droguer de nouveau, mais je crains aussi d'avoir raison. »

Adrien resta silencieux quelques instants, le temps d'apaiser les battements de son cœur qui s'était affolé au simple prénom de Rose, prononcé par Marinette, puis par Anne. Il n'avait pas oublié la jeune femme au regard si bleu, au sourire doux-amer.

« Écoutez, Anne, je vais être franc. Il se peut en effet que Rose ait rechuté. Cela arrive fréquemment, surtout si elle a subi une grosse déception, un stress ou une forte angoisse. C'est dommage, à la fin de son séjour à la ferme, je la trouvais épanouie, très active. Je pensais vraiment qu'elle était guérie... »

Anne ajouta, d'un ton désolé :

« Moi aussi, et je me sens responsable. J'avais hâte de l'accueillir, de la rendre heureuse. Je ne pouvais pas prévoir qu'elle reverrait Arthur. Je n'ai aucune confiance en lui. Il fumait du cannabis. »

De l'autre bout du fil, la voix d'Adrien lui parvenait pleine de compassion. Selon lui, le copain de Rose avait dû passer à des drogues plus dures. Il répliqua gentiment :

« Vous ne pouvez pas lutter seule contre ce qui tourmente votre sœur ! Puisqu'elle refuse de vous voir, écrivez-lui. Dites dans votre lettre que vous m'avez appelé et que je serais déçu de connaître l'échec à cause d'elle. »

Ils discutèrent encore. Anne avoua qu'elle savait tout du passé de sa sœur, ajoutant que Rose avait refusé de porter plainte contre leur oncle.

« C'est dommage, cela aurait pu l'aider. Moi aussi je lui avais conseillé de le faire, mais c'est une décision qui n'appartient qu'à elle..., dit Adrien qui s'excusa enfin de ne pas avoir donné suite à l'invitation pour le baptême de Louis.

— Je ne peux pas me libérer facilement, et je ne pense pas que ma présence aurait été souhaitable pour Rose. Je vous saurais gré de me tenir au courant... »

Anne raccrocha avec un soupir. Cette conversation ne lui apportait pas vraiment de solution.

« Bien, je crois que je dois me débrouiller seule. D'abord la lettre... Ensuite je verrai ! »

Paul trouva sa femme assise à la table de la cuisine, en train d'écrire d'un air studieux.

« À qui écris-tu ? demanda-t-il en se penchant pour l'embrasser.

— Tu veux bien aller voir Louis ? Il doit être réveillé, dit Anne sans répondre à sa question. Je vais préparer son biberon dès que j'ai fini ça.

— Moi aussi, j'ai faim ! Qu'est-ce que tu m'as fait de bon ? »

Anne répondit avec une certaine impatience :

« Rien, je n'ai pas cuisiné ! On piochera dans les surgelés. Je ne peux pas être partout à la fois ! »

Son mari en resta muet de stupeur. Il ne discuta pas. Il se passait sûrement quelque chose de grave et, à son avis, Rose n'y était pas étrangère. Pendant le dîner, il osa interroger Anne.

« As-tu des soucis, ma chérie ? Je t'ai un peu secouée, au sujet de ta sœur, mais si tu as besoin d'en parler vas-y. Je t'aime, Nanou, je suis là pour t'aider. Et n'oublie pas que j'ai beaucoup d'affection pour Rose. »

Anne redressa la tête, le regard brillant de volonté. Dans ces moments-là, elle ressemblait davantage à sa jumelle et cela troublait Paul. Anxieux, il murmura :

« Tu es toute bizarre, Nanou ! Tu as un air, comment dire, un air farouche ! »

La jeune femme griffait nerveusement le bois de la table. Le visage placide de Paul s'assombrit.

« À quoi joues-tu ? Tu me fais peur !

— Je ne joue pas, Paul ! Je suis furieuse, et tu ne m'as presque jamais vue en colère. D'ailleurs, je n'ai pas souvent ressenti une rage pareille. Je suis allée chez ta mère aujourd'hui, elle sait tout ce qui est arrivé à ma sœur, la drogue, sa cure de désintoxication... Si c'est toi qui en as parlé à tes parents, je trouve ça dégoûtant !

— Mais enfin, Nanou ! Ce n'est pas si grave ! Je n'ai pas eu le choix, mon père m'a interrogé avec une telle insistance que je me croyais au poste de police. À mon avis, ils avaient le droit de savoir. J'ai toujours essayé de t'aider, de te soutenir. Je suis allé chercher Rose à Paris ! Tu ferais mieux de t'en prendre à ta sœur, qui nous gâche la vie ! »

Paul s'essuya la bouche avec sa serviette et se leva sans finir son assiette. Prise de remords, Anne le rattrapa.

« Mon chéri, pardonne-moi. Tu as raison, ce n'est pas si grave, seulement, je ne m'y attendais pas... J'ai eu une journée affreuse. J'ai voulu rendre visite à Rose, c'est son copain Arthur qui m'a répondu, par la fenêtre. Un vrai fou. Il m'a pratiquement insultée. Et ne blâme pas ma sœur. Je crois qu'elle souffre vraiment, et j'ai décidé de l'aider pour de bon. De me battre ! »

Paul ne reconnaissait plus sa femme. Intimidé par sa voix vibrante de détermination, et de colère, il n'osait pas la toucher. Anne le prit dans ses bras et se serra contre lui.

« J'ai bien réfléchi. J'ai eu de la chance de te rencontrer. Tu as remplacé mes parents en me protégeant. Tu m'as rendue heureuse, si tu savais. Le voyage à Venise, ma grossesse... Tu me dorlotais sans arrêt, et moi j'ai un peu effacé Rose de ma petite vie tranquille. Pendant ce temps, elle a vécu un enfer. Je dois l'empêcher de replonger.

— Et comment ? s'inquiéta Paul, perplexe. Je ne veux pas que tu prennes des risques. Dans ces milieux-là, il y a des gens peu fréquentables.

— Je n'en sais rien. Il me faudrait un peu de temps libre. Avec le bébé, c'est dur de bouger comme on veut ! En plus, maintenant, ta mère est fâchée. »

Paul la berça tendrement. Puis il déclara :
« Tu sais bien que je peux prendre quelques jours de congé quand je veux. Mon associé ne demande pas mieux, il récupère mes dossiers les plus intéressants. Disons que je me libère dès mardi. Je m'occuperai du petit et tu seras libre de te lancer dans ta croisade ! »

Anne ferma les yeux, soulagée. Paul avait un cœur d'or et il ne reculait devant rien pour lui faire plaisir. Elle aurait aimé voir sa sœur avec un homme aussi attentionné.

« Merci ! Tu es vraiment un mari en or. Je te promets d'être prudente. Si je me fais des idées, tant mieux, nous aurons un peu de vacances tous les deux, à la maison... »

Le lendemain, Anne posta une lettre destinée à Rose.

Ma sœur chérie, je n'ose pas imaginer ce que tu vis, ce que tu fais. Je sais que tu ne vas plus à ton travail, ton patron est venu à la maison et je me fais énormément de souci à ton sujet.

Arthur m'a dit, lorsque je suis allée chez toi, que tu ne voulais pas me voir. Je ne peux pas le croire, mais, si c'est vrai, dis-le-moi toi-même par téléphone ou par lettre.

Ne te mets pas en danger. Tu as réussi à te sortir de la galère que tu vivais, ne remets pas tout en question, je t'en supplie. J'ai téléphoné à Adrien Girard : il te fait dire de ne pas lui imposer un échec par ta conduite, mais il garde confiance en toi.

Appelle-le, il t'aidera.

Quel que soit le choix de vie que tu as fait, je le respecterai, mais ne me laisse pas dans l'ignorance.

N'oublie pas que je ne veux que ton bonheur et que je t'aime.

Anne

Elle espérait que son courrier provoquerait une réaction de la part de sa sœur. Mais elle ne reçut ni lettre ni coup de téléphone.

Le mardi arriva enfin. Paul ne semblait pas mécontent de passer une semaine à la maison. Dans le midi toulousain, l'automne avait des allures d'été indien et Anne l'entendit établir des projets de jardinage tandis que Louis profiterait du bon air, bien installé dans son landau.

« C'est le moment de planter les bulbes, Nanou.

Je vais acheter des jacinthes roses et des tulipes jaunes. Ne te soucie de rien, j'emmènerai le petit quand je ferai les courses. Sais-tu, ma chérie, que j'ai une vocation d'homme au foyer ? »

Anne éclata de rire.

« Eh bien, si cela te tente, prends une année sabbatique ! J'ai placé mon capital judicieusement. Je peux vous entretenir longtemps, Louis et toi. J'en serais même très fière ! »

La jeune femme se sentait pleine de courage devant le combat qui l'attendait peut-être. Sa lettre n'avait eu aucun effet ; il fallait réagir, et vite. Le matin suivant, elle s'habilla de façon décontractée : un jogging noir, des baskets. Elle oublia sa séance de maquillage et natta ses cheveux sur la nuque.

La voyant ainsi, Paul s'exclama :

« Tu es toute drôle, Nanou ! Habillée comme ça, on dirait vraiment Rose, mais en plus jolie. Attention...

— Menteur ! s'écria-t-elle en lui chatouillant le ventre. Ma sœur a toujours été plus belle que moi. Et tu le sais ! »

Paul l'enlaça et la dévisagea d'un regard attendri :

« Tu te trompes. Pour moi, tu es la plus belle, puisque je t'aime... »

Anne prit sa voiture et son téléphone portable. Elle se rendit à Muret, mais, comme la fois précédente, personne ne lui ouvrit. Elle décida de faire le guet. S'ils étaient là, Rose et Arthur finiraient bien par sortir, ne serait-ce que pour acheter de l'alcool ou de la drogue.

Écoutant la radio en sourdine, Anne vit passer

les heures. Au milieu de l'après-midi, les volets du studio de sa sœur s'entrouvrirent. C'était encore Arthur qui examinait les alentours. Anne s'était garée derrière une camionnette, mais elle prit la précaution de mettre des lunettes noires et un bonnet.

« Ça m'amuserait presque, songea-t-elle. J'ai l'impression d'être un détective ! »

Dix minutes plus tard, Arthur sortait de l'immeuble. Le jeune homme monta dans sa voiture et démarra aussitôt.

« Qu'est-ce que je fais ? s'interrogea Anne. Rose ne m'ouvrira pas. Elle dort peut-être... »

La jeune femme hésitait sur la conduite à tenir. Soudain, un couple s'arrêta devant la porte de l'immeuble. Ils sonnèrent. Anne se jeta hors de son véhicule et les rejoignit.

« Excusez-moi, dit-elle en souriant. Je suis Rose Léger, j'habite ici, mais j'ai oublié un de mes jeux de clefs, ceux d'en bas en plus... J'entrerai avec vous. »

L'homme et la femme la regardèrent sans méfiance.

« Je vous ai déjà vue, je crois ! murmura la femme. Notre fils habite ici. Nous venons souvent déjeuner chez lui...

— Effectivement, je vous ai déjà croisés ! » répliqua Anne qui misait sur sa ressemblance avec sa sœur.

La porte vitrée s'ouvrit et Anne se retrouva enfin à l'intérieur. Elle fit semblant de regarder dans la boîte aux lettres au nom de sa sœur, le temps que le couple disparaisse à l'angle du couloir. Puis elle grimpa les marches jusqu'au premier étage et frappa au studio 11.

Elle crut entendre de la musique, mais personne ne répondit. Elle frappa de nouveau. Quelqu'un marchait lentement, ouvrait. Anne respira profondément, prête à affronter sa sœur. Une jeune fille apparut, brune et bouclée.

« Qui c'est ? Rose ? Qu'est-ce que tu fais là ? »

Anne se réjouit un instant que l'inconnue la confonde avec sa sœur, puis changea ses plans et joua la carte de la vérité.

« Non, je ne suis pas Rose mais sa jumelle, Anne. Je peux entrer ?

— Moi, c'est Camille ! fit la fille en reculant. Je suis une copine d'Arthur. Rose nous sous-loue l'appart... »

Un désordre indescriptible régnait dans la pièce principale, plongée dans une demi-pénombre. Une odeur d'encens et de tabac froid écœura Anne.

« Savez-vous où elle est ? demanda-t-elle à Camille qui se recouchait sur un matelas, nonchalante.

— Elle s'est barrée avant-hier. Elle voulait squatter le logement d'un ancien pote qui crèche dans un bled, je crois que ça s'appelle Saverdun. Arthur l'a plaquée pour moi ; mademoiselle faisait la gueule. Et elle n'a plus un rond...

— Vous savez son nom, à ce type ? rugit Anne, prise d'une colère froide.

— Miguel... Il habite près de la gare. Une vieille boutique, une boulangerie fermée, je crois. Il loue ça une bouchée de pain, c'est le cas de le dire ! »

Camille se tordit de rire. Anne ferma les yeux une seconde. Elle découvrait un autre monde que le sien et comprit brusquement pourquoi sa sœur le qualifiait souvent de chaleureux et de douillet. Ici, tout n'était que désordre et saleté, insouciance et désinvolture.

« Camille, dit tout bas Anne, est-ce que ma sœur a reçu ma lettre ?

— Je n'en sais rien, moi... Rose, elle ne disait plus un mot ces derniers jours. Un vrai zombie ! Elle se shoote comme une malade, aussi. Des doses à tuer un cheval.

— Quand est-elle partie ?

— Y a quelques jours, j'me rappelle pas exactement... »

Anne sortit précipitamment. Elle avait envie de vomir. L'air frais de l'extérieur et la lumière du soleil sur les feuilles rousses des arbres lui firent du bien. Elle croqua une pastille de menthe et, une fois dans sa voiture, appela Paul.

« Mon chéri, c'est moi, Nanou. Rose a disparu. Elle serait à Saverdun. Je file là-bas. Mais oui, je serai prudente, ne t'en fais pas... Louis va bien ? Embrasse-le fort de ma part. Surtout, ne t'inquiète pas ; je serai prudente. »

Sur ces mots, Anne démarra et s'engagea sur la route d'Espagne, qui menait aux Pyrénées en passant par Saverdun, Pamiers et Foix. Il n'était plus question pour elle de craindre les réactions de sa sœur, ni de ceux qui l'entouraient.

« J'aurais dû aller à Paris te chercher, Rose ! chuchota-t-elle. Je ne l'ai pas fait. Tu es ma jumelle, une partie de moi. Tu vois, cette fois-ci, je ne t'abandonnerai pas. On recommencera à zéro, cure de désintoxication, calmants, un séjour chez Adrien Girard. Tu finiras bien par arrêter de te détruire. »

La route grise défilait, entourée de prairies, avec à l'horizon la ligne sombre des montagnes. Des nuages menaçants s'accrochaient aux sommets, mais un rayon de soleil rose et or s'attardait au creux d'une lointaine vallée. Anne y vit un signe d'espoir...

*

Rose cherchait une seringue dans le bazar indescriptible de Miguel, qui laissait ses affaires traîner sur la table et sur le sol. Deux chiens dormaient près de la porte rafistolée avec des planches. Le désordre n'était rien comparé à la crasse ambiante, aux odeurs d'urine qui empuantissaient la pièce.

« Il n'y a même pas d'alcool pour désinfecter l'aiguille, si par chance j'en trouve une..., marmonna la jeune femme. Quel bordel, ici ! »

Elle tremblait de tous ses membres. Les derniers euros de son salaire lui avaient servi à acheter une dose d'héroïne qu'un ami de Miguel avait dénichée chez un autre copain. Elle ne pensait plus aux conséquences de ses actes. Elle avait retrouvé, grâce à Arthur, la délivrance extatique que procurait la drogue et ne désirait plus rien d'autre sur terre.

« Je n'ai pas de place dans ce monde de toute façon..., bégaya-t-elle. Personne ne veut de moi... Et je suis nulle, nulle. Adrien ne m'aime pas, sinon il serait venu au baptême de Louis... Et moi je lui ai dit que je l'aimais, enfin je crois... Je me souviens plus... Je l'ai dit, mais il s'en foutait. Il m'a jetée, voilà… Je le dégoûtais. J'en suis sûre. Normal : une ancienne pute. Qui en voudrait ? Si seulement il m'avait acceptée à la ferme, s'il m'avait gardée ! Jamais je n'aurais replongé… Je l'aime tant. Il me manque, mais il ne veut pas de moi. Je suis sûre qu'il me méprise. Dès que je lui ai dit que je m'étais prostituée, il a changé d'attitude, oui, ça, je m'en souviens… Oh ! Je ne sais plus… »

Miguel descendit lourdement l'escalier. Grand, voûté, les cheveux longs et emmêlés, il bâilla, révélant une dentition douteuse.

« Alors, louloute, tu trouves ton bonheur ?

— Non ! Tu n'as pas de seringue ! Tu te fous de moi, espèce de tordu… »

Miguel rit en prenant Rose dans ses bras. Il tentait de la séduire depuis la veille, mais elle lui résistait encore.

« Ne fais pas la difficile, ricana-t-il. Je les connais, les filles de ton genre. Sois gentille et je t'offre une dose demain soir. Gratos ! Je suis en manque, moi aussi, mais d'autre chose, tu vois ce que je veux dire…

— Miguel, trouve-moi une seringue, et je ferai ce que tu veux. Mais après, tu comprends ? Je suis venue en stop de Toulouse pour avoir de la came ! Il m'en faut, tout de suite, sinon je casse tout le monde. Toi d'abord. Je te jure, j'ai envie de tuer, là !

— Du calme ! Ici, on est cool ! Toi, tu débarques avec tes grands airs et tu me bouscules ! Je suis bien gentil de t'héberger, cocotte ! Doucement les basses… Fais-moi plutôt un bisou ! Faut être gentille, quand même. »

Elle le repoussa en évitant un baiser lancé au hasard. Cette fureur meurtrière lui était devenue familière. L'agressivité irraisonnée faisait partie des symptômes du manque. Cependant, se nourrissant à peine, elle n'avait aucune force et tituba sous le coup de coude que lui décocha Miguel, excité par son refus.

« Allez, on prend du bon temps avant, et ensuite je te fais ta piquouse ! Je sais où elles sont, mes seringues, mais je te les montre quand j'aurai mis la mienne où j'ai envie ! »

Miguel éclata d'un gros rire excité. Il la maintenait contre lui en cherchant à l'entraîner à l'étage. Elle cessa de lutter, résignée. Pour aller au fond de l'horreur, de l'abjection, elle connaissait le chemin.

Un des chiens grogna. On frappait à la porte. Miguel brailla :

« Entrez, c'est ouvert ! J'ai rien à cacher. »

Une silhouette de femme leur apparut. Vu sa tenue et son air effaré, la nouvelle venue pouvait passer pour une des filles du coin, en relation avec Miguel. Mais Rose recula, secouée de spasmes.

« Anne ! Anne, va-t'en ! Qu'est-ce que tu fais là ? Fous le camp ! »

Sa sœur avança sans hésiter. Elle avait un air dur, sévère, que Rose ne lui avait jamais vu.

« Je viens te chercher, Rose. Ne discute pas, c'est inutile, je t'emmène, et tout de suite encore. Tu ne vas pas recommencer à me filer entre les doigts !

— Non ! Laisse-moi... Barre-toi, vite ! Tu n'as rien à faire ici. »

Miguel étendit les mains avec un sourire apaisant :

« Oh, les filles ! On la joue cool ! Je vois double, ma parole ! C'est ta frangine ? Tu devrais l'inviter à bouffer... à monter aussi. Une partie à trois, ça me branche. »

Anne s'élança et passa un bras autour des épaules de Rose. Celle-ci se débattit violemment. Les deux sœurs luttèrent un long moment, en silence. Bien nourrie, robuste, Anne ne parvenait pourtant pas à maîtriser sa jumelle dont les forces étaient décuplées par la rage. Elle mordit les poignets qui la retenaient en lançant des cris suraigus, au bord de la crise d'hystérie.

« Bon sang ! rugit Miguel. Les flics vont débouler si elle ne la ferme pas... Pousse-toi, je vais la faire taire... ta frangine !

— Non, ne la touche pas ! menaça Anne en protégeant Rose de son corps. Je te dis que je vais l'emmener.

— Ouais, c'est ça, embarque-la, elle est raide dingue ! grogna Miguel. Allez, dégagez, les clones ! J'veux pas d'emmerdes, moi... »

Rose profita d'un relâchement à peine perceptible de sa sœur, échappa à son étreinte et recula vers une zone d'ombre. Il y eut aussitôt un bruit de verre brisé. Perdant tout contrôle, la jeune femme avait ramassé une bouteille vide, l'avait fait éclater contre l'angle d'un mur. À présent, elle brandissait un tesson tranchant comme un rasoir, tour à tour au visage de Miguel ou d'Anne.

« Laissez-moi, vous deux, ou je vous saigne ! J'en peux plus, vous entendez, j'en peux plus ! Je veux ma piqûre ! »

Épouvantée, Anne dévisageait Rose comme s'il

s'agissait d'un monstre qui aurait emprunté les traits de sa sœur. Une seconde, elle fut tentée d'abandonner, de fuir ce lieu sinistre et cette fille affreuse, les yeux fous, qui menaçait de les tuer, Miguel et elle.

« Si je fais ça, comprit-elle, elle est perdue ! Dans un mois, elle est morte. »

Usant instinctivement d'une ruse vieille comme le monde, elle fit semblant de s'élancer vers la porte mais fit volte-face aussi vite, se jeta sur sa sœur et la ceintura. Le tout n'avait duré qu'une fraction de seconde. Miguel tendit alors le bras pour désarmer Rose qui tenait encore son tesson à la main. Le sang jaillit de sa main comme un geyser.

« La vache, elle m'a eu ! Je pisse le sang ! »

Anne croyait vivre un cauchemar. Rose ne se débattait plus et pesait de tout son poids. D'une main ferme, Anne lui prit le tesson et le posa sur une étagère au-dessus d'elle.

« Je vais te soigner ! cria-t-elle à Miguel. La plaie est profonde. Il faut arrêter le sang...

— Me touche pas, avertit Miguel, je suis séropositif ! Si t'as un portable, appelle les pompiers. Ta frangine perd la boule, ils lui fileront un calmant... Moi, ils me recoudront ! »

Rose s'était écroulée dans un coin et criait comme une bête à l'agonie. Ses jambes bougeaient de façon désordonnée tandis qu'elle se griffait les joues, la face convulsée.

« Mais qu'est-ce qu'elle a ? » se demanda Anne, effrayée.

Miguel avait enroulé un torchon sale autour de son bras. Il soupira, le regard vague :

« Elle est en manque ! C'est pas beau à voir ! J'ai une seringue par là, je crois bien, elle ne l'a pas trouvée... sinon elle gueulerait moins fort. »

Anne fixa Miguel d'un air vengeur.

« Une seringue ! Tu allais la laisser se piquer avec une de tes seringues alors que tu as le sida... Tu t'en fiches d'elle, hein ? Elle peut mourir devant toi !

— De toute façon, elle est foutue, ta sœur ! répliqua Miguel. Peut-être bien qu'elle avait envie de le choper, le sida. Histoire d'en finir... »

Anne lui lança un coup d'œil meurtrier en composant le numéro des pompiers. Mais elle ne les attendit pas. Soutenue par une volonté et une énergie incroyables, elle réussit à relever Rose et à la conduire jusqu'à sa voiture. Sa sœur s'affala sur le siège arrière. Vite, Anne démarra et reprit la route de Toulouse.

17

Le motel, situé à l'entrée de la zone industrielle de Portet-sur-Garonne, correspondait à ce que cherchait Anne. Les chambres étaient des pavillons un peu isolés les uns des autres et on payait par carte bancaire, sans qu'il soit besoin de décliner son identité.

Rose semblait prostrée dans un demi-sommeil. Elle ne résista pas quand sa sœur la guida vers le lit, après l'avoir pratiquement portée sur plus de trois mètres.

« Allonge-toi, j'appelle un médecin !

— Pas la peine, répondit Rose d'une voix à peine perceptible. C'est passé, je vais dormir. »

Anne se méfia. Le regard voilé de sa jumelle ne présageait rien de bon. Elle pouvait sombrer dans un abattement inoffensif ou redevenir agressive. Elle appela les renseignements, obtint le numéro d'un généraliste à qui elle expliqua brièvement la situation. Moins de vingt minutes plus tard, il examinait Rose.

Le médecin ne posa guère de questions. Il injecta un sédatif à Rose, puis déclara :

« Le mieux serait de l'hospitaliser ; vous ne vous en sortirez pas seule.

— C'est ce que je vais faire dès que j'arriverai à Toulouse. »

Anne s'assit dans le lit à côté de sa sœur, la télévision allumée sans le son. Rose dormait, à présent.

« Je vais téléphoner à Paul, ensuite à Adrien Girard. Peut-être qu'il pourrait la reprendre à la ferme... Elle y était si bien et elle ne supportera pas d'être à nouveau hospitalisée... »

Paul fut effrayé par le récit de sa femme : la crise de démence de Rose, la bagarre, le tesson de bouteille qui avait blessé un certain Miguel atteint du sida.

« Nanou, j'aurais dû t'accompagner. Ce n'était pas à toi, surtout toute seule, d'aller chercher ta sœur dans ce taudis. Tu t'es mise en danger... Mais je dois reconnaître que je n'aurais pas fait mieux... »

Anne sourit en entendant son mari prendre une intonation dramatique. Elle répliqua gentiment :

« Je crois en effet que j'ai agi en adulte, et ce, pour la première fois de ma vie. Il était temps que je quitte mon cocon et que je voie enfin ce qui se passe dehors... Je me suis beaucoup trop fait assister ; ça va changer... Rose a besoin de soins et il n'est pas question de la ramener à la maison : je vais téléphoner à Adrien pour lui demander de la reprendre à la ferme. S'il est d'accord, je l'y conduis dès demain matin. Sinon, je lui demanderai une adresse pour la faire hospitaliser, il doit en connaître. Je te tiens au courant...

— C'est une excellente idée, ma chérie. Adrien sera de bon conseil. Reviens-moi vite, tu me manques. »

Paul n'avait qu'une hantise, savoir sa belle-sœur aux mains de spécialistes et Anne à la maison.

Ce fut Adrien lui-même qui décrocha et il reconnut aussitôt la voix d'Anne. En fait, il était très inquiet depuis son dernier appel et se faisait de sérieux reproches. Il avait repoussé la jeune femme quand elle s'était offerte, pleine d'amour et d'espoir. Il s'était donné ensuite bien des excuses avant de s'avouer qu'il redoutait surtout de commencer une nouvelle histoire d'amour alors qu'il s'était juré de ne plus jamais aimer une autre femme et surtout lui faire confiance. De plus, Rose était sa patiente. Ne pas mêler travail et vie privée !

Combien de fois le visage d'Ariane, sa compagne disparue, lui était-il apparu, comme un bouclier qu'il brandissait, lorsqu'il se trouvait en compagnie de Rose ? Certes, il avait eu quelques relations, mais il n'y avait pas mis de sentiments. Jamais, depuis Ariane, il n'avait été amoureux. Rose avait réveillé en lui quelque chose qu'il voulait oublier, quelque chose qui finissait toujours par faire souffrir : l'amour.

Pour lutter, il s'était d'abord caché derrière le prétexte des rapports entre le médecin et son patient. Il s'était menti à lui-même autant qu'à elle, car il savait au plus profond de lui que l'affection et la complicité qui les unissaient ne relevaient pas de ce schéma. Il avait nié ce qui lui paraissait aveuglant aujourd'hui : son amour naissant pour Rose.

Quand Anne, parlant tout bas, lui expliqua dans quel état se trouvait Rose, il répondit, d'une voix altérée par l'émotion :

« Je viendrai demain, Anne… Je me sens responsable de ce qui est arrivé. Bien sûr, Rose aurait pu repartir du bon pied, mais elle était trop fragile et avait encore besoin d'être prise en charge. Avec le sédatif que le médecin lui a administré, elle devrait dormir jusqu'à mon arrivée. Profitez-en pour en faire autant, tous ces événements ont dû vous secouer… Bravo pour être allée chercher votre sœur. C'était ce qu'il fallait faire et vous lui avez sûrement sauvé la vie… »

Adrien lui demanda les coordonnées de l'hôtel et promit d'être là vers quinze heures.

Après cette conversation, Anne s'interrogea sur ce qui liait sa sœur à cet homme. Elle s'endormit, une main posée sur Rose, afin d'être réveillée si celle-ci bougeait pendant la nuit.

Une aurore pourpre baigna la chambre dès sept heures. Anne n'avait pas tiré les doubles rideaux. Rose ouvrit les yeux et se demanda où elle était. Les murs couleur beige le lit confortable l'étonnèrent. Elle se tourna et aperçut le visage serein de sa sœur qui sommeillait paisiblement.

« Anne ! Qu'est-ce qu'on fait ici ? Anne ! »

La jeune femme sursauta et cligna des paupières. D'un ton calme, elle rassura sa jumelle :

« Nous sommes dans un motel à Portet. Tu ne te souviens pas ? Je t'ai arrachée des griffes de Miguel et maintenant je vais m'occuper de toi. D'abord, je te fais couler un bain, d'accord ? »

Rose restait muette, contemplant les joues rondes

de sa sœur, son nez retroussé, sa natte blonde un peu défaite qui coulait sur son épaule. Enfin, elle murmura :

« Un bain ? Pourquoi ? Je suis sale ?

— Tu n'es pas super-propre. J'ai des affaires de rechange. Tiens, j'ai même apporté un de mes pyjamas. Après le bain, un petit-déjeuner au lit, sous les draps cette fois. »

Rose avait dormi sur la couette de satin. Elle haussa les épaules.

« À quoi sert ton dévouement ? Dans dix minutes, je risque de perdre la tête à cause de cette saleté de drogue. Je ne t'ai pas blessée, hier ? Je ne me souviens pas bien de ce qui s'est passé... Mais j'ai vu du sang. »

Anne se leva, toute pâle. Elle se plaça près de la fenêtre et répondit gravement :

« C'était horrible, Rose ! Tu menaçais ce Miguel avec une bouteille brisée. Il a eu une sérieuse entaille à la main. En plus, il criait qu'il avait le sida. C'est une chance que tu n'aies pas utilisé une de ses seringues. Il faut que tu arrêtes, Rose, que tu décroches et, cette fois, pour de bon, définitivement. Pour toujours. Quelles excuses as-tu de te droguer ? Nous avons vécu un deuil terrible, mais dans le monde entier il y a des gens sûrement plus à plaindre que nous... Je te croyais plus forte, plus courageuse... »

Rose se redressa. Elle souffrait d'un début de migraine, mais cela ne l'empêcha pas de remarquer une chose surprenante. Anne employait des termes précis sans paraître gênée. Sa voix elle-même était différente, plus mûre, moins enfantine, presque autoritaire. Ce constat la stupéfia. Une métamorphose s'était produite, à l'insu de tous. La personnalité de sa sœur jumelle, si longtemps discrète, étouffée par les convenances, prenait une force étonnante, une dimension nouvelle.

« Anne, je ne te reconnais pas ! Tu ne m'as jamais parlé comme ça, mais tu as raison et je te demande pardon. Je crois que je déprimais, mais je ne suis pas fière de moi, tu sais. Ce que tu ne sais pas, c'est que c'est difficile de décrocher. Ceux qui ne l'ont pas vécu ne peuvent pas comprendre… Bon, je vais me doucher et on discute… D'accord ?

— D'accord ! Et jette tes vêtements, ils sont dégoûtants et couverts de taches de sang. Celui de Miguel… C'est une chance que tu ne l'aies pas blessé gravement. »

Rose approuva d'un signe de tête en regardant sa sœur comme si elle ne l'avait jamais bien vue…

*

Une heure plus tard, bien calées dans leurs oreillers, elles buvaient du café et dévoraient des croissants. Jamais elles ne s'étaient autant ressemblé, car la même expression les animait, celle du bonheur de s'être retrouvées.

Rose caressa pour la dixième fois au moins le poignet de sa sœur qui portait une vilaine trace bleuâtre.

« Quand je pense que je t'ai mordue ! dit-elle, confuse. Je ne me souviens de rien, enfin c'est un peu flou, comme un rêve que l'on oublie. J'ai tellement honte, si tu savais. J'aurais pu te tuer. Il faut me faire enfermer, tu entends. Un an si besoin est, mais je ne veux plus me conduire ainsi. »

Anne la fit taire en lui posant la main sur la bouche.

« On va trouver une solution ! Moi, je ne veux plus te revoir dans un état pareil. »

Rose ferma les yeux. Des larmes coulèrent sur ses joues.

« Et moi, Nanou, tu crois que j'ai envie de retomber aussi bas ? Je voudrais tant guérir, ne plus toucher à la drogue, ni à l'alcool. Mais c'est si dur de vivre ! »

Elles se turent un instant, puis Anne interrogea, d'une voix changée :

« J'aimerais savoir quelque chose. Pendant tout ton séjour à la maison, tu allais bien. Je n'avais pas peur de te laisser Louis une soirée entière. Tu étais calme, efficace, bref, je n'ai vu aucun signe d'une rechute. Pourquoi as-tu replongé ? Explique-moi, je t'en prie. Si tu cachais ta tristesse, ton désespoir et qu'en fait, ce gros malaise n'attendait qu'un déclic pour exploser, tu aurais dû m'en parler. Que s'est-il passé ?

— J'étais heureuse chez vous, Anne, mais un truc me rongeait, que je t'ai caché... C'était idiot ! avoua enfin Rose en allumant une cigarette. Lorsque j'ai quitté la Ferme du Val, j'étais amoureuse d'Adrien. Mais vraiment très amoureuse. Et je le lui ai fait comprendre. Lui, il a juste insinué qu'il n'était pas libre. Je crois aussi qu'à ses yeux je n'étais qu'une malade comme les autres. C'était pourtant le genre d'homme dont je rêve depuis des années. Le prince charmant en salopette et bottes de cheval… Toutes les qualités humaines… Enfin, à quoi bon chercher des raisons, je l'aimais vraiment, si fort que j'ai compris que toutes les aventures que j'avais eues ne comptaient pas, que je n'avais jamais éprouvé ça… »

Anne se mit à sourire, puis elle effleura d'un doigt la joue de sa sœur.

« On est vraiment pareilles, en fait. Tu as joué les indépendantes, à Paris, les grosses rebelles, mais tu avais besoin d'être prise sous l'aile protectrice d'un homme, d'un vrai ! Moi je n'ai pas hésité, je me suis mariée tout de suite… Cela m'a sauvée du chagrin. »

Les paroles d'Anne étaient blessantes. Mais, au fond, avait-elle tort ? Rose devait reconnaître qu'elle n'avait pas été capable de gérer sa vie correctement. Confuse, elle déclara, à contrecœur :

« Je ne suis pas d'accord à cent pour cent, cependant il y a du vrai. Je ne t'ai pas tout dit, Anne, à propos de David. Nous ne nous sommes pas quittés : il est mort. »

Anne étouffa un petit cri et serra doucement la main de sa sœur. À mots hésitants, Rose lui raconta tout. Sa rencontre avec David, qui l'avait sortie de la drogue, ces semaines de bonheur absolu avec lui, le voyage mortel à Montpellier et l'arrivée de Simon qui l'avait arrachée aux griffes de la police.

« Mais pourquoi ne m'en as-tu jamais parlé ? Tu n'es coupable de rien. Quand je pense que la police te soupçonnait ! Mon Dieu, comment as-tu pu supporter tout ça ? Je serais venue tout de suite si tu m'avais appelée, je t'aurais ramenée à Toulouse !

Rose, pourquoi est-ce que tu refuses l'aide des autres ? Mon aide...

— Je ne sais pas, répondit humblement Rose. Par orgueil peut-être. Tu sais, toute mon histoire avec David n'a duré que quelques semaines et je dois t'avouer que ça me semble très loin. C'était un amour fulgurant, mais aurait-il duré ? Je ne connaissais rien de sa vie. Je ne me suis pas intéressée à lui comme une adulte, mais comme une adolescente immature. J'ai compris ça pendant mon séjour à la ferme. À mon retour à Paris, je n'ai pas supporté la solitude. Il fallait que j'oublie David et je me suis jetée dans les bras de Gilles, un sale dealer, un super-escroc, et les escrocs ont l'art de séduire ! J'aimais sa carrure, l'odeur de ses cigares... J'ai cru qu'il veillerait sur moi, qu'il me guiderait. Bref, je lui ai fait confiance. Ce qui me désole, c'est d'avoir été attirée par un macho comme Gilles, alors que j'avais déjà l'expérience de Gérald, un autre macho en son genre, un sadique...

— Qui mériterait la prison ! s'écria Anne. Le viol est un délit grave. Imagine... Si Gérald, avec le démon de midi, s'en prenait à une ado à la sortie d'un collège. Toi, tu serais en partie coupable, pour ne pas l'avoir dénoncé... »

Rose fut secouée de frissons. Anne vit son regard affolé.

« Calme-toi ! lui dit-elle. Je suis là, je veille sur toi. Viens sur mon épaule. Au fait, tu me parlais d'Adrien... »

Rose renifla. Elle se sentait bien, blottie contre sa sœur.

« Ah oui, Adrien... Avec Adrien, c'était différent.

Il était intègre, généreux, loyal. Le contraire d'Arthur, de Gilles, de Boris. À la ferme, tous les deux, on se comprenait d'un mot, d'un regard. Et ce qu'il fait est tellement remarquable. Tiens, quand je pense à mon pauvre Max, j'en pleurerais… Et cette petite nouvelle, Élodie, qui est arrivée le jour de mon départ. Complètement fermée dans son monde de silence. Autisme à risque. Marinette l'a tout de suite prise en charge. Je suis sûre qu'elle fera des miracles. Quelle femme, Marinette ! Je ne t'en ai pas beaucoup parlé, mais son dévouement pour ces enfants difficiles me fascinait. Elle et Adrien ont toujours obtenu de bons résultats. Leur méthode est formidable. Moi, c'est la jument Princesse qui m'a soignée. Quand j'étais nerveuse, elle me fuyait et j'étais triste. J'ai appris à dominer mes crises. Juste pour avoir le droit de la panser et de la monter. »

Rose marqua un temps d'arrêt avant de continuer :

« Je peux bien te l'avouer, maintenant : je n'aimais pas mon travail à la bibliothèque de Muret. Je m'ennuyais. À la ferme, j'ai pris goût à la vie au grand air, au travail d'équipe. Je me sentais utile auprès des enfants. Mais je n'osais pas te le dire à cause de Paul. C'est lui qui m'avait trouvé ce job et, d'ailleurs, qu'aurais-je pu faire d'autre à Toulouse ? Je ne voulais plus vivre à vos crochets. J'ai tout gâché : je n'ai aucun diplôme, je ne sais rien faire… »

Anne l'interrompit vivement :

« Tu penses qu'on est nul quand on n'a pas de diplôme ? Eh bien, moi, je ne suis pas de cet avis. J'ai choisi d'être une mère au foyer et cette vie me comble. Le bonheur prend une forme différente pour chaque individu. Toi, par exemple, tu pourrais devenir éducatrice spécialisée et, avec ton bac, tu n'aurais pas de mal à suivre la formation ! »

Rose fit non de la tête et conclut :

« J'ai eu la même idée que toi, mais Adrien m'a découragée. Il disait que cela ne me correspondait pas, que ma vie était ailleurs... Quelle blague ! J'étais bien, j'étais moi-même à la ferme ! Je t'assure, je lui ai demandé de travailler là-bas, bénévolement s'il le fallait, juste nourrie et logée. Il n'a pas accepté.

— Mais pourquoi ? s'étonna Anne. Je t'ai vue avec Max et Gisèle. Tu avais un excellent contact. Ils te respectaient... À mon avis, Adrien a commis une erreur ! S'il avait accepté, tu irais bien. Décidément, les hommes... »

Soudain, Rose se mit à trembler. Elle regarda sa sœur d'un air anxieux.

« Anne ! Je me sens mal... ça revient ! Oh, j'ai envie de vomir... Anne, va-t'en ! J'ai peur de te frapper !

— Non ! répondit la jeune femme. On va affronter ça ensemble. »

Elle conduisit sa sœur à la salle de bain et lui soutint le front pendant qu'elle vomissait café et croissants. Puis elle lui lava le visage.

« Viens t'allonger. Tiens, mords l'oreiller. Je suis là... »

Anne se rappela que le médecin lui avait laissé deux comprimés de tranquillisants. Elle en fit avaler un à sa sœur qui, secouée de spasmes, agitait les mains comme pour étrangler le monde entier.

« Je suis là, je suis là, répétait Anne. Tu vois, je te tiens serrée, bien serrée, tu vas t'en sortir. N'aie pas peur. Je t'emmènerai à l'hôpital s'il le faut. Ne crains rien. Tu ne me feras pas de mal... Nous sommes ensemble, nous allons gagner la bataille. »

Rose se calma peu à peu, grâce à la tendresse de sa sœur qui lui chuchota longtemps des mots de réconfort. Anne attendit de la voir profondément endormie pour ranger la salle de bain et téléphoner à Paul. Vers midi, Rose s'éveilla.

« Anne, tu es là ? demanda-t-elle aussitôt.

— Oui, je n'ai pas bougé de la chambre. Dors encore si tu veux !

— Pas la peine, je me sens mieux, je t'assure. Tu sais, Anne, c'était horrible, les premiers jours à l'hôpital. Ils m'attachaient sur le lit avec des courroies. Quand j'avais une crise de manque, je me débattais si fort que les liens, en gros caoutchouc, me blessaient. Ils m'attachaient parce que j'aurais pu me faire mal. Après, je suis restée enfermée des heures, des jours. Je hurlais ! On m'injectait des calmants. C'était un tel soulagement de pouvoir dormir ou pleurer... »

Anne berça sa sœur doucement.

« C'est fini ! Ils ont fait tout ça pour te guérir, mais cette fois, tu n'en auras pas besoin. J'en suis sûre, tu vas te remettre vite. Nous allons t'aider. »

Rose éprouvait un besoin vital de se confier.

« Ces drogues, Anne, c'est la mort déguisée en fête. Tu te crois au paradis et tu te réveilles en enfer. Le manque, c'est affreux : tout le corps supplicié, l'esprit démoli... des pulsions de haine, de violence.

Tu n'as plus qu'une idée, te piquer encore, pour redevenir normale, ne plus être dangereux. Mais il y a pire... »

Anne embrassa sa sœur et répondit fermement.

« N'y pense plus. Tu vas aller de l'avant et tu ne seras pas seule. Je ferai tout pour que tu ne rechutes jamais. Tu n'es plus seule.

— Non, écoute ! Tu dois le savoir... Il faut que je te dise tout. J'en ai besoin. »

Rose marqua un temps d'arrêt et se lança :

« Je me suis prostituée. C'était le seul moyen d'avoir de l'argent pour acheter mes doses, sinon je devenais folle. Oui, tu entends bien, je me suis vendue pour quelques billets. Je m'en foutais, j'aurais fait n'importe quoi pour avoir ma dose, ma piqûre. Ah, tu ne dis plus rien, là... Tu me méprises ! Je te dégoûte, avoue ! Mais je ne te dégoûterai jamais autant que je me dégoûte moi-même... Est-ce que tu me laisseras encore cajoler Louis maintenant ? Est-ce que tu m'aurais permis de le toucher si tu avais su... »

Anne resta un long moment silencieuse, tandis que sa jumelle sanglotait, honteuse mais malgré tout délivrée d'un poids énorme.

« Tu sais, murmura enfin Anne, je m'en doutais un peu. Pendant ta convalescence à la ferme, j'ai lu un livre bouleversant écrit par une toxico de treize ans. Elle y raconte le même parcours que le tien, à quelques détails près. Je n'y ai vu qu'un tissu d'horreurs et j'ai rejeté en bloc cet univers de souffrance et de désespoir. Quand tu as disparu, il y a trois semaines, je me suis souvenue de ce livre. Je me suis dit que tu ne m'avais peut-être pas tout raconté. Cela me fait plaisir que tu en aies parlé la première. Je n'ai pas eu à t'interroger. Le principal, c'est que tu sois saine et sauve, et quand j'emploie le mot "saine", tu me comprends… Tu pourras câliner Louis à ta guise. Le passé est le passé. Ce qui me fait mal, c'est que tu es surtout en manque d'amour. Même moi, ta sœur jumelle, je ne t'ai pas assez aimée. Depuis toujours, je t'envie, je t'admire parce que je me trouve moins intelligente, moins jolie, moins tout. »

Rose se redressa, l'air désemparé.

« Tais-toi, Anne, tu es une fille géniale, généreuse et adorable.

— Non, j'ai juste eu de la chance d'avoir des goûts simples, aucune révolte en moi. Et j'ai rencontré Paul, qui est un homme exceptionnel. Beaucoup de femmes le trouveraient fade ou ennuyeux. Moi il me convient, il me rassure. »

Rose se recoucha. Elle prit la main de sa sœur et la posa contre sa joue.

« Merci de ne pas me condamner… Je me sens soulagée de t'avoir tout dit, enfin presque tout… »

Anne se raidit : que pouvait-il être arrivé de pire encore à sa sœur ?

« Tu sais, tout s'est mal passé à Paris, continua Rose. Boris était un imbécile, persuadé de sa supériorité. Ensuite, il y a eu Gilles, qui m'a ruinée, sur tous les plans. C'est lui qui me fournissait de l'héroïne, c'est lui aussi qui a programmé un viol ignoble pour mieux me tenir… »

À mots hésitants, Rose évoqua cet après-midi de cauchemar où Boris avait abusé d'elle. Anne cria de rage.

« Après notre oncle, ce sale type ! Mais qu'est-ce que tu as fait pour mériter ça ?

— Peut-être suis-je le genre de fille qui attire ce comportement ? J'ai tendance à mépriser les hommes, à les traiter de haut. Cela date de l'été à Collioure. Je crois que tout s'est enchaîné. Même à Paris ! Je crois que tout est parti du viol, du silence dans lequel je me suis enfermée à ce moment-là. Puis il y a eu la mort des parents, la drogue, David que j'ai perdu, la drogue encore... C'est une spirale infernale... »

Anne enlaça sa sœur, lui caressant les cheveux.

« Quand je pense que tu as enduré tout ça et que j'étais bien tranquille chez moi, à mille lieues d'imaginer ce que tu vivais ! Tu aurais dû m'appeler au secours, je serais venue... J'avais toujours un vague malaise quand je pensais à toi et à la vie que tu menais à Paris. J'étais souvent angoissée sans raison... Je n'osais pas en parler à Paul, encore moins à Sonia. Pourquoi ne m'as-tu rien dit ? Tu n'avais pas confiance en moi ? Nous aurions affronté ça ensemble... Comme nous venons de le faire. »

Rose s'exclama, d'une voix presque joyeuse :

« Tant pis ! Maintenant, c'est du passé. Tu m'as sauvée, cette fois, pour de bon. Ce que j'ai vécu me servira bien un jour. J'écrirai un livre ou je réussirai à devenir éducatrice, ou monitrice d'équitation. Et puis si les choses s'étaient déroulées d'une autre façon, je n'aurais pas connu certaines personnes...

— Comme qui ? demanda Anne, qui se doutait de la réponse. Adrien Girard, peut-être ?

— Oui, Adrien, et Max... et ma petite sœur

Anne, qui se transforme en une vraie aventurière à ses heures. Je ne t'aurais jamais crue capable d'affronter un mec paumé comme Miguel... Tu étais superbe, une guerrière !

— En somme, tu veux dire qu'il ne faut rien regretter... » déclara timidement Anne.

Rose prit une profonde inspiration :

« Je n'irai pas jusque là ! Je n'oublierai jamais ce que j'ai fait, mais tu as raison, je dois en tirer des leçons pour avancer, au lieu de reculer sans cesse. Le mal est fait ! Il suffit de ne pas recommencer. »

Elles restèrent un moment silencieuses. Anne se disait qu'en fait la spirale infernale qui avait happé sa sœur lui avait permis à elle d'évoluer, de se réveiller de sa torpeur tissée de prudence et d'égoïsme. Rose suivait à peu près le même raisonnement, jugeant qu'à la réflexion il lui avait fallu se vautrer dans la boue pour comprendre combien sa jumelle l'aimait. Elle regretta seulement tout le mépris imbécile qu'elle avait nourri, adolescente.

Anne jeta un coup d'œil à sa montre. Il était treize heures trente. Elle se leva et s'étira.

« J'irais bien acheter de quoi pique-niquer dans la chambre. Tu crois que je peux te laisser seule ? »

Rose haussa les épaules. Une ombre passa dans son regard.

« Je ne sais pas, Anne. Je préfère t'accompagner. Va-t-on rester longtemps ici ? Il faut que je trouve un centre qui puisse m'accueillir, et que tu rentres chez toi.

— Écoute, la coupa fermement Anne. Chaque chose en son temps ! On en reparlera tout à l'heure.

D'abord, on va sortir… Regarde les vêtements que j'ai apportés ! »

Anne sortit de son sac de voyage deux jeans noirs et deux pulls de même couleur. Rose parut surprise.

« Qu'est-ce qui t'a pris de choisir des vêtements identiques ? Maman adorait nous acheter les mêmes robes, mais tu te souviens que je n'aimais pas beaucoup ça…

— Oh ! Une idée folle ! J'imaginais plein de trucs insensés, que je me déguiserais en toi, ou vice-versa. Je voulais tromper l'ennemi, ce pauvre Arthur, par exemple. Je crois que j'aurais dû devenir espionne ou détective, si, si… »

Rose éclata de rire, un peu trop nerveusement. Anne haussa les épaules en pouffant aussi.

« Allez, on se déguise en jumelles "gouttes d'eau" ! dit-elle enfin. Anne détective, c'est trop drôle. Mais tu as l'air d'avoir des dispositions ! Dès que Louis ira à l'école, tu pourrais ouvrir une agence. »

Elles rirent encore, puis sortirent.

Les deux sœurs firent quelques courses dans un centre commercial voisin et rentrèrent à l'hôtel. Elles mangèrent un peu de jambon et des fruits. Plus les minutes passaient, plus Anne semblait nerveuse. Rose s'en aperçut et demanda, tout bas :

« Qu'est-ce qu'il y a, Anne ? Tu me caches quelque chose ?

— Oui, j'ai promis à Paul de passer à la maison vers quinze heures. Et toi, tu as de la visite… Je n'osais pas te le dire. Voilà, j'ai pris contact avec quelqu'un de compétent, quelqu'un qui peut nous aider... »

Rose fronça les sourcils. Elle fixa sa sœur d'un air méfiant.

« Qui ? Un médecin ? Un psy ?

— Oui et non ! répliqua Anne. Pas n'importe quel médecin, une sorte de psy que tu connais un peu... Ne fais pas cette tête ! Voyons, tu ne devines pas ? C'est Adrien, Adrien Girard !

— Adrien ! hoqueta Rose, stupéfaite.

— Je l'ai appelé hier soir, quand tu dormais, et je lui ai tout raconté. Il m'a dit des choses touchantes, qu'il se sentait responsable de ta rechute. Bref, il arrive dans dix minutes. »

Rose se cacha le visage entre les mains. Elle pleurait sans bruit. Le revoir enfin... entendre sa voix, plonger dans ses yeux brillants de bonté. C'était tellement inespéré. Tout ce qu'elle avait souhaité !

« Anne, il vient vraiment, pour moi ?... Je ne sais pas si je suis prête à le revoir. Cela me donne plutôt envie de fuir... Et puis je suis dans un sale état.

— Mais non, je t'assure ! Un peu de courage. Il en a vu d'autres. De toute façon, tu es très belle. Fais-moi confiance. Il m'a promis d'être là à quinze heures précises ! Allez, je file, tu ne risques rien, tu seras seule un tout petit instant, de quoi te préparer à le recevoir. Sers-toi de mes affaires de toilette et de maquillage. Je pense qu'il vaut mieux que vous soyez seuls. »

Rose courut se regarder dans le miroir de la salle de bain. Anne l'entendit frémir, d'impatience et de peur à la fois.

« Je file à la maison et je reviens dans deux

heures ! Sois raisonnable... Enfin, je veux dire, ne te sauve pas avant l'arrivée d'Adrien, promets-le-moi...

— Non, je l'attends... Merci, Anne, mille fois merci. Je suis morte de peur, mais le revoir, c'est si bon. »

Anne monta dans sa voiture, mais ne mit pas le contact. Elle envisageait diverses possibilités. Adrien pouvait être en retard, avoir un empêchement de dernière minute. La jeune femme décida d'être sûre de sa venue avant de s'éloigner.

« On ne sait jamais, Rose peut encore craquer et s'enfuir. Ah, le voilà... Je peux partir tranquille. »

Le directeur de la ferme marchait vite. Il avait l'air anxieux. Anne se dit qu'il n'avait rien d'un psy rendant visite à une malade. Il ressemblait trop à un jeune amoureux lors de son premier rendez-vous... Elle démarra, complètement rassurée.

*

Au moment de frapper à la chambre 142, Adrien Girard respira profondément. Il allait revoir Rose, et l'émotion qui l'envahissait n'avait rien de professionnel ni d'amical. Les mois passés sans elle lui laissaient un goût d'inachevé. Il donna deux légers coups et attendit, malade d'impatience.

On marchait, des pas discrets. La porte s'ouvrit et la jeune femme lui apparut, un peu pâle, les cheveux dénoués sur des épaules plus menues que naguère. Le regard bleu-vert, inquiet et craintif, lui entra dans le cœur.

« Bonjour, Rose !

— Salut, Adrien... Désolée, je ne suis pas très en forme. Anne t'a expliqué, alors pas la peine d'entrer dans les détails. J'ai déconné, voilà. »

Il avança d'un pas vers Rose qui ne bougea pas. Ils se retrouvèrent l'un contre l'autre. Adrien referma ses bras autour de son corps. C'était un geste très doux, dont il rêvait depuis longtemps. L'enlacer, la tenir contre lui, comme pour la protéger d'elle-même.

« Alors, ma rebelle ! Tu as préféré récidiver plutôt que de m'appeler à l'aide... Pourquoi ? Il suffisait de me téléphoner. J'aurais accouru. Ce n'était pas si difficile ! »

La jeune femme confessa, en tremblant :

« Tu n'es même pas venu au baptême de mon neveu. J'espérais que tu serais là, et en même temps cela me terrifiait. La peur de ton regard, tu sais, si tu m'avais saluée d'un œil indifférent, ennuyé... Ce jour-là, je me suis enfuie et je suis tombée sur Arthur, un copain qui partage mes sales manies... »

Adrien la berça comme on berce une enfant. Doucement, il la guida à l'intérieur de la chambre et entendit avec soulagement le déclic du verrou automatique. Ils étaient enfermés tous les deux dans cet espace clos, anonyme. Personne ne les dérangerait et, surtout, Rose ne pouvait pas s'échapper de ses bras.

« Écoute ! Tout psy que je suis, j'ai été idiot. Tu te souviens, la veille de ton départ, tu es entrée dans mon bureau, si jolie dans ta chemise de nuit noire... Tu m'offrais ton cœur, ton corps, ton amour et je t'ai repoussée. Je croyais que c'était mieux pour toi, que tu avais attrapé le syndrome de la patiente amoureuse de son médecin. En fait, j'ai cédé à la panique, et j'ai triché par lâcheté... »

Elle voulut le faire taire en posant un doigt sur sa bouche, mais il poursuivit à voix basse, sur le ton de la confidence :

« Il y a une chose que tu ne sais pas. J'ai vraiment aimé une femme, cela date d'une dizaine d'années. Elle a succombé à une leucémie foudroyante alors que nous allions nous marier. Tout a été si vite. Une personne merveilleuse, dévouée, douce ! J'ai bien cru que je ne m'en remettrais pas. Je me suis étourdi dans le travail, et je me suis juré de ne plus jamais aimer pour ne pas trahir son souvenir. Sa mort me semblait tellement injuste. Quand j'ai senti que je m'attachais à toi, j'ai eu peur. J'ai tout fait pour nier mes sentiments ! Pardon... J'ai même inventé une compagne pour me défendre. Je n'osais pas m'avouer combien je t'aimais, mais dès que tu es partie, quel vide ! Je ressentais la même impression de perte atroce, une sorte de deuil que je m'imposais.

— Je comprends mieux ton attitude maintenant, convint-elle, troublée par sa chaleureuse présence. Et moi qui suis partie désespérée parce que tu n'étais pas libre. Quel gâchis... Au début, grâce à Anne, j'ai tenu le coup. Mais je n'osais pas t'appeler, même quand je mourais d'envie d'entendre le son de ta voix. Et dès que j'ai repris une relation avec Arthur, c'était comme me prostituer : si insupportable que j'ai repris de la cocaïne, puis, très vite, de l'héro... »

Adrien la repoussa avec délicatesse. Il brûlait du désir de l'embrasser, de la cajoler ; cependant, un autre souci primait.

« Comment te sens-tu à présent ? demanda-t-il d'un air sérieux. Je veux dire, sur le plan nerveux.

— Un médecin m'a prescrit des calmants ; ça peut aller. Et hier soir, je ne me suis pas piquée. Si je pouvais tenir le coup, résister. Je ne veux plus jamais replonger, Adrien. Tu sais, ma sœur a été géniale... Je ne la croyais pas capable de ce qu'elle a fait...

— Je sais ! Vous êtes deux filles fantastiques et je ne blague pas ! Vos parents ont fait fort ; deux merveilles de volonté et de générosité. »

Les mains d'Adrien ne pouvaient pas se détacher longtemps du corps de la jeune femme. Il la reprit par la taille. Elle savourait ses caresses douces, respectueuses.

« Rose, je suis coupable, mille fois coupable. Tu as rechuté par ma faute. Je devais te garder à la ferme. Je me devais de te proposer du travail et de te dire combien je t'aimais... Car je t'aime, tu entends, je t'aime... petite folle, comme je n'ai jamais aimé. Et comme éducatrice, tu es parfaite. Je m'en veux, si tu savais. J'avais tellement peur !

— Tu m'aimes toi aussi ? bredouilla-t-elle. Alors tu n'aurais pas dû me mentir. C'était si important pour moi. J'étais sincère, je n'avais qu'un rêve, rester à la ferme, avec toi, et Max, et Gisèle... Ils ont tellement souffert de mon départ. J'aurais pu m'occuper d'eux. C'était terrible, tu sais, le chagrin de Max, son regard affolé, et Gisèle, qui se cognait les joues avec son poing fermé. Oh, tu aurais dû dire la vérité, cela aurait été le paradis, un tel bonheur... »

Sur ces mots, elle éclata en sanglots et se jeta sur le lit. Cette séparation qu'Adrien lui avait imposée dans le but de se protéger la révoltait brusquement. Ses nerfs, ébranlés par le manque, la rendaient hypersensible.

« Rose, ma chérie, calme-toi. »

Il s'allongea près d'elle et la tint serrée en caressant son front et ses joues.

« Tu vas t'en sortir ! C'était le dernier tunnel sombre avant un monde de lumière. Je ne te quitterai plus. Regarde-moi. Je te demande pardon. Nous allons rentrer à la ferme tous les deux... ce soir. Je ne doute de rien, car j'ai même annoncé la bonne nouvelle à Max ! J'ai cru qu'il allait s'envoler, tant il sautait de joie.

— C'est bien vrai, Adrien ? laissa-t-elle échapper sur un ton enfantin. Je vais revoir Princesse, les autres chevaux... et Max ? Gisèle, Marinette, qui était si gentille !

— Oui, je te le promets. Et ils ne sauront pas que tu es encore malade. Tu seras soignée en douceur, par moi. »

Rose se détendit, cherchant le contact d'Adrien qui ferma les yeux, bouleversé par sa profonde détresse. Il ne pensait pas que c'était si important pour elle, la ferme, ses pensionnaires, les animaux. Tout en écoutant la respiration apaisée de la jeune femme, il se maudit d'avoir manqué de conscience professionnelle, de discernement.

« Écoute, j'ai eu tort. Je suis tombé si vite amoureux de toi que je refusais d'y croire. Et j'ai adhéré aux schémas, je t'ai classée comme séductrice, sans voir ta sincérité, ton sérieux aussi quand tu t'occupais des autres patients. Mais je voulais te rendre à ta famille pour me débarrasser de cet amour qui m'obsédait. J'ai agi comme un égoïste, un imbécile. Je t'ai chassée, mais tu m'as manqué, tellement manqué… Rose ?… »

Il n'obtint aucune réponse. La jeune femme dormait, lovée contre lui.

« Repose-toi, mon amour. Nous avons le temps, tout notre temps maintenant… »

*

Anne revint comme prévu en fin d'après-midi. Elle frappa discrètement, rassurée d'avoir vu la voiture d'Adrien sur le parking. Il ouvrit la porte aussitôt.

« Entrez, chuchota le médecin. Elle dort. Il faut qu'elle récupère. Vous savez, les drogués ne mangent pas beaucoup et leur organisme s'épuise vite.

— Je suppose, oui…, acquiesça Anne, un peu surprise par cette entrée en matière. Elle n'a pas eu de crise ?

— Non, je pense que la seule chose dont votre sœur a besoin maintenant, c'est de se rendre utile, et d'être aimée. Asseyez-vous, Anne. »

Anne se dit qu'Adrien appartenait à ce genre d'hommes qui prennent immédiatement possession des lieux et les remplissent de leur présence. « Il est vraiment très séduisant », se dit-elle. Un peu gênée, elle regarda Rose, couchée en chien de fusil, et le creux dans l'édredon près d'elle... Adrien venait de se lever.

« Que pensez-vous faire dans l'immédiat ? demanda-t-elle après un court silence.

— La ramener à la ferme, c'est son souhait aussi. D'abord la soigner, avec des sédatifs appropriés, ensuite la prendre comme stagiaire pendant six mois, dans le cadre d'une formation d'éducatrice spécialisée. Je comptais en discuter avec vous. Sur le plan financier, je m'arrangerai pour que cela ne vous coûte rien. »

Anne hocha la tête. Ce discours pratique et dénué de romantisme la décevait un peu. Elle avait imaginé des paroles plus enflammées.

« Et après ? » insista-t-elle d'un ton aimable.

Adrien semblait manifestement mal à l'aise. Il répondit, tout bas :

« Je ne suis pas maître de l'avenir, vous savez, et il serait présomptueux de faire des projets à trop long terme. Mais vous pourrez rendre visite à Rose le week-end, ou bien elle se rendra chez vous, à Toulouse. Vous occupez une grande place dans sa vie. Je ne veux pas la couper de sa famille. Dites-moi, Anne, c'est une illusion ou une réalité ? Vous ressemblez beaucoup plus à Rose qu'il y a quelques mois...

— Il paraît ! se contenta de dire la jeune femme. Mais nous sommes de vraies jumelles ; c'est normal. Il suffit de se coiffer de la même façon, de porter des vêtements identiques, et le tour est joué. Ceci dit, je crois avoir changé de caractère. »

Rose s'était éveillée, et savourait un état proche du bien-être. Elle avait entendu la fin de la discussion. Elle s'exprima soudain, faisant sursauter sa sœur et Adrien :

« La seule différence, c'est la poitrine. Anne en a plus que moi. C'est injuste... J'ai toujours été jalouse de ses seins ! »

C'était la première fois depuis de longues semaines que Rose évoquait un sujet aussi futile. Anne se précipita vers le lit en souriant.

« Tu vas mieux si tu retrouves ton fameux humour ! C'est bon signe, ça ! Si tu es frustrée, fais un bébé ; tu devras vite acheter des bonnets C ! »

Adrien couvait des yeux les deux jeunes femmes qui s'embrassaient et déclara :

« Vous feriez un bon sujet d'étude pour un étudiant en psycho ! De l'effet du caractère sur la physionomie. Passionnant. J'aimerais vous avoir vues enfants...

— Oh ! protesta Rose. Ce n'était pas si drôle. On nous appelait "les jumelles", on nous offrait les mêmes jouets... La seule chose qui intéressait les gens, c'était de nous comparer, d'établir des différences, à un grain de beauté près... Enfin, parlons d'autre chose. À quelle heure partons-nous ? Je suis si pressée de revoir Max, et Princesse. »

Anne parut soudain inquiète.

« Mais tu n'as aucune affaire de toilette, et presque rien à te mettre...

— Vous lui apporterez le nécessaire samedi ! coupa Adrien. Je l'emmène comme ça ! On trouvera bien une vieille salopette à lui prêter en attendant... »

Ils discutèrent encore un long moment, puis

Anne décida qu'il était grand temps qu'ils prennent la route pour la Charente.

« Puisque tu es en de bonnes mains, je vais rentrer à la maison. Paul se débrouille bien, mais il est quand même pressé que je revienne. Au revoir, ma chérie, à bientôt. Téléphone-moi demain matin, ou ce soir… Je t'aime tant. Prends bien soin de toi… Je te confie à Adrien, ajouta-t-elle en se tournant vers lui.

— Soyez tranquille, je m'en charge », assura celui-ci avec un grand sourire.

Les deux sœurs s'enlacèrent. Rose glissa, à l'oreille d'Anne :

« Merci, Nanou ! Tu m'as ramenée du côté des vivants. Merci… »

Anne ne répondit pas, mais serra encore plus fort sa sœur contre elle.

Lorsque la porte se referma sur Anne, malgré sa joie d'être avec Rose et son immense soulagement de la savoir hors de danger, Adrien se sentait frustré.

« Tu es prête ? Nous y allons quand tu veux ! dit-il sans la regarder.

— Adrien…, supplia Rose. Serre-moi fort ! Je n'arrive pas à croire que tu es là. Avec moi ! Tu dis m'aimer, alors prouve-le… »

Il l'enveloppa tendrement de ses bras, enfouit son visage dans le creux de son épaule. Ils restèrent un moment ainsi, à se rassasier du contact de l'autre. Adrien chercha enfin les lèvres de la jeune femme, les effleura délicatement, prit possession de sa bouche. Ce long baiser les enivra, source de délices et d'un désir intense, presque douloureux.

« Adrien, je t'en prie..., ordonna Rose. Viens, viens... »

Elle l'entraîna vers le lit. Il ôta prestement sa veste et ses chaussures. Un petit rire l'intrigua.

« Je ne t'avais jamais vu aussi chic ! s'esclaffa Rose.

— Je n'allais pas courir à un rendez-vous d'amour en bottes et vieux gilet de laine..., répliqua-t-il, attendri.

— Pourquoi pas ! Oh, embrasse-moi encore, tu ne m'embrasseras jamais assez... »

Il eut un gémissement sourd en reprenant sa bouche. Ce fut cette fois un baiser suave et lent, plus câlin que charnel. Adrien exprimait toute la tendresse de son amour, tandis que Rose se livrait déjà, haletante.

« Doucement, doucement, ma jolie pouliche ! lui glissa-t-il à l'oreille d'une voix apaisante. Ne sois pas pressée, laisse moi te caresser, prenons le temps... Tu as des choses à apprendre, dans ce domaine, je crois ! L'impatience ne vaut rien, il faut savourer chaque geste. »

Rose exigeait d'ordinaire de ses amants un acte rapide et violent : elle découvrit ce jour-là la lente montée du plaisir. Et surtout la confiance, la joie de partager l'extase, qui multipliait au centuple les sensations.

Adrien la déshabilla sans hâte, caressant au passage chaque parcelle de ce jeune corps aux formes déliées. Rose gardait les paupières closes et jouissait de l'instant où elle s'offrit nue aux gestes sûrs et tendres de celui qu'elle aimait. La laissant chaude de désir et vibrante de bonheur, il acheva de se dévêtir avant de s'allonger sur elle, incapable d'attendre plus longtemps pour la pénétrer.

Ce fut une étreinte langoureuse, exaltante, qui les mena tous deux sur le chemin d'un plaisir rare, tant ils se donnaient d'amour l'un à l'autre.

Une heure plus tard, apaisés, nus sous les draps, ils évoquèrent leur avenir.

« Et quand je serai guérie ? Que fera-t-on ? Nous deux, je veux dire… »

Adrien se jeta sur elle et la couvrit de baisers fous. Il reprit son souffle pour répondre.

« Je te prends comme patiente, comme stagiaire et peut-être ensuite comme épouse. Attention, il y a un hic ! »

Suffoquée par cette déclaration inattendue, elle dévisagea Adrien avec une expression ravie.

« Je m'en moque, de ton hic ! Enfin, j'espère.

— Cela va peut-être te surprendre, mais je suis catholique. Ma vieille mère est très à cheval sur les traditions. Aussi, je compte me marier à l'église, en grande pompe, et tout le tralala ! »

La jeune femme ouvrit des yeux ronds avant de céder à un véritable fou rire. Une fois calmée, elle se réfugia dans les bras de son amant.

« Je peux savoir ce qui te fait rire ainsi ? avança-t-il.

— Oh oui ! J'ai imaginé la tête de ma sœur, de mon beau-frère, quand ils me verront marcher vers l'autel, vêtue de blanc, si tu le désires… Ils vont avoir une syncope. La terrible Rose repentie, en jeune mariée soumise. Ses fleurs d'oranger à la main… symbole d'innocence. Tu crois que j'oserai, moi ? Me marier à l'église ! Mais je suis athée ! Et je n'aime pas tricher. »

Adrien se releva sur un coude et planta ses yeux dans les siens : elle était adorable et aucune des épreuves passées n'avait su altérer son regard limpide.

« À chaque problème, il y a une solution… Nous verrons bien… Nous avons tout le temps d'y réfléchir… Mais pour l'instant, mademoiselle, levez-vous, nous avons de la route à faire », dit-il en lui plantant un baiser sur les cheveux.

18

Rose lança Princesse au galop sur le chemin bordé de haies qu'elles connaissaient bien toutes les deux. C'était un début d'après-midi de décembre très froid, mais cela n'avait pas empêché la jeune femme de sortir.

Elle riait de plaisir en suivant le rythme de la course d'un mouvement souple. L'équitation était devenue une passion qui lui donnait, de profondes satisfactions, comme cette sortie en solitaire dans la campagne. Elle aimait s'éloigner de la ferme, pour le plaisir infini qu'elle éprouvait à l'idée qu'Adrien l'attendait.

« On rentre, ma Princesse. »

La jument se remit au trot. Rose caressa son encolure. Quelques minutes plus tard, la cavalière et sa monture entraient dans la cour. Max était là, perché sur la barrière, coiffé de son éternelle casquette à carreaux.

« Rose ! Vite ! Le patron a besoin de toi... Il y a des gens, plein de gens... Tu dois... y aller... vite... Je vais m'occuper de Princesse. »

Intriguée, elle se laissa glisser au sol. Max

rayonnait en tendant vers sa grande amie son visage rond aux yeux fendus en amande. Il déclara, en bredouillant :

« Je t'attendais, pour te dire… C'est le train… tu sais, le train… Cassé, il est cassé ! Mais tu es contente quand même, hein…

— Mais oui, je suis contente, Max ! Rose se demandait de quoi l'adolescent parlait. Tu fais toujours un super-boulot ! Et maintenant tu es notre palefrenier. C'est bien, je suis si fière de toi.

— Adrien t'attend… Je devais te dire, pour les gens… » reprit Max, tout fier d'avoir rempli sa mission.

Elle lui tapota l'épaule. Ils échangèrent un long regard heureux. Depuis qu'elle était revenue vivre à la ferme, elle s'occupait en majeure partie des activités liées aux chevaux. Une période de joie totale pour Max qui ne quitterait pas ce lieu qu'il aimait puisque Adrien l'avait effectivement engagé comme palefrenier.

« Eh ! Max, aujourd'hui, notre Gisèle fait sa première balade. Tu lui as sellé Guido ?

— Oui, Guido… le plus gentil. Mais non, plus de balade. Adrien l'a dit ! À cause des gens. Gisèle, elle donne un biberon à un bébé… »

Rose jeta un coup d'œil inquiet vers l'institut. Quelques bus étaient garés près des bureaux, des pompiers et des gendarmes discutaient avec Marinette. Une quantité d'inconnus circulaient en tous sens. Alarmée, elle confia les rênes de la jument à Max.

« Rentre-la, s'il te plaît ! Donne-lui un peu de foin. Je vais voir ce qui se passe ! »

En voyant Max s'éloigner avec Princesse, de son allure particulière, les jambes un peu arquées, Rose se rappela soudain son retour à la ferme. Lorsque Adrien l'avait aidée à descendre de la voiture, au beau milieu de la cour, un cri strident s'était élevé du potager. Max ! Il hurlait de joie et s'était élancé, les bras tendus. Cet accueil avait conforté Rose dans sa décision de se consacrer aux handicapés mentaux, aux drogués en phase de rémission… Elle savait ce que l'on pouvait endurer dans de telles situations. Elle savait d'expérience, combien une oreille attentive, de la compréhension et de l'affection aidaient à reprendre espoir.

« Mais à quoi je pense ! » se reprocha-t-elle. Elle courut vers la ferme…

En entrant dans l'institut, elle découvrit, sidérée, des centaines de personnes que les éducateurs, assistés des pensionnaires, tentaient d'installer au mieux. C'était plus que surprenant… Un brouhaha fait de conversations, de rires, d'interpellations, emplissait la maison. Adrien circulait entre les groupes, encombré d'une pile de couvertures. Sur une chaise, Gisèle, en tenue d'équitation, donnait effectivement le biberon à un bébé.

« Mais ! C'est fou, ça ! » s'écria-t-elle en rejoignant son compagnon.

Adrien ne put cacher son soulagement en la voyant.

« Rose ! Enfin ! Max t'a expliqué ?
— À sa manière, je n'ai pas tout capté !
— C'est le TGV… Il y a eu une panne dans le circuit électrique. Plus de quatre cents passagers qui commençaient à claquer des dents, à cause du froid.

Des bus viennent les chercher, mais la gendarmerie a pensé à nous pour les héberger en attendant. »

Rose hocha la tête. La ligne Bordeaux-Paris se trouvait en bas de la ferme et le trafic était assez intense. C'était logique de conduire les voyageurs au plus proche endroit où ils pourraient se réchauffer.

« Dis donc, fit-elle remarquer. C'est pas de chance, Angoulême n'était pas loin. Quelques poignées de minutes… »

Elle ôta sa veste fourrée, colla un baiser glacé sur la joue de son amant et se jeta dans la mêlée. Le spectacle lui paraissait aussi pittoresque que touchant. Tous les genres d'individus étaient réunis sous leur toit, des grands-mères anxieuses sagement assises qui serraient leurs sacs à main contre elles, des enfants dans leurs vêtements bariolés qui couraient en tous sens, des hommes d'affaires le portable collé à l'oreille, des jeunes qui bavardaient entre eux, assis le long du mur.

Le bruit se faisait assourdissant dans la grande salle.

Marinette la croisa, en soufflant :

« J'en suis à ma sixième tournée de café, de thé et de chocolat ! Il faudrait ouvrir des paquets de biscuits aussi. Nous n'en aurons jamais assez…

— Je m'en occupe ! » répondit Rose en courant vers la cuisine.

Dans cette foule bigarrée, les pensionnaires de la ferme passaient inaperçus. Ils se dévouaient eux aussi, heureux de rendre service et ravis de ce divertissement inattendu. Lorsque Rose réapparut, chargée de deux plateaux garnis de madeleines et de boudoirs, une dame très élégante, calée sur un tabouret, lui dit, au passage :

« Quelle chance d'avoir atterri ici ! Il faisait très froid, dans le TGV ! C'est vraiment très gentil à vous... »

Rose lui sourit et continua à distribuer ce goûter improvisé. Un jeune homme la bouscula en reculant brusquement.

« Excusez-moi, madame ! dit-il.

— Pas grave ! » lança-t-elle, prête à s'élancer vers une mère et ses deux enfants en bas âge.

Mais quelque chose dans la voix de l'inconnu avait éveillé une parcelle de sa mémoire, sans doute réservée aux mauvais souvenirs. Elle dévisagea l'inconnu : cheveux noirs frisés, teint mat, un look négligé, trois boucles argentées à l'oreille... Les battements de son cœur ralentirent avant de s'affoler. Était-ce son intonation à elle qui le fit se retourner ? Ils se retrouvèrent face à face.

« Ahmed ?

— Rose !... Ça alors, qu'est-ce que tu fiches ici ? »

Elle se sentit pâlir. Ce visage si près du sien appartenait à ces jours de cauchemar qu'elle surnommait encore sa « descente aux enfers ». Ne sachant plus que faire, lui parler ou s'enfuir, elle s'attarda, le fixant d'un air surpris. Il avait les traits marqués, la bouche amère malgré un sourire en coin.

« Ce type m'a poussée à me prostituer, songea-t-elle. Il m'a fourni de la drogue pendant des mois... Je devrais le haïr. Je devrais lui cracher à la figure.

Pourtant... pourtant c'est aussi le seul qui m'a ouvert sa porte quand j'ai touché le fond... »

Une évidence lui traversa l'esprit : c'était sûrement Ahmed qui avait appelé le SAMU, le soir où elle avait succombé à une overdose. Qui d'autre ?

« Sans lui, je ne serais peut-être pas là, avec Adrien ». Elle se calma un peu.

La seule évocation d'Adrien l'apaisa. Elle opta donc pour une attitude neutre et détachée. D'une voix qui tremblait légèrement, cependant, elle demanda :

« Et toi, qu'est-ce que tu fais là ?

— La bonne blague ! J'avais des trucs à régler à Bordeaux. Là, je remontais sur Paris, mais le train a rendu l'âme. Pas de bol, j'avais un rencard à Paris, j'y serai jamais... »

Elle sentit une bouffée de chaleur monter en elle ! Un rendez-vous de dealer sûrement. Ici, c'était son domaine personnel, où l'on vivait d'amitié, de compassion, d'affection. Ici le travail demeurait la valeur première. Elle n'arrivait même plus à envisager qu'il n'y a pas si longtemps elle fréquentait les pires crapules à Paris. Prise d'une certaine angoisse elle chercha Adrien des yeux. Son sauveur existait, il se trouvait quelque part dans la vaste salle : il lui fallait le retrouver, vite...

Ahmed la vit partir d'un pas rapide vers un groupe de personnes.

« Adrien ! balbutia-t-elle. Tu es là, bien là... »

Occupé à envelopper une fillette à demi endormie d'une veste en laine, le directeur de l'institut sursauta. Il se releva brusquement et reçut Rose dans ses bras.

« Qu'est-ce qui se passe ? dit-il en voyant son visage hagard. C'est tout ce chambardement qui te dépasse ? Mon courageux petit soldat capitule... »

Il souriait en disant cela, connaissant la résistance de Rose et son souci constant de bien faire, d'être à la hauteur de chaque situation. Elle renonça à l'inquiéter.

« Mais non, je tiens le coup ! Tu me manquais, voilà, c'est simple. »

Adrien l'attira à lui, l'étreignit très fort un court instant.

« Je t'aime », confia-t-il.

Rose s'appuya contre son compagnon, comme pour puiser des forces, et s'éloigna, bien décidée à ne plus penser à la présence d'Ahmed, quand Max s'agrippa à sa manche. Le jeune homme rayonnait.

« Rose ! J'ai aidé un monsieur à monter dans le car... Il m'a fait ça... »

Il mima une tape amicale sur l'épaule de la jeune femme qui l'entraîna jusqu'à la cuisine. Là, Marinette leur tendit des bouteilles d'eau et une pile de gobelets en plastique.

« Proposez à boire, le froid aussi donne soif. Il y a des enfants tout petits. Maxou, tu n'as pas peur des gens ?

— Non ! » assura le jeune autiste en riant.

Il suivit Rose qui évita soigneusement l'endroit où elle avait rencontré Ahmed. Ses efforts furent vains. Celui-ci l'aborda, en parlant très bas :

« Au revoir, Rose, content de t'avoir revue. T'as meilleure mine que la dernière fois... Tu bosses là, c'est ça ? La chance, tu parles d'une baraque... Et les terres autour. Et ne replonge pas !

— Pas de danger ! affirma-t-elle, étrangement émue par ce qu'elle lisait dans le regard noir de son ancien dealer.

— Je dois prendre un car pour Angoulême... Il est sympa, ton gogol, là, derrière toi. »

Max posait sur lui des yeux effarés. Rose le rassura d'un sourire, avant d'ajouter, en fixant Ahmed :

« Lui, c'est le palefrenier, Max ! Tu sais, c'est ici qu'on m'a soignée et que j'ai réussi à décrocher. Ça n'a pas été facile... Ne te moque pas de Max, c'est mon meilleur ami. Il m'a énormément aidée à guérir. Maintenant, je travaille ici et je suis bien. »

Ahmed se disait que ce devait être vrai. Rose était resplendissante et semblait heureuse.

« Dommage qu'on n'ait pas le temps de parler... J'aurais des trucs à te dire, ouais, c'est vraiment dommage, ajouta-t-il comme à regret. Allez, salut !

— Salut ! » répondit-elle.

Le dealer semblait déçu. Il tourna les talons. Rose hocha la tête. Elle se sentait délivrée et pleine de courage. Max, lui, avait son air des mauvais jours. Il avait entendu le mot « gogol » et en connaissait la signification.

« Allez, Max, on finit de distribuer de l'eau et on va nourrir les chevaux ! D'accord ? dit-elle en lui posant un bras protecteur autour des épaules. Ne sois pas triste, je suis là et je te défendrai...

— Toujours, hein ?

— Toujours... »

Ahmed s'était arrêté quelques mètres plus loin et les regardait. Il avait eu envie de tout raconter à

Rose, mais avait senti combien elle avait hâte qu'il parte. Il comprenait facilement pourquoi...

Cependant, il aurait été heureux de parler à quelqu'un. Il avait tellement besoin d'encouragements. Il s'appuya contre le tronc d'un gros chêne et fixa sans la voir une haie de platanes.

« Promets-moi, promets ! » La voix de sa mère était de plus en plus faible et il avait dû approcher son visage tout près du sien pour l'entendre. Elle lui parlait en arabe, la seule langue qu'elle ait jamais parlée, même si elle vivait en France depuis plus de vingt ans.

Ahmed connaissait la promesse que la mourante voulait lui extorquer. Il sentait son cœur cogner à la volée : il n'avait jamais menti à sa mère. Ce n'était pas aujourd'hui, alors qu'elle partait, qu'il allait commencer, mais comment lui promettre ce qu'il n'était pas sûr de pouvoir tenir ? Les doigts décharnés s'agrippaient à son poignet, attendant une réponse...

Il avait seize ans quand son père était mort d'une crise cardiaque. Son oncle Rachid était venu de Bordeaux et avait proposé de prendre toute la famille chez lui : sa mère, ses deux jeunes sœurs et lui-même.

En entendant cette offre, sa mère s'était tournée instinctivement vers lui : son mari mort, c'était son fils qui était le chef de famille. C'était à lui de décider.

« Merci, mon oncle, avait répondu Ahmed d'une voix ferme, mais nous resterons à Paris. Mes sœurs sont scolarisées ici. Ma mère serait perdue à Bordeaux où elle ne connaît personne. Je vais quitter le collège et travailler. C'est à moi de remplacer mon père et de faire vivre la famille. »

Son oncle n'avait pas insisté : c'était dans l'ordre des choses et il comprenait l'attitude de son neveu.

Ahmed avait vraiment essayé de travailler, d'abord dans un atelier de vitrerie, puis dans une casse. Tous les soirs, lorsqu'il rentrait dans la cité, il était sollicité par deux Marocains :

« T'en as pas marre de bosser comme un con pour une poignée de cerises ? T'as l'air réglo ; on a un job plus intéressant pour toi... »

Ahmed savait de quoi il s'agissait : il avait résisté le plus longtemps possible, mais un soir où il rentrait, plus fatigué que d'habitude, il avait accepté de les écouter. C'était si facile de repérer des mômes un peu perdus et de leur donner quelques grammes de poudre. Gratuitement les premières fois... et après c'était payant, très payant même...

Au début, il avait été ébloui de tout l'argent qu'il gagnait : non seulement il pouvait entretenir toute sa famille, mais il avait mis un joli pactole de côté. L'argent avait un tel pouvoir, il permettait de faire taire n'importe quelle conscience... Seul le souvenir de Rose, le visage cireux, aux portes de la mort, l'empêchait parfois de trouver le sommeil.

Jamais sa mère ne s'était permis de poser la moindre question, mais, au regard qu'elle posait parfois sur lui, il sentait qu'elle savait.

Le coup de klaxon de l'autobus le fit sursauter : il s'ébroua et rejoignit la file des voyageurs.

Un sourire effleura ses lèvres.

« Au fond, j'aurais dû lui dire, à Rose, que c'est grâce à elle que j'ai arrêté de dealer. C'est son visage de mourante qui s'est superposé à celui de ma mère et qui m'a donné la force de promettre. C'était tellement effrayant ! Ma mère est partie en paix et je tiendrai ma promesse. Pardon, Rose, et merci... »

Il monta dans le car, s'assit et repensa à la proposition de travail de son oncle Rachid : bien payé, c'était vrai, mais rien de comparable à ses anciens revenus. Et il ne se faisait aucune illusion : ce serait dur, très dur. Mais il avait promis... Bizarre d'être tombé sur Rose justement aujourd'hui ! Était-ce un signe ? C'était vrai qu'en quittant Bordeaux il ne pensait pas donner suite. Mais maintenant...

Les dés en étaient jetés. C'était décidé, il allait accepter un travail honnête. Fermant les yeux, il se demanda pourquoi il avait soudain envie de pleurer...

*

Une fois passée cette journée agitée durant laquelle, de quinze heures à dix-huit heures, la Ferme du Val avait recueilli près de quatre cents voyageurs transis de froid, la vie reprit son cours habituel.

À Noël, Adrien et Rose allèrent réveillonner à Toulouse chez Anne et Paul. Ce fut une soirée magique. Le sapin rutilant, brillamment éclairé touchait presque le plafond. Les deux sœurs, très en beauté, rivalisèrent de gaieté. Adrien et Paul étaient à l'unisson et, pour la première fois depuis la mort de ses parents, Rose eut l'impression de vivre une véritable soirée familiale. Elle en fut reconnaissante à sa sœur jumelle.

Pendant le trajet du retour, elle raconta à Adrien qu'elle avait revu Ahmed, qui était un des passagers du TGV. Il lui fit des reproches, contenant mal une colère à retardement :

« Tu aurais dû me le dire ! La gendarmerie était là, je me serais fait un plaisir de leur livrer un salaud comme lui. Ces mecs qui gagnent de l'argent en refilant de la drogue à des paumés, je les méprise... Lui en particulier ! »

Elle comprit qu'il pensait surtout au viol. Adrien savait tout de son passé et c'était infiniment rassurant.

« Il n'est peut-être pas responsable à la base ! hasarda-t-elle. Je crois qu'il m'a sauvé la vie... Mais n'en parlons plus, je t'en prie... »

Quelques kilomètres plus loin, ils revinrent sur un sujet de conversation qui leur tenait à cœur : le mariage... Et les semaines s'écoulèrent paisiblement jusqu'au printemps.

*

Anne avait décidé de venir régulièrement rendre visite à sa sœur. Elle arrivait à la ferme avec Louis, sous prétexte de l'emmener respirer le bon air des collines, et restait souvent deux ou trois jours. La jeune femme ne prisait guère les randonnées à cheval ou le nettoyage des clapiers à lapins, mais elle aimait participer aux répétitions de théâtre. Elle devint même la couturière attitrée des comédiens en herbe. Marinette avait attribué une chambre à celle qu'elle considérait comme la belle-sœur du directeur. La relation de couple qui existait entre Rose et Adrien était connue de tous, même si aucune déclaration officielle n'avait été faite.

Ce matin d'avril, Adrien examinait les montures choisies pour la promenade.
« Je pense qu'il n'y aura pas de problème ! lui dit Rose. Regarde Gisèle, comme ses yeux pétillent. Je lui ai donné quatre leçons, et là, elle ne rêve que de partir en balade.
— Dommage que la petite Élodie ne puisse pas venir aussi ! regretta-t-il. Tu as fait un travail fantastique avec Gisèle. Elle progresse sans cesse. Mais Élodie refuse de s'ouvrir. Elle ne veut pas nous écouter. Ce matin, elle s'est encore renfermée sur elle-même. Son éducateur l'a prise en main, mais rien à faire...
— Il faut y croire ! insista Rose en serrant fort la main de son amant. Fais-moi confiance. Nous avons le temps. »
Adrien résista à l'envie de l'embrasser. Il avait assisté avec étonnement et satisfaction à son évolution. Plus rien ne subsistait de la jeune femme angoissée, nerveuse, qui luttait contre les fantômes de son passé. Elle débordait d'énergie, toujours souriante et disponible. Une vraie résurrection. À présent, à la ferme, tous vouaient à Rose une sincère amitié, doublée de respect. On pouvait compter sur son aide dans chaque domaine, du potager à la

comptabilité, et elle se consacrait aussi à Gisèle et à Élodie.

« Tu m'es si précieuse ! » murmura-t-il à son oreille.

Max étouffa un éclat de rire en se détournant. Il cacha vite son visage dans la crinière de Guido, en confiant au poney :

« Le patron, il aime Rose. Et Rose, elle aime le patron. »

*

Louis allait fêter ses deux ans quand Gérald succomba à une attaque cérébrale. Anne fut la première prévenue. Sonia sanglotait à l'autre bout du fil.

« Je sais que tu ne veux plus entendre parler de nous, ma petite Anne, mais je tenais quand même à t'annoncer le décès de ton oncle. Il est tombé d'un coup, sur la terrasse. Ah ! Quel choc, j'étais toute seule... J'ai appelé le SAMU. C'était trop tard. Je me sens perdue, c'est affreux... »

Paul lisait une revue de jardinage en surveillant son fils qui jouait à ses pieds, sur le tapis du salon. Il vit sa femme changer d'expression et dire, d'un ton sans réplique :

« J'arrive tout de suite, Sonia. Je suis désolée pour toi. »

Anne raccrocha. Elle portait une salopette en toile, un foulard sur les cheveux et elle s'apprêtait à nettoyer le fond du jardin, là où se dressait toujours la cabane de planches, sous le lilas.

« Paul, Gérald est mort. Ma tante est désespérée.

Je n'ai pas le choix. Je vais la voir... En souvenir de maman. Préviens tes parents...

— Je les appelle tout de suite ! Va voir ta tante, je m'occupe de Louis... »

Anne monta se changer. Sur la table de chevet, elle aperçut son portable. Sans réfléchir davantage, elle composa le numéro de la Ferme du Val.

La secrétaire lui passa Rose presque aussitôt.

« Anne, fit sa sœur, tu as de la chance, j'étais dans le bureau. Je suis si contente ! Ce matin, Élodie m'a parlé. C'était un enjeu presque impossible, vu la gravité de son autisme...

— C'est formidable ! Anne interrompit brutalement ce rapport sanitaire. Écoute, je voulais juste te dire une chose : Gérald vient de mourir d'une attaque. Sonia m'a appelée il y a un instant. Elle est seule et complètement perdue. Je me sens obligée d'aller l'aider dans cette épreuve, tu comprends, à cause de maman. Alors ne m'en veux pas... »

Rose répondit, d'une voix tremblante :

« Bien sûr, Nanou ! Vas-y ! Alors, comme ça, il est mort... Trois ans après nos parents... Dis à Sonia que je lui ai pardonné, ajouta-t-elle après un court silence. Je n'ai pas le droit de condamner... Elle a préféré me haïr plutôt que de me protéger. Il y a des moments dans la vie où l'on agit en dépit du bon sens... Je suis bien placée pour le savoir. Et puis, la rancune est un vrai poison. Je préfère tourner la page... Tu sais que mon futur mari me fait lire l'Évangile ? »

Rose acheva sa phrase par un petit rire. Adrien qui était entré suivi de Marinette avait entendu la fin de la conversation et il en fut tout ému. La secrétaire, elle, ne retenait qu'une chose : les trois mots « mon futur mari ». Elle lâcha, enchantée :

« Enfin ! Il était temps ! Je suis peut-être indiscrète, mais je me demandais quand vous alliez vous décider, vous deux. C'est quand, la noce ? Vous m'inviterez, j'espère…

— Top secret ! » fit Adrien en prenant Rose dans ses bras.

La jeune femme se blottit contre lui. Elle soupira :

« Gérald a eu une attaque. Il est mort. Ma tante est malheureuse, évidemment. Anne a profité de l'occasion pour enterrer la hache de guerre.

— Toi aussi peut-être ? demanda Adrien.

— Pourquoi pas… L'âme humaine est si complexe. Dans cette affaire, Sonia était quand même moins coupable que Gérald. Bien, je retourne à l'écurie. Gisèle a réclamé une autre leçon d'équitation. De l'obstacle, figure-toi ! »

Dès qu'elle se retrouva seule dans le bureau, la secrétaire, un large sourire au visage, s'empressa de rejoindre les cuisines. Bientôt, tout le personnel de la ferme apprit qu'Adrien allait épouser Rose.

*

« Ils l'ont emmené, Anne ! Les gens du SAMU… Je ne l'ai pas gardé à la maison, je ne pouvais pas supporter de le voir comme ça. Il était méconnaissable. »

Sonia dévisagea sa nièce avec une expression égarée, entre le chagrin et la surprise. Puis elle bredouilla :

« C'est bien toi, Anne ? On dirait Rose, avec tes cheveux courts...

— Une coupe à la mode, répondit la jeune femme. Bon, si je te faisais un café, tata, tu as besoin d'un remontant. »

Sonia s'affala dans un fauteuil. Son cœur avait frémi au son du mot familier, « tata », mais son esprit refusait d'associer le souvenir de la timide et falote Anne à cette jolie et mince jeune femme qui portait avec assurance un jean moulant et un pull noir.

« Et ton bébé, comment va-t-il ? hasarda-t-elle d'une voix hésitante. Ton petit Louis ?

— Il court partout et commence à babiller de drôles de phrases... Ma pédiatre le trouve très éveillé. Il a mes cheveux blonds et les yeux noirs de son père. »

Sonia croisa les mains sur ses genoux. C'était bien Anne.

« Comme tu as changé, toi ! Je suis tellement heureuse de te revoir. Ces deux dernières années n'ont pas été drôles avec ton oncle ! Il était en pleine dépression. J'ai même cru qu'il perdait la boule ! »

Anne apportait une cafetière fumante. Elle prit conscience du visage blême de sa tante avec inquiétude. Cette femme qu'elle avait connue si vive, si coquette, accusait aujourd'hui dix bonnes années de plus que son âge. Elle parlait avec difficulté, comme hébétée.

« Tu ne vas pas fort, tata ! Tu vois, je t'appelle tata comme avant, c'est bon signe, non ! De l'eau a coulé sous les ponts, n'est-ce pas ? »

Sonia se mit à pleurer sans bruit. Anne nota parmi ses boucles noires un semis de fils d'argent.

« Gérald va te manquer... » avança-t-elle avec compassion.

Sa tante haussa les épaules avec brusquerie, puis sanglota :

« Oh, ça non... ça non... Je ne le supportais plus ! Ce ne sont pas des choses à dire, Anne, mais j'en étais arrivée à détester ton oncle à cause de tout le mal qu'il a fait. Ta mère le savait. Il m'a trompée dès les premiers mois de notre mariage. Néanmoins, au début, je l'aimais de tout mon cœur. C'était un obsédé, voilà la vérité. Je l'ai admis trop tard. J'ai voulu le protéger, quand j'ai compris qu'il s'en était pris à Rose. Mais c'était une réaction idiote. Je pensais préserver la famille, mais je crois que je voulais surtout me préserver, moi, d'un scandale. Imagine qu'il soit allé en prison ? Que serais-je devenue ? Je sais, c'est égoïste... Aujourd'hui, je me sens libérée. Mais je n'ai pas la force de t'en dire plus. Va, donne-moi plutôt des nouvelles de ta sœur.

— Rose va très bien. Elle est éducatrice dans une ferme où sont accueillis des handicapés et parfois des drogués qui sortent de cure de désintoxication. Ce n'est pas un métier facile, mais ma sœur s'en sort parfaitement. Elle va se marier avec le directeur, Adrien, un homme formidable. »

Sonia leva vers elle des yeux gonflés.

« Je suis bien contente. J'ai beaucoup pensé à elle, sais-tu, depuis... Je me faisais du souci, nous ne nous entendions pas, toutes les deux, mais c'est quand même ma nièce, elle aussi. C'est que je lui en ai voulu, à l'époque ! Je me disais qu'elle avait provoqué Gérald, qu'elle l'avait bien cherché. J'étais injuste et jalouse, voilà. Quand tu m'as fermé ta porte, j'ai réfléchi. Et elle n'a pas porté plainte... J'ai eu si peur. Dès qu'une voiture se garait, je croyais que c'était la police. Tu sais, cette peur m'a noué le ventre depuis ta dernière visite ici. Je ne sais pas si cette angoisse n'a pas été pire qu'un procès. Elle nous a empoisonné la vie, jour et nuit... Ton oncle ne pensait qu'à ça et je me demande si ce n'est pas la raison de son attaque. »

Anne vit sa tante éclater en sanglots avec une telle violence qu'elle en perdit le souffle.

« Je regrette, Nanou, si tu savais comme je regrette ! Je m'en veux tellement ! Il faut me croire. »

Sonia semblait si mal qu'Anne alla s'asseoir à ses côtés et lui caressa le dos.

« Calme-toi, dit-elle en lui tendant une tasse. Tu n'es pas vraiment responsable. Tiens, bois un peu de café, cela te fera du bien. »

Évoquer à nouveau ce drame lui pesait, maintenant que Rose était sauvée et heureuse.

« Je suis soulagée de t'entendre dire ça, reprit-elle. Et, tu dois le savoir, j'ai prévenu ma sœur avant de venir ici. Elle t'a pardonné. Alors, si on traçait un trait sur cette sordide histoire... Quand tu iras mieux, tu viendras à la maison, tu verras Louis. Il est si beau, et si intelligent... »

Sonia voulut se contenir, mais un nouveau flot de larmes inonda ses joues. Elle se leva et tendit les bras vers sa nièce.

« Anne, ma chérie, comme tu es gentille. J'en étais malade de ne pas connaître mon petit-neveu.

— C'est fini, tata, c'est fini, répéta sa nièce avec douceur. Et un jour, j'en suis sûre, Rose et toi, vous vous reverrez. Je pense qu'une conversation vous ferait du bien, je veux dire de vraies explications. Elle a beaucoup souffert elle aussi. »

Sonia approuva d'un geste las. Elle se serra contre Anne, infiniment rassurée, en chuchotant :

« Tu me rappelles ta maman. Je n'ai jamais connu quelqu'un d'aussi généreux... »

Anne répondit, à voix basse :

« Eh bien, je suis fière de lui ressembler. Allez, ne pleure plus, tata... »

*

Rose se réveilla d'excellente humeur malgré une boule d'angoisse qui nouait sa gorge. Adrien remua dans son sommeil. Elle le secoua avec tendresse.

« J'avais oublié ! C'est aujourd'hui que tu me présentes à ta mère. Quelle catastrophe...

— Merci pour moi ! Et pour elle ! grogna-t-il.

— Non, ce n'est pas ça, mais je dois me laver les cheveux, passer à l'écurie, trouver une tenue potable... »

Adrien souleva le drap et, contemplant la jeune femme toute nue, déclara, d'un air sérieux :

« Personnellement, je te trouve parfaite en tenue d'Ève ! »

Elle allait protester que ce n'était pas drôle quand il ajouta :

« Viens donc en bottes et pantalon de cheval. Tu es si belle en cavalière.

— Ne te moque pas. Tu m'as répété que ta mère

était très traditionaliste... En pantalon et bottes pour aller déjeuner chez elle ! Tu n'y penses pas ! »

Adrien balaya les préoccupations vestimentaires d'un baiser. Puis il réalisa, soudain soucieux :

« Bon sang ! Nous serons en retard de toute façon. J'ai eu un coup de fil hier soir. On nous envoie une jeune fille ce matin. Dix-huit ans, un cas difficile. Violente, camée. Elle a fait un coma après avoir pris de l'ecstasy. Une paumée à remettre sur les rails. »

Rose avait l'habitude de ces présentations succinctes qui établissaient une sorte de fiche du patient avant son arrivée. Adrien donnait plus de précisions, quand il avait eu un entretien avec son nouveau pensionnaire.

« Le mieux serait de prévenir ta mère et de repousser ce repas ! proposa-t-elle.

— Non ! Nous décommandons sans arrêt. Pour la journée, Marinette la prendra en charge, cette gosse. Je vais lui laisser des consignes très précises, dit-il en lui plantant un baiser sur les cheveux. Et surtout ne pas la lâcher d'une semelle. Habille-toi vite, ma chérie. Nous serons à Angoulême en une demi-heure. Départ à onze heures trente, retour ici en milieu de journée... »

Adrien s'étira et se leva d'un bond. Rose apprécia le jeu des muscles sous la peau mate, la poitrine large et parsemée de poils châtains. Rêveuse, elle se recoucha un instant.

« Mon cher amour..., se disait-elle. L'homme de ma vie, j'en suis certaine... Je ne peux pas me lasser de lui. Nous sommes comme deux éléments complémentaires qui se cherchaient pour former un tout. »

Cette relation amoureuse s'était révélée si différente de celles qu'elle avait connues auparavant... Adrien était en pleine force de l'âge et très accaparé par son engagement à la ferme, ses malades, ses séances de thérapie individuelle. Cette existence active et riche en expériences diverses procurait à la jeune femme une sensation de liberté et d'utilité qui la comblait. La nuit les réunissait, mais ils appréciaient autant les longues discussions sur leur travail que les étreintes passionnées. L'essentiel demeurait le partage quotidien des idées, des émotions, des joies et des chagrins.

« Vous formez un vrai couple ! avait conclu Anne un jour, alors qu'elles évoquaient leurs compagnons respectifs. »

Une heure plus tard, Rose traversait la cour pour se rendre aux écuries. Si sa sœur avait coupé ses longs cheveux, abandonnant ainsi les coiffures trop sages, la jeune femme portait une natte mordorée qui descendait jusqu'au milieu du dos. Pour tenter de séduire sa future belle-mère, elle avait choisi de porter un pantalon beige en toile, des mocassins bleu marine et un corsage blanc sous un gilet vert. L'ensemble, très sobre, lui allait à ravir.

« Tu es belle, Rose ! Max manifestait son enthousiasme. Tu vas monter Princesse ?

— Non, Max ! Pas aujourd'hui. Je pars pour Angoulême avec Adrien. Tu t'occuperas bien de Gisèle à midi, n'est-ce pas ?

— Oui. Je serai gentil, comme toi... Mais tu reviens, hein ? »

Max posait toujours cette question. Il avait toujours peur de perdre Rose à nouveau. Il n'aimait pas la voir s'éloigner. Elle le savait et répondit, d'un ton ferme :

« Oui, je reviens vite ! N'aie pas peur ! »

Réconforté, le garçon eut un bon sourire. Les chevaux saluèrent Rose par de brefs hennissements. Elle les reçut comme une marque d'amitié. L'écurie fleurait bon le foin, la paille et l'orge cuite. Elle aimait ces odeurs. Elle aurait préféré passer la journée ici, à la ferme, son univers désormais, plutôt que d'aller à Angoulême.

Quelqu'un entra dans le bâtiment et remonta l'allée en faisant claquer des souliers ferrés. Rose se retourna, surprise. Elle découvrit une adolescente au crâne rasé, vêtue de cuir noir, un anneau de métal fiché sur l'arcade sourcilière.

« Salut ! fit l'inconnue. Je voulais voir les chevaux !

— Bonjour ! Rose était un peu déroutée par l'apparence de la nouvelle venue. Tu es seule ?

— Ben oui, j'suis seule ! Le type qui m'a amenée dans cette cambrousse cause avec le patron.

— Je parie que tu es Luisa ! avança la jeune femme.

— Ouais, et je resterai pas longtemps chez vous ! J'suis pas "mongol", moi, comme l'autre zouave qui me regarde en bavant... »

Rose vit dans l'attitude provocatrice de Luisa les symptômes d'une grande détresse, teintée d'un dégoût profond de la vie. Ses habits, ses gestes, son expression dure lui rappelaient de façon poignante sa propre période de total désespoir. Ces moments où l'on éprouve une telle haine pour soi-même qu'on s'en prend aux autres. Mais elle ne l'avait pas affiché de façon aussi ostentatoire. « Dommage d'ailleurs, se dit-elle, que ça ne se soit pas vu autant... Cela m'aurait peut-être empêchée de descendre trop bas ! »

« Ne te fatigue pas trop avec moi, Luisa ! déclara-t-elle. J'en ai vu d'autres... Je te présente Max, notre palefrenier. Si tu aimes les chevaux, tu peux lui poser des questions. Poliment. Sans l'insulter. Il pourra t'apprendre beaucoup de choses, crois-moi ! »

Luisa hocha la tête et cracha un chewing-gum en direction de Max qui s'était éloigné, prudent. Les inconnus l'effrayaient.

« Tu m'as comprise, Luisa ? reprit Rose, très bas. Ce garçon est mongolien, d'accord, mais il a du cœur et une réelle intelligence.

— Pas possible ! Eh ben, ça se voit pas ! Moi, j'dirais plutôt qu'il a pas eu de chance au moment de la distribution...

— Tu as raison, répondit Rose, il n'a pas eu de chance... Mais toi, tu en as eu et tu es en train de tout gâcher...

— De la chance ! brailla Luisa. Qu'est-ce que tu sais de ma vie, eh, pauvre conne ! C'est facile de me prendre de haut, sale bourge ! J'aurais pas dû écouter Ahmed. Son plan était foireux... »

Rose se mordit les lèvres. S'agissait-il du même Ahmed ? Elle retint la question. Il ne fallait pas attaquer de front, mais user de diplomatie.

« D'abord, Luisa, je ne suis pas une bourge, comme tu dis. Et j'ai été encore plus conne que toi !

Je t'explique... J'avais une sœur super. Je venais d'enterrer mes parents et j'étais pétée de tunes. Rose faisait exprès d'employer le vocabulaire de Luisa. J'aurais pu faire plein de trucs cool, mais non, je me suis éclaté la tête à la coke, à l'héro, au sexe. J'ai failli y rester. En arrivant ici, j'étais comme toi, juste une boule de colère et de haine contre le reste du monde. Et tu vois, ça peut passer. Il faut simplement le vouloir... Avoir le courage de raconter ce qui a fait si mal. Je sais, ce n'est pas facile... On en reparlera plus tard, mais, maintenant, je voudrais que tu me dises qui est Ahmed...

— Un pote. Je l'ai rencontré à Bordeaux, répondit Luisa, brusquement calmée. J'avais abusé, un soir, alors il m'a parlé de toi. Il m'a dit que tu bossais dans une ferme et m'a dit de venir ici, que tu m'aiderais... Il voulait que je m'en sorte... »

Prise de court, Rose poursuivit :

« C'est un pote, ou ton petit copain ? »

Luisa eut un sourire inattendu. Elle haussa les épaules en répondant, assez bas :

« On passe du bon temps ensemble... Il est cool ! Sauf quand il m'expédie à la cambrousse ! »

Rose tentait de mettre de l'ordre dans ses idées. Ahmed jouait les anges gardiens, à présent, et il avait quitté Paris.

Adrien arrivait. Luisa s'approcha d'un des poneys et voulut le caresser pour se donner une contenance. Le petit cheval renâcla et recula au fond du box.

« Tu vois, dit Luisa, même eux, ils m'aiment pas... »

Rose prit la main de la jeune fille.

« Ils t'aimeront... si tu es calme et en confiance. Guido ne te connaît pas ! Qu'est-ce que tu ferais, toi, si un étranger te fonçait dessus, te touchait la tête direct ?

— Je lui en collerais une ! reconnut Luisa.

— Et voilà ! Tiens, donne-lui ce sucre. Parle-lui et, pendant qu'il mangera sa friandise, caresse-le de nouveau. »

Sous les regards perplexes d'Adrien, Luisa suivit le conseil de Rose. Le poney fut beaucoup moins méfiant. Une ombre de joie dansa sur le visage fermé de Luisa.

« Ce sera dur, mais on y arrivera ! se persuada Rose. Celle-là, je m'en occuperai personnellement. Je pense qu'il n'est pas trop tard ! Je dois bien ça à Ahmed. »

Elle n'éprouvait plus aucune rancune. Son cœur était apaisé.

*

Denise Girard était une femme d'apparence austère et distinguée. Elle habitait un vaste appartement, place Francis-Louvel. Les fenêtres donnaient sur l'imposant palais de justice. Au milieu de la place, encombrée de tables et de chaises de café, une fontaine donnait un air villageois et convivial à l'endroit.

Lorsque Rose se retrouva devant la mère d'Adrien, ses appréhensions s'estompèrent. Des boucles courtes d'un blanc laiteux encadrant un visage régulier, des yeux verts pailletés d'or tellement semblables à ceux de son fils et remplis d'intelligence séduisirent aussitôt la jeune femme. Néanmoins, elle restait sur ses gardes.

« Appelez-moi Denise, mon enfant... Vous êtes tout à fait charmante... »

Suivirent les formules de politesses d'usage. Adrien gardait le silence et Rose comprit qu'elle ne devait s'en remettre qu'à elle-même pour apprivoiser sa future belle-mère.

« Il paraît que vous montez très bien ! commença Denise. Adrien tient ce goût de l'équitation de son père... Personnellement, je n'ai jamais apprécié...

— Je ne monte que depuis peu de temps, mais c'est vrai, j'aime beaucoup... »

Rose sentait sa voix se fêler. Allait-elle flancher ? Elle reprit, un peu plus assurée :

« J'ai toujours aimé relever les défis ! Je n'étais jamais montée à cheval avant d'arriver à la ferme. C'était une sorte de gageure et je dois avouer que je me suis prise au jeu... »

Denise la regardait avec attention. Cette fille avait quelque chose qui lui plaisait. Elle sourit et embrassa Rose d'un geste spontané.

Adrien se sentit brusquement plus léger. Il avait longtemps hésité à confronter les deux femmes. Elles avaient tant de caractère l'une et l'autre et des goûts si différents !

« Vous êtes un peu en retard, mais je suppose que vous avez de bonnes raisons ! avança Denise en les précédant au salon. Nous allons prendre rapidement un verre avant de passer à table... »

Rose observait discrètement la pièce chaleureuse, avec ses rideaux de chintz et ses boiseries peintes en jaune. Un petit côté anglais qui l'étonna. Comme si elle devinait ses pensées, Denise demanda :

« Vous aimez le style anglais ? J'ai souvent accompagné mon mari en Angleterre et j'avoue que j'ai beaucoup apprécié leur côté cosy. J'ai ramené tant de choses de là-bas... Mais Adrien a dû déjà vous dire tout ça... »

Rose prit conscience qu'elle ne connaissait pas grand-chose de la famille d'Adrien. Il n'en parlait que rarement et elle n'avait jamais osé l'interroger. Elle se promit d'y remédier et de ne pas refaire la même erreur qu'elle avait commise avec David. Aujourd'hui, elle n'était plus la fille immature qu'elle était alors.

La mère d'Adrien ne posa que peu de questions à Rose sur sa propre famille, compatissant surtout à la mort tragique de ses parents. Rose se sentait détendue. Elle était presque adoptée, mais elle ne pouvait se défaire de l'idée que Denise aurait sûrement eu une autre attitude envers elle si elle avait su toute la vérité...

Elle se trompait. Adrien lui avait tout raconté depuis longtemps. Denise avait d'abord fait la grimace, puis, avec élégance et générosité, elle avait décidé de faire confiance au choix de son fils. Il avait suffisamment souffert..., se disait-elle. Il méritait d'être heureux...

« Nous avons beaucoup bavardé de tout et de rien, leur reprocha Denise en les accompagnant jusqu'à leur voiture, mais vous n'avez pas dit un mot sur votre mariage. Quelle date avez-vous choisie ? Et quelle église ? Montmoreau ou la cathédrale, ici ? Je préférerais la cathédrale. Le décor est magnifique, et mes amis n'auraient pas à se déplacer. »

Rose sourit, gênée. Cette obligation d'une union selon les rites catholiques l'inquiétait.

« Nous pensons à la mi-juillet ! répondit enfin Adrien. Tu sais que Rose n'est pas croyante, bien que baptisée...

— J'en parlerai au père Jean, c'est un prêtre formidable, intelligent et ouvert, absolument pas sectaire, dit-elle à Rose. Ai-je votre accord ? »

Il y eut un moment de flottement.

« C'est vrai, je suis athée, Rose ne répondait pas directement à la question. Cependant, Adrien m'a expliqué qu'une bénédiction toute simple était possible, et je n'y suis pas opposée... »

Denise marqua le coup. Mais la réponse l'amusait. Elle proposa donc :

« Venez me voir souvent et j'essaierai de vous faire changer d'avis ! L'essentiel, néanmoins, c'est votre bonheur et celui de mon fils...

— Si vous le permettez, je reviendrai vous voir seule. Je crois que j'aurai besoin de vos conseils sur un tas de sujets : la cérémonie, le repas, ma toilette... Autant de choses qui ne passionnent pas Adrien !

— Avec grand plaisir, Rose, conclut Denise, flattée de cette confiance. Je crois que nous allons très bien nous entendre ».

*

Adrien ne cacha pas son soulagement en reprenant le volant. Il avait redouté cette rencontre entre les deux femmes. Tout s'était bien passé et il en éprouvait un immense bonheur. Rose lui massa la nuque avec amour :

« Je ne t'avais jamais vu aussi stressé ! Pourtant, ta mère est d'une gentillesse exquise. J'adore son côté romantique, sa distinction. C'est bizarre, elle ne vient jamais à la ferme ?

— Tu lui en demanderas toi-même la raison, répliqua-t-il. Je n'ai pas de réponse à te donner. Je crois que c'est une femme hypersensible. Elle veut bien nous aider, mais rencontrer des enfants handicapés, des gens comme Max, cela la bouleverse. Dis, j'ai envie d'une virée à Bordeaux, demain en amoureux ! Nous achèterons ta robe de mariée, et du matériel pour les chevaux.

— Impossible, objecta Rose. Tu devrais savoir que le fiancé ne doit jamais voir la robe de la mariée avant la cérémonie ! Et je crois que les conseils de ma sœur ou de ta mère, en la matière, seront plus judicieux, sans vouloir te vexer... De toute façon, j'ai promis de ramasser les pommes de terre dès l'aube avec Gisèle. Et puis, il y a Luisa, la nouvelle. Je crois que je peux l'aider. Elle a sûrement vécu une sale histoire comme moi. C'est dans mes cordes. »

Adrien secoua la tête, puis vola un baiser à sa compagne, en avouant :

« Tu es sans doute la seule femme qui refuse une telle proposition. Mais je t'adore pour cela, justement. »

19

Rose tourna le verrou et regarda Luisa droit dans les yeux, ce qui arrivait rarement, la jeune fille évitant toujours le face-à-face.

« Pourquoi as-tu fait ça ? lui lança-t-elle à la figure. Tu gâches toutes tes chances en agissant ainsi ! Mais qu'est-ce qui t'a pris ? Faire inhaler de l'éther à Max ! C'est stupide ! C'est nul. Et d'abord, tu fractures une des armoires à pharmacie ! Tu cherchais de la drogue, n'importe quoi, c'est ça ? Si tu te sentais mal, en manque, tu devais me prévenir, je t'aurais donné un calmant. Tu n'as pas respecté les règles ! »

La colère rendait Rose froide et agressive. L'attitude indifférente de Luisa ne faisait que l'exaspérer davantage. Elle se dit qu'un jour, elle aussi avait dû avoir cet air lointain, ce visage hagard de ceux qui n'ont plus rien à perdre. Ce rappel de son passé tumultueux la calma aussitôt. Elle s'assit, reprenant sa place derrière le bureau en bois blanc qu'Adrien lui avait offert.

« Luisa ! Tu es là depuis plus de quinze jours ! Nous avions bien progressé… Et d'un seul coup tu te conduis bêtement, avec même de la cruauté. Que tu aies envie de te faire du mal, passe encore, je sais ce que c'est, mais entraîner ce pauvre Max, si gentil, dans tes délires, je ne l'admets pas. J'ai fait des choses dont j'ai encore honte, mais je ne m'en suis jamais prise à un innocent ! »

Rose ferma les yeux un instant, revivant la triste découverte qu'elle avait faite une heure plus tôt. Max titubant en sortant de l'écurie, Max s'écroulant sur le sol, la bouche ouverte sur un râle étonné. Elle avait cru à une attaque, à un malaise. Mais Luisa était apparue, hilare, brandissant comme un trophée un flacon d'éther.

« On s'est bien éclatés, le mongol et moi ! » La jeune fille la défiait visiblement.

Cette phrase avait résonné dans le cœur de Rose et avait déclenché la rage, après l'affolement. Un des éducateurs, témoin de la scène, l'avait aidée à coucher Max dans sa chambre, puis elle avait conduit Luisa dans cette pièce, son bureau. Hélas, Adrien était absent.

« Luisa, la semaine dernière, tu as fugué, reprit-elle. Si tu continues, on ne pourra pas te garder. Nous avons assez de travail avec les patients pleins de bonne volonté. Vas-tu me répondre, à la fin ? Je sais que tu ne supportais pas ta nouvelle famille d'accueil, que tu t'es enfuie plusieurs fois, mais bon, il y a autre chose… Je t'en prie, parle-moi. »

L'adolescente lança sèchement :

« File-moi une clope d'abord ! »

Rose se souvint d'Adrien lui offrant une cigarette, disant que c'était un moindre mal. Elle sortit de son tiroir un paquet de blondes, qui s'était égaré là. Elle ne fumait presque plus.

« Tiens, si cela peut t'aider ! Mais attention, tu risques de t'enflammer, à cause de l'éther que tu as respiré… »

Luisa parut vraiment inquiète. Elle demanda, livide :

« Sans rire ? Tu déconnes, non ? D'abord, moi j'en ai pas pris. Pas eu le temps. Cette andouille de Max est devenu comme fou. Il s'est barré. Il te cherchait ! Il en pince pour toi, le pauvre débile ! »

Rose ne répondit pas. Elle attendait. Luisa sortit un briquet et alluma sa cigarette.

« Tu vois, pas de danger. Tu voulais me faire peur, hein ?… On a toujours voulu me faire peur. J'en ai marre ! »

La jeune fille baissa la tête, elle pleurait. C'était un pas vers des confessions qui l'amèneraient à réfléchir, à guérir. Le silence s'établit dans la pièce.

« Ma mère me battait, commença-t-elle sourdement. Quand on m'a placée chez des gens sympas, j'ai préféré. Ils m'ont gardée six ans, un record ! Ensuite, j'ai atterri chez des cons. Je te jure ! J'avais quatorze ans. Leur fils m'a tourné autour et, un après-midi, il est venu avec un copain. »

L'histoire parut familière à Rose. Luisa avait été violée par les deux adolescents, qui l'avaient fait boire. N'osant pas avouer ce qui s'était passé, la jeune fille avait multiplié les fugues, fréquentant des milieux où la fête était le maître mot, l'ecstasy, la musique qui assomme et provoque une transe. Récemment majeure, elle avait rompu les ponts avec les services sociaux.

« Tu dois porter plainte…, murmura Rose, qui avait froid soudain. J'ai vécu un peu la même chose. Tu n'es pas coupable. Tu as le droit de dénoncer ces types. C'est à cette seule condition que tu pourras avancer, et oublier, du moins essayer ! »

Rose éprouvait un malaise certain et elle espérait que ce malaise ne perçait pas dans sa voix. Elle avait donné un conseil qu'elle-même n'avait pas voulu suivre. Mais elle devait continuer…

« Et tu pourrais chercher à rencontrer un éducateur, quelqu'un pour t'aider. Qu'est-ce que tu prends ?

— De tout, ce que je peux me payer ! J'ai bossé comme serveuse. C'est qu'il en faut de la tune !… Et… »

Rose soupçonna la suite. À croire que le schéma était banal. Elle se risqua :

« Tu t'es prostituée ?

— Oui. Pas longtemps. Après j'ai connu Ahmed. Il est du genre jaloux. »

Luisa se mordait les lèvres et avait du mal à parler. Toutefois, la discussion dura longtemps. Lorsque Adrien revint, il trouva Rose et sa patiente dans la bergerie. Elles veillaient une chèvre qui allait mettre bas. La pauvre bête poussait de petits bêlements plaintifs.

« Tu vois, on peut au moins servir à ça, disait-elle à Luisa, aider des créatures innocentes, qui n'ont rien fait de mal. Zoé nous donne du lait, de l'affection. Nous devons la protéger, l'assister. »

Luisa avait l'air pensive. Adrien l'entendit chuchoter :

« Je suis désolée pour Max ! Il est cool, je sais. Je ne l'embêterai plus. Je te le jure. »

Le directeur préféra laisser les deux jeunes femmes seules. Il en saurait plus cette nuit, quand Rose et lui seraient couchés, étroitement enlacés. C'était l'heure des bilans, des échecs, des réussites. Il traversa la cour, heureux des odeurs tièdes qui montaient de la terre, des écuries. Le ciel s'éclairait de ses premières étoiles. La lune ne tarderait pas à les rejoindre. Il leva la tête, profondément heureux.

« Si Rose ne veut pas se marier à l'église, peu importe ! Aucun sacrement ne vaudra les liens intimes qui nous unissent. Elle est déjà ma femme... Et c'est une bénédiction de l'avoir parmi nous... »

*

Rose revenait de Toulouse en compagnie de Anne. Sa sœur était venue pour participer au vide-grenier, organisé comme chaque année par l'institut, et les deux sœurs avaient ramené beaucoup de choses de la maison familiale à vendre.

« Nanou, dit Rose, avant de décharger le coffre, pendant qu'Adrien n'est pas là, veux-tu voir ma robe de mariée ?

— Évidemment ! Vite, vite... »

Rose ouvrit la porte d'un débarras qu'elle avait aménagé en penderie. Elle en sortit une masse soyeuse de tissu et de dentelles.

« Je l'ai choisie avec la mère d'Adrien à Angoulême. Comment la trouves-tu ? Elle est belle, non ?

— Une splendeur ! Oh, je suis si pressée de te voir marcher jusqu'à l'autel ! trépigna Anne. Heureusement que je reste jusqu'au mariage. Je t'ai à l'œil, au cas où tu changerais d'avis. »

Elle avait confié Louis à sa belle-mère et savourait d'avance cette semaine de liberté. La préparation du mariage de sa sœur l'excitait comme une gamine. Paul et ses parents devaient la rejoindre avec leur fils la veille de la cérémonie.

« Tu sais qu'il y a un monde fou, à ce vide-grenier ! dit Rose en rangeant sa robe. Toute l'équipe, les parents de nos patients, les visiteurs, les gens qui tiennent les stands... Cette année, le bénéfice de la vente permettra au directeur de l'orphelinat de Réo, en Afrique, de suivre une formation en France, de payer son billet d'avion... Tu sais, j'aimerais bien y aller, en Afrique, un jour. Adrien aussi. Oh, Nanou, si tu savais combien je suis heureuse de vivre avec lui ! Passer à l'église, à la mairie, à quoi bon ?

— Taratata ! coupa Anne en prenant sa sœur par la taille. Viens vider la voiture. Avec un peu de chance, nous allons trouver Adrien et il te remettra les idées en place. Les bans sont publiés, je suis là, alors tu te maries, à la mairie et à l'église ! Et c'est important pour lui.

— Mouais, mouais... » murmura Rose.

Les deux sœurs se regardèrent. Depuis quand Rose n'avait-elle plus employé cette expression qui n'appartenait qu'à elle ? Une bouffée d'enfance les inonda au même moment.

« Tu sais que je déteste toujours autant tes *mouais, mouais* ? » dit Anne en riant.

Rose fit semblant d'être dépassée.

Mais deux heures plus tard elle déballait sur leur stand de menus objets, des livres, de la vaisselle. En robe noire et coiffée d'un foulard indien, Anne disposait des bibelots qui avaient encombré leur grenier pendant des années.

Le vide-grenier avait lieu à l'extérieur, dans un grand champ ombragé, fraîchement fauché. Un parfum de foin frais et de menthe piétinée montait de la terre tiède.

« Où est Adrien ? s'étonna soudain Rose.

— Là-bas ! répondit Anne en désignant une longue table drapée de blanc. Près des gâteaux et des boissons. »

Rose chercha la silhouette de son bien-aimé. En l'apercevant, elle retint un mouvement de joie. Adrien portait une chemise blanche et des lunettes de soleil.

« Qu'il me plaît ! C'est fou, je l'aime trop…

— On n'aime jamais trop ! glissa Marinette qui passait devant le stand juste à ce moment-là. Que c'est joli, cette poupée chinoise. J'achète ! »

Anne emballa la figurine dans une feuille de journal. Les visiteurs et les curieux affluaient. Une rumeur, née de plusieurs conversations mêlées aux cris des enfants, composait un bruit de fond.

« Luisa et Max doivent s'occuper des sandwiches ! dit Rose un peu plus tard. Je vais voir comment ils se débrouillent. Tu gardes la marchandise, Nanou ?

— Bien sûr ! Je suis une vraie petite fille, ça m'amuse terriblement. »

Sans plus se soucier de sa sœur, Anne se mit à

discuter avec la mère de Gisèle, qui semblait intéressée par un ouvrage ancien, relié en cuir.

Rose marchait comme on danse sur l'herbe rase, sans l'espoir de croiser Adrien. Mais ce dernier avait disparu. Elle s'approcha de la table où étaient présentées d'appétissantes demi-baguettes garnies de salade et de poulet froid. Max l'accueillit, un large sourire aux lèvres.

« J'en ai vendu six... Le patron sera content...
— C'est bien, Maxou ! Où est Luisa ?
— Partie ! »

Elle évita de s'affoler. La jeune fille pouvait avoir mille raisons de s'absenter. Pratiquement guérie, Luisa ne posait aucun problème précis, excepté quelques colères accompagnées de jurons.

Cependant, Rose se méfiait encore d'un possible coup de tête. Elle préféra attendre son retour. Ce fut ainsi qu'elle les vit s'avancer en plein soleil, émergeant de l'ombre d'un pommier sauvage : Luisa et Ahmed, main dans la main, se regardant et s'embrassant, comme s'ils étaient seuls au monde...

Le jeune homme la salua. Son sourire était presque fraternel.

« Salut, Rose ! Je suis venu rendre visite à Luisa. Elle me manquait... Je te remercie, elle va mieux... T'es vraiment une chic nana ! Tu sais. Je travaille maintenant chez mon oncle, à Bordeaux... »

Rose en resta interdite. Ahmed ne ressemblait plus au dealer arrogant de jadis. Il avait fait des efforts vestimentaires. Luisa resplendissait.

« La boucle est bouclée ! songea Rose. Ils feront peut-être un couple acceptable... Ahmed m'a perdue, puis sauvée. Grâce à lui, j'ai pu connaître Adrien. Moi, j'ai veillé sur Luisa qu'Ahmed m'avait envoyée. Quelle équation ! »

Alors qu'elle allait conseiller à Luisa de reprendre sa place auprès de Max, une main douce se posa sur son épaule. Adrien était là, perplexe, intrigué.

« Tout va bien, ma chérie ? Et toi, Luisa ? Tu me présentes ?

— C'est son fiancé ! Rose avait été plus rapide. Il passe la journée ici. Viens, tu n'as même pas vu notre stand ! J'ai mis mon télescope en vente… »

Attrapant vivement sa main, elle emmena son compagnon à bonne distance du jeune couple. Elle ne voulait plus de règlements de compte. Aucun nuage ne devait obscurcir ce beau jour d'été. Adrien ne saurait jamais qu'il s'était trouvé en face du fameux Ahmed.

Avant d'arriver au bout du champ, il l'enlaça et prit ses lèvres.

« J'ai hâte de te mettre la bague au doigt ! chuchota-t-il. Et de t'aimer chaque jour davantage…

— Oh, voilà que tu deviens poète ! Je suis vraiment gâtée. »

Rose éclata de rire. Elle n'avait plus peur de rien et croyait sincèrement que l'avenir serait aux couleurs de ce prénom un peu désuet dont l'avaient baptisée ses parents : Rose… Comment pouvait-elle soupçonner les épreuves qui l'attendaient encore ?…

*

Rose ouvrit le dernier tiroir de sa commode. Elle avait décidé de libérer sa chambre et de transporter toutes ses affaires dans la chambre d'Adrien, qui serait désormais leur chambre.

Quelques cartons ouverts sur le lit attendaient les derniers objets. Elle tendit la main et suspendit son geste : sur le bois recouvert de cretonne rose ne reposaient que deux objets, son ours en peluche et le pull de David. La première émotion passée, Rose réagit très vite.

« Il est temps de tourner la page », se dit-elle en attrapant le pull. Mais les souvenirs affluèrent sans qu'elle puisse les repousser. Les paysages du Midi, la promenade en mer et la balade sur la plage lui revinrent en mémoire. Curieusement aucune douleur ne les accompagnait. C'était comme si elle feuilletait un livre de son enfance souvent lu et relu mais qui avait perdu de son charme. Un prénom pourtant provoqua un malaise en elle : Simon. Comme elle avait été odieuse avec lui. Il l'avait aidée, secourue alors qu'il ne la connaissait pas ! Il lui restait encore quelque chose à faire...

Posant le pull dans un des cartons, elle s'assit à son petit bureau et prit une feuille :

Cher Simon,
Vous serez sans doute étonné de recevoir cette lettre. Vous souvenez-vous de cette fille odieuse que vous avez sortie du commissariat de police à Montpellier après la mort de votre frère David ? Cette fille qui vous a répondu de façon grossière, ignoble même, lorsque vous l'avez appelée si gentiment pour prendre de ses nouvelles ?
Eh bien, j'ai le plaisir de vous annoncer sa disparition,

son anéantissement total. À sa place, il y a aujourd'hui une Rose honteuse de son attitude et de son ingratitude envers vous. C'est cette Rose qui implore votre indulgence pour pouvoir continuer sa route en paix. C'est cette nouvelle Rose qui vous écrit ces lignes.

Ma vie a été bien chaotique depuis Montpellier, mais aujourd'hui tout va pour le mieux.

Vous aviez raison lorsque vous m'avez prédit en me quittant à la gare que la vie me sourirait à nouveau : elle l'a fait et je vais me marier dans deux semaines.

Je ne voulais pas commencer cette nouvelle partie de mon existence sans vous demander pardon de ma grossièreté inexcusable.

Je ne veux pas m'étendre sur les raisons qui m'ont fait vous répondre comme je l'ai fait. Aujourd'hui, elles n'ont plus d'importance et font partie du passé.

Ne croyez pas que j'ai oublié David, que j'ai aimé profondément. Je garderai son souvenir dans mon cœur jusqu'à mon dernier souffle.

Aujourd'hui, ma vie a trouvé un nouveau sens et pris une nouvelle tournure. Je m'épanouis en aidant les autres.

Merci, Simon, merci infiniment de tout ce que vous avez fait pour moi et encore pardon.

Rose

La jeune femme avait écrit d'une seule traite, sans lever son stylo. Cette lettre, elle l'avait composée dans sa tête une bonne dizaine de fois et les mots étaient venus d'eux-mêmes. Elle ne voulut même pas la relire, plia la feuille et la glissa dans une enveloppe.

Un profond soulagement l'envahit. Elle venait de pousser la dernière porte sur son passé, le cœur en paix. L'autre porte, celle qui concernait la mort de son père et de sa mère, elle l'avait fermée il y avait quelques jours lorsqu'elle avait décidé d'aller à Toulouse, pour voir sa sœur, mais surtout pour se recueillir sur la tombe de ses parents. Elle avait enfin accepté leur mort comme elle venait d'accepter celle de David.

« Il faut laisser les morts reposer en paix. » De qui était cette phrase ? s'était-elle demandé, assise sur la plaque de marbre du tombeau familial.

Un dialogue muet et imaginaire s'était instauré entre elle et ses parents. Elle leur avait expliqué son désarroi, sa peur, presque sa terreur qui avaient succédé à leur mort. Sa faiblesse aussi… Et elle leur avait demandé pardon de ne pas avoir su être à la hauteur des valeurs qu'ils lui avaient inculquées et qu'elle croyait si bien acquises.

« Je n'étais pas si forte que je le pensais, conclut-elle en remettant machinalement quelques fleurs en place. Je vous demande pardon de vous avoir déçus. Mais, à partir de maintenant, vous pourrez être fière de moi, je vous en fais le serment… »

Elle rentra à la Ferme du Val sans se douter qu'elle allait devoir tenir cet engagement très bientôt.

*

Adrien avait dû s'absenter. Certaines de ses obligations l'amenaient à quitter la ferme de façon imprévue. Ce soir-là, il téléphona à Rose pour l'avertir qu'il ne pourrait pas rentrer dormir.

« Je suis à Poitiers, ma chérie. Je cherche des

subventions pour agrandir l'écurie. En plus, la voiture me joue des tours. Je dois la laisser dans un garage. Enfin, avec un peu de chance, elle sera réparée vers dix-neuf heures. Mais je préfère dormir chez un ami. »

Malgré sa déception, Rose comprit. Elle lui murmura des mots doux, puis ajouta, en plaisantant :

« Le principal, c'est que tu reviennes à temps pour notre mariage ! Il te reste une bonne dizaine de jours. Mais je te préviens, je vais prendre le commandement ici...

— Si tu veux ! Je te fais confiance ! répondit-il. Mais, en cas de problème, tu peux entièrement te reposer sur Marinette ! »

Rose raccrocha en soufflant. Max frappa à la porte de son bureau.

« Roseu... Le patron, il est pas là ! »

C'était la dixième fois que Max faisait ce constat. Une de ses petites manies auxquelles plus personne ne faisait attention.

« Je sais, Maxou ! Moi, je suis là, et tu vas m'aider, n'est-ce pas ? Il est tard, on va nourrir les chevaux.

— Oui, oui, viens voir Princesse, elle est toute belle ! Très belle ! »

La jeune femme le suivit, amusée. Max était si fier d'être le palefrenier attitré qu'il avait dû toiletter la jument avec soin. Rose n'avait pas pu se rendre aux écuries depuis le matin et elle avait hâte de vérifier que tout allait bien. Pour les chevaux et la bonne tenue du matériel. Elle était maniaque. Mais une désagréable surprise l'attendait.

« Qui a fait ça ? tonna-t-elle, regrettant aussitôt

son mouvement de colère si le responsable était le jeune trisomique. Maxou, ce n'est pas toi, dis ? »

Quelqu'un avait coupé ras la belle crinière ondulée de Princesse. Une sorte de crête se dressait maintenant sur l'encolure. Rose était consternée.

« Pas contente…, bégaya Max. Rose pas contente ?

— Évidemment que je ne suis pas contente ! disait Rose plus durement qu'elle ne l'aurait voulu. Ma pauvre Princesse, tu as un drôle d'air comme ça.

— C'est Luisa ! » annonça-t-il.

Une colère froide envahit Rose. Encore Luisa, toujours Luisa. Depuis le jour du vide-grenier, la jeune fille accumulait les sottises et les blagues de mauvais goût. Quand on lui demandait pourquoi elle se comportait ainsi, Luisa répliquait qu'elle s'ennuyait. Sous-entendu : sans Ahmed.

« Max, n'aie pas peur. Ce n'est pas si grave. Tu vas soigner les chevaux et moi, je vais parler à Luisa. Ne sois pas triste, ce n'est pas ta faute. »

Avec ces mots de réconfort, Rose déposa une bise sonore sur la joue du malheureux garçon. D'un pas rapide, elle traversa la cour et se mit en quête de Luisa. Elle chercha la jeune fille dans tous les bâtiments, visita le salon, les cuisines. Personne ne l'avait vue.

« Au goûter, elle n'était pas là, précisa Marinette, qui était la dernière à être interrogée. Je pensais qu'elle travaillait à la bergerie. »

De plus en plus inquiète, Rose monta dans la chambre de Luisa. Son sac avait disparu.

« Elle a fugué ! Oh non ! Elle est folle ! »

En fouillant les étagères de l'armoire, elle trouva une enveloppe. Au dos, le nom et l'adresse d'Ahmed. Rose lut :

« 17, rue Bouquières, à Bordeaux... Elle n'est quand même pas partie en stop ! »

De toutes ses forces, elle refusait d'envisager le départ de Luisa. Cette fugue signifiait un échec. De plus, leur responsabilité était engagée, bien que la jeune fille fût majeure. Rose redescendit en courant et prévint Marinette.

« Je ne veux pas ennuyer Adrien avec cette histoire. Luisa est ma patiente ! Qu'est-ce que je peux faire ? J'ai envie de prendre ma voiture et de foncer la chercher. Je peux la récupérer au bord de la route...

— Écoute, murmura Marinette, dîne d'abord. Cela peut attendre demain, je pense, puisque nous sommes sûres l'une et l'autre que Luisa a filé rejoindre son amoureux. Ce jeune homme m'a semblé sérieux et gentil. Elle ne risque rien ! »

Rose accepta. Le jour du vide-grenier, en effet, l'ancien dealer avait fait bonne impression sur la majorité du personnel. Mais elle était la seule à connaître son passé douteux. Rose jeta un coup d'œil à sa montre :

« Je mange un morceau et je pars. Je préviendrai Adrien de mon portable en cours de route. Si tu pouvais me réserver un hôtel à Bordeaux, Marinette. Je vais me changer. »

En se préparant, Rose se sentait forte et capable de ramener Luisa sans incident. Ce déplacement imprévu lui donnait l'impression de prendre son métier en main, d'agir selon ses choix. Elle n'hésita pas longtemps sur la tenue à porter, opta rapidement pour un pantalon noir en toile et une chemise brodée avec l'écharpe assortie. Un brin d'élégance, de la sobriété, mais aussi une simplicité qui l'aiderait à ne pas se faire remarquer. Elle noua ses cheveux en chignon, sur la nuque.

Marinette l'embrassa affectueusement.

« Sois prudente, Rose, on se sent orphelins sans Adrien et toi. Ne te mets pas en danger.

— Ne t'en fait pas ! »

L'adresse de son hôtel en poche, Rose partit. Elle comptait rejoindre Libourne, et là, prendre l'autoroute.

« Quand je pense qu'il y a un an j'étais incapable de gérer ma vie, de conduire, de m'investir dans quoi que ce soit ! » se répétait-elle en écoutant la radio.

Il lui fut impossible de contacter Adrien. Son portable était hors service. Heureusement, elle avait pris son chargeur.

« Erreur fatale, le portable à plat ! ironisa-t-elle. Je l'appellerai de l'hôtel. »

Une heure plus tard, elle roulait sur le périphérique. Elle n'était jamais venue seule à Bordeaux. Adrien l'y avait emmenée juste une fois.

« Je crois que je dois prendre le pont François-Mitterrand, puis le centre-ville. »

Elle stationna la voiture à une intersection pour étudier le plan qu'elle avait emporté par précaution.

« Bien, la rue Bouquières n'a pas l'air difficile à

trouver ! Il y a une place à côté. Je pourrai peut-être me garer... »

Rose longea bientôt les quais, admirant le reflet des façades illuminées dans l'eau de la Garonne. Ici, le fleuve était plus large qu'à Toulouse. De gros bateaux étaient amarrés en face de l'esplanade des Quinconces.

Son plan était établi. Vérifier que Luisa était bien chez Ahmed, la sermonner, lui accorder une nuit de liberté et sans doute d'amour, et passer la chercher le matin.

« Ensuite, je vais à mon hôtel et je prends un bain ! »

Rose ne s'affolait pas. Elle se sentait responsable de la fugueuse et son initiative lui paraissait judicieuse. Mais elle eut beau sonner une dizaine de fois au 17 de la rue Bouquières, on ne lui répondit pas.

« Quelle imbécile je fais ! se dit-elle. Si Luisa se planque ici, elle ne va pas ouvrir et me proposer du thé à la menthe... Car je suis sûre que ce cher Ahmed l'a initiée au thé à la menthe ! »

Elle ne désirait pas prévenir la police. Ayant de quoi écrire, elle laissa un message dans la boîte aux lettres du jeune Marocain.

À Luisa, j'espère sincèrement que tu es bien arrivée chez Ahmed. Ne complique pas tout. Tu dois rentrer à la ferme demain, sinon nous aurons tous des ennuis. Voici l'adresse de mon hôtel. Je reviens demain matin à huit heures. Rose.

Marinette n'avait pas fait les choses à moitié.

Situé dans le quartier du Grand Théâtre, l'hôtel qu'elle avait retenu ressemblait à un palace.

« Heureusement que j'ai pris ma carte bleue ! » Rose était plus que surprise.

Ses pensées revinrent à Adrien, loin de s'imaginer qu'elle était à Bordeaux, seule.

Elle avait hâte de lui téléphoner et n'éprouvait aucune appréhension quant à sa réaction. C'était ce qu'elle appréciait le plus dans leur couple : une compréhension, une confiance totale. Après avoir cherché une place de parking convenable, elle entra enfin dans le hall de réception, style Belle Époque.

« Rose Léger ! confia-t-elle à la femme qui se tenait à l'accueil. Voici mon numéro de réservation. Je vais régler la note tout de suite. »

Elles échangèrent quelques banalités sur la ville. Rose commandait son petit-déjeuner pour le lendemain matin à sept heures, lorsqu'un homme attira son attention. Elle le voyait entre les feuilles d'un rideau de plantes vertes, qui servait à séparer le salon de l'entrée.

« Ce n'est pas possible ! » se dit-elle, le cœur battant à se rompre.

Rose éprouvait une sensation de totale irréalité, comme si on l'avait transportée dans une autre dimension.

Elle ne pouvait en croire ses yeux.

« Tout va bien, mademoiselle ? lui demanda l'employée. Je vous ai donné votre clef. Vous pouvez monter. L'ascenseur est sur votre droite.

— Merci ! » susurra-t-elle sans quitter l'homme des yeux.

Était-ce une hallucination ou le fruit d'une

extraordinaire ressemblance ? Rose croyait voir David assis à une table. Il pianotait sur un ordinateur portable.

« David est mort ! Donc ce n'est pas lui ! raisonna-t-elle. Les ressemblances, ça existe. »

Au même instant, comme si l'insistance qu'elle mettait à examiner l'inconnu avait alerté celui-ci, il se retourna et à son tour posa ses yeux sur elle. Elle fit un pas de côté, les jambes tremblantes, la bouche sèche. Un regard ne trompe pas, car il reflète une âme, une personnalité.

« David ! C'est lui… Mais comment ?

— Mademoiselle, vous êtes sûre que ça va ? s'inquiéta encore la réceptionniste. Vous êtes toute pâle, voulez-vous de l'eau ? »

Rose avait envie de s'enfuir, ou de hurler. David la dévisageait ; c'étaient ses yeux, sa mèche de cheveux sur le front, ses gestes. Soudain, elle eut une idée.

« C'est peut-être Simon, Simon son frère… On aurait pu les prendre pour des jumeaux. Je dois… aller lui dire bonsoir… pour savoir… »

Mais elle était incapable de bouger, bouleversée par cette brutale irruption du passé dans son quotidien. Elle était paralysée.

David ou Simon ? L'homme se leva, l'air abasourdi, et marcha droit vers elle. Elle tremblait de haut en bas.

« Rose ! Rose, c'est bien toi ? »

La jeune femme crut qu'elle allait s'évanouir. Aucun doute à présent. Le revenant était plus grand que Simon, et sa voix, comment ne pas reconnaître sa voix… Elle articula mécaniquement :

« Vous êtes David Blanchard ? »

De toute son âme, Rose espérait entendre un démenti. Les sosies existaient, mais dans ce cas, pourquoi un sosie la nommerait-elle « Rose » ?

« Mais oui, c'est moi, David ! Quel hasard ! Je n'avais jamais mis les pieds à Bordeaux et, le premier soir, je te revois. »

Il lui tenait le bras. Ses doigts étaient chauds à travers le tissu fin. Rose eut peur. Elle ne prenait plus de drogue depuis des mois. Pourtant elle avait la sensation d'être la proie d'une hallucination. Tout bas, elle souffla :

« David, tu étais mort ! Montpellier, la plage de Sète, le motel ! Ta femme, Sylvie, qui a tiré sur toi ! Je n'ai pas rêvé tout ça… Tu étais mort ! »

Il l'entraîna un peu à l'écart et glissa, l'air embarrassé :

« Mais quelle histoire inventes-tu ? Calme-toi, Rose, je ne t'en veux pas ! Je t'ai pardonné. Ne t'affole pas, j'ai très bien compris tes raisons. Est-ce que tu veux boire quelque chose ? Moi, je dégustais un excellent cognac. »

Elle se laissa entraîner, marchant d'un pas hésitant, comme une somnambule. David l'aida à s'asseoir dans un confortable fauteuil en cuir blanc. Il fit signe au barman d'apporter la même consommation.

Rose tentait de comprendre, de vaincre la panique qui l'envahissait. David n'était pas un fantôme, il avait cité le prénom de son frère, Simon. Et il se souvenait de tout. Mais pourquoi lui aurait-il pardonné ? Elle n'avait rien fait de mal.

Elle but son verre d'un trait, sous l'œil ébloui de son ancien amant.

« Tu es encore plus belle qu'avant ! la complimenta-t-il. Lumineuse, bronzée, et les cheveux longs, ça te va très bien. Je suis si heureux de te revoir. Mais une chose m'intrigue : tu m'as dit au moins deux fois que je devais être mort ! Je ne comprends pas. Si c'est de l'humour noir, ce n'est pas drôle... J'ai été grièvement blessé, mais, comme tu peux le constater, je suis bien vivant ! »

Rose avait chaud soudain. Elle tenta de parler le plus naturellement possible.

« Dans ce cas, j'aimerais que tu m'expliques ce qui s'est passé. Si nous sortions prendre l'air, nous balader un peu. J'étouffe, ici ! »

David rangea son ordinateur. Il confia sa mallette à la réceptionniste qui les suivait d'un œil intéressé. Rose n'avait qu'un petit sac ; elle le garda sur l'épaule.

« Tu n'as pas de bagages ! s'étonna-t-il.

— Non, et je n'aurais jamais dû venir à Bordeaux ce soir... »

Elle se dirigea vers la porte en réfléchissant à cette incroyable coïncidence qui l'avait conduite ici. D'abord, la disparition de Luisa, puis sa décision de la rejoindre à Bordeaux. Enfin, Marinette qui choisissait un hôtel, celui même où se trouvait également l'homme qu'elle avait aimé et qu'elle pensait mort.

David lui prit le bras d'un geste familier. Ils marchèrent vers les quais. Elle attendit un moment qu'il se décide à parler, mais il se contentait de la dévisager avec un sourire mélancolique.

« Tu sais, commença-t-elle, c'est vraiment une histoire de fous. Te retrouver, toi ! C'est sûrement un coup du destin... Je travaille dans un centre médical, à une centaine de kilomètres d'ici. Je ne vais pas entrer dans les détails, mais nous avons des pensionnaires... Une jeune fille a fugué aujourd'hui et, comme le directeur était absent, je suis venue la chercher. J'avais l'adresse de son copain. J'ai laissé un message, j'espère que je pourrai la ramener demain matin. En plus, je m'en veux, j'aurais dû prévenir la gendarmerie de Montmoreau, chercher près du centre. Luisa n'est peut-être pas à Bordeaux... J'ai eu tort de m'en aller sans réfléchir ! »

Rose, reprise par le présent et ceux qui en composaient la trame, avançait à grands pas nerveux. David la força à ralentir.

« Dis donc, ne change pas de sujet ! dit-il un peu sèchement. J'ai l'impression que ma présence te dérange !

— David ! Ne plaisante pas ! Je suis déboussolée ! Enfin, si tu m'avais crue morte, et que je réapparaissais comme si de rien n'était, tu serais en état de choc, toi aussi ! »

Il s'arrêta, lui montrant une brasserie brillamment éclairée.

« Viens, on va boire quelque chose ! Je ne suis pas un grand sportif, je ne peux pas te suivre. Tu cours presque... Tu me fuis, encore une fois...

— Excuse-moi. Et je ne t'ai jamais fui, bon sang ! »

Ils s'attablèrent devant deux bières de qualité. Le

cadre rétro et le peu de clientèle eurent un effet apaisant sur leurs nerfs survoltés.

« Qui tente de se justifier en premier ? avança David.

— À part te pleurer, me détruire à petit feu parce que je t'avais perdu, je n'ai pas à me justifier ! rétorqua Rose, sur ses gardes. Je t'ai vu dans une flaque de sang, au motel, et cette folle dingue s'est enfuie. J'ai cru perdre la raison. Après, c'est flou. Je me suis retrouvée devant un commissaire, à devoir prouver que je n'étais pas celle qui t'avait agressé... Ce type m'a placée en garde à vue. Sans Simon, qui a confirmé ma déclaration, je ne sais pas comment cela aurait fini ! Et, dans ma tête, une phrase passait en boucle : «David est mort.» J'étais désespérée... »

Il parut surpris.

« Rose, je suis désolé. Simon m'a raconté, en effet, que tu as été interrogée. Mais pourquoi pensais-tu que j'étais mort ? Ceci dit, d'après le récit de mes parents, je n'étais pas loin de mourir quand on m'a conduit à l'hôpital. J'ai subi une opération de plus de trois heures, ensuite le coma et après, quinze jours d'amnésie, de délires. Quand j'ai repris conscience, ma mère me veillait, et Simon. Et il paraît que mon premier mot, en ouvrant les yeux, a été : «Rose.» Ma première parole : «Où est Rose, elle ne l'a pas tuée, par pitié, dites-moi qu'elle ne l'a pas tuée !» Je faisais allusion à Sylvie.

— Je m'en doute ! chuchota Rose, ahurie par ces révélations. D'après ce que je viens d'entendre, on m'a caché que tu étais dans un état grave, que l'on t'opérait... Mais pourquoi ? Et je t'assure que Simon n'a eu qu'une idée, me mettre dans le premier TGV pour Paris ! Il affirmait que ta famille ne tenait pas à me rencontrer. Oh, je me souviens très bien de ses discours rassurants. Il me conseillait de rentrer à Toulouse, de me consacrer à l'avenir. Maintenant, je comprends. Il m'a évincée en vitesse. Il s'est foutu de moi, ton frère ! »

La jeune femme se retrouvait plus de deux ans en arrière. Elle éprouvait la même désespérance, revoyait des images, la chambre d'hôtel où Simon l'avait installée, leur dîner sinistre, à évoquer le présumé mort.

« Je n'étais pas au courant de ces détails, disait David avec une certaine indifférence.

— Des détails ! Rose était outrée. Des détails qui ont failli me tuer, figure-toi ! Quand je parlais de toi comme d'un mort, je te le répète, pas une seconde ton frère ne m'a démentie. Cela devait l'arranger. Comment a-t-il osé nous séparer ? Au nom de quoi ? J'aurais été tellement heureuse si quelqu'un m'avait dit que tu n'étais que grièvement blessé… J'aurais passé des nuits à ton chevet ! Mais non, je suis rentrée à Paris et j'ai choisi la descente aux enfers. J'étais perdue, sans toi. D'abord, mes parents ; ensuite, l'homme que j'adorais… »

Elle avait envie de pleurer sur la Rose de cette époque, tellement démunie face à la mort qui lui arrachait encore une fois un être cher. David lui prit la main. Il semblait très ému.

« Que veux-tu dire par *la descente aux enfers* ? »

Elle refusa de répondre. Sa sœur et Adrien savaient tout de ses erreurs, mais David l'imaginait telle qu'elle était avant, jeune, pleine de promesses.

« Inutile d'en parler ! dit-elle. J'ai réussi à remonter la pente. Oh, j'ai envie d'une cigarette... Je n'arrive pas à réaliser, David ! Tu es là, vivant, on se regarde, on discute ! C'est tellement bizarre. J'ai beaucoup ralenti le tabac, mais là... »

Il alla acheter un paquet de blondes au bar et lui en offrit une.

« Tu n'as pas oublié la marque que je préférais ! fit-elle remarquer, émue.

— Je n'ai rien oublié, Rose, de ce qui te concerne. Cependant, je reviens de loin, précisa-t-il. Des mois de rééducation, une faiblesse dans la poitrine, côté poumons. Sylvie a failli réussir son coup... Elle est toujours en prison, suivie par un psy, et j'ai pu divorcer, enfin. Si tu savais combien j'ai eu peur pour toi, dans cette chambre. Tu prenais ta douche, et on a frappé. Comme j'avais commandé du champagne en douce, j'ai cru qu'on nous l'apportait. Mais non, c'était elle ! J'ai tenté de la raisonner en prétendant que je ne t'aimais pas, que je me servais de toi, enfin tout ce qui était susceptible d'atteindre son cerveau malade. Je voulais la désarmer avant que tu sortes de la salle de bain. J'ai échoué, hélas ! Dès qu'elle t'a vue, elle a tiré.

— Je sais, murmura-t-elle. Quand tu t'es écroulé, quelle horreur ! Quelque chose s'est brisé en moi... J'ignorais que tu avais eu le temps de lui parler. J'étais si heureuse, sous la douche, en pensant à nous. »

Ils se turent un instant. Depuis quelques minutes, un trouble insidieux naissait en Rose. La main de David qui caressait la sienne, le son de sa voix, son regard plein de ferveur amoureuse, comme s'ils s'étaient quittés la veille ; tout cela la plongeait dans un malaise indéfinissable.

« Pourquoi Simon m'a-t-il trompé à ce point ? Il te l'a dit ? » demanda-t-elle en le fixant.

David garda un silence gêné.

« Tel que je le connais, je pense qu'il a cru agir pour le bien de notre famille ! Pour mon bien notamment. Quand je lui ai annoncé que nous étions ensemble, toi et moi, à l'époque, il a joué les grands frères compréhensifs, heureux de me sentir heureux. Il devait prendre notre relation pour une idylle passagère. Peut-être qu'en te voyant il t'a trouvée trop jeune, trop instable. J'appartiens au monde des banquiers respectables, des épouses issues du même milieu ; jamais de scandales. Et Sylvie était encore en cavale. Elle pouvait chercher à te tuer aussi. Il t'a peut-être sauvé la vie en te pressant de partir...

— À mon avis, il s'en fichait bien, de moi, Simon ! Quel fum... »

Rose retint l'insulte. Son caractère entier la poussait à exprimer vertement ses opinions, mais, à la Ferme du Val, elle se surveillait.

« Dis donc, tu as pris du caractère ! » plaisanta David.

Il se pencha un peu, approchant son visage du sien au-dessus de la table.

« Rose, je suis désolé. Il y a autre chose... Simon m'a dit que tu m'avais quitté. Il m'a annoncé ça à l'hôpital en me regardant droit dans les yeux. Je peux te répéter ses paroles qui m'ont accablé : «Elle est jeune, la conduite de Sylvie l'a terrifiée... Elle ne veut pas être mêlée à ça. Je crois que c'est mieux pour nous tous ! »

— Quel bon frère ! le ton était amer. Décidément, il ne me trouvait pas digne de la dynastie des Blanchard !

— Ensuite, à ma demande, il t'a téléphoné. Il m'a rapporté votre conversation. Vraie ou fausse, je n'en sais rien, mais il m'a dit que tu t'étais montrée grossière, agressive, que tu avais un autre homme dans ta vie... Alors j'ai renoncé. J'avais déjà assez de mal à récupérer physiquement. Je ne pouvais pas mener tous les combats... »

Rose alluma une deuxième cigarette. Elle se sentait nerveuse, partagée entre la joie et la colère.

« Tu n'avais qu'à vérifier ! Tu n'avais qu'à me téléphoner toi-même. Cela aurait sûrement donné un meilleur résultat ! déclara-t-elle d'un ton amer. Ou m'écrire ! Tu n'as pas cherché à me revoir. Avoue-le.

— Je croyais que je t'avais perdue ! Ne fais pas semblant de ne pas comprendre. Ah ! Quel gâchis ! Mais soyons positifs. Le destin nous a remis face à face. La vie nous donne une seconde chance, Rose ! Je t'en ai voulu, j'ai souffert de ton attitude. Aujourd'hui, tout s'éclaire. Seul Simon était responsable. Alors, effaçons... Je suis célibataire et libre ! Nous pouvons tout recommencer. Mes parents, cette fois, seront prêts à t'accepter. Je leur expliquerai. »

La jeune femme haussa les épaules.

« Je me suis sentie coupable de ta mort. J'ai failli en mourir. Est-ce que tu peux imaginer ce que j'ai ressenti ? Tout s'écroulait... Enfin, le problème n'est pas là, nous ne pouvons rien recommencer, c'est trop tard, David ! Trop tard pour expliquer quoi que ce soit à tes parents, trop tard pour tout ! Je vais me marier ! J'ai même écrit à Simon il y a quelques jours pour lui apprendre la nouvelle. »

David parut choqué. Il lâcha la main de Rose et regarda la rue à travers la vitrine.

« À quelle adresse ? interrogea-t-il d'un ton dur.

— J'ai cherché sur Internet ! Il m'avait parlé de la banque qu'il dirigeait, à Strasbourg. J'ai envoyé la lettre là-bas.

— Eh bien, il n'a pas dû la recevoir. Simon est en voyage... Les États-Unis... Alors, qui est l'heureux élu ? Un intello aux cheveux longs ? »

Le ton cassant déplut à Rose. Pendant plus d'une heure, elle n'avait guère songé à Adrien. Avec la violence d'une lame de fond, l'amour qui les unissait vint la délivrer de son malaise.

« Il n'y a pas d'heureux élu ! rétorqua-t-elle. Juste un homme que j'aime et qui m'aime. Sans se cacher de sa famille, sans vouloir changer ma façon de m'habiller, de penser. C'est lui qui m'a sauvée... d'un mauvais pas. Il dirige la Ferme du Val, où je travaille. Enfin, je suppose que tu n'as pas besoin de détails. »

Rose regarda sa montre. Il était minuit dix. Adrien avait dû tenter de la joindre, d'abord à la ferme, ensuite sur son portable et à l'hôtel, car Marinette avait sûrement donné ce numéro aussi.

« Je préfère aller me coucher ! Moi, je rentre. Fais ce que tu veux. »

Elle se leva, irritée contre elle-même. David régla

les consommations et la suivit. Ils firent le chemin du retour en silence. Des mensonges les avaient séparés ; à présent, c'était la vérité qui dressait une barrière insurmontable entre eux.

La réceptionniste fit signe à Rose.

« Mademoiselle, quelqu'un vous a appelée plusieurs fois. Je lui ai dit que vous étiez sortie.

— Merci ! » murmura la jeune femme.

Elle était confuse vis-à-vis d'Adrien. Il devait se faire un sang d'encre s'il la croyait aux prises avec les relations peu recommandables de Luisa.

« David, bonne nuit, je monte.

— C'est ça, ton futur mari va s'imaginer des choses... Moi qui espérais... »

Il n'en dit pas plus. Son regard était éloquent. Rose secoua la tête et, sans lui répondre, se dirigea vers l'ascenseur.

20

Rose avait vainement tenté de joindre Adrien. Elle tombait sur son répondeur. Après avoir laissé un message rassurant, la jeune femme se doucha et, sans prendre la peine de mettre sa chemise de nuit, elle s'allongea entre les draps frais.

« David est vivant ! réalisa-t-elle. Tant mieux ! Je n'ai plus à me reprocher sa mort. Cela m'arrivait encore. Ce Simon, quel salaud quand même... Je me suis laissé mener en bateau... mais j'étais en état de choc. »

Elle s'agitait, bouleversée par ces singulières retrouvailles.

« Quel sens aurait pris ma vie si, par chance, cette Sylvie avait été une personne normale, acceptant le divorce et notre relation... Je serais peut-être la femme de David, nous aurions un enfant, comme Anne. Oh, j'ai été un peu dure avec lui... C'est étrange, je l'adorais, et là, il me tapait sur les nerfs. Je ne me souvenais pas de ses manières, de sa façon de parler, un peu snob quand même. »

De penser à sa sœur, une évidence s'imposa à

elle. Jamais elle n'avait osé lui téléphoner à une heure si tardive.

« Anne comprendra ! Elle m'a souvent reproché de ne pas l'avoir appelée au secours quand j'étais à Paris. »

Rallumant la lampe, elle composa le numéro. Au bout de six sonneries, Rose raccrocha.

« Ils dorment... je risque de réveiller Louis. Dommage... »

Le contact du tissu sur ses seins nus, sur ses cuisses lui parut insupportable. Son jeune corps, habitué à la présence d'Adrien, était soudain avide de caresses. Une seconde, elle se souvint des étreintes folles et sensuelles qui les avaient vus haletants et ivres d'amour, David et elle.

« Non, non, se dit-elle. Je ne dois pas penser à ça ! J'ai bu trop d'alcool, voilà. Le cognac, deux bières, je me sens bizarre. »

Mais ses sens se souvenaient. Contre son gré, Rose dut affronter une série de flashs où elle se voyait, avide de plaisirs nouveaux, désinhibée par la drogue... En compagnie de Boris, et même de Gilles, elle avait essayé les soirées échangistes, l'ambiguïté des rapports lesbiens.

« J'aimais ça, à cause de la cocaïne, de la vodka ! Le lendemain, je me dégoûtais, j'avais cette envie de me détruire, tellement j'avais honte en me voyant dans le miroir, déchue, salie. Nulle... »

La sonnerie du téléphone la fit sursauter.

« C'est Adrien ! J'en suis sûre..., murmura-t-elle.

— Rose ! »

C'était David. Elle eut encore cette impression étrange d'irréalité, comme si elle entendait la voix d'un fantôme. Une boule d'émotion lui noua la gorge.

« Je t'en prie, Rose, nous devons discuter. Je respecte ta nouvelle vie, tu peux me croire, mais j'ai besoin de te parler. Je viens d'appeler Simon sur son portable. Il m'a dit avoir agi pour mon bien, pour l'honneur de la famille... Tu vois, j'avais raison. L'honneur ! J'ai assez souffert à cause de ça. Mes parents n'avaient que ce mot à la bouche. À cause de mon frère, je t'ai perdue pour toujours. C'est tellement injuste. »

Elle regrettait de s'être montrée si dure, distante, se demandant soudain pourquoi elle avait agi ainsi. Prise de remords, elle accepta.

« Merci, Rose. Au nom de nos plus doux souvenirs, merci. Tu sais, la jeune fille tendre et drôle qui se promenait avec moi dans le jardin du Luxembourg, je l'aime toujours... »

Elle raccrocha, désemparée. Le plus rapidement possible, elle alluma toutes les lampes et se rhabilla.

« Si je revoyais quelqu'un que j'ai adoré, je ferais comme David, j'aurais envie de passer un peu de temps en sa présence. »

Il frappait déjà à la porte. Rose lui ouvrit, un peu gênée. Elle n'avait pas laissé un second message à Adrien. Il risquait de la rappeler à n'importe quelle heure.

« S'il entend une voix d'homme ! réalisa-t-elle. Et si je lui explique qu'il s'agit de David, il va croire que je suis devenue folle... »

David entra, un sourire triste aux lèvres. Le regard qu'il lança à Rose la transperça d'une nostalgie amère. Elle l'avait aimé, aimé sincèrement avec la fougue de sa nature passionnée. Près de lui, plus jamais elle n'aurait sombré dans la drogue, jamais elle ne se serait prostituée.

« Je pourrais commander du champagne ! suggéra-t-il en lui prenant la main et en déposant un baiser sur ses doigts. Le champagne que nous aurions dû boire dans ce motel, mais, cette fois, Sylvie ne viendra pas.

— Non, je t'en prie ! refusa-t-elle. J'ai assez bu ce soir. Et nous devons garder nos distances. Je veux bien te recevoir, mais pas t'approcher, te toucher. Tu as été mon amant, et j'espérais partager ta vie... Ce genre de choses, ça ne s'oublie pas ! Moi aussi j'ai envie de te serrer dans mes bras, mais il ne faut pas. J'aime Adrien, c'est un homme exceptionnel, je t'assure. Tu sais, en imaginant sa réaction s'il nous voyait, je ne suis pas à l'aise...

— Exceptionnel ! jaloux pourtant ! Comme Sylvie qui m'a tiré dessus. Ce type n'a pas le droit de te surveiller, de te dominer !

— Ne t'emballe pas, David. Adrien n'est pas du tout comme ça ! La preuve, je suis seule à Bordeaux et, à la ferme, je côtoie les éducateurs, des visiteurs. Librement. Alors, arrête un peu... »

Rose haussa les épaules, en ajoutant :

« Et ne compare pas Adrien à cette furie hystérique ! Je n'ai vu Sylvie que deux fois, mais cela m'a suffi. Elle avait un regard de folle. Adrien travaille depuis des années avec des gens en difficulté. Sa première qualité, c'est la compréhension, l'écoute. Dès demain, je vais lui raconter ce qui s'est passé, sans aucune hésitation. »

David eut un rire moqueur qu'elle trouva déplaisant. Il prit place dans un fauteuil.

« Si j'avais su ! se lamenta-t-il. Oui, si j'avais su que tu ne m'avais pas quitté ! Que tu me croyais mort... il y a longtemps que je serais arrivé à te retrouver. Et nous serions ensemble... »

La jeune femme s'assit au bord du lit et le fixa.

« Ah oui ! Tu aurais récupéré une junkie squelettique, enragée à se détruire. Une pute ! Bourrée d'alcool, de cocaïne, d'héro ! Tu es content de l'apprendre ? Adrien m'a soignée plus de six mois, et après j'ai rechuté en me roulant dans le lit d'un vieux copain qui dealait à mort. Franchement, ça t'aurait intéressé, une fille de ce genre-là ? »

Elle se sentait soulagée. Au moins, David ne se ferait plus d'illusions.

« Je ne suis plus la même ! Admets-le ! La jeune Rose amoureuse, qui te suivait sagement, confuse d'avoir déjà touché à la came, elle n'existe plus. Après ta mort, pardon, ton agression, j'ai plongé ! Je suis rentrée à Paris, expédiée à mon point de départ par Simon, et là j'ai foncé dans tous les excès. Oh, ça me rend malade d'évoquer cette période. Je m'efforce d'oublier, de mener une existence saine et, rien que de dire ces mots, je me sens sale, comme avant. »

À bout de nerfs, Rose faillit pleurer. Soudain, elle eut envie de partir, d'abandonner Luisa à son sort, de se blottir contre Princesse, dans l'écurie, et, le matin, d'être accueillie par le bon sourire de Max, qui lui préparait toujours son café.

« David ! Je crois que je vais rentrer chez moi, chez Adrien. Il n'est pas à la maison, mais ce sera préférable. Je crois que c'est douloureux pour nous deux, de remuer le passé... Et cela ne donnera aucun résultat. »

Il n'avait pas réagi en écoutant sa brève confession. Une seule chose parut l'interpeller.

« Pourquoi as-tu dit "une pute" ? On peut consommer des drogues dures sans tomber si bas ! Surtout avec la petite fortune dont tu disposais. Je l'avais placée à ma banque. Ne me raconte pas de sottises... »

Rose alla jusqu'à la fenêtre. Le Grand Théâtre de Bordeaux, savamment éclairé, resplendissait dans la nuit. Il pleuvait, les pavés luisaient. Des voitures circulaient, des étudiants chahutaient sur un trottoir malgré l'heure tardive.

« J'ai rencontré un parfait salaud, figure-toi ! Un escroc aux pattes de velours, qui m'a dépouillée de mon argent et de mes dernières espérances. Je lui faisais confiance, et il en a profité. Je me suis retrouvée à la rue, sans un sou, et en manque. J'ai fait des passes pour m'acheter de la drogue, le schéma classique. Charmant tableau, n'est-ce pas ?

— Tu as couché avec lui ? »

Le ton de David était dur, inquisiteur. Rose se demanda tout à coup de quel droit il lui parlait ainsi. Le David d'autrefois n'aurait jamais eu ce comportement. C'était comme un étranger qui l'interrogeait, investissait sa vie. Elle se fâcha presque.

« Oh, calme-toi, je n'ai pas de comptes à te rendre. J'ai payé cher mes conneries ! Adrien m'a pardonné. Il m'aime comme je suis. C'est la seule chose qui a de l'importance à mes yeux. Ma sœur et mon futur mari ne m'ont jamais jugée. Ce n'est pas à toi de le faire ! »

Exaspérée, la jeune femme rassembla ses affaires. La sensation d'un danger imminent lui dictait cette attitude de fuite.

« Je me répète, David, notre conversation n'aboutira à rien de positif ! Autant nous dire au revoir ! Moi, je ne passe pas la nuit ici, je m'en vais. »

Il se leva, l'observant d'un œil perplexe.

« Quel manque de courage ! Tu veux que je te dise ? Tu te sauves parce que tu as envie de moi... Je le sens, rien qu'à ta façon de me tenir à l'écart, de peur de craquer... Un peu facile ! Mais je pense à toi depuis plus d'un an, Rose. Je rêve de toi, de ton corps ! J'ai failli en mourir, de ma passion pour toi... Tu as hanté mes nuits, ton visage pendant le plaisir... »

David s'élança, la prenant à la taille. Puis il l'emprisonna de ses bras, lui dévora les lèvres d'un baiser avide. Il la serrait si fort qu'elle sentit son sexe durci contre son ventre.

« Une dernière fois, Rose ! Tu peux m'offrir un petit cadeau d'adieu, non ? » proposa-t-il avant de reprendre possession de sa bouche.

Surprise, elle ne se débattit pas tout de suite. David était si proche qu'elle retrouvait son parfum, celui de sa peau, de ses cheveux. Un instant, prise d'une frénésie involontaire, elle lui rendit ses baisers, se prêtant au jeu. Submergé par le désir, il caressa ses seins, glissa une main sous son chemisier.

« Non ! Arrête ! » supplia-t-elle.

De toutes ses forces, elle le repoussa. Il avait une

expression bizarre qu'elle ne lui avait jamais vue. Il revint à la charge et la renversa sur le lit avec une violence inquiétante.

« Tu dis toi-même que tu étais une vraie pute. Je peux en profiter, non ? Ne joue pas les honnêtes femmes, ça te va mal. Si tu veux, je te paie ! Qu'est-ce que tu en dis, Rose ? »

Il l'écrasait de tout son poids en tentant d'ouvrir son pantalon. Rose crut revivre la scène qui avait brisé son adolescence, lorsque son oncle lui imposait son contact odieux.

« Non, pas toi, David ! sanglota-t-elle. Tu perds la tête ! Je t'en prie, je te plaçais sur un piédestal ! Ne te conduis pas comme une brute, par pitié. Je t'aimais tant, ne salis pas tout... »

Il s'immobilisa, haletant. Soudain, il bascula à côté d'elle, paupières closes. Des hoquets le secouaient. Il pleurait.

« Je te demande pardon, Rose ! Pardon ! Si un autre homme te manquait de respect, je pourrais le tuer, et moi je t'ai insultée... Pardonne-moi ! je prends des médicaments pour le stress. Là, je suis en manque. Mes nerfs me lâchent... Pardon... »

Elle se releva. Son cœur battait si fort qu'elle pouvait à peine respirer. Le téléphone sonna.

« Adrien... »

La voix du gardien de nuit la surprit.

« Un appel pour vous, mademoiselle Léger. Le monsieur a insisté, je vous le passe. D'habitude, le standard est fermé après une heure du matin... »

Rose répliqua qu'elle était désolée. Sa hâte de parler à Adrien la rendait fébrile. Mais sa déconvenue fut immense en reconnaissant l'accent si particulier d'Ahmed.

« Rose, j'ai trouvé ton mot dans ma boîte aux lettres ! Je flippe grave. Luisa n'est pas chez moi, je l'ai pas vue... Je travaille le soir dans une brasserie. Si elle m'a cherché, elle a dû paniquer et filer chez d'autres potes. Impossible de la trouver, alors j'ai préféré te prévenir. Il faut la trouver, Rose... »

Elle retint un juron de colère. Décidément, son escapade bordelaise tournait mal.

« Bon, j'arrive ! décida-t-elle. J'ai ma voiture. »

David se grattait la tête, embarrassé. Il demanda :

« Que se passe-t-il ?

— Luisa, la fille qui a quitté le centre, elle n'est pas avec son copain. C'est lui qui vient de m'appeler. Je vais le rejoindre. Au revoir, David, je crois qu'on peut en rester là... Désolée, je n'ai pas envie de revenir en arrière ! Et je ne t'en veux pas. »

Elle prit son sac et ouvrit la porte.

« Rose, je vais t'accompagner ! Ce n'est guère prudent de sortir à ces heures-là !

— Ne t'inquiète pas, j'ai connu le pire à Paris. Et Ahmed m'aidera...

— Ahmed ! répéta David d'un ton méprisant. Un Arabe ? »

La coupe était pleine. Rose prit conscience du fossé qui la séparait désormais du banquier David Blanchard. Il n'avait aucune idée des problèmes de la société ou, du moins, il ne voulait rien en savoir. Elle se montra cruelle :

« Ahmed est marocain... Un ancien dealer qui tente de s'en sortir ! Un jour, il m'a donné les bonnes adresses pour la prostitution... Je pense aussi que c'est lui qui a appelé le SAMU quand j'ai fait une overdose... Maintenant, il semble sérieux. Il bosse. Il est amoureux. Tu veux vraiment le rencontrer ? »

Sur ces mots, elle sortit sans attendre de réponse. Dans l'ascenseur, elle examina son reflet. La bouche un peu trop rouge, le teint pâle, décoiffée.

« Quelle tête ! se reprocha-t-elle. Et voilà, je vais enfin rayer David Blanchard de mes souvenirs. »

Elle gardait au cœur l'écho de ses sanglots lorsqu'il s'était allongé près d'elle, honteux de son désir, de sa rudesse à le manifester. Il ignorerait toujours, sans doute, qu'elle avait failli se laisser emporter par la même fièvre.

*

Ahmed attendait Rose sur le trottoir de la rue Bouquières. Elle eut un mouvement de recul, car la silhouette du jeune homme, dans la nuit pluvieuse, n'avait pas changé depuis leurs rencontres parisiennes. Combien de fois avait-elle cherché cette silhouette dans la foule d'étudiants près de la fontaine Saint-Michel, à Paris ? Réconciliés par la même amertume, le jeune Marocain et elle avaient fini par sympathiser au fil de leurs rencontres. Mais il demeurait un individu sur la corde raide qui pouvait basculer à nouveau du mauvais côté.

« Qu'est-ce que je fais là, bon sang ! se reprocha-t-elle. Et si je m'étais jetée dans la gueule du loup ? »

La méfiance la rendit hargneuse. Ahmed s'engouffra dans la voiture. Il était affolé. Elle l'accueillit d'un bonsoir sec.

« J'en ai assez, des caprices de Luisa ! gronda-t-elle. Je ne vais pas la chercher toute la nuit ! Je suis sûre que vous vous foutez de moi, tous les deux !

— Oh ! protesta-t-il, sois cool... Tu dois savoir ce que c'est, non ? Elle n'arrive pas à décrocher, elle tient pas le coup dans votre ferme... Pourtant, je lui ai pris la tête, je t'assure. »

Rose regarda Ahmed avec plus d'attention : toujours maigre comme un chat errant, dans un blouson douteux. Elle ne savait rien de lui, en fait. Mais elle pressentait une enfance misérable, le rejet des autres, cette haine qui grandit dans le cœur, face à un monde où l'on ne trouve pas sa place.

« Excuse-moi ! dit-elle. Je suis à cran. Alors, on va où ?

— D'abord on fait un tour en ville, on passe devant certains cafés où elle va, ensuite il faudrait aller à Lormont ! Elle a des potes là-bas, des junkies ! Je lui ai déjà dit de ne pas traîner avec eux. Faut pas te mettre dans des états pareils. Luisa, elle est majeure.

— Majeure, mais sous notre tutelle ! Adrien sera furieux quand il saura la pagaille qu'elle sème partout ! Bon, Ahmed, tu me guides, je ne connais pas bien Bordeaux. »

Ils roulèrent un bon moment dans le centre-ville, puis Ahmed guida Rose vers le périphérique en suivant les boulevards. Elle grilla un feu rouge et faillit emboutir une voiture en stationnement.

« Hé ! s'écria-t-il. Tu as bu, toi ! Fais gaffe...

— J'ai les nerfs à vif ! expliqua-t-elle. Tu réagirais

comment, toi, si un de tes amis, que tu croyais mort, réapparaissait d'un seul coup ?

— Je dirais : «Allah est grand !» déclara Ahmed d'un ton mi-moqueur, mi-sérieux. Sans blague, ça vient de te tomber dessus ? Tu as revu un pote qui était mort ?

— Oui, en entrant dans l'hôtel, je paie ma chambre et je le vois. Un homme que j'ai aimé. Sa femme lui avait tiré dessus devant moi. Sa famille m'a caché qu'il était grièvement blessé, mais vivant... Il l'ignorait. Enfin, tu vois, un nœud de vipères ! Et moi, j'ai dû lui faire comprendre que j'allais me marier... Bien sûr, il pète les plombs et il me saute dessus. Le truc nul ! »

Ahmed fit la grimace, puis alluma un joint. L'odeur de l'herbe révulsa Rose qui ouvrit en grand sa vitre.

« Tu continues le cannabis, toi ! ragea-t-elle. Et si les flics nous contrôlent, je leur dis quoi ?

— Que tu m'as pris en stop ! Que je te menace, ce que tu veux. De toute façon, ce sera moi le méchant. »

Elle haussa les épaules, lui jetant un regard déçu.

« Pour un type qui veut changer de vie, tu commences mal !

— Oh, Rose, je peux fumer des pétards quand même ! J'ai arrêté tout le reste. Je l'ai promis à ma mère sur son lit de mort. Et puis... à toi aussi. »

Rose ralentit. Ils approchaient de Lormont, une des banlieues de Bordeaux, composée de cités.

« Tu ne m'as rien promis ! répliqua Rose. Qu'est-ce que tu racontes ?

— Tu entendais rien…, avoua-t-il. C'était à Paris, quand j'attendais le SAMU. J'étais sûr que tu allais mourir, et je t'aimais bien. Tu avais l'air d'un cadavre. Il pleuvait sur toi. Je me disais que c'était pas juste, ce qui t'arrivait. Ce fumier de Gilles, Boris. Et j'en menais pas large, Rose ! Alors je t'ai promis de m'en sortir, de revoir ma famille, de travailler. »

Émue, Rose ne dit rien. Elle se tourna un court instant vers Ahmed et lui sourit.

« Ça me touche, ce que tu viens de dire. Tiens bon, Ahmed, tu vas réussir. Moi aussi, je t'aime bien malgré tout. »

Ils roulaient dans un dédale de rues qui se ressemblaient toutes, entre de grands immeubles gris. Ahmed lui fit signe de s'arrêter devant une porte.

« C'est là ! J'y vais seul. Toi, tu cadres pas dans ce décor… »

Elle approuva, luttant contre une montée d'angoisse. Il sortit de la voiture et disparut dans le hall sombre. Rose verrouilla les portières et alluma la radio en sourdine. Son portable sonna. Elle avait eu le temps de le charger à l'hôtel, mais la batterie était encore faible.

« Adrien… »

Cette fois, c'était bien lui. Elle décrocha, infiniment soulagée.

« Oh, Adrien ! je suis si contente que tu appelles !
— Rose, où es-tu ? Tu veux me rendre fou ! J'ai eu quelqu'un à l'hôtel, il paraît que tu es partie, seule. C'est encore à cause de Luisa ! »

Très vite et en allant à l'essentiel, la jeune femme lui résuma la situation. Sans parler de David. Ils auraient le temps d'en discuter en tête-à-tête. À son avis, l'essentiel, c'était Luisa...

« J'attends son copain ! lui dit-elle dans un souffle. Il est monté chez des amis à eux, voir si elle est là.

— Écoute, décréta Adrien, que tu la retrouves ou non, tu rentres à la ferme. J'ai repris la route. Je serai à Montmoreau dans deux heures environ. Je ne suis pas tranquille, ma chérie. Laisse tomber et reviens à la maison. Nous préviendrons la gendarmerie. Cette fille est incontrôlable ! Qu'est-ce qui t'a pris de filer sur Bordeaux, seule ? Et ce type, son petit ami, tu es sûr qu'il ne te roule pas dans la farine ? Tu as son nom ?

— Oui, n'aie pas peur, il est sympa. Je ne risque rien. Écoute, mon chéri, pardonne-moi. J'ai cru bien faire, ne m'en veux pas ! »

Rose raccrocha, contrariée. Ahmed frappait à la vitre du côté passager. Elle lui ouvrit.

« Ils ne l'ont pas vue, c'est flippant ! On ne va pas la trouver. Rose, tu es sûre qu'elle ne s'est pas planquée près de la ferme ? Elle a pu filer du côté d'Angoulême, ou vers Libourne. Elle a une copine là-bas. Tu m'emmènes ?

— Non, désolée. Je te dépose chez toi, Ahmed, ensuite je m'en vais. Ordre du patron ! Adrien n'est pas content de mon initiative. Si tu vois Luisa, tu m'appelles, d'accord ? Tu me donnes des nouvelles. »

Le jeune homme paraissait très inquiet et déçu.

« C'était pas la peine de faire cent bornes si tu veux pas m'aider à la trouver. Il peut lui arriver n'importe quoi, à ma gonzesse... Tout le monde s'en fout ! »

Il ne desserra plus les mâchoires jusqu'à la rue Bouquières. Là, avant de descendre du véhicule, il jeta un dernier regard à Rose.

« Te fais pas de bile. Luisa, elle doit se planquer. Je vais bien la voir débarquer. Alors, à un de ces jours..., lui dit-il. Tu en as de la chance, de vivre à la campagne. J'ai trouvé ça génial, votre ferme, le paysage... Tu sais, Luisa, je l'aime vraiment. Je voudrais vivre avec elle. Lui faire un gosse.

— Elle est un peu jeune ! avança Rose, attendrie cependant.

— Je m'en fous, elle aussi. Un bébé, ça redonne de l'espoir, tu crois pas ! Et une raison de bosser... Allez, salut ! »

Ahmed lui tendit la main. Elle la repoussa et embrassa le jeune Marocain sur la joue.

« Tu es un mec bien ! Tiens, je te donne mon numéro de téléphone. N'hésite pas à m'appeler, d'accord ?

— D'accord ! »

Rose n'avait qu'une envie, retrouver Adrien. Elle reprit la route en repoussant les images qui l'assaillaient. David venant vers elle, dans le hall de l'hôtel, puis la chambre, leur lutte équivoque sur le lit... Plus elle s'éloignait de Bordeaux, plus elle égrenait des regrets.

« J'aurais dû le consoler, lui proposer de rester amis. J'ai été sèche, méprisante. Mais il était si différent. »

Puis ses pensées se tournèrent vers Ahmed, vers

sa désespérance teintée de courage, son envie de saisir un peu de bonheur.

Jamais elle n'avait roulé aussi vite. En apercevant les toits de la Ferme du Val, elle se sentit revivre. Ici, rien ne pourrait l'atteindre. Demain serait comme les autres jours, avec Max, les chevaux, Gisèle, Élodie, les chèvres. Il y aurait la gentillesse de Marinette, et Adrien, l'amour d'Adrien...

Il l'attendait dans le salon, une tasse de tisane entre les mains.

« Rose ! Je viens juste d'arriver ! Je t'ai préparé une verveine.

— Mon amour ! gémit-elle en se blottissant contre lui sur le canapé. Serre-moi fort ! C'est affreux, le reste du monde... la ville, les gens !

— Chut ! Pas de sottises ! coupa-t-il. Si tu considères la ferme comme un refuge où te cacher, c'est mauvais signe. Tu dois être capable d'affronter la vie, à Bordeaux comme ailleurs. »

Elle lui jeta un coup d'œil faussement furibond.

« Pas si mon futur mari me gronde dès que je vole de mes propres ailes ! Pour une fois que je prends une initiative, tu ne m'as pas félicitée. J'ai eu l'impression d'être une élève que son prof sermonne. »

Amusé, il l'embrassa. Rose se perdit dans ce baiser. Demain, elle lui parlerait. Demain. À présent, elle voulait s'allonger près de lui et reprendre des forces au contact de sa vigueur d'homme amoureux, au contact de son corps.

« Il est cinq heures du matin, fit-elle remarquer. Viens vite te coucher. On se lève à sept heures. »

Adrien fronça les sourcils.

« Je vais laisser un mot à Marinette. Pour une fois, ils se débrouilleront sans nous jusqu'à dix heures. Des futurs mariés ont le droit de faire la grasse matinée !

— Merveilleux ! » se réjouit-elle.

Ils montèrent dans leur chambre en se tenant par la main et en riant en silence. Rose éprouvait une telle joie, pure et simple, qu'elle se demanda même si elle évoquerait ses retrouvailles avec David.

« La page est tournée. Alors, à quoi bon ? On ne se reverra jamais, et c'est mieux ainsi. »

Elle garda le silence sur la rencontre fortuite, le lendemain et les jours suivants.

*

« Aucune nouvelle de Luisa ? » demandait tous les matins Marinette à Rose, quand ce n'était pas à Adrien.

La jeune fille restait introuvable. La gendarmerie de Montmoreau avait fait des recherches, une brigade d'Angoulême enquêtait également. Avec l'aide de Max, Rose avait imprimé des affichettes avec une photo de Luisa, son signalement, la date de sa disparition et un numéro de téléphone.

« Cela me donne des frissons ! confia Rose à Adrien. J'ai vu si souvent ce genre d'affiche dans les commerces. Et sa famille ne s'est même pas manifestée. Pauvre gosse…

— Et son petit ami, tu es sûr qu'il ne la planque pas ? avança Adrien d'un air méfiant. C'est le type qui est venu au vide-grenier ?

— Oui, Ahmed. Un Marocain.

— J'avais remarqué, tu sais..., répondit-il. Sois lucide, ma chérie, il peut très bien couvrir la fugue de Luisa. Depuis le début. Si le coup de fil et votre aller-retour à Lormont n'étaient qu'une mise en scène, destinée à faire croire que la jeune fille avait disparu ?

— Je ne pense pas, Adrien. Enfin, peut-être... »

Cette hypothèse se tenait, mais Rose refusait de l'envisager. Elle avait appelé Ahmed deux fois. Il paraissait sincèrement anxieux et malheureux.

Cependant, la vie à la Ferme du Val avait repris son cours, régulière, organisée dans les moindres détails, et la date du mariage approchait, ce qui troublait Rose. Elle était si prise par son travail qu'elle se demandait comment préparer la réception qui suivrait la cérémonie. Marinette la rassura :

« Tout le monde mettra la main à la pâte, Rose, ne t'en fais pas. Et ta future belle-mère offre le repas, qu'un traiteur va livrer et servir. Ne te tracasse pas, ta sœur arrive bientôt en plus.

— Oui, c'est vrai ! Mais Paul et Louis aussi. Cela va m'obliger à délaisser Gisèle et Élodie. Anne et sa petite famille ont tendance à m'accaparer. J'aimerais bien, parfois, qu'ils se baladent un peu dans la région, jusqu'à Angoulême ou Aubeterre, par exemple. Je ne peux pas travailler et m'occuper d'eux. »

Marinette éclata de rire :

« Eh bien, toi au moins, tu es franche ! Tu les vois si peu, déjà. Je veux que tu leur consacres du temps, nous sommes assez nombreux ici pour prendre le relais. La seule chose qui me préoccupe, c'est le cantinier ! »

Rose s'étonna.

« Bernard ? Qu'est-ce qu'il a ?

— Il a qu'il veut s'en aller. En petit malin, il se met en congé de maladie demain, et ensuite il nous lâche, sous prétexte d'incompatibilité d'humeur avec le patron. Je dois vite engager quelqu'un d'autre.

— Eh bien ! Bon courage ! Adrien m'attend à l'écurie. À plus tard, Marinette. »

Elle sortit et décida d'oublier ces soucis d'ordre pratique. Il faisait beau, soleil et vent. Rose se sentait en harmonie avec le ciel semé de nuages, le vert sombre des bois tout proches. Prise d'une brusque allégresse, elle se mit à danser en traversant la cour. Elle portait sa tenue favorite : bottes de cheval, jodhpurs et chemisette blanche. Ses cheveux étaient nattés en une seule tresse blonde.

Adrien était appuyé à la porte du box de Princesse. Il la salua d'un sifflement admiratif.

« Ah, ma chérie, te voilà enfin ! Je t'adore, habillée comme ça. Je te conduirais bien à la mairie dans ta tenue d'équitation.

— Je pensais la même chose, figure-toi : à me marier en cavalière. Et même, j'aimerais arriver à cheval avec toi. »

Ils s'enlacèrent, échangeant des petits baisers. Max passa derrière eux en riant. Il apportait du foin.

« Oh, les amoureux ! chantonna-t-il.

— Dis donc, espion ! » plaisanta Rose.

Princesse quémanda une caresse. La jument, avec sa crinière tondue, leur semblait différente.

« Quel dommage ! dit Rose. Cela mettra des mois à repousser. Quel choc j'ai eu en voyant ce désastre !

— Moi, je me demande pourquoi Luisa a fait ça ! Pourquoi s'en prendre à ton cheval préféré ? Selon moi, tu étais visée, ma chérie...

— Elle n'avait qu'à me tondre, moi ! s'exclama Rose. Se venger d'une personne sur un animal innocent, je ne supporte pas.

— Ce n'est sans doute qu'une sale blague ! conclut Adrien. Une manière de te dire qu'elle te reprochait quelque chose... Peut-être de trop aimer Princesse, de l'aimer plus qu'elle, Luisa. »

La jeune femme réfléchit un court instant. Malgré sa relation avec Ahmed, l'adolescente souffrait probablement d'un manque d'affection. Elle avait besoin que l'on s'intéressât à elle.

« *Mea culpa*, avoua-t-elle. Je traitais Luisa comme les autres malades. Je suis pourtant bien placée pour savoir que l'on accumule les rancœurs, quand on se croit seul et mal-aimé. Elle avait besoin de plus d'attention et... »

Rose et Adrien allaient poursuivre leur conversation quand deux hommes pénétrèrent dans l'écurie, guidés par un Max tout fier de son rôle.

« Le patron est là, m'sieurs ! Et la patronne aussi... m'dame Roseu. »

Simon et David Blanchard marchaient le long de l'allée, sans même jeter un regard sur les poneys landais qui les observaient de leurs doux yeux bruns. Adrien crut qu'ils recevaient la visite de frères jumeaux, de représentants ou d'inspecteurs de police. Il remarqua leur élégance, puis se tourna vers Rose. Elle était d'une pâleur inquiétante.

« Tu les connais ? demanda-t-il tout bas.

— Oui, hélas ! répondit-elle d'une petite voix affolée. Adrien, ils viennent pour moi, tu veux bien me laisser seule ? Sans me demander d'explication... Je te rejoins très vite et je t'explique. Fais-moi confiance ! »

Il hésitait. David et Simon se tenaient devant eux. Rose nota l'expression dure de son ancien amant et celle, embarrassée, de son frère.

« Messieurs ! dit-elle tout bas. Je vais vous recevoir dans mon bureau. »

Comme Adrien se décidait à partir, David lui lança, d'un ton rogue :

« Vous feriez mieux de rester. Ce que j'ai à dire vous concerne. Je suis David Blanchard, celui que Rose a cru mort il y a des années. Je voulais m'assurer qu'elle ne faisait pas une grosse bêtise en épousant celui qui l'a ramassée quand elle était plus bas que terre ! C'est si facile de profiter d'une fille complètement paumée ! »

Rose ressentit une bouffée de colère folle. Adrien aussi. Il toisa David et répliqua :

« Apparemment, vous croyez qu'elle serait plus heureuse avec vous ! Je ne sais pas ce que vous voulez, monsieur Blanchard, mais vos manières me déplaisent ! »

Caché dans une stalle vide, Max assistait à la scène. Il sentait la tension extrême qui régnait entre les quatre protagonistes. La panique commençait à faire battre son cœur. Très fort.

« David ! protesta Rose. Sors de cette écurie. Vous aussi, Simon ! Dehors, nous parlerons dehors. »

Adrien avait noté que la jeune femme ne paraissait pas surprise. Il comprit qu'elle avait dû lui mentir ou omettre de l'informer de la chose. Contrarié, il lui dit sévèrement :

« Tu as déjà revu cet excité ? Bravo, Rose !

— Je ne suis pas un excité, monsieur ! » s'égosilla David.

Simon tenta de calmer son frère. Depuis leur arrivée, il n'avait pas prononcé un mot.

« Allons, David ! Sois raisonnable. Cette visite ne s'imposait pas.

— Ce bouseux me traite d'excité. Je vais lui casser la gueule ! »

Adrien serra les poings. Il n'était pas d'un naturel violent, mais il ne supportait pas d'être agressé ni insulté. Rose s'affola.

« Sortez tous, bon sang ! »

À cet instant, un hurlement de terreur résonna. Max, assis à même la paille, se bouchait les oreilles et poussait un long cri d'incompréhension. Rose courut vers lui.

« Ah, c'est malin ! Vous faites peur à Maxou ! Maxou, je suis là, ne crains rien, tout va bien. »

Le jeune trisomique se balançait d'avant en arrière. Rose essaya de le prendre dans ses bras, de l'apaiser, il la repoussa. Adrien intervint. Il secoua Max gentiment, en lui chuchotant :

« Là, mon vieux, viens avec moi ! Je t'offre une glace, hein, une glace à la vanille ! Viens... »

Il l'emmena par le bras. Max tremblait de tout son corps. Simon hochait la tête.

« Quelle pitié ! grogna-t-il. Franchement, David, je me demande pourquoi tu m'as forcé à venir. »

Rose sortit à son tour et s'éloigna à grands pas. Elle traversa la cour pour s'asseoir sur le capot d'une voiture luxueuse. La carrosserie était chaude ; c'était forcément le véhicule des deux frères.

Ils la trouvèrent là. Elle les dévisagea tour à tour avec un mépris non dissimulé.

« Qu'est-ce qui t'a pris de débarquer à la ferme comme ça ? David, tu me déçois. Je pensais que tu avais compris ce que je t'avais expliqué à Bordeaux. Je vais me marier, je travaille, je vis dans cet endroit que j'aime. Tu n'avais pas à me poursuivre jusqu'ici. Tu ne fais plus partie de ma vie. »

David semblait essoufflé. Il saisit son frère par le bras, comme pour l'empêcher de s'enfuir.

« J'ai tenté ma chance, Rose, ma dernière chance. J'ai exigé de Simon qu'il te fasse des excuses pour ses sales manigances. Il va te dire comment il a tout arrangé pour nous séparer. Allez, Simon, parle-lui… »

La jeune femme détourna les yeux. Ces deux personnages élégants, hautains, lui faisaient l'effet d'une fausse note dans le tranquille décor qui les entourait. Les grands arbres resplendissaient d'un vert intense sous le soleil, les prairies toutes proches présentaient une gamme infinie de couleurs grâce à l'abondance des fleurs sauvages. Un des poneys lança un hennissement ; de la bergerie s'élevaient des bêlements. Rose eut l'impression que ces hommes troublaient son petit paradis.

« Je ne veux même pas écouter Simon, annonça-t-elle. Ce qui est fait est fait, David, comme on dit.

Je ne t'aime plus et, depuis dix minutes, je n'ai même plus de sympathie pour toi. Je te vois sous ton vrai jour : ambitieux, égoïste, raciste. Va-t'en ! Partez vite, tous les deux... »

David marcha droit sur elle et la prit aux poignets.

« Rose, tu te trompes. Ce type que j'ai vu, il ne ressemble à rien. Les cheveux longs, des fringues sales... Il est plus vieux que toi en plus. Il grisonne ! Je suis sûr qu'il t'exploite, ce con ! Dis-moi combien tu gagnes... »

Une nouvelle fois, Simon s'interposa :

« David, n'insiste pas ! Rose a été claire, je crois. J'ai eu tort de me mêler de ta vie privée après ce terrible accident, mais on ne peut pas revenir en arrière. »

Rose approuva d'un air buté. Elle ne comprenait pas l'attitude de David. Jamais il n'aurait agi ainsi avant.

« Tu n'es pas dans un état normal, lui hurla-t-elle. Consulte un psy. Cela t'aidera. Je suis navrée, David, j'ai du travail. »

Elle tourna les talons, pressée de rejoindre Adrien. David lui barra le passage.

« Rose, par pitié, écoute-moi ! Je ne peux pas te perdre. Épouse-moi, laisse ces gens... Qu'est-ce qui t'intéresse ? Ton médecin à deux balles qui pue le fumier, ton mongolien avec sa mine de porcelet ? Avec moi, tu pourrais briller, vivre dans le luxe ! »

La jeune femme aurait supporté qu'il s'en prenne à elle, qu'il la traite de tous les noms. Le ton qu'il avait pris pour parler de Max et d'Adrien la mit dans une rage terrible. Elle gifla David de toutes ses forces :

« Maintenant, dégage ! Quand je pense que j'ai pleuré, que je t'idolâtrais ! Barre-toi ! Tu me dégoûtes ! Un porc serait plus respectable que toi… »

Elle n'attendit pas de réponse et fit demi-tour au pas de course. Des larmes de dépit, de colère coulaient sur ses joues. Son cœur lui faisait mal. Avoir revu David vivant, juste pour constater qu'il n'avait rien de commun avec le bel homme cultivé et galant dont elle avait chéri le souvenir…

« Je le déteste ! » scandait-elle, réalisant soudain qu'elle allait devoir affronter Adrien.

Une angoisse incontrôlable l'envahissait. Comment réagirait-il lorsqu'elle lui ferait face ?

« Et s'il ne me pardonne pas ? Je lui ai menti, je l'ai trahi… Le mariage va être annulé, j'en suis sûre, après ce qui s'est passé. »

Rose n'osa pas entrer directement dans le bâtiment principal. Elle se réfugia dans l'écurie. Assise sur une botte de foin, elle se mit à sangloter. Cette cérémonie qu'elle avait tant critiquée, qu'elle prenait un peu à la légère, lui semblait à présent d'une terrible importance. En songeant à sa robe de mariée, à son voile, à sa sœur, elle pleura encore plus fort. Quelqu'un entra. C'était Max.

« Rose ?… Pas peur, Rose… Les méchants, y sont plus là ! »

*

Rose hésitait à frapper à la porte du bureau d'Adrien. Il s'y était enfermé depuis plus d'une heure. Elle levait la main, la reposait. L'affronter lui semblait au-dessus de ses forces. Néanmoins, il le fallait. Marinette vint à son secours par le plus grand des hasards. Elle accourut, une pile de dossiers sur le bras.

« Rose, j'ai besoin de plusieurs signatures ! Adrien est bien là ?

— Oui, oui... » balbutia la jeune femme.

Marinette l'observa attentivement. Elle nota les paupières rougies et le nez un peu gonflé.

« Mais qu'est-ce que tu as, Rose ? Des mauvaises nouvelles ? Pourquoi tu restes plantée devant cette porte ?

— Ce n'est rien, une petite querelle d'amoureux !

— Ah ! Vous êtes sur les nerfs, tous les deux, avec le mariage qui approche. Laisse-moi faire ! »

Marinette frappa deux coups secs. On entendit un « entre » peu aimable. En reconnaissant son assistante, Adrien murmura une excuse.

« Oh, c'est toi, je croyais...

— Tu croyais que c'était cette pauvre Rose qui patiente dans le couloir, l'air toute triste. Tu n'as pas honte ! Vous chercher des noises six jours avant la noce !

— Il n'y aura pas de noce ! coupa Adrien. Si Rose est dans le coin, qu'elle écoute bien ! Je ne vais pas épouser une menteuse. »

Très gênée, car elle ne s'attendait pas à une telle déclaration, Marinette préféra s'éclipser. En passant devant Rose, elle lui conseilla :

« Vas-y quand même ! Expliquez-vous, tous les deux, c'est trop bête... »

Rose haussa les épaules, mais elle entra dans le

bureau. Adrien avait baissé le nez et consultait les documents qu'il devait valider.

« Adrien ! Écoute-moi, je t'en prie. Je suis désolée, je te demande pardon. Je peux au moins t'expliquer ! »

Il lui jeta un coup d'œil furieux. Elle était pitoyable, le visage marqué par l'angoisse, les mains nouées dans le dos comme une gamine en faute.

« Eh bien, parle ! grogna-t-il. Depuis combien de temps me cachais-tu le retour à la vie de ton ancien amant ?

— Depuis Bordeaux... C'est une histoire de fous. Je suis partie chercher Luisa et Marinette m'a réservé une chambre dans un hôtel. En prenant ma clef, j'ai vu un homme dans le salon. J'ai cru que j'avais une hallucination ! C'était le portrait de David. D'abord, j'ai pensé à un sosie, ou à son frère... Alors il s'est levé, il a marché vers moi en m'appelant «Rose». Je ne pouvais plus douter. Nous avons beaucoup discuté. C'était tellement extraordinaire de le revoir ! Imagine, Adrien, voir en chair et en os quelqu'un que tu crois enterré depuis des années ! »

Tremblante, Rose s'assit sur une des chaises et raconta en détail ce qui s'était passé à Montpellier. Comment la famille Blanchard l'avait rejetée, surtout Simon, en lui faisant croire que David était mort. Décidée à la plus grande franchise, elle ne lui cacha même pas les baisers échangés. Adrien se leva en tapant du poing sur son bureau. Il était furieux, blessé dans sa fierté de mâle.

« Tu aurais dû le repousser !

— Mais je l'ai fait presque aussitôt, Adrien ! Dès

qu'il a été trop loin. Essaie de comprendre, j'étais bouleversée. Mets-toi à ma place ! Si un soir tu te trouvais en face d'Ariane, qu'elle te prenne dans ses bras, heureuse de te revoir, aussi amoureuse qu'avant, que ferais-tu ? À mon avis, pendant quelques minutes, tu perdrais pied, tu ne pourrais pas la traiter comme une étrangère... Ce sont des situations dures à gérer, crois-moi. »

Elle avait fait mouche. Touché, Adrien ne sut que répondre. Elle en profita pour ajouter :

« En plus, j'étais très inquiète pour Luisa ! Évidemment, sans songer à mal, j'ai expliqué en quelques mots à David où je travaillais. Il est têtu, il a dû faire sa petite enquête pour me revoir. Par contre, je ne sais pas comment il a réussi à trouver la ferme... Adrien, je t'en supplie, je voulais te le dire, dès que je suis rentrée de Bordeaux, mais cela m'a paru sans importance ! je l'ai à peine reconnu ! Cet amour-là, c'était du passé ! Alors j'ai repoussé le moment de t'en parler. La disparition de Luisa m'obsédait, tu sais bien. »

Rose avait du mal à ne pas éclater en sanglots. Jamais elle n'avait vu une expression aussi dure sur le visage d'Adrien. Elle murmura :

« Où sont ta gentillesse, ta compréhension, ta tolérance ? Si tu savais combien je regrette... Je comprends ta colère, mais quand même, je n'ai rien fait de grave, d'irréversible !

— Tu m'as déçu ! lâcha Adrien. Si tu mens pour une chose aussi importante, tu peux me tromper chaque jour de notre vie. Au fait, ma mère venait prendre le thé aujourd'hui. Je vais l'appeler pour annuler. Inutile qu'elle débarque en plein désastre. »

Rose ne savait guère se justifier. Elle avait vécu dans la culpabilité et, une fois encore, elle se sentait en faute. Le souffle court, la gorge serrée par le chagrin, elle parvint à balbutier :

« Alors, selon toi, c'est fini ! Notre amour, notre complicité ? Tu me chasses de ta vie pour si peu ?

— C'est une question de principe, Rose ! Je ne supporte pas le mensonge, surtout de ta part. Et penser que tu as embrassé ce bellâtre ! Qu'est-ce qui me prouve que tu n'as pas couché avec lui ? Rien ! »

Une fureur désespérée la rendit agressive. Elle cria :

« Ma parole ! Je te donne ma parole qu'il n'y a rien eu entre nous. Et puis, perdu pour perdu, je t'ai menti sur un autre sujet ! Je vais tout te dire et je fais ma valise, d'accord ? Puisque tu es incapable de pardonner... Tu sais, le copain de Luisa, Ahmed, c'est le même Ahmed qu'à Paris, ce petit dealer qui m'a pratiquement mise sur le trottoir. Il a promis à sa mère mourante de changer, de reprendre le droit chemin. Il bosse dur, il aime Luisa. Moi, je n'arrive pas à lui en vouloir. Je lui fais confiance, malgré tout. Si je ne t'ai rien dit, c'est pour éviter un drame le jour du vide-grenier, pour leur donner une chance, à ces deux-là, qui n'ont pas été gâtés par la vie... parce que moi, j'ai eu la chance de te connaître, et je croyais que nous allions être heureux... Je croyais que tu me soutiendrais toujours, que tu... »

Adrien la fixait avec tant de mépris qu'elle se tut et éclata en sanglots. Il secoua la tête, livide.

« Ahmed ! Alors tu étais seule avec lui à Bordeaux,

la nuit. Pauvre inconsciente... Vraiment, Rose, je ne te comprends pas. Ce type, tu aurais dû le livrer à la police, pas le couvrir. Je m'en occupe. Maintenant, sors ! Nous prendrons des dispositions plus tard. La coupe est pleine, va-t'en ! »

Rose le regarda, hébétée. Elle avait l'impression d'être en face d'un étranger. Ce n'était plus l'homme qu'elle aimait passionnément, mais un juge inflexible.

« Je n'ai pas reconnu David, avoua-t-elle. En deux ans, il était si différent... Mais toi, il t'a suffi d'une heure à peine pour te métamorphoser... Adrien, je t'en supplie ! Je suis désolée, je n'aime que toi ! »

Elle lui tendit les bras. Il haussa les épaules, prit le téléphone et composa un numéro. Rose, humiliée, se rua vers la porte. Elle n'eut pas le temps de l'ouvrir. Le battant s'écarta et madame Girard apparut. Très pâle, toujours élégante, la mère d'Adrien se contenta de déclarer :

« C'est la première fois de ma vie que j'écoute aux portes, contre mon gré, je tiens à le préciser ! Mais je suis contente de l'avoir fait. »

Pour Rose, le cauchemar continuait. Avant de s'enfuir, elle lança un coup d'œil éperdu à celle qui aurait dû devenir sa belle-mère.

« Oh non, se dit-elle, qu'est-ce qu'elle a entendu ? Elle doit me haïr, elle aussi... »

La jeune femme se précipita dans l'écurie. En quelques minutes, elle avait sellé Princesse et disparu sur le chemin blanc qu'elle avait tant de fois suivi au galop.

21

Rose mit la jument au trot. Elle longea le bois, puis s'enfonça sous les arbres. La forêt s'étendait jusqu'à Saint-Amand-de-Montmoreau, et au-delà vers d'autres villages, Palluaud, Montignac-le-Coq. Des fougères immenses caressaient les flancs de Princesse.

« J'étais si heureuse ! gémit Rose. Je ne veux pas partir d'ici, jamais… »

Bientôt elle rattrapa un autre chemin, plus large, et lança sa monture au grand galop. Le vent de la course, la verdure environnante l'apaisèrent. Parvenue au sommet d'une colline, la jeune femme s'arrêta. Au même instant, son portable sonna. Elle l'extirpa de sa poche de jodhpurs.

« Oh ! C'est Anne. »

La voix de sa sœur était gaie et insouciante, avec une note d'excitation cependant.

« Rose, nous venons de prendre la route. Nous serons à la ferme ce soir. Louis dort comme un ange ! J'espère que notre chambre est prête ?

— Oui, je crois ! » bredouilla-t-elle.

Vu les circonstances, elle avait oublié que sa

sœur, Paul et Louis venaient séjourner à la ferme. Elle n'eut pas le courage de la détromper. Mais elle devait la prévenir :

« Écoute, Nanou, j'espère que l'ambiance ne sera pas trop nulle. Adrien et moi, nous nous sommes querellés. Oui, c'est assez grave. J'ai essayé de t'en parler, je n'ai pas pu. Je te dirai tout ça de vive voix. Je suis en balade à cheval, je te rappelle. »

Elle voulait couper la communication, mais Anne s'écria, d'un ton affolé :

« Attends, j'ai une bonne nouvelle ! Je vous ramène Luisa !

— Luisa ! s'étonna Rose. Luisa est avec vous ?

— Oui, votre pensionnaire qui avait disparu ! Elle se souvenait de mon nom et de mon adresse ! Figure-toi qu'elle a sonné chez nous hier matin. Elle errait dans Toulouse, mais bon, elle avait envie de rentrer au bercail. Je l'ai reconnue tout de suite.

— D'accord... »

Partagée entre le soulagement et le désespoir, Rose sauta à terre. Elle laissa brouter Princesse. La voix de Luisa avait un accent enfantin qui l'émut aussitôt.

« Ouais, Rose. Je rentre, tu vois... J'espère que vous n'allez pas me foutre dehors, Adrien et toi ! Je me suis planquée à Toulouse, le soir où j'ai fugué. Chez un pote ! J'avais honte, tu piges, à cause de ta jument. Je sais pas ce qui m'a pris de la tondre... Je m'suis dit que tu me détesterais, alors je me suis barrée. J'avais tout gâché ! Mais tu m'avais cassée, la veille, quand je t'ai demandé si je pouvais rejoindre Ahmed. J'avais la haine ! Et puis, je suis pas si conne, j'avais noté l'adresse de ta sœur sur un papier !

— Et Ahmed, tu l'as prévenu ? interrogea sèchement Rose. Il est fou d'inquiétude. Moi aussi. On pensait au pire, Luisa ! Il y a des avis de recherche partout dans la région. »

La jeune fille murmura :

« Tu peux l'appeler, toi ? Moi, j'ai peur qu'il m'engueule ! Il est grave jaloux, Ahmed… Ah, ça capte plus ! »

Rose voulut répondre, mais leur conversation fut coupée. Elle alla s'asseoir sous un chêne, à l'ombre, sans lâcher les rênes de Princesse qui s'attaqua à une herbe plus dense poussant au pied de l'arbre.

« Luisa est vivante ! Quelle chance ! Je ne peux pas croire que je vais perdre ma place à la ferme. J'ai un contrat ! Adrien ne peut pas me chasser… C'est trop bête. Anne sera tellement déçue… Plus de mariage, plus rien… Cette fois, je ne dois pas fuir ! »

Elle recommença à pleurer, sans se douter une seconde qu'elle avait un avocat de grand talent, occupé à la défendre.

*

Denise Girard et son fils s'affrontaient depuis dix minutes. Adrien tournait en rond dans son bureau comme un fauve en cage.

« Non, maman, je n'admettrai jamais que ma femme soit une menteuse, prête à se jeter dans les bras de ses ex.

— Adrien, combien de fois dois-je te répéter que j'ai entendu la plus grande partie de votre discussion ? À présent, tu m'as tout expliqué. Ce n'est pas si dramatique, voyons ! Rose n'a pas menti, elle s'est tue. Est-ce que tu t'es demandé pourquoi ? Cette jeune femme a vécu des tragédies atroces, dont elle est sortie plus mûre, plus sage, mais fragilisée... Elle se sent coupable, tu me l'as dit toi-même au début de votre relation. Tu connais son histoire par cœur, je ne vais pas te la redire ! Ce viol ignoble commis par son oncle, suivi d'un avortement sordide ! Ensuite, le décès brutal de ses parents, et la drogue, la prostitution ! Adrien, quand on aime une femme qui a traversé de telles épreuves, la première qualité nécessaire, c'est la mansuétude, la générosité.

— Maman, par pitié, tais-toi, j'ai la migraine ! »

Adrien s'affala dans son fauteuil. Denise resta debout, droite et digne.

« Je peux te donner mon opinion ? dit-elle soudain. Rose se prétend athée, tu es d'accord ! Ayant perdu la foi, elle craignait un mariage religieux ! Mais justement elle se conduit en chrétienne, et cela m'éblouit !

— Arrête de délirer, maman ! hurla-t-il.

— Écoute-moi ! Qui prêche le pardon des offenses, si dur à mettre en pratique ? Dieu, et Jésus... C'est même dans le Notre Père. «Pardonnez-nous nos offenses, comme nous pardonnons à ceux qui nous ont offensés !» Rose éprouve de la compassion pour ce jeune homme, Ahmed, qui lui a causé du tort par le passé. Elle veut l'aider ! Quelle magnifique preuve de sa bonté, de sa capacité à pardonner... J'admire Rose pour ceci, et toi, tu me déçois ! Soit, elle n'a pas voulu te parler de ce David, réapparu comme par miracle, mais comme elle te l'a dit, elle jugeait la disparition de Luisa plus importante. Comment peux-tu rejeter une femme qui fait son métier avec autant de sérieux, de cœur, de dévouement ! Je pense, Adrien, que tu es en proie à un de tes vieux démons, cette jalousie maladive contre laquelle tu luttes depuis des années ! Et plus tu aimes, plus tu souffres... »

Denise contourna le meuble de bureau, se posta près de la fenêtre. Sa main se posa doucement sur les cheveux de son fils, les ébouriffa d'une simple caresse.

« Rose est loyale, entière ! Ne sois pas injuste. Ne lui jette pas la pierre ! Elle serait en danger si tu la rayais de ta vie. On ne sait jamais. Si elle replongeait dans la drogue ou l'alcool, tu serais le seul responsable de cet échec. Allons, dis quelque chose. Ne t'enferme pas dans ta coquille, tu me rappelles ton père ! »

Adrien se leva et prit sa mère par l'épaule. Sans oser la regarder dans les yeux, il chuchota :

« Tu as raison, je suis devenu fou de jalousie dès que David s'est présenté ! J'ai cru que je l'avais perdue, qu'elle me trompait. Maman, j'aime Rose de toute mon âme. Elle est belle, exceptionnelle, énergique, intelligente... Je l'aime trop, si on peut trop aimer ! Ça me rend malade de l'imaginer dans les bras d'un autre. »

Denise Girard hocha la tête d'un air songeur.

« Je sais ce que c'est, mon chéri ! J'étais comme toi, plus jeune. Je surveillais ton père, je souffrais le martyre s'il plaisantait avec une autre femme que moi... Je regrette à présent. Il m'a quittée bien trop tôt. La pire des séparations, Adrien, c'est la mort. Tu repousses Rose alors qu'elle est vivante, aimante, pleine d'espérance... Raisonne-toi ! »

Adrien voulut lui répondre, mais la porte s'ouvrit à la volée. Max, rouge d'émotion, les yeux affolés, bredouilla :

« Patron, Princesse... est revenue toute seule... Sans Rose !

— Bon sang ! hurla Adrien. Je ne savais même pas qu'elle était partie à cheval ! »

Max, haletant, vit sortir Adrien au pas de course. Le jeune homme tremblait, très inquiet. Denise lui tapota la joue :

« Ne t'en fais pas, tout va s'arranger... »

Elle cachait sa propre angoisse. Rose avait pu faire une mauvaise chute, avoir un accident.

« J'ai peur pour Rose ! se lamenta-t-il.

— Ne pleure pas, Max ! Viens, nous allons nous asseoir dehors, dans la cour. Rose va revenir... »

*

Adrien entra dans l'écurie en courant. Max avait laissé Princesse au box sans la desseller. La jument l'accueillit d'un bref hennissement. Elle n'était pas en sueur, ni blessée.

« Qu'est-ce qui s'est passé ? se demanda-t-il en l'examinant. Où est Rose ? On va la chercher tous les deux...

Quelques minutes plus tard, Adrien suivait le même chemin que Rose, aussi malheureux et anxieux que la jeune femme quand elle s'était enfuie.

« S'il lui est arrivé quelque chose, je ne me le pardonnerai jamais ! Mais qu'est-ce qui m'a pris d'être aussi dur, aussi cruel ? Rose, ma chérie... Tu m'as tendu les bras et je n'ai pas eu un geste d'affection. »

Il mit la jument au galop. Une pensée horrible le traversa :

« Et si elle ne voulait plus de moi ! Comment pourrait-elle aimer un type aussi nul, aussi jaloux ! »

Sans rien voir de la campagne radieuse, Adrien fit son examen de conscience. Il s'était reproché cent fois d'avoir laissé Rose quitter la ferme alors qu'elle voulait y travailler. La jeune femme, par désespoir, avait rechuté. Sans l'intervention d'Anne, que serait-il advenu d'elle ?

« Et là je recommence, je me mets dans une fureur idiote parce qu'elle n'a pas osé me dire la vérité. Maman a dit vrai : Rose est d'une bonté incroyable, d'une générosité rare. Elle sait pardonner, elle sait aimer au-delà de la haine, de la peur. »

Perdu dans ses pensées amères, il passa sans voir celle qu'il recherchait. Rose avait coupé à travers bois et écartait les fougères pour rejoindre le chemin. Elle avait tressailli en entendant le bruit des sabots sur la terre sèche. En reconnaissant Adrien sur Princesse, son cœur avait bondi dans sa poitrine. Elle faillit l'appeler, mais, encore une fois, le sentiment d'être responsable de tout ce gâchis l'en empêcha.

Il ne tarda pas à ralentir l'allure. Il lui semblait avoir aperçu une tache claire parmi les broussailles.

Immobilisant le cheval, il se retourna. Elle se tenait au milieu du chemin, les cheveux défaits, le visage marqué par les larmes.

« Rose ! cria-t-il. Oh, la peur que j'ai eue ! »

Adrien se laissa glisser au sol. Tirant la jument par les rênes, il courut vers la jeune femme.

« Rose, pardonne-moi ! »

Elle ne parvenait pas à réaliser qu'il ne lui en voulait plus, qu'il l'avait cherchée. Il la serrait contre lui, maintenant.

« Tu es mon trésor, Rose ! J'ai perdu la tête à cause de David et de ma jalousie. Tu vois, nous avons eu tort tous les deux ! Je t'ai caché pendant des mois mon pire défaut... Ma mère m'a remis les idées en place ! Elle t'admire, sais-tu ? »

Abasourdie, Rose attendait en silence. Pas un instant elle ne pensa à faire des reproches à Adrien. Tout bas, elle déclara :

« Je ne te cacherai plus rien, plus jamais ! C'était un manque de confiance en toi... Disons que je redoutais ta réaction ! J'ai cru comprendre que je ne suis plus du tout considérée comme une patiente, mais comme ta compagne. Je te demande sincèrement pardon, mon amour... »

Il l'embrassa avec passion. Puis il lui souffla à l'oreille :

« Instinctive comme tu l'es, peut-être que tu pressentais une éventuelle crise de ma part. Voilà, on peut se marier, nous savons tout l'un de l'autre.

— J'ai cru mourir de chagrin, ajouta-t-elle, un peu amère.

— Pardon, Rose ! Mais tu avais aimé David, tu l'avais adoré. J'ai cru que c'était fini, nous deux !

Pour un mec de mon âge, un psy, avoue que je suis singulièrement nul !

— J'apprécie que tu aies des faiblesses, toi aussi, des failles… » répondit-elle en souriant.

De le sentir tout proche, de percevoir sa chaleur la bouleversait. Elle le retrouvait, avec son regard tendre, sa douceur.

« On continue quand même ? confirma-t-elle dans un murmure.

— Plutôt deux fois qu'une ! Enfin, si tu veux encore de moi !

— Adrien, tu sais bien que je t'aime à la folie. Et méfie-toi, je suis jalouse aussi. »

Ils riaient, mais leurs yeux étaient pleins d'une gravité inquiète. Cette tempête les avait ravagés l'un et l'autre.

« Oh ! fit soudain Rose. J'ai une bonne nouvelle. Anne ramène Luisa, qui faisait la manche à Toulouse. Ils arrivent ce soir ! Un souci de moins… »

La jeune femme caressa la jument qui s'impatientait.

« Je suis désolée, dit-elle, pour Princesse. J'ai eu une grosse crise de sanglots, assise sous un arbre. Elle en a profité pour s'échapper… Je l'ai appelée, j'ai essayé de suivre ses traces, comme dans les films, mais ce n'est pas évident ! »

Adrien hocha la tête. Il ne se décidait pas à lâcher Rose.

« Comme ça, Luisa revient saine et sauve ! Bon, je crois qu'il faut fêter l'événement. On devrait vite rentrer. Max et ma mère doivent se ronger les sangs… »

Pendant le trajet du retour, Rose se justifia encore,

tandis qu'Adrien tentait d'expliquer son attitude. Ils s'attardèrent afin d'être certains de ne laisser aucune zone d'ombre.

« On repart de zéro ! confirma-t-elle en voyant les toits de la ferme nichée au creux du vallon. Enfin, à un détail près... Tu sais, notre cuisinier s'est mis en maladie. Marinette est certaine qu'il ne reviendra pas. J'ai eu une idée, tout à l'heure, quand j'ai su pour Luisa... Si on engageait Ahmed ? Il serait là, cela empêcherait notre fugueuse de récidiver... Il fait un thé à la menthe excellent, et des tagines formidables ! Enfin, ses tagines, je n'y ai pas goûté ; c'est Luisa qui me l'a dit. »

Adrien tenta de se contrôler. En vain. Le visage durci, il répliqua :

« Ma chérie, tu ne peux pas me demander ça ! Voir tous les jours, dans les cuisines, ce genre de type, qui t'a vue te faire violer sans réagir ! Non, je ne le supporterai pas. Tu as une grandeur d'âme merveilleuse de lui avoir tout pardonné. Mais moi, je ne pourrai pas. Chaque fois que je le regarderai, je penserai à ce qui t'est arrivé. Non, n'en parlons plus, je t'en prie ! Je suis incapable de compassion pour ces individus, dealers et compagnie !

— Sans Ahmed, je serais morte à l'heure qu'il est ! Et tu accepterais, si je continuais à te mentir sur son identité. Tu l'as croisé au vide-grenier, ce n'est pas un monstre. Il a fait des trucs louches, d'accord, mais il veut s'en sortir ! Tu sais, je compte accueillir ici des personnes qui souhaitent se réadapter à notre société. Autant commencer par lui... »

Adrien s'arrêta net. Il dévisagea Rose.

« Tu reprends vite ton caractère de guerrière, toi ! Je te retrouve en miettes, toute dolente, les paupières rougies et, une demi-heure plus tard, tu me donnes presque des ordres ! »

Il eut une expression rêveuse.

« Tu me surprendras toujours, Rose, mais c'est ce qui m'a plu chez toi ! Ta volonté, ton entêtement ! »

Un coup de klaxon les interrompit. Une voiture descendait le chemin. Anne était au volant. Elle leur faisait signe. Dès qu'elle fut à leur hauteur, elle baissa la vitre.

« Alors, les fiancés ! Toujours fâchés, ou réconciliés ? »

Adrien devina le minois farouche de Luisa sur la banquette arrière. Elle semblait contente de rentrer à la ferme. Rose cria à sa sœur :

« Réconciliés ! Ma Nanou, ça me fait du bien de te voir. »

Cinq minutes plus tard, Rose serrait Anne dans ses bras. Paul portait Louis, qui babillait, demandant à voir les chèvres. Luisa sortit du véhicule en dernier. Les mains dans les poches, une moue boudeuse aux lèvres, elle ne savait pas quelle attitude adopter. Rose s'écarta de sa jumelle et lui tendit les bras :

« Viens là, coiffeuse à quatre sous, que je t'embrasse aussi ! »

La jeune fille parut stupéfaite, mais elle s'élança et se jeta à son cou.

« Ne me file plus entre les doigts, toi ! gronda Rose en l'étreignant. Et si tu veux faire une beauté aux chevaux, demande conseil d'abord. »

Luisa fit oui d'un signe. Elle regarda autour d'elle.

« C'est cool d'être là ! Ta sœur, elle est sympa, tu sais.

— Je sais ! admit Rose. Tiens, voilà Max ! Le pauvre, il en a vu de toutes les couleurs aujourd'hui ! »

Le jeune palefrenier n'était pas seul. Denise Girard le suivait d'un pas décidé. La mère d'Adrien fut vite rassurée. L'ambiance était détendue, les sourires fleurissaient de-ci de-là. Rose s'approcha d'elle.

« Je suis désolée, je ne vous ai pas dit bonjour tout à l'heure ! s'excusa-t-elle.

— Ce n'est pas grave, Rose ! Je suis soulagée de vous revoir entière, et consolée... »

Pour la première fois, elles s'embrassèrent chaleureusement, sans cette retenue, mi-gêne, mi-politesse, qui d'ordinaire les tenait à distance.

« Je crois que je m'invite à dîner ce soir ! annonça Denise. Si mon fils est d'accord. »

Max secoua Rose par le poignet.

« Tu es pas tombée ? interrogea-t-il.

— Non, Maxou, tout va bien. »

La vie reprit son cours habituel. Anne et Paul s'installèrent dans leur chambre. Rose, Luisa et Max allèrent à l'écurie distribuer le foin. Adrien rejoignit Marinette qui travaillait à la chèvrerie en compagnie de Gisèle et d'Élodie.

Malgré la bonne humeur qui régnait, Rose se sentait nerveuse. Tout avait été si vite... En quelques heures, elle avait éprouvé de la rage, du désespoir, puis un bonheur insensé. C'était épuisant. De plus, elle craindrait toujours, désormais, de voir Adrien se changer en un impitoyable être vindicatif. Apparemment, sa mère avait joué un rôle capital dans leur réconciliation, mais si elle n'était pas intervenue... si elle n'avait rien entendu de leur dispute... Elle redoutait que leur couple ne fût menacé par le caractère jaloux de son compagnon. Mais elle décida de faire face.

Elle ne tarda pas à retrouver Anne dans le patio. Paul promenait le petit Louis dans le jardin potager. Les deux sœurs purent parler sans témoin. Rose raconta tout, les retrouvailles avec David, l'hôtel, la scène de l'après-midi.

« Je ne peux pas m'empêcher de douter, après ce chaud et froid ! » avoua-t-elle.

Anne restait songeuse. Elle répliqua enfin :

« À mon avis, Rose, Adrien t'aurait pardonné tôt ou tard. Cette nuit ou demain matin. S'il est jaloux à ce point, on peut comprendre son comportement ! Tu as beau jeu de te plaindre, puisque vous êtes de nouveau réunis et que le mariage aura lieu. Dans quel état serais-tu si vous étiez encore fâchés ? Tu pleurerais, tu espérerais comme une folle qu'il te revienne... À quoi bon te tracasser ? Aime-le tel qu'il est, avec ses défauts. Il le fait, lui... Avoue que vouloir lui imposer Ahmed, ce n'est pas très gentil !

— Tu as raison, sans doute. J'ai abusé ! Mais c'est une solution logique pour Luisa... Je l'aime bien, cette fille.

— De toute façon, je suis sûre que tu gagneras la partie ! assura Anne, amusée. Tiens, Adrien vient de rentrer. Tu devrais le rejoindre et lui dire ce qui t'ennuie ! »

Rose se leva, hésitante. Elle se sentait obligée de provoquer une nouvelle discussion. Adrien se douchait. Elle se déshabilla et se glissa dans la cabine. Le bruit de l'eau tiède qui ruisselait sur eux la força à hausser le ton :

« Si je t'épouse, promets-moi de ne plus être aussi méchant ! Je ne pense plus qu'à ça ! Je ne veux pas d'un mari qui me fasse peur, qui me change en femme tremblante et chargée de tous les péchés ! »

Il souriait.

« Jure-moi fidélité tout de suite et je deviens un mouton soumis à tes caprices ! hurla-t-il.

— Mais je n'ai aucune envie de te tromper, idiot ! »

Il la serra contre lui, chercha ses lèvres. Elle reprit son souffle, en ajoutant :

« Tu es mon bien-aimé ! L'unique, le seul ! »

Il l'embrassa à nouveau. Elle s'abandonna au désir qui l'envahissait.

« Ne jamais te perdre, balbutia-t-elle. Jamais, jamais ! »

*

L'église de Montmoreau, de dimensions sans commune mesure avec celles de la cathédrale d'Angoulême, semblait néanmoins très impressionnante à Rose. Au moment d'en passer le seuil, elle eût un pincement au cœur. Un peu tendu, Adrien souriait à tous les invité en la tenant fermement par le bras comme si elle risquait de s'enfuir.

« Tu as l'air paniquée par cette cérémonie, ma chérie. J'ai peur que tu t'échappes ! C'est pourquoi je te tiens bien. Ne m'abandonne pas maintenant. Ce serait trop bête, j'ai payé la facture du champagne !

— Très drôle ! persifla-t-elle. Mais ne crains rien ! Pourquoi m'enfuirais-je ? Je suis pressée d'être ta femme pour te surveiller de près. »

Ils avaient réglé leur conflit au sujet de la jalousie par le biais de l'humour. Mais le cortège avançait. Ils redevinrent sérieux.

La jeune femme était particulièrement ravissante dans une longue robe d'un beige rosé, ornée de fines dentelles. Ses cheveux, relevés en un chignon parsemé de petites fleurs d'oranger, étaient voilés d'un immense nuage de tulle.

À son cou, l'orient nacré d'un collier de perles rehaussait la matité de sa peau : c'était un cadeau de Denise.

« J'ai plaisir à te l'offrir, avait-elle dit simplement en posant l'écrin dans sa main. Il me vient de ma mère et doit rester dans la famille. »

En guise de remerciement et d'un élan spontané, la jeune fille l'avait embrassée.

La foule les pressait. Rose marcha plus vite.

« Je suis juste stressée, Adrien, et j'ai hâte que ce soit fini, que nous rentrions à la maison. Ne te vexe pas, surtout, mais je suis plus à l'aise à la ferme... C'est un beau jour et nous devons en profiter ! Regarde, tous nos amis sont là ! Ils sont aussi heureux que nous ! Enfin presque... »

Il ne put s'empêcher de rire en silence.

« Ma chérie c'est comme ça que je t'aime ! »

Au même instant, Anne s'approcha et s'extasia :
« Tu es magnifique, Rose ! Il ne te manquait plus que ces fleurs. Paul les a cueillies dans le jardin... et regarde comme elles sentent bon ! Tu ne peux pas te marier sans bouquet !

— Je sais, mais tu m'avais dit que tu t'en chargeais. Je t'attendais... »

Rose prit entre ses doigts la ravissante composition de roses d'un ton très pâle et qui dégageait un parfum si fort, si enivrant qu'on l'eût cru venu d'ailleurs. Sa sœur avait noué les tiges par un long et souple ruban de satin blanc.

« Merci, Anne ! Il est magnifique, c'est comme si j'avais tout notre jardin entre les bras... comment les as-tu conservées ?

— Secret de jardinier ! »

Rose sentit des larmes lui monter aux yeux. Elle revoyait son père soignant ses rosiers avec autant de précaution et d'amour que s'il s'agissait d'enfants.

« Papa, songea-t-elle, si tu me vois, j'espère que tu es fier de moi... Et toi, maman, tu dois être contente de ce mariage. Si seulement vous étiez là, avec Anne et moi. »

Mariage traditionnel ? Bénédiction ? La décision finale n'avait été prise qu'au dernier moment. Rose avait emporté la bataille : leur union serait juste bénie par le prêtre. Denise s'était inclinée avec amabilité.

« Peu importe, avait-elle dit, ce qui compte, c'est ton honnêteté vis-à-vis de toi-même. Et Dieu est d'une grande largeur d'esprit... surtout avec quelqu'un comme toi ! »

Adrien, qui vérifiait l'ordonnance de sa cravate en soie beige, assortie à la robe de Rose, tira un peu sur sa veste d'un gris sombre. Ainsi vêtu, il avait une allure princière. Il serra sa future épouse contre lui.

« Il faut avancer, c'est le moment d'aller jusqu'à l'autel. Tu es prête ? je te confie à celui qui remplace ton père pour remonter la nef... »

Soudain réconfortée, elle fit oui d'un signe de tête. Max s'approcha alors, car il n'attendait qu'un signe d'Adrien pour tendre son bras à Rose. Le jeune homme vivait son heure de gloire. Anne et Marinette lui avaient fait répéter chaque geste et l'avaient aidé à s'habiller.

« N'aie pas peur, dit-il de sa voix hésitante, je ne ferai pas de bêtises, je ne vais pas tomber. Tu as vu comme je suis beau. »

Très émue, Rose approuva et passa sa main gantée de dentelle sous le bras de Max.

« Allons-y », dit-elle d'une voix assurée.

Elle remonta lentement l'allée, tandis que retentissait *La Symphonie pastorale*.

Les invités l'admiraient, le sourire aux lèvres. Le personnel et les pensionnaires de la ferme occupaient les travées de gauche tandis que les familles et amis des mariés s'étaient groupés dans celles de droite. Personne n'avait imposé un ordre précis, mais les choses s'étaient faites toutes seules, naturellement...

Tout au fond de l'église, Luisa serrait fort la main d'Ahmed. Le jeune Marocain avait répondu à l'invitation de Rose. Il avait emprunté un costume gris clair qui le changeait beaucoup. Quant à Luisa, folle de joie de le revoir, elle avait ôté ses *piercings* et portait une robe bleue qui la métamorphosait. Ils étaient éblouis par la musique, les lumières et cette promesse de ne plus être séparés. Marinette, avec l'accord d'Adrien, avait pris Ahmed à l'essai comme cuisinier.

Rose avait pu triompher intérieurement. Si des difficultés survenaient, elle s'estimait capable de les affronter.

Habillé pour la première fois de sa vie de vêtements qui le gênaient, Louis regardait le couple avec attention. Le spectacle le fascinait. Il n'avait jamais vu autant de monde. Et cette robe qui changeait tout le temps de couleur, et cette musique... Louis avait envie de toucher le tissu brillant de la robe... D'un geste rapide, sa mère le souleva et l'installa sur ses genoux. Il se laissa aller, humant son odeur rassurante.

Lui aussi mal à l'aise dans un costume neuf, Paul la vit récupérer leur fils sans broncher. Il prêtait surtout attention au joli profil de sa femme, assise à ses côtés. Il la vit essuyer ses yeux délicatement et murmura, à son oreille :

« Tout va bien, ma Nanou ?

— Oui, je suis tellement contente pour ma sœur... et pour le bébé... C'est un peu grâce à toi que tout s'est arrangé aussi bien !

— Comment ça ? Je n'ai rien fait !

— Si, c'est toi qui connaissais cet endroit, l'institut ! Grâce à toi, Rose a rencontré Adrien. Et puis, tu as supporté tous mes coups de bravoure, mes absences... Mais c'est fini, je ne te quitte plus, je t'aime tant. »

Paul eut un sourire rêveur. Il savourait un petit secret qu'il avait envie de garder encore un peu pour eux deux. Anne attendait un deuxième enfant et rien ne pouvait le rendre plus heureux. Elle se tourna vers lui et, semblant deviner ses pensées, lui sourit tendrement. Son imagination vagabondait et, pendant que les mariés sortaient de l'église sous une pluie de riz et de confettis, elle imagina Louis et une petite fille blonde jouant dans la cabane de planches, au fond du jardin... à moins que ce ne soit un beau blondinet...

Le repas avait lieu à la ferme, entre intimes. Chacun avait mis la main à la pâte, sous la direction de Sonia qui brûlait d'envie de se rendre utile. Le pardon de Rose resterait un grand moment de sa vie jusqu'alors basée sur le mensonge et la jalousie. Elle était encore un peu gênée devant sa nièce qui pourtant s'adressait à elle sans animosité, plutôt avec une neutralité bienveillante.

Ce fut un banquet campagnard, simple et convivial. Adrien et Rose avaient tenu à ce que leurs patients et pensionnaires soient de la fête, hormis Élodie, trop fragile psychologiquement.

Adrien regardait sa femme, se souvenant de son arrivée deux ans auparavant. Elle était maigre, livide, avait l'air complètement perdue ; mais il chassa ce souvenir douloureux. Maintenant, elle se balançait sous le vieux chêne. Sa robe longue effleurait l'herbe avant de s'envoler en un nuage mousseux, ses cheveux blonds s'échappant de son chignon en longues mèches folles...

Elle riait aux éclats en réponse sans doute à une réflexion de Max ou de Gisèle qui la regardaient avec une admiration béate.

« Arrête, lui dit-il en s'approchant et en saisissant les cordes, tu vas t'envoler ! Viens avec ton vieux mari ! »

Elle descendit de la balançoire et, encore tout étourdie, posa sa tête contre son épaule.

« Regarde comme tout est paisible. Gisèle se barbouille de chantilly, Max est radieux. Et ma sœur, ajouta-t-elle en montrant Anne qui bavardait avec Paul, une coupe de champagne à la main, elle a gardé son côté doux, mais ce n'est qu'une apparence, je suis bien placée pour le savoir. Elle a autant de caractère que moi, peut-être plus même... »

Adrien la regardait amoureusement :

« Dis-moi, qu'est-ce qui fait briller tes yeux ainsi ?

— Le bonheur ! J'ai envie de pleurer. Ce soir, même si c'est notre mariage, j'irai soigner les chevaux avec Max, et demain, tous les jours de ma vie, je t'aimerai... »

Elle se serra contre Adrien.

« Anne m'a confié un secret, murmura-t-elle à voix basse. Elle attend un autre bébé...

— Eh bien, dit Adrien, si tu veux la rattraper, ce sera difficile... »

Un sourire malicieux éclaira le visage de Rose.

« Qui sait ! Nous aurons peut-être des jumelles ? »

Composition et mise en pages réalisées
par IND - 39100 Brevans

Achevé d'imprimer par GGP Media GmbH, Pößneck
en février 2008
pour le compte de France Loisirs, Paris

N° d'éditeur: 51242
Dépôt légal: novembre 2007
Imprimé en Allemagne